Ott
Lengersdorf

Abitur 2023 | *Grundkurs GTR/CAS*

Aufgabensammlung zur zentralen Abiturprüfung
Mathematik am Berufskolleg – Berufliches Gymnasium –
Fachbereich Wirtschaft und Verwaltung

Ott
Lengersdorf

Abitur 2023 | *Grundkurs GTR/CAS*

Aufgabensammlung zur zentralen Abiturprüfung
Mathematik am Berufskolleg – Berufliches Gymnasium –
Fachbereich Wirtschaft und Verwaltung

Nordrhein-Westfalen

Merkur
Verlag Rinteln

Wirtschaftswissenschaftliche Bücherei für Schule und Praxis
Begründet von Handelsschul-Direktor Dipl.-Hdl. Friedrich Hutkap †

Die Verfasser:

Roland Ott
Studium der Mathematik an der Universität Tübingen

Norbert Lengersdorf
Oberstudienrat am Berufskolleg für Wirtschaft und Verwaltung in Herzogenrath

Umschlag: Kreis links: www. adpic.de
Kreis rechts: Robert Kneschke – Fotolia.com

* * * * *

14. Auflage 2022

Gesamtherstellung:
MERKUR VERLAG RINTELN Hutkap GmbH & Co. KG, 31735 Rinteln

E-Mail: info@merkur-verlag.de
lehrer-service@merkur-verlag.de
Internet: www.merkur-verlag.de

Merkur-Nr. 0478-14
ISBN 978-3-8120-1095-5

Vorwort

Die vorliegende Aufgabensammlung enthält auf die neue Prüfungsordnung für das Berufskolleg mit gymnasialer Oberstufe in Nordrhein-Westfalen abgestimmte Aufgaben zur Vorbereitung auf das Abitur 2023 an beruflichen Gymnasien im Fachbereich Wirtschaft und Verwaltung. **Alle Aufgaben sind entspechend den Abiturvorgaben 2023 ausgewählt worden.**
Die zentrale Abiturprüfung 2023 besteht aus zwei Teilen, einem hilfsmittelfreien Prüfungsteil A und einem Prüfungsteil B mit Hilfsmittel (GTR/CAS).
Die Aufgaben für den Grundkurs sind gegliedert nach den Prüfungsgebieten:
Analysis mit Anwendungen, Stochastik und Lineare Algebra.
Dem pandemiebedingten Distanzlernen wird Rechnung getragen durch eine Fokussierung auf inhaltliche Schwerpunkte für die schriftliche Abiturprüfung für das Abitur 2023.

Im Analysis-Teil werden als thematischer Schwerpunkt die ganzrationalen Funktionen und die Exponentialfunktionen und die Modellierung von berufsbezogenen Anwendungen mit Hilfe dieser Funktionstypen verlangt. Dabei handelt es sich um das Modell des Angebotsmonopols sowie die Absatz-/Umsatzentwicklung.
Die Stochastik behandelt fokussiert die bedingte Wahrscheinlichkeit, die Binomialverteilung mit Erwartungswert, Varianz und Standardabweichung und den einseitigen Hypothesentest.
Die Lineare Algebra hat den Schwerpunkt Lineare Gleichungssysteme sowie mehrstufige Produktionsprozesse als ökonomische Anwendung.

Die Einteilung nach Prüfungsgebieten ermöglicht ein gezieltes Üben.
Die Aufgaben sind als Übungsaufgaben zu verstehen, sowohl im Umfang als auch in den Fragestellungen. Relevante Fragestellungen können mehrfach auftreten.
Übung ist ein bedeutender Baustein zum Erfolg.

Da die Aufgabensammlung allen Schüler/innen bei der Vorbereitung auf das schriftliche Abitur helfen soll, sind zu allen Aufgaben ausführliche Lösungen angegeben.
An verschiedenen Stellen sind Lösungsalternativen aufgezeigt, ohne einen Anspruch auf Vollständigkeit zu erheben.
Autoren und Verlag wünschen viel Glück und Erfolg bei der Abiturprüfung.

Inhaltsverzeichnis

Ablauf der schriftlichen Abiturprüfung 2023

Grundkurs

Aufgaben-teil	Aufgabentyp	Aufgaben-zahl	Dauer	Punkte
Teil A	Eine Aufgabe mit drei Teilaufgaben zur Analysis, Linearen Algebra und Stochastik; Mindestens 2 der Teil-aufgaben mit Anwendungsbezug.	1	max. 45 Minuten	21
Teil B	Eine Aufgabe zur Analysis, eine Aufgabe zur Linearen Algebra und eine Aufgabe zur Stochastik mit Hilfsmitteln für GTR oder CAS.	3	min. 180 Minuten	84
	Darstellungsleistung Teil A und B			5
Summe			225 Minuten	110

Die Aufgaben sowohl im Teil A als auch im Teil B bestehen jeweils aus Teilaufgaben.

Organisation

Zu Beginn der Bearbeitungszeit erhält der Prüfling die beiden zu bearbeitenden Aufgabenteile A und B. Die zugelassenen Hilfsmittel (GTR, CAS, Formelsammlung) werden noch nicht ausgegeben.

Der Prüfling gibt individuell nach Bearbeitung, jedoch nach spätestens 45 Minuten der Bearbeitungszeit, den Aufgabenteil A und seine Ausarbeitungen zum Aufgabenteil A ab und erhält im Gegenzug Zugang zu den zugelassenen Hilfsmitteln.

SchülerIn bearbeitet alle Aufgaben.

Die Gesamtbearbeitungszeit für beide Prüfungsteile beträgt im Grundkurs 225 Minuten.

Für Prüflinge, die die Aufgaben und die Lösungen des Prüfungsteils A vorzeitig abgeben, verlängert sich entsprechend die Bearbeitungszeit für den Prüfungsteil B.

Ein Wörterbuch zur deutschen Rechtschreibung ist in beiden Prüfungsteilen der Klausur zugelassen.

I Hilfsmittelfreier Teil A der Zentralen Abiturprüfung

Dieser Teil der Abiturprüfung enthält 3 Aufgaben entsprechend den Abiturvorgaben, davon mindestens zwei mit Anwendungsbezug.

Hilfsmittelfreier Teil - Analysis

Lösungen Seite 19

Aufgabe 1

Punkte

Zur ertragsgesetzlichen Kostenfunktion

$K(x) = ax^3 + bx^2 + cx + d$; $a, c, d > 0$, $b < 0$,

x in ME, K(x) in GE,

sind in der nebenstehenden Abbildung die Graphen der Grenzkostenfunktion, der Stückkostenfunktion und der variablen Stückkostenfunktion dargestellt.

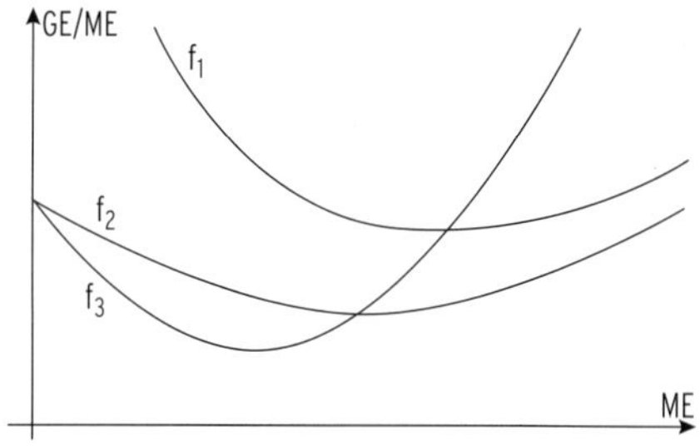

1.1 Ordnen Sie dem jeweiligen Graphen die entsprechende ökonomische Funktion begründet zu. 3

1.2 Beweisen Sie, dass die betriebsminimale Ausbringungsmenge bei $x = -\frac{b}{2a}$ liegt. 3

Aufgabe 2

Die monatlichen Absatzzahlen eines Produkts werden mit $f(t) = (40 - t)e^{0,05t}$, (t in Monaten, f(t) in ME/Monat) modelliert. Der nebenstehende Graph verdeutlicht die Situation.

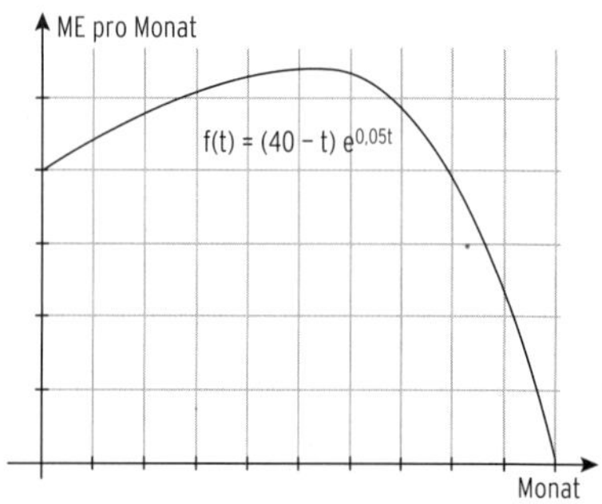

2.1 Berechnen Sie den Zeitpunkt, bis zu dem das Produkt auf dem Markt abgesetzt werden kann. 2

2.2 Zeigen Sie, dass der Zeitpunkt des maximalen monatlichen Absatzes bei t = 20 liegt. 4

($f''(t) = -\frac{1}{400}\,t\,e^{0,05t}$ kann verwendet werden.)

Hilfsmittelfreier Teil - Analysis

Lösungen Seite 20

Aufgabe 3

Punkte

Die monatlichen Absatzzahlen eines neuartigen Produkts werden mit

$f(t) = -\frac{1}{10}t^3 + 2t^2$

(t in Monaten, f(t) in ME/Monat) modelliert. Der nebenstehende Graph verdeutlicht die Situation.

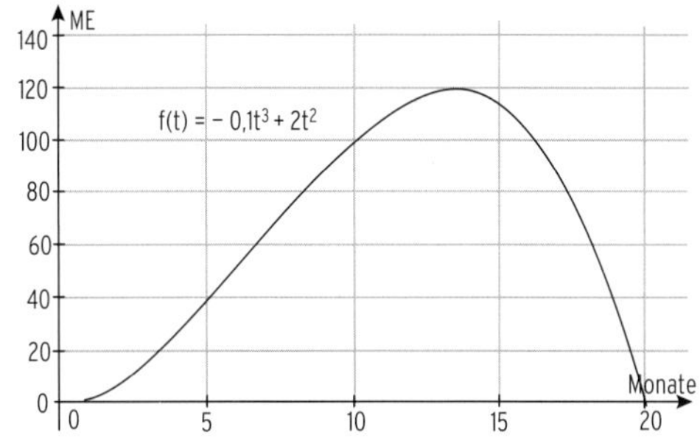

3.1 Bestimmen Sie die in den ersten 20 Monaten insgesamt abgesetzte Menge. 3

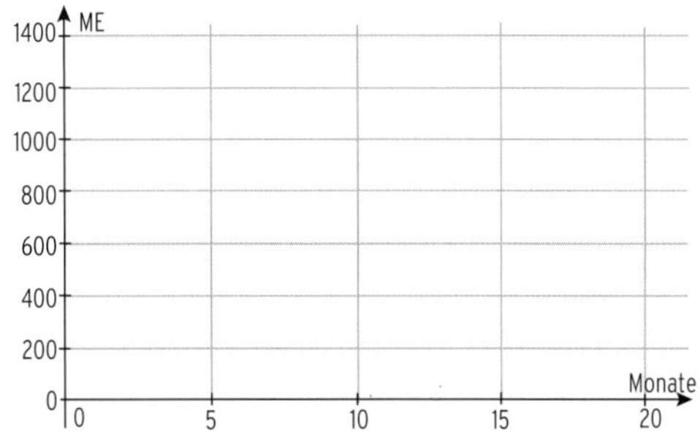

3.2 Skizzieren Sie in das nebenstehende Koordinatensystem den Graphen der Funktion, die den Gesamtabsatz in Abhängigkeit von der Zeit angibt. 3

Aufgabe 4

a) Bestimmen Sie den Funktionsterm für die Erlösfunktion unter der Voraussetzung, dass es sich um eine ganzrationale Funktion 2. Grades handelt.

b) Ergänzen Sie den Graphen der 1. Ableitung in das Koordinatensystem. Beschreiben Sie den Verlauf des Ableitungsgraphen mathematisch und ökonomisch.

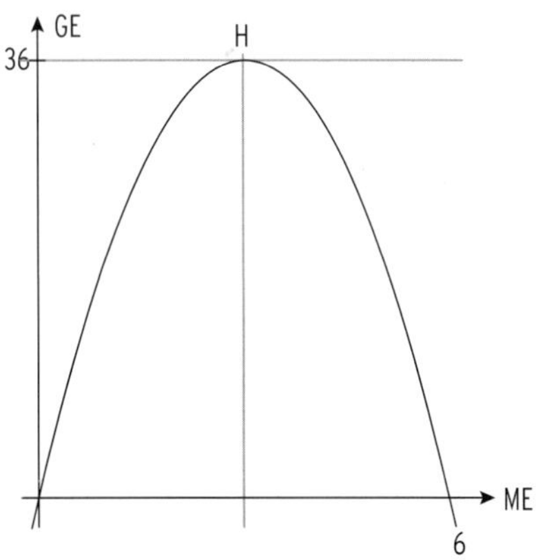

Hilfsmittelfreier Teil - Analysis

Lösungen Seite 21

Aufgabe 5

Punkte

Die folgende Tabelle gibt die Stückkosten k, die variablen Stückkosten k_v und die Grenzkosten K′ zur ertragsgesetzlichen Kostenfunktion K an (x in ME; K(x) in GE):

x	1	2	3	4	5	6	7	8
k(x)	201,0	124,0	97,0	84,0	77,8	76,0	77,6	82,0
$k_v(x)$	57,0	52,0	49,0	48,0	49,0	52,0	57,0	64,0
K′(x)	51,0	44,0	43,0	48,0	59,0	76,0	99,0	128,0

Beurteilen Sie die Richtigkeit der folgenden Aussagen allein unter Zuhilfenahme der Tabellenwerte:

1.1 Das Betriebsminimum liegt bei 4 ME. 2

1.2 Die Kosten steigen zwischen 0 und 4 ME degressiv. 2

1.3 Die Fixkosten belaufen sich auf 144 GE. 2

Aufgabe 6

Die Absatzentwicklung eines Produktes wird durch die folgende Funktion beschrieben:

$f(t) = 9t \cdot e^{-0,3t} + 6$

dabei steht $t > 0$ für die Monate und f(t) für den Absatz in ME pro Monat.

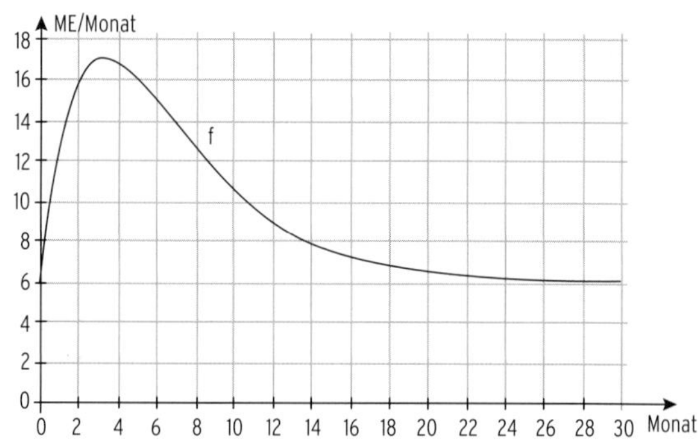

2.1 Berechnen Sie den Zeitpunkt, zu dem die monatlichen Absatzzahlen maximal werden (notwendiges Kriterium genügt). 4

2.2 Nehmen Sie mit Hilfe des Graphen Stellung zu der folgenden Aussage: In der zweiten Hälfte des ersten Jahres liegt der Zeitpunkt des maximalen Absatzrückganges. 2

Hilfsmittelfreier Teil - Analysis

Lösungen Seite 22

Aufgabe 7

Punkte

Gegeben sind folgende Angebotsfunktion p_A und Nachfragefunktion p_N:

$p_A(x) = \frac{2}{3}x^2 + \frac{16}{3}$

$p_N(x) = -\frac{1}{3}x^2 + \frac{64}{3}$

x in ME, p(x) in GE/ME

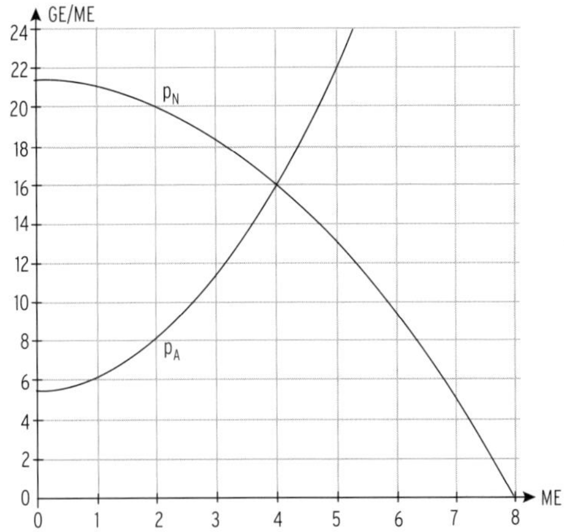

7.1 Berechnen Sie das Marktgleichgewicht. 4

7.2 Begründen Sie anhand der Graphen, dass die Konsumentenrente geringer ist als die Produzentenrente. 2

Aufgabe 8

Gegeben ist die Funktion f mit der Gleichung $f(x) = x^3 + 2x^2 - 2x$. Die Abbildung zeigt den Graphen der Funktion f.

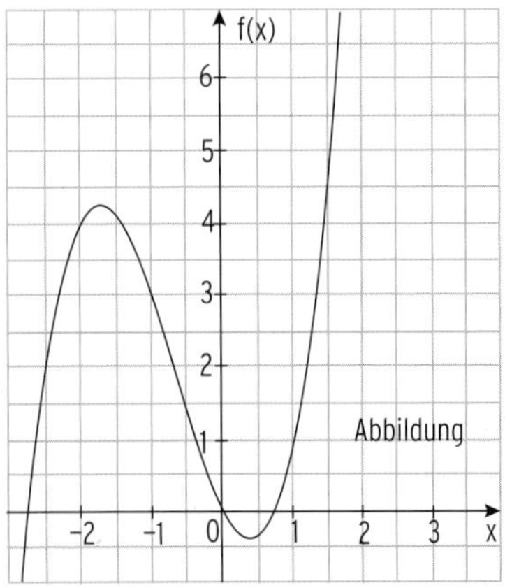

8.1 Berechnen Sie alle Nullstellen der Funktion f.

8.2 Entscheiden Sie begründet mit Hilfe einer Zeichnung in der Abbildung, ob die Gerade g mit $y = \frac{1}{2}x + 5$ eine Tangente am Graphen von f im Punkt P (− 2 | 4) ist. 6

Hilfsmittelfreier Teil - Analysis

Lösungen Seite 23

Aufgabe 9

Punkte

Gegeben ist die Funktion f mit der Gleichung $f(x) = x^3 + 3x^2 - 1$. Die Koordinaten des lokalen Hochpunktes und des lokalen Tiefpunktes sind ganzzahlig.

Die Abbildung zeigt den Graphen der Funktion f.

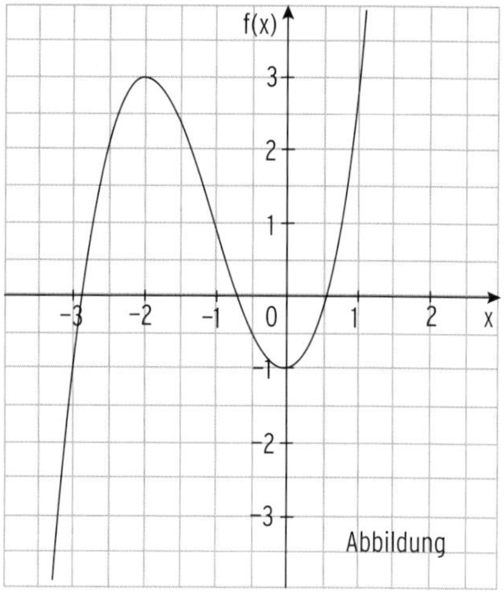

(1) Entscheiden Sie begründet, ob der Graph der Ableitungsfunktion f′ eine nach oben oder nach unten geöffnete Parabel ist.

(2) Geben Sie alle Werte für den Parameter c an, so dass die Funktion g_c mit der Gleichung $g_c(x) = f(x) + c$ genau zwei Nullstellen besitzt. Begründen Sie Ihre Angabe. 6

Aufgabe 10

Gegeben ist die Funktion f mit der Gleichung $f(x) = \frac{1}{2}x^3 - x - 2$. Der Graph ist in der Abbildung dargestellt.

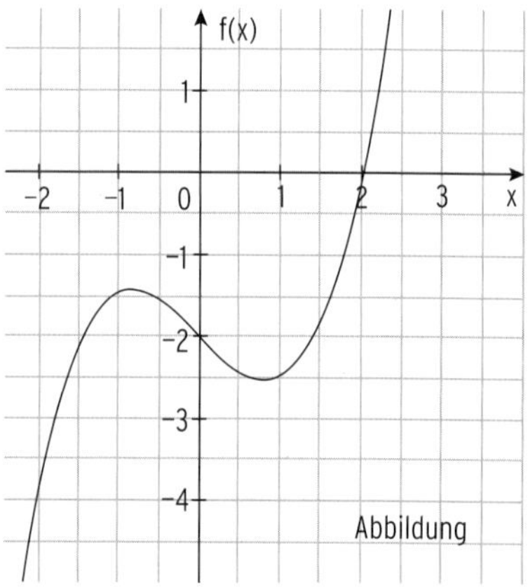

(1) Weisen Sie rechnerisch nach, dass die in der Zeichnung erkennbare Nullstelle tatsächlich eine Nullstelle ist.

(2) Gegeben ist die Funktion g_a mit der Gleichung $g_a(x) = f(x + a)$; $a \geq 0$. Geben Sie an, wie sich der Graph von g_a verändert, wenn man für a immer größere Zahlen einsetzt.

Geben Sie außerdem einen Wert für a an, so dass die Funktion g_a die Nullstelle $x = -1$ besitzt. 6

Hilfsmittelfreier Teil - Analysis

Lösungen Seite 24

Aufgabe 11

Punkte

Die Abbildung zeigt den Graphen der Funktion f mit der Gleichung

$f(x) = \frac{1}{3}x^3 - 2x^2 + \frac{16}{3}$.

(1) Bestimmen Sie eine Gleichung der Tangente an den Graphen von f im Punkt P(2 | 0) .

(2) Skizzieren Sie den Graphen von f ′ in die Abbildung.

(6 Punkte)

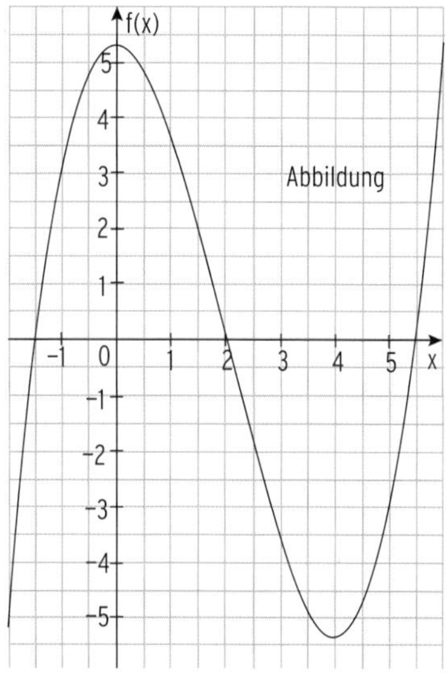

Aufgabe 12

Gegeben ist eine Funktion f. Die Abbildung 1 zeigt die Parabel ihrer Ableitungsfunktion f ′ mit der Gleichung

$f'(x) = -\frac{1}{4}x^2 + x + 3$.

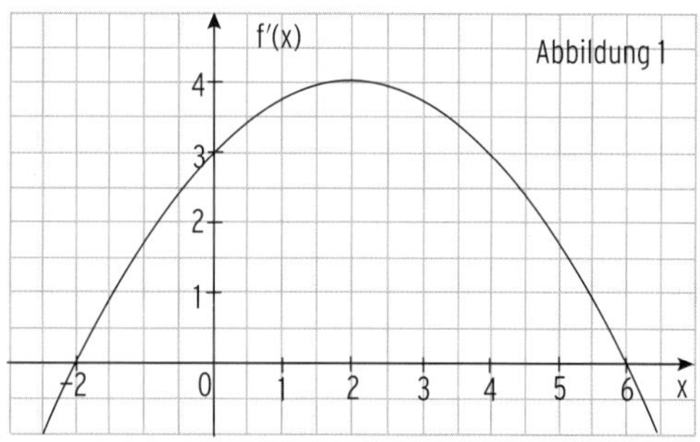

(1) Die Parabel von f ′ besitzt die beiden Nullstellen x = − 2 und x = 6 . Ermitteln Sie unter Verwendung dieser Nullstellen rechnerisch die Koordinaten des Scheitelpunktes S der Parabel. 3

(2) Begründen Sie, dass keine der beiden Abbildungen 2 und 3 den Graphen der Funktion f zeigt. Führen Sie jeweils mindestens ein Gegenargument auf. 3

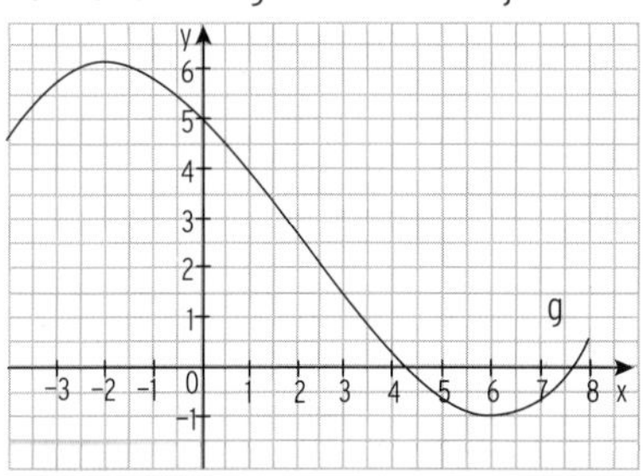

Abbildung 2

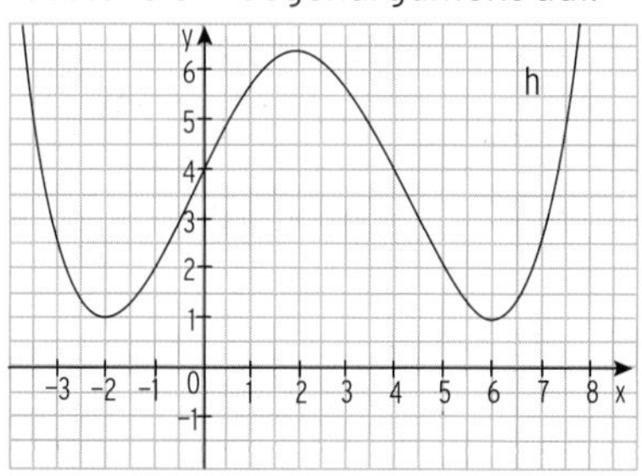

Abbildung 3

Hilfsmittelfreier Teil - Analysis

Lösungen Seite 25

Aufgabe 13

Die Abbildung zeigt das Schaubild einer Funktion f.
Ermitteln Sie einen möglichen Funktionsterm.

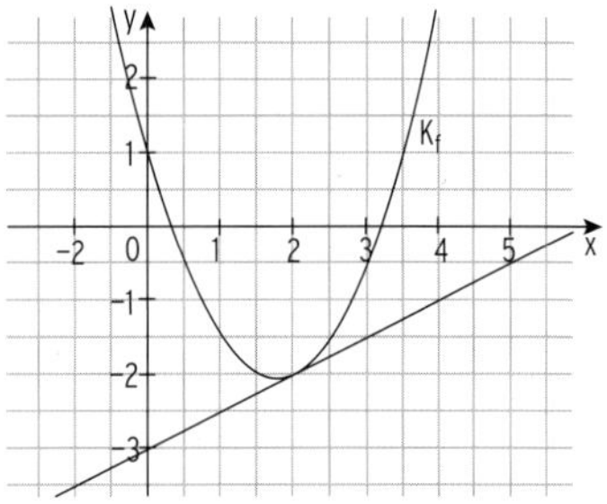

Aufgabe 14

Das Schaubild der Funktion f mit $f(x) = -x^3 + 3x^2 - x - 4$ besitzt einen Wendepunkt.
Bestimmen Sie eine Gleichung der Tangente in diesem Wendepunkt.

Aufgabe 15

Das Schaubild einer ganzrationalen Funktion dritten Grades berührt die x-Achse im Ursprung. Der Punkt H(1 | 1) ist der Hochpunkt des Schaubilds.
Bestimmen Sie die Funktionsgleichung.

Aufgabe 16

Lösungen Seite 26

K ist der Graph der Funktion f mit $f(x) = e^{x-3} - 2$.
Die Tangente an K an der Stelle x = 3 schneidet die Asymptote von K in S.
Bestimmen Sie die Koordinaten von S.

Aufgabe 17

Berechnen Sie das Integral $\int_{-1}^{2} (x^3 - 0{,}5x^2 - 3x)\,dx$.
Interpretieren Sie den Integralwert mit Hilfe geeigneter Flächenstücke.

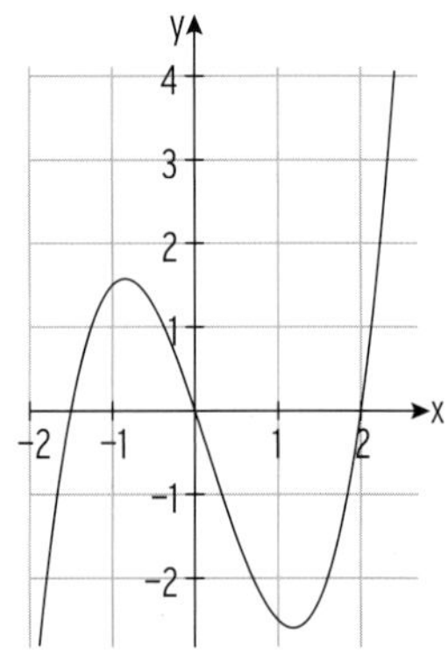

Aufgabe 18

Gegeben sind die Funktionen f und g mit $f(x) = -x^2 + 3$ und $g(x) = 2x$.
Berechnen Sie den Inhalt der Fläche, die von den Graphen der beiden Funktionen eingeschlossen wird.

Aufgabe 19

Lösungen Seite 27

Gegeben ist die Funktion f mit $f(x) = 4e^{2x} - 2$.
Bestimmen Sie diejenige Stammfunktion F von f mit $F(0{,}5) = -1$.

Hilfsmittelfreier Teil - Analysis

Lösungen Seite 27/

Aufgabe 20

Die Entwicklung der Gesamtkosten der Produktion von Fahrrädern kann durch die Funktion K mit $K(x) = 0{,}5x^3 - 8x^2 + 45x + 70$ mit $D_K = [0; 13]$ beschrieben werden.
Berechnen Sie das Minimum der variablen Stückkosten und interpretieren Sie ihr Ergebnis.

Aufgabe 21

Bilden Sie die erste Ableitung der Funktion f mit $f(x) = (2x^2 + 5) \cdot e^{-2x}$.

Aufgabe 22

Die Abbildung zeigt das Schaubild der Ableitungsfunktion f′ einer Funktion f. Geben Sie für jeden der folgenden Sätze an, ob er richtig, falsch oder nicht entscheidbar ist.
Begründen Sie jeweils ihre Antwort.

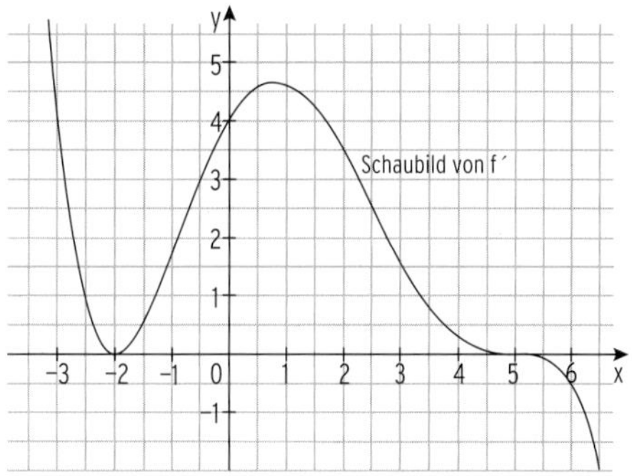

1. Das Schaubild von f hat bei $x = -2$ einen Tiefpunkt.
2. Das Schaubild von f hat für $-3 \leq x \leq 6$ genau zwei Wendepunkte.
3. Das Schaubild von f verläuft im Schnittpunkt mit der y-Achse steiler als die erste Winkelhalbierende
4. $f(0) > f(5)$

Aufgabe 23

Lösungen Seite 28

Die Abbildung zeigt das Schaubild der Ableitungsfunktion f′ einer Funktion f.
Welcher der folgenden Aussagen über die Funktion f sind wahr, falsch oder unentscheidbar ?
Begründen Sie Ihre Antworten.

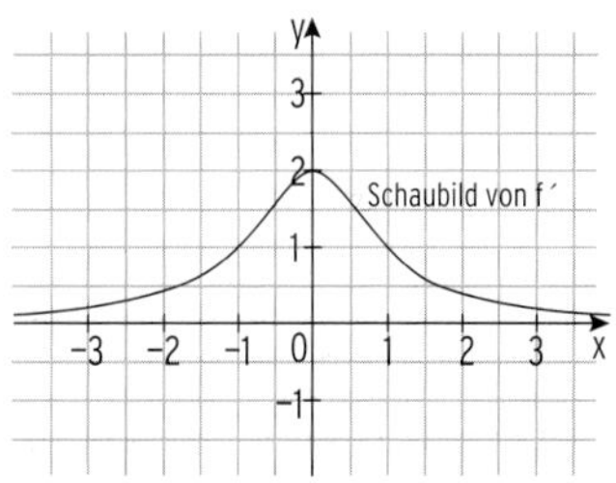

1. f ist streng monoton wachsend für $-3 < x < 3$.
2. Das Schaubild von f hat mindestens einen Wendpunkt.
3. Das Schaubild von f ist symmetrisch zur y-Achse.
4. Es gilt $f(x) > 0$ für alle $x \in [-3;3]$.

Hilfsmittelfreier Teil - Analysis

Lösungen Seite 28

Aufgabe 24

Punkte

Gegeben ist die Funktion f mit der Gleichung:

$f(x) = \frac{1}{3}x^3 - \frac{11}{4}x^2 + 6x - 2$.

Die Abbildung 1 zeigt den Graphen der Ableitungsfunktion f′ .

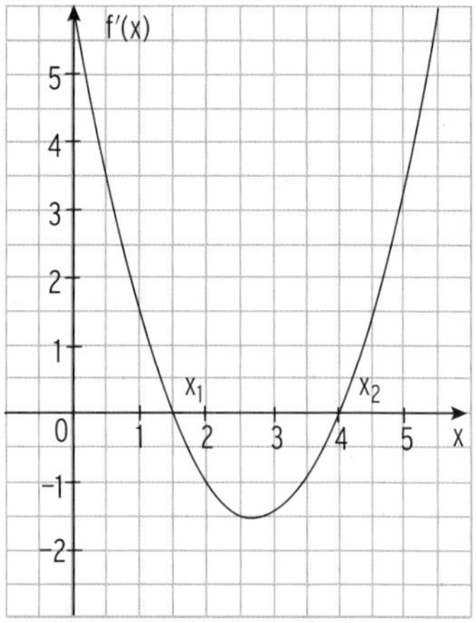

Abbildung 1

(1) Berechnen Sie die beiden Stellen x_1 und x_2, an denen die erste Ableitung f′ den Wert Null besitzt. 3

(2) Geben Sie an, ob an der Stelle x_1 ein lokaler Hoch- oder ein lokaler Tiefpunkt des Graphen von f vorliegt, und begründen Sie Ihre Angabe mit Hilfe der Abbildung 1. 2

Aufgabe 25

Berechnen Sie den Wert des Integrals $\int_0^{4\cdot\ln(2)} e^{0{,}25x}dx$.

Aufgabe 26

Lösungen Seite 29

Im Folgenden ist e die Eulersche Zahl und h die Funktion mit $e^{h(x)} = x$ für $x > 0$.

Zeigen Sie mit Hilfe der Kettenregel: $h'(x) = \frac{1}{x}$ für $x > 0$.

Aufgabe 27

Ein Behälter enthält zu Beobachtungsbeginn zwei Liter einer Flüssigkeit. Für die anschließenden fünf Stunden gibt die Funktion f mit $f(t) = -t\cdot(t-4)$ die momentane Zuflussrate der Flüssigkeit in Liter pro Stunde an.

Dabei ist t die seit Beobachtungsbeginn vergangene Zeit in Stunden.

a) Begründen Sie, dass das Volumen der Flüssigkeit im Behälter innerhalb der ersten vier Stunden nach Beobachtungsbeginn durchgehend zunimmt. 3

b) Geben Sie eine Gleichung an, mit der berechnet werden kann, wie viele Stunden vom Beobachtungsbeginn an vergehen, bis der Behälter sieben Liter der Flüssigkeit enthält. 2

Hilfsmittelfreier Teil - Analysis

Lösungen Seite 29

Aufgabe 28

Punkte

Die Preisentwicklung eines Produkts entspricht der Nachfragefunktion p mit

$p(x) = -x^2 + 9$

x in ME, p(x) in GE/ME.

Das Produkt wird auf dem Teilmarkt 1 für p_1 GE/ME und auf dem Teilmarkt 2 für 5 GE/ME verkauft.

Es werden insgesamt 2 ME abgesetzt (vgl. nebenstehende Abbildung).

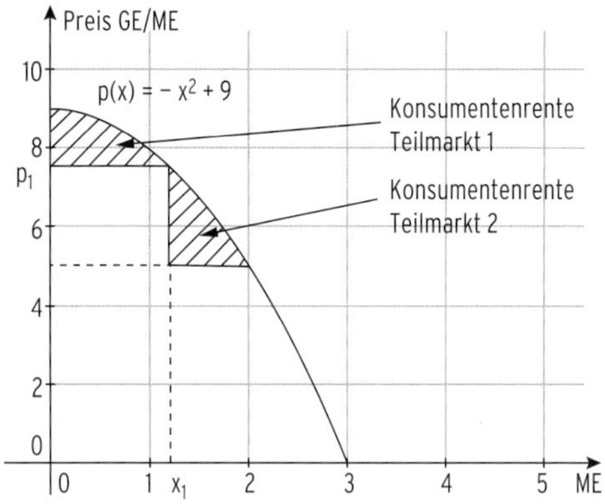

1 Beschreiben Sie den Einfluss der Höhe des Preises auf die Konsumentenrente des jeweiligen Teilmarkts. 2

2 Weisen Sie nach, dass die gesamte Konsumentenrente optimal abgeschöpft wird, wenn $x_1 = \sqrt{\frac{4}{3}}$ (ME) ist. 4

Aufgabe 29

Lösungen Seite 30

Die Abbildung zeigt die Graphen einer Angebots- und einer Nachfragefunktion.

a) Ordnen Sie begründet zu. Geben Sie die Funktionsterme an.

b) Berechnen Sie die Konsumentenrente und kennzeichnen Sie diese in der Abbildung.

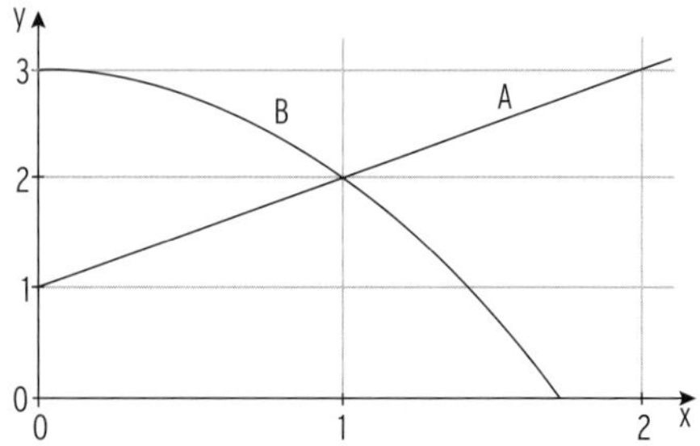

Aufgabe 30

Für die Angebotsfunktion eines Massengutes gilt die Vorschrift der Form: $p_A(x) = ax^2 + b$.

Für die Angebotsfunktion gelten folgende Bedingungen:

Beträgt der Marktpreis des Gutes 10 GE, so wird das Gut nicht mehr angeboten.

Das Marktgleichgewicht wird bei einer Absatzmenge von 60 ME und einem Marktpreis von 64 GE/ME erreicht. Berechnen Sie die Werte für a und b.

Berechnen Sie die Produzentenrente.

Aufgabe 31

Berechnen Sie den Wert des Integrals $\int_{-1}^{1} (\sqrt{2} \cdot x)^2 \, dx$.

Hilfsmittelfreier Teil - Analysis **Lösungen Seite 30**

Lösungen Seite 30

Aufgabe 32 **Punkte**

Gegeben sind die zwei Funktionen f und g mit den Funktionsgleichungen

$$f(x) = \frac{1}{3}x^3 - 2x^2 + 9x + 18$$

$$g(x) = \frac{1}{3}x^3 - 4x^2 + 9x + 18$$

In der folgenden Abbildung sind die Graphen der Ableitungen von f und g im Bereich [0; 10] dargestellt.

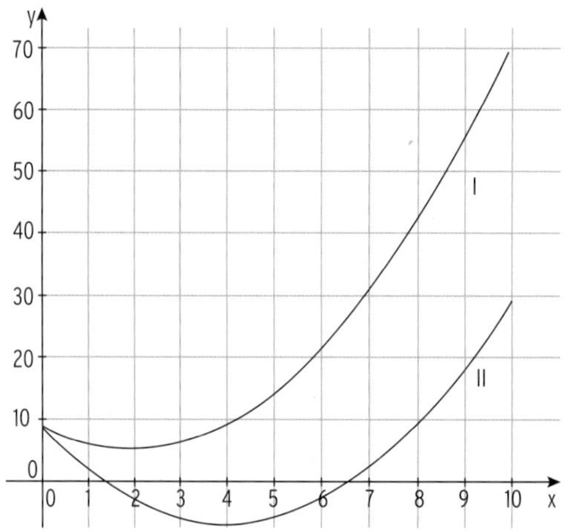

Abbildung 1

a) Entscheiden Sie Sie begründet, welcher Graph die Ableitung von f und welcher Graph die Ableitung von g darstellt. 4

b) Prüfen Sie, welcher der beiden Graphen nicht zu der Grenzkostenfunktion einer ertragsgesetzlichen Kostenfunktion gehören kann. 2

Lösungen – Hilfsmittelfreier Teil der Zentralen Abiturprüfung 2023

Hilfsmittelfreier Teil - Analysis Lösungen

Aufgabe 1

Aufgaben Seite 8

1.1 Der Graph der Grenzkostenfunktion schneidet den Graphen der variablen Stückkostenfunktion im Betriebsminimum, den der Stückkostenfunktion im Betriebsoptimum. Also gehört f_3 zur Grenzkostenfunktion. Die kurzfristige Preisuntergrenze ist geringer als die langfristige Preisuntergrenze, so dass f_2 der variablen Stückkostenfunktion und f_1 der Stückkostenfunktion zugeordnet werden kann.

1.2 Minimum der variablen Stückkosten:

$k_v(x) = a\,x^2 + bx + c$; $k_v'(x) = 2ax + b$

Notwendig und hinreichend bei ertragsgesetzlicher Kostenfunktion:

$k_v'(x) = 0$ $\qquad 2ax + b = 0$

$x = -\frac{b}{2a}$

$x = -\frac{b}{2a}$ ist Minimalstelle, da $k_v''(x) = 2a > 0$

Aufgabe 2

2.1 Nullstellenbetrachtung

$f(t) = 0$ $\qquad (40 - t)e^{0,05t} = 0$

da $e^{0,05t} \neq 0$ für alle $t \in \mathbb{R}$ $\qquad t = 40$

Nach 40 Monaten verschwindet das Produkt vom Markt.

2.2 Extremwertbetrachtung: Notwendige Bedingung $f'(t) = 0$:

$f'(t) = 0,05(40 - t)e^{0,05t} - e^{0,05t} = e^{0,05t}\,(0,05(40 - t) - 1)$

(Produkt- und Kettenregel)

$f'(20) = 0$ $\qquad 0,05(40 - 20) - 1 = 0$ wahr

Dazu hinreichend für Maximum: $f''(20) = -\frac{1}{400} \cdot 20 \cdot e^1 = -\frac{e}{20} < 0$

Hilfsmittelfreier Teil - Analysis Lösungen

Aufgabe 3 **Aufgaben Seite 9**

3.1 Die gesamte Absatzmenge der ersten 20 Monate wird mit dem Integral berechnet.

$$\int_0^{20} f(t)dt = \int_0^{20} (-\tfrac{1}{10}t^3 + 2t^2)dt = \left[-\tfrac{1}{40}t^4 + \tfrac{2}{3}t^3\right]_0^{20} = -4000 + \tfrac{16000}{3} = 1333{,}3 \text{ (ME)}$$

3.2

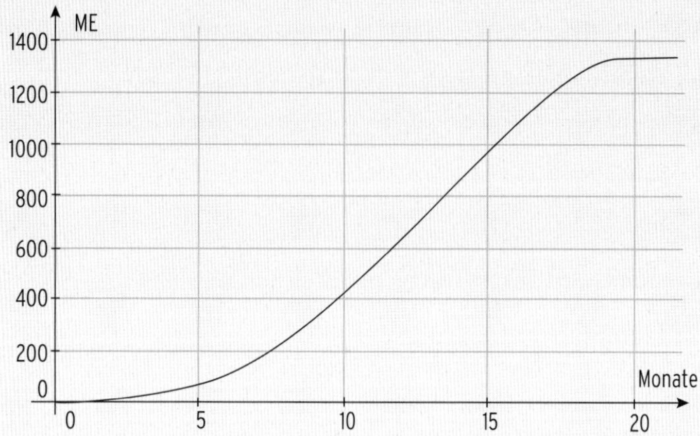

Aufgabe 4

a) Ansatz: $E(x) = ax^2 + bx$ wegen $E(0) = 0$

$E'(x) = 2ax + b$

Bedingungen und LGS: $E(3) = 36$ $\quad 9a + 3b = 36$

$3a + b = 12 \quad | \cdot(-1)$

$E'(3) = 0 \quad 6a + b = 0$

Addition ergibt: $3a = -12 \Leftrightarrow a = -4$

Einsetzen in $6a + b = 0$: $b = 24$

Funktionsterm für die Erlösfunktion: $E(x) = -4x^2 + 24x$

Hinweis: $E(6) = 0$ führt auf $36a + 6b = 0 \Leftrightarrow 6a + b = 0$

b) Graph der 1. Ableitung: fallende Gerade, die oberhalb und unterhalb der Abszissenachse im 1. und 4. Quadranten verläuft ($x \geq 0$).

Sie schneidet die x-Achse an der Maximalstelle von E.

Mit jeder zusätzlich verkauften ME wird der zusätzliche Erlös kleiner. Ab 3 ME nimmt der Erlös ab, weil der Grenzerlös E′ ($E'(x) = -8x + 24$) negativ wird.

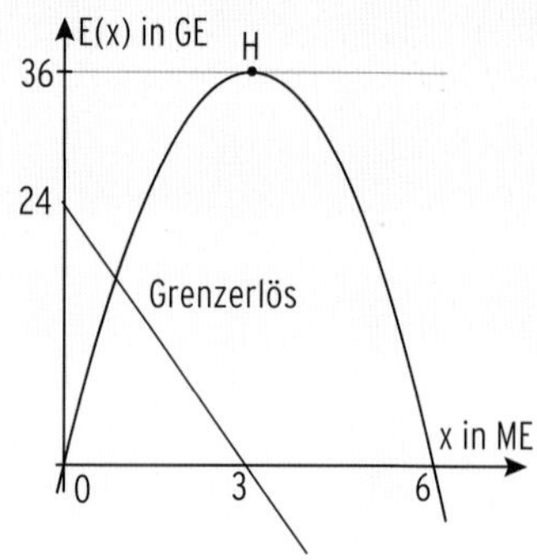

Hilfsmittelfreier Teil - Analysis Lösungen

Aufgabe 5 **Aufgaben Seite 10**

1.1 Die variablen Stückkosten und die Grenzkosten sind im Betriebsminimum gleich, also ist aus der Tabelle abzulesen: $x_{BM} = 4$. Die Aussage ist also wahr.

oder: k_v ist minimal in $x = 4$

1.2 Die Grenzkostenfunktion K′ gibt den Kostenzuwachs an. Dieser nimmt nur von 0 ME bis 3 ME ab (degressiver Zuwachs), danach wieder zu (progressiver Zuwachs). Daher ist die Aussage falsch.

1.3 Die Stückkostenfunktion und die variable Stückkostenfunktion unterscheiden sich nur durch den Term $\frac{K_{fix}}{x}$: $k(x) = k_v(x) + \frac{K_{fix}}{x}$

Daher gilt: $K_{fix} = k(1) - k_v(1) = 201 - 57 = 144$.

Die Aussage ist also wahr.

Aufgabe 6

2.1 $f(t) = 9t \cdot e^{-0,3t} + 6$; $f'(t) = 9 \cdot e^{-0,3t} + (-0,3) \cdot 9t \cdot e^{-0,3t} = (9 - 2,7t) \cdot e^{-0,3t}$

(mit Produkt und Kettenregel)

Notwendige Bedingung: $f'(t) = 0$ $\quad 9 - 0,3 \cdot 9t = 0 \quad (e^{-0,3t} \neq 0)$

$-2,7t + 9 = 0$

$t = \frac{10}{3}$

Der maximale Absatz wird im 4. Monat erreicht.

2.2 Der stärkste Absatzrückgang entspricht dem Wendepunkt mit re/li-Krümmungswechsel.

Dieser liegt laut Graph bei ungefähr (8 | 12,5). Die Aussage ist also wahr.

Hilfsmittelfreier Teil - Analysis Lösungen

Aufgabe 7 — Aufgaben Seite 11

7.1 Schnittpunkt von Angebots- und Nachfragefunktion:

$p_A(x) = p_N(x)$ $\qquad \frac{2}{3}x^2 + \frac{16}{3} = -\frac{1}{3}x^2 + \frac{64}{3}$

$x^2 = 16$

liefert die Lösungen $x = \pm 4$

Da negative Produktionswerte ökonomisch sinnlos sind, liegt die Gleichgewichtsmenge bei 4 ME. Der Gleichgewichtspreis liegt bei 16 GE/ME:

$p_A(4) = p_N(4) = 16$

Die Abbildung bestätigt das Ergebnis.

7.2 Der Inhalt der zwischen dem Graphen von p_N und $y = 16$ eingeschlossenen Fläche stellt den Geldwert der Konsumentenrente dar, der Flächeninhalt zwischen $y = 16$ und dem Graphen von p_A den Geldwert der Produzentenrente. Die Fläche der Konsumentenrente ist kleiner als die Fläche der Produzentenrente, somit ist die Konsumentenrente geringer als die Produzentenrente.

Aufgabe 8

8.1 Nullstellen: $f(x) = 0$ $\qquad x^3 + 2x^2 - 2x = 0 \Leftrightarrow x(x^2 + 2x - 2) = 0$

Also $x_1 = 0$. Zusätzlich: $\qquad x^2 + 2x - 2 = 0$

$x_{2|3} = -1 \pm \sqrt{1 + 2}$

Die drei Nullstellen sind $x_1 = 0$, $x_{2|3} = -1 \pm \sqrt{3}$.

8.2 Einzeichnen der Geraden g (siehe Abbildung rechts). Man sieht deutlich, dass g den Graphen von f im Punkt P (− 2 | 4) nicht berührt, sondern schneidet. Daher kann g keine Tangente am Graphen von f im Punkt P sein.

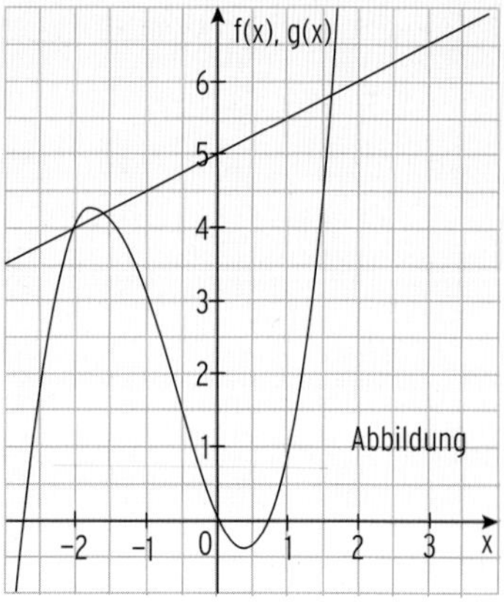

Hilfsmittelfreier Teil - Analysis Lösungen

Aufgabe 9

Aufgaben Seite 12

(1) Es gilt: $f'(x) = 3x^2 + 6x$. Das Vorzeichen des Koeffizienten vor x^2 entscheidet, ob die Parabel nach oben oder nach unten geöffnet ist. Weil $3 > 0$ gilt, ist die Parabel nach oben geöffnet.

Oder:

Die Parabel von f' besitzt die Nullstellen $x = -2$ und $x = 0$, denn sie sind die lokalen Extremstellen von f. Nur dazwischen fällt der Graph von f, also liegt die Parabel von f' für $-2 < x < 0$ unterhalb der x-Achse. Die Parabel muss also nach oben geöffnet sein.

(2) $c = -3$ oder $c = 1$. Damit es genau zwei Nullstellen gibt, muss der Graph von g_c die x-Achse im Hochpunkt oder im Tiefpunkt berühren. Somit muss entweder der Graph von f (Hochpunkt $H(-2 \mid 3)$) um drei Einheiten nach unten oder um eine Einheit nach oben (Tiefpunkt $T(0 \mid -1)$) verschoben werden.

Aufgabe 10

(1) Am Graphen ist erkennbar, dass $x = 2$ die vermutliche Nullstelle ist.
Zum rechnerischen Nachweis: Setze $x = 2$ in $f(x)$ ein.
Wegen $f(2) = \frac{1}{2} \cdot 2^3 - 2 - 2 = 4 - 2 - 2 = 0$ ist $x = 2$ eine Nullstelle von f.

(2) Je größer a wird, desto weiter wird der entsprechende Graph der Funktion f nach links verschoben (für $a > 0$). Damit $x = -1$ eine Nullstelle wird, muss der Graph von f um drei Einheiten nach links verschoben werden, also muss $a = 3$ gelten.

Hilfsmittelfreier Teil - Analysis Lösungen

Aufgabe 11

Aufgaben Seite 13

(1) Gesucht ist die Gleichung zu t mit

$t(x) = mx + b$.

Mit $f'(x) = x^2 - 4x$ gilt für die Steigung

von t: $m = f'(2) = 4 - 4 \cdot 2 = -4$.

Einsetzen von $m = -4$ und den

Koordinaten von P(2|0) ergibt:

$0 = -4 \cdot 2 + b$

$b = 8$

Also lautet die Tangentengleichung: $t(x) = -4x + 8$.

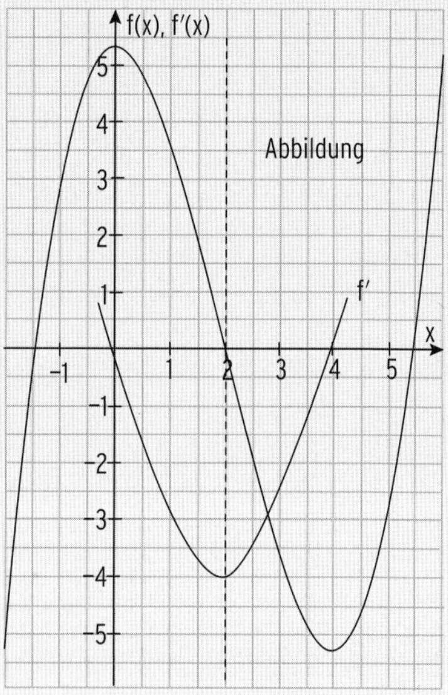

(2) Eine Skizze der Parabel von f′ ist rechts abgebildet.

Aufgabe 12

(1) Aus Symmetriegründen liegt die x-Koordinate des Scheitelpunktes S in der Mitte der beiden Nullstellen − 2 und 6. Die Mitte ist 2.

$f'(2) = -\frac{1}{4} \cdot 2^2 + 2 + 3 = 4$

Der Scheitelpunkt S besitzt somit die Koordinaten S(2 | 4).

(2) Der Graph der Funktion g in Abbildung 2 besitzt an der Stelle x = 2 eine negative Steigung, während am Graphen von Abbildung 1 abzulesen ist:

$f'(2) = 4 > 0$.

Der Graph der Funktion h in Abbildung 3 zeigt drei lokale Extremstellen. Wegen der notwendigen Bedingung für Extremstellen hat h′ mindestens drei Nullstellen, aber f′ hat nur zwei Nullstellen.

Hilfsmittelfreier Teil - Analysis Lösungen

Aufgabe 13

Aufgaben Seite 14

Man liest ab: Parabel von f mit $f(x) = ax^2 + bx + c$; $f'(x) = 2ax + b$

Bedingungen und LGS: $f(0) = 1$ $c = 1$

$f(2) = -2$ $4a + 2b + c = -2$

$f'(2) = \frac{1}{2}$ $4a + b = \frac{1}{2}$

Einsetzen von c = 1: $4a + 2b + 1 = -2$ $4a + 2b = -3$

$4a + b = \frac{1}{2}$ $|\cdot(-1)$

Addition ergibt: $b = -3{,}5$

Einsetzen in z. B. $4a + b = \frac{1}{2}$ ergibt $a = 1$

Möglicher Funktionsterm $f(x) = x^2 - 3{,}5x + 1$

Aufgabe 14

$f(x) = -x^3 + 3x^2 - x - 4$ besitzt einen Wendepunkt.

Ableitungen: $f'(x) = -3x^2 + 6x - 1$; $f''(x) = -6x + 6$

Wendepunkt: $f''(x) = 0$ $-6x + 6 = 0$ für $x = 1$

Mit $f'''(x) = -6 \neq 0$ ist $x = 1$ Wendestelle.

Mit $f(1) = -3$ und $f'(1) = 2$ erhält man mit $y = mx + b$ die Tangente in $W(1 \mid -3)$:

$-3 = 1 \cdot 2 + b$ und damit $b = -5$

Gleichung der Wendetangente: $y = 2x - 5$

Aufgabe 15

Ansatz: $f(x) = ax^3 + bx^2 + cx + d$; $f'(x) = 3ax^2 + 2bx + c$; $f''(x) = 6ax + 2b$

Bedingungen: $f(0) = 0$ $d = 0$

$f'(0) = 0$ $c = 0$

$H(1 \mid 1)$ der Hochpunkt: $f(1) = 1$ $a + b + c + d = 1$

$f'(1) = 0$ $3a + 2b + c = 0$

c und d eingesetzt: $a + b = 1$ $|\cdot 3$

$3a + 2b = 0$ $|\cdot(-1)$

Additionsverfahren: $b = 3$

Einsetzen in $a + b = 1$ ergibt $a = -2$

Funktionsterm: $f(x) = -2x^3 + 3x^2$

Hilfsmittelfreier Teil - Analysis Lösungen

Aufgabe 16 **Aufgaben Seite 14**

K: $f(x) = e^{x-3} - 2$

Ableitung: $f'(x) = e^{x-3}$

Mit $f(3) = -1$ und $f'(3) = 1$ erhält man mit $y = mx + c$ die Tangente in $P(3 \mid -1)$:

Punktprobe: $-1 = 1 \cdot 3 + c \Leftrightarrow c = -4$

Gleichung der Tangente: $y = x - 4$

Schnitt mit der Asymptote: $y = -2$: $-2 = x - 4 \Leftrightarrow x = 2$

Koordinaten des Schnittpunktes: $S(2 \mid -2)$.

Aufgabe 17

$$\int_{-1}^{2} (x^3 - 0{,}5x^2 - 3x)dx = \left[\frac{1}{4}x^4 - \frac{1}{6}x^3 - \frac{3}{2}x^2\right]_{-1}^{2} = -\frac{10}{3} + \frac{13}{12}$$
$$= -2{,}25$$

(Flächenbilanz)

Das Flächenstück zwischen K_f und der x-Achse oberhalb der x-Achse ist um 2,25 kleiner als das Flächenstück zwischen K_f und der x-Achse unterhalb der x-Achse.

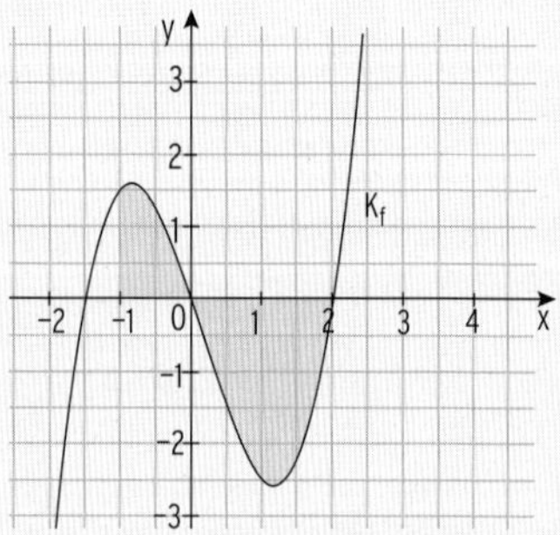

Aufgabe 18

Schnittstellen von f und g durch

Gleichsetzen: $f(x) = g(x)$ $-x^2 + 3 = 2x$

Nullform: $x^2 + 2x - 3 = 0$

Lösung mit Formel: $x_{1|2} = -\frac{p}{2} \pm \sqrt{(\frac{p}{2})^2 - q}$ $x_{1|2} = -1 \pm \sqrt{1-(-3)} = -1 \pm \sqrt{4}$

$x_{1|2} = -1 \pm 2$

Schnittstellen = Integrationsgrenzen: $x_1 = -3;\ x_2 = 1$

Integration von -3 bis 1 über $f(x) - g(x)$: $\int_{-3}^{1} (f(x) - g(x))dx$

$$= \int_{-3}^{1} (-x^2 + 3 - 2x)dx = \left[-\frac{1}{3}x^3 + 3x - x^2\right]_{-3}^{1}$$

obere Grenze − untere Grenze $= -\frac{1}{3} + 3 - 1 - (-\frac{1}{3}(-3)^3 + 3(-3) - (-3)^2)$

$$= \frac{32}{3}$$

Der Inhalt der eingeschlossenen Fläche beträgt $\frac{32}{3}$.

Hilfsmittelfreier Teil - Analysis Lösungen

Aufgabe 19 **Aufgaben Seite 14**

$f(x) = 4e^{2x} - 2$

Stammfunktion: $F(x) = 2e^{2x} - 2x + c$

Bedingung für c: F(0,5) = – 1: $F(0{,}5) = 2e^{1} - 1 + c = -1 \Rightarrow c = -2e$

Gesuchte Stammfunktion: $F(x) = 2e^{2x} - 2x - 2e$

Aufgabe 20 **Aufgaben Seite 15**

Gesamtkosten K mit $K(x) = 0{,}5x^3 - 8x^2 + 45x + 70$ mit $D_K = [0; 13]$

Minimum der variablen Stückkosten

variable Stückkosten $k_v(x) = 0{,}5x^2 - 8x + 45$; $k_v'(x) = x - 8$; $k_v''(x) = 1 > 0$

Minimum der variablen Stückkosten: $k_v'(x) = 0$ für $x = 8$

Nachweis: $k_v(8) = 13$ ist das Minimum wegen $k_v''(x) = 1 > 0$

Interpretation: Der minimale Verkaufspreis, bei dem bereits die fixen Kosten als Verlust in Kauf genommen werden, beträgt 13 GE/ME.

Aufgabe 21

Ableitung von f mit $f(x) = (2x^2 + 5) \cdot e^{-2x}$ mit der Produktregel

Mit $u(x) = 2x^2 + 5 \Rightarrow u'(x) = 4x$ und $v(x) = e^{-2x} \Rightarrow v'(x) = -2e^{-2x}$

folgt durch Einsetzen in $f'(x) = u(x)\, v'(x) + v(x)\, u'(x)$:

$f'(x) = (2x^2 + 5) \cdot (-2e^{-2x}) + e^{-2x} \cdot 4x$

Zusammenfassen durch Ausklammern: $f'(x) = e^{-2x}\left((2x^2 + 5) \cdot (-2) + 4x\right)$

Erste Ableitung von f: $f'(x) = e^{-2x}\left(-4x^2 - 10 + 4x\right)$

Aufgabe 22

1. falsch; $f'(x)$ wechselt bei $x = -2$ das Vorzeichen nicht.
2. wahr: Das Schaubild von f' hat für $-3 \leq x \leq 6$ genau zwei Extrempunkte.
3. wahr: $f'(0) = 4 > 1$
4. falsch: $f'(x) > 0$ für $0 < x < 5$, also ist f wachsend für $0 < x < 5$

Hilfsmittelfreier Teil - Analysis Lösungen

Aufgabe 23 — Aufgaben Seite 15

1. wahr, da $f'(x) > 0$ für alle x
2. wahr, da das Schaubild von f' mindestens einen Extrempunkt (Hochpunkt) hat.
3. falsch, da $f'(-x) = f'(x)$ gilt.

   Für Symmetrie zur y-Achse muss f(x) fallen für x <v0 und wachsen für $x > 0$ oder umgekehrt, also zum Beispiel $f'(-1) = -f'(1)$
4. nicht entscheidbar, der Funktionsterm von f ist festgelegt bis auf einen konstanten Summanden.

Aufgabe 24 — Aufgaben Seite 16

(1) $f(x) = \frac{1}{3}x^3 - \frac{11}{4}x^2 + 6x - 2$; $f'(x) = x^2 - 5{,}5x + 6$

Man liest ab und überprüft die Bedingung $f'(x) = 0$

$x_1 = 1{,}5$: $f'(1{,}5) = 1{,}5^2 - 5{,}5 \cdot 1{,}5 + 6 = 2{,}25 - 8{,}25 + 6 = 0$

$x_2 = 4$: $f'(4) = 4^2 - 5{,}5 \cdot 4 + 6 = 16 - 22 + 6 = 0$

Alternative durch Berechnung: $f'(x) = 0$ $\quad x^2 - 5{,}5x + 6 = 0$

$$x_{1|2} = \frac{5{,}5}{2} \pm \sqrt{\left(\frac{5{,}5}{2}\right)^2 - 6}$$

$$x_{1|2} = 2{,}75 \pm 1{,}25$$

Man erhält $x_1 = 1{,}5$; $x_2 = 4$

oder durch Zerlegung: $f'(x) = (x - 1{,}5) \cdot (x - 4) = 0 \Leftrightarrow x_1 = 1{,}5;\ x_2 = 4$

(2) In der Abbildung 1 erkennt man an der ersten Nullstelle einen +/− - Vorzeichenwechsel der Ableitungswerte f '(x). Das bedeutet, dass der Graph der Ausgangsfunktion f erst steigt und dann sinkt. Daher liegt an der Stelle $x_1 = 1{,}5$ ein lokales Maximum vor.

Aufgabe 25

$$\int_0^{4 \cdot \ln(2)} e^{0{,}25x}\,dx = \left[\frac{1}{0{,}25} \cdot e^{0{,}25x}\right]_0^{4 \cdot \ln(2)} = [4 \cdot e^{0{,}25x}]_0^{4 \cdot \ln(2)}$$

$$= 4 \cdot e^{0{,}25 \cdot 4 \cdot \ln(2)} - 4 \cdot e^{0{,}25 \cdot 0}$$

$$= 4 \cdot e^{\ln(2)} - 4 \cdot e^0 = 4 \cdot 2 - 4 \cdot 1 = 4$$

Hinweis: $e^{\ln(2)} = 2$; $e^0 = 1$

Hilfsmittelfreier Teil - Analysis Lösungen

Aufgabe 26

Aufgaben Seite 16

Durch $e^{h(x)} = x$ wird die Funktion h definiert (für $x > 0$). Nun wird auf beiden Seiten abgeleitet. Auf der linken Seite wird hierbei die Kettenregel angewendet: $e^{h(x)} \cdot h'(x) = 1$

Umstellen nach h′(x): $h'(x) = \frac{1}{e^{h(x)}}$

Wegen $e^{h(x)} = x$ wird $e^{h(x)}$ durch x ersetzt und man erhält:

$h'(x) = \frac{1}{e^{h(x)}} = \frac{1}{x}$, was zu zeigen war.

Aufgabe 27

a) Der Graph von f ist eine nach unten geöffnete Parabel, die bei t = 0 und t = 4 die t-Achse schneidet, d. h. es gilt $f(t) > 0$ für $0 < t < 4$.

Hinweis: f(t) ist die Zuflussrate, bei positiver Zuflussrate nimmt das Flüssigkeitsvolumen im Behälter zu

b) $2 + \int_0^t (f(x)dx = 7$

Hinweis: Integration über die Zuflussrate ergibt für $f(t) > 0$ die Flüssigkeitzunahme.

Aufgabe 28

Aufgaben Seite 17

1 Bei Erhöhung des Preises p_1 wird die Konsumentenrente im Teilmarkt 1 geringer und gleichzeitig die des Teilmarkts 2 höher. Bei Verringerung des Preises verhält es sich umgekehrt.

(Bei einem Preis von 9 GE/ME erlischt der Teilmarkt 1, bei einem Preis von p_1

5 GE/ME erlischt der Teilmarkt 2.)

2 Für $x_1 = \sqrt{\frac{4}{3}}$ wird die Konsumentenrente optimal abgeschöpft

Damit die Konsumentenrente höchstmöglich abgeschöpft wird, muss der Preis p_1 so gewählt werden, dass der Flächeninhalt des Rechtecks unter dem Flächenstück zur Konsumentenrente Teilmarkt 1 möglichst groß wird.

$A(x) = x \cdot p(x) - 5 \cdot x = -x^3 + 9x - 5x = -x^3 + 4x$

Extremwertbetrachtung: $A'(x) = 0 \qquad -3x^2 + 4 = 0 \qquad \Leftrightarrow x_{1|2} = \pm\sqrt{\frac{4}{3}}$

Mit x > 0 gilt: $x = -\sqrt{\frac{4}{3}}$ ökonomisch nicht sinnvoll.

Dazu hinreichend: $A''(\sqrt{\frac{4}{3}}) = -6 \cdot \sqrt{\frac{4}{3}} < 0$

Hilfsmittelfreier Teil - Analysis Lösungen

Aufgabe 29

Aufgaben Seite 17

a) A: Monoton wachsend; Angebotsfunktion

$p_A(x) = x + 1$

B: Monoton fallend; Nachfragefunktion

$p_N(x) = -x^2 + 3$

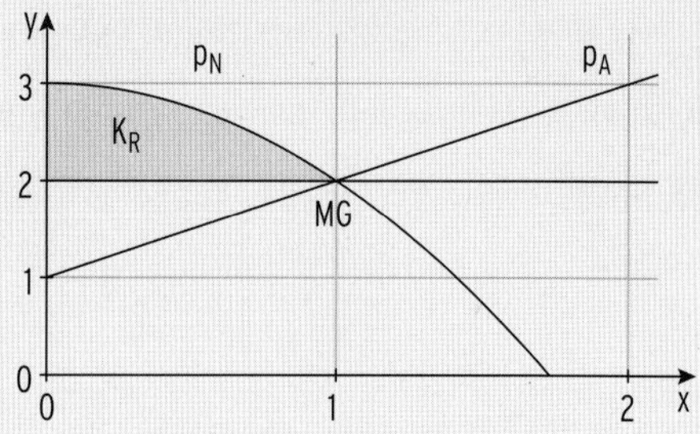

b) $p_A(x) = p_N(x) \qquad -x^2 + 3 = x + 1$

$x^2 + x - 2 = 0 \Leftrightarrow x_1 = 1\,;\ x_2 = -2$

Marktgleichgewicht MG (1 | 2)

Konsumentenrente: $\int_0^1 p_N(x)\,dx - 2 = \left[-\frac{1}{3}x^3 + 3x\right]_0^1 - 2 = \frac{2}{3}$

Aufgabe 30

Ansatz: $p_A(x) = ax^2 + b$

$p_A(0) = 10$ ergibt $b = 10$; $p_A(x) = ax^2 + 10$

MGL(60 | 64): $64 = a \cdot 60^2 + 10 \Rightarrow a = \frac{54}{3600} = \frac{3}{200}$

Angebotsfunktion: $p_A(x) = \frac{3}{200}x^2 + 10$

Produzentenrente $\int_0^{60} (64 - (\frac{3}{200}x^2 + 10))\,dx = \int_0^{60} (54 - \frac{3}{200}x^2)\,dx = \left[54x - \frac{1}{200}x^3\right]_0^{60}$

$= 54 \cdot 60 - \frac{60^3}{200} = 54 \cdot 60 - 18 \cdot 60 = 36 \cdot 60 = 216$

Aufgabe 31

$$\int_{-1}^{1} (\sqrt{2} \cdot x)^2\,dx = \int_{-1}^{1} 2x^2\,dx = \left[\frac{2}{3}x^3\right]_{-1}^{1} = \frac{2}{3} \cdot 1^3 - \frac{2}{3} \cdot (-1)^3 = \frac{2}{3} + \frac{2}{3} = \frac{4}{3}$$

Aufgabe 32

Aufgaben Seite 18

a) $f'(x) = x^2 - 4x + 9$; $g'(x) = x^2 - 8x + 9$

Vergleich in $x = 4$: $f'(4) = 9 > 0 \qquad g'(4) = -7 < 0$

Graph II gehört zur Ableitungsfunktion von g (unterhalb der x-Achse), somit ist Graph I gehört zur Ableitungsfunktion von f.

Hinweis: Vergleich von $f'(4) = 9 > g'(4) = -7$

Vergleich in $x = 0$ führt nicht zum Ziel: $f'(0) = 9 = g'(0)$

b) Graph II kann nicht zu einer Grenzkostenfunktion gehören, da er auch im negativen Bereich verläuft. Da Kostenfunktionen jedoch monoton steigend verlaufen, müssen die Grenzkosten überall nicht-negativ sein ($K'(x) \geq 0$).

Hilfsmittelfreier Teil - Lineare Algebra

Lösungen Seite 38

Aufgabe 1

Punkte

Die nebenstehende Tabelle gibt die Materialverflechtung in einem zweistufigen Produktionsprozess an, in dem aus Rohstoffen R_1, R_2 und R_3 zunächst Zwischenprodukte Z_1 und Z_2 und anschließend Endprodukte E_1 und E_2 entstehen.

			E_1	E_2
		Z_1	4	b
	Z_1	Z_2	1	3
R_1	1	0	4	2
R_2	3	1	c	9
R_3	2	a	12	16

1.1 Zeichnen Sie das Verflechtungsdiagramm der ersten und zweiten Stufe. 3

1.2 Ermitteln Sie die fehlenden Werte für a, b und c. 3

Aufgabe 2

Betrachtet werden die Matrizen A und B mit $A = \begin{pmatrix} 1 & 2 \\ 3 & -1 \end{pmatrix}$ und $B = \frac{1}{7}\begin{pmatrix} 1 & 2 \\ 3 & -1 \end{pmatrix}$ sowie eine Matrix C.

a) Zeigen Sie, dass B die zu A inverse Matrix ist. 2

b) Für die Matrix C gilt: $C \cdot \begin{pmatrix} 1 \\ 0 \end{pmatrix} = \begin{pmatrix} 3 \\ 1 \end{pmatrix}$ und $C \cdot \begin{pmatrix} 0 \\ 1 \end{pmatrix} = \begin{pmatrix} 5 \\ 8 \end{pmatrix}$

Begründen Sie, dass gilt: $C \cdot \begin{pmatrix} 1 \\ 1 \end{pmatrix} = \begin{pmatrix} 8 \\ 9 \end{pmatrix}$ 2

Aufgabe 3

1 Gegeben ist das eindeutig lösbare Gleichungssystem LGS 1:

$$3x_1 - 2x_2 + 2x_3 = 10$$
$$6x_1 + 2x_2 - 4x_3 = 6$$
$$4x_2 - 8x_3 = 12.$$

1.1 Berechnen Sie den Lösungsvektor $\begin{pmatrix} x_1 \\ x_2 \\ x_3 \end{pmatrix}$ von LGS 1.

1.2 Begründen Sie, warum alle Lösungen des gegebenen Gleichungssystems LGS1 auch Lösungen des nachfolgenden Gleichungssystems LGS2 sind.

$$3x_1 - 2x_2 + 2x_3 = 10$$
$$6x_1 + 2x_2 - 4x_3 = 6$$
$$12x_1 + 4x_2 - 8x_3 = 12.$$

Hilfsmittelfreier Teil - Lineare Algebra

Lösungen Seite 38

Aufgabe 4

Punkte

Bei einem zweistufigen Produktionsprozess wird der Bedarf je Mengeneinheit an Roh- und Zwischenprodukten für die Endprodukte in dem folgenden Verflechtungsdiagramm verdeutlicht.

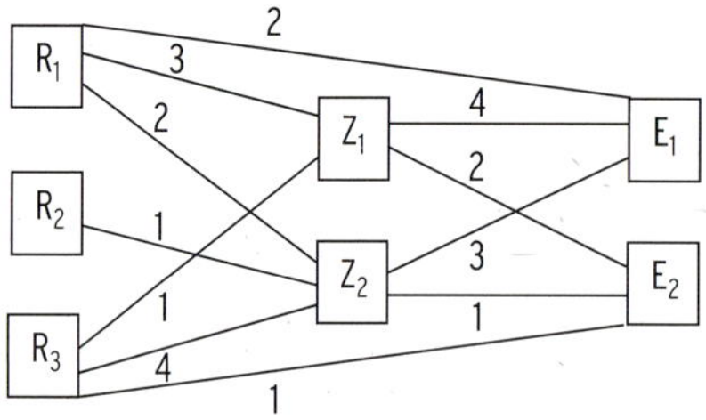

Die Kosten für je eine Mengeneinheiten der Rohstoffe entsprechen dem Zeilenvektor $(2 \quad 5 \quad 3)$.

a) Zeigen Sie, dass für die Rohstoff-Endprodukt-Matrix gilt: $A_{RE} = \begin{pmatrix} 20 & 8 \\ 3 & 1 \\ 16 & 7 \end{pmatrix}$ 3

b) Nehmen Sie Stellung zu der Behauptung, dass die Rohstoffkosten für 10 ME von E_1 über 1000 GE betragen. 3

Aufgabe 5

Lösungen Seite 39

Ein Unternehmen stellt aus drei unterschiedlichen Bauteilen B1, B2 und B3 die Endprodukte E1, E2 und E3 her. Das Unternehmen hat noch 70 ME von B1 und jeweils 60 ME von B2 und B3 auf Lager.

a) Die Materialverflechtung ist der Matrix M_{BE} zu entnehmen: $M_{BE} = \begin{pmatrix} 1 & 2 & 3 \\ 2 & 2 & 0 \\ 1 & 2 & 2 \end{pmatrix}$

Berechnen Sie, wie viele ME der Endprodukte hergestellt werden können, wenn der Lagerbestand vollständig aufgebraucht werden soll. 4

b) Durch eine Veränderung der Produktion werden nun für die Herstellung von einer ME von E3 eine zusätzliche ME von B3 benötigt. Als umgeformte erweiterte Koeffizienten-Matrix ergibt sich bei obigen Lagerbeständen:

$$\left(\begin{array}{ccc|c} 1 & 2 & 3 & 70 \\ 0 & 2 & 6 & 80 \\ 0 & 0 & 0 & 10 \end{array}\right)$$

Interpretieren Sie die Bedeutung dieser Matrix im Sachzusammenhang.

2

Hilfsmittelfreier Teil - Lineare Algebra

Lösungen Seite 39

Aufgabe 6

Punkte

Ein Unternehmen stellt aus vier Rohstoffen R1, R2, R3 und R4 drei Zwischenprodukte Z1, Z2 und Z3 und aus diesen wiederum zwei Endprodukte E1 und E2 her.

Die Materialverflechtung ist den unten stehenden Stücklisten zu entnehmen.

	Z1	Z2	Z3
R1	1	0	2
R2	0	2	2
R3	1	1	3
R4	2	1	0

	E1	E2
Z1	1	1
Z2	2	0
Z3	0	1

a) Ermitteln Sie, wie viele ME der Rohstoffe für die Produktion der jeweiligen Endprodukte benötigt werden. 3

Das Unternehmen kalkuliert für die folgende Geschäftsperiode mit einer Nachfrage von 200 ME für E1 und 300 ME für E2 und Kosten in Höhe von 4800 GE. Aufgrund der aufwändigeren Produktion soll der Verkaufspreis für E2 doppelt so hoch sein wie der für E1.

b) Berechnen Sie, wie hoch die Verkaufspreise mindestens sein müssen, damit das Unternehmen kostendeckend produziert. 3

Aufgabe 7

Das Unternehmen *Blühfreude* stellt verschiedene Dünger her. Im Rahmen des Produktionsprozesses werden aus drei Rohstoffen (R), drei Zwischenprodukte (Z) und dann vier Endprodukte (E) hergestellt. Nur die Rohstoff-Endprodukt-Matrix C_{RE} ist bekannt:

$$C_{RE} = \begin{pmatrix} 2 & 3 & 4 & 5 \\ 1 & 2 & 3 & 4 \\ 4 & 3 & 2 & 1 \end{pmatrix}$$

a) Stellen Sie den prinzipiell zugrundeliegenden Produktionsprozess grafisch dar. Geben Sie das Format der zugrundeliegenden Matrizen A_{RZ} und B_{ZE} an. 2

b) In der Produktionsabteilung sollen von Dünger E_1 und von E_3 je 20 Mengeneinheiten (ME) hergestellt werden sowie je 10 ME von E_2 und E_4.
Berechnen Sie die benötigten Rohstoffmengen, die aus dem Lager für diese Produktion beschafft werden müssen. 3

Hilfsmittelfreier Teil - Lineare Algebra

Lösungen Seite 40

Aufgabe 8

Bestimmen Sie die Lösungsmenge des linearen Gleichungssystems

$$\begin{pmatrix} 2 & 3 & 2 \\ 0 & 4 & 3 \\ 1 & 1{,}5 & 1 \end{pmatrix} \cdot \begin{pmatrix} x_1 \\ x_2 \\ x_3 \end{pmatrix} = \begin{pmatrix} 4300 \\ 4250 \\ 4950 \end{pmatrix}$$

Ersetzen Sie die Zahl 1,5, sodass das geänderte LGS eindeutig lösbar ist mit $x_2 = 800$.

Aufgabe 9

In einem mehrstufigen Prozess ergeben sich folgende Zusammenhänge:

$$C_{RE} = \begin{pmatrix} 4 & 5 & 2 \\ 1 & 3 & 4 \\ 2 & 1 & 5 \end{pmatrix}.$$

Die Produktion der Endprodukte erfolgt mit $\vec{m} = \begin{pmatrix} x \\ 2x \\ 3x \end{pmatrix}$.

Im Lager befinden sich noch die folgenden Rohstoffe: $\vec{r} = \begin{pmatrix} 20 \\ 19 \\ 19 \end{pmatrix}$.

Die Rohstoffpreise pro Mengeneinheit werden durch den Vektor $\vec{k}_R = (2 \quad 3 \quad 2)$ angegeben.

a) Bestimmen Sie die Anzahl der Endprodukte, die durch den vollständigen Verbrauch der Rohstoffe hergestellt werden können.

b) Berechnen Sie die Rohstoffkosten für die Produktion von 3 ME E_1, 2 ME von E_2 und 1 ME von E_3.

Aufgabe 10

BioKosmetiKuss stellt in einem zweistufigen Produktionsprozess aus pflanzlichen Rohstoffen Zwischenprodukte und aus diesen wiederum verschiedene Parfums her. Die folgenden Matrizen beschreiben die Verflechtung:

$$X = \begin{pmatrix} 7 & 11 & 7 \\ 15 & 23 & 13 \\ 10 & 17 & 7 \end{pmatrix}; Y = \begin{pmatrix} 1 & 2 & 1 \\ 1 & a & 3 \\ 4 & 1 & b \end{pmatrix}; Z = \begin{pmatrix} 1 & 2 & 1 \\ 2 & 3 & 3 \\ 2 & 3 & c \end{pmatrix}.$$

a) Begründen Sie, welche Matrix die Rohstoff-Zwischenprodukt-Matrix, die Zwischenprodukt-Endprodukt-Matrix bzw. die Rohstoff-Endprodukt-Matrix ist.

b) Bestimmen Sie die produktionsbedingten Parameter a, b und c.

Deuten Sie Ihre Ergebnisse im Sachzusammenhang.

Hilfsmittelfreier Teil - Lineare Algebra

Lösungen Seite 41

Aufgabe 11

Punkte

Eine Firma produziert in einem ersten Schritt aus den Rohstoffen R_1 und R_2 die Zwischenprodukte Z_1 und Z_2. Daraus werden in einem zweiten Schritt die Endprodukte E_1 und E_2 hergestellt. Den folgenden Tabellen ist zu entnehmen, wie viele Mengeneinheiten (ME) im jeweiligen Schritt zur Herstellung von jeweils einer ME der Zwischenprodukte bzw. Endprodukte verarbeitet werden:

	Z_1	Z_2
R_1	2	1
R_2	0	2

	E_1	E_2
Z_1	1	0
Z_2	1	2

a) Ermitteln Sie, wie viele ME von R_1 jeweils benötigt werden, um 50 ME von Z_1 sowie 100 ME von E_1 herzustellen. Bestimmen Sie die Tabelle, die den Zusammenhang von Rohstoffen und Endprodukten verdeutlicht. 2

b) Aufgrund einer Umstellung des Produktionsverfahrens ändert sich der Bedarf an R_1 für die Herstellung von Z_1 und Z_2. Dadurch werden für jede ME von E_1 nur noch zwei ME von R_1 und für jede ME von E_2 nur noch eine ME von R_1 benötigt. 4
Bestimmen Sie für jedes der Zwischenprodukte Z_1 und Z_2, wie viele ME von R_1 zur Herstellung einer ME benötigt werden.

Aufgabe 12

1 Bestimmen Sie die Lösung des folgenden Gleichungssystems: 3

$2x_3 = 2 \wedge x_1 + x_2 + x_3 = 2 \wedge x_2 - x_3 = 2$

2 Gegeben sind die Gleichungssysteme A und B: 3

A
$$\begin{aligned} x_1 + x_2 + 2x_3 &= 12 \\ -x_1 + x_2 &= -8 \\ x_2 + x_3 &= 2 \end{aligned}$$

B
$$\begin{aligned} x_1 + x_2 + 2x_3 &= 12 \\ -x_1 + x_2 &= -8 \\ x_2 + x_3 &= 4 \end{aligned}$$

Entscheiden Sie, welches der Gleichungssysteme A und B nicht lösbar ist, und begründen Sie Ihre Entscheidung.

Hilfsmittelfreier Teil - Lineare Algebra

Lösungen Seite 41

Aufgabe 13

Punkte

Eine Firma stellt aus drei unterschiedlichen Rohstoffen vier Zwischenprodukte her. 5

Aus den Zwischenprodukten entstehen in einer zweiten Produktionsstufe die Endprodukte E_1 und E_2. Die Materialkosten für E_1 und E_2 betragen (42,4 72,2), die Kosten für die Fertigung von je einer ME der Zwischenprodukte und der Endprodukte sind durch folgende Vektoren gegeben: $\vec{k}_Z = (1 \quad 0{,}5 \quad 1 \quad 0{,}6)$; $\vec{k}_E = (6 \quad 8)$.

Für die Zwischenprodukt-Endproduktmatrix B gilt $B = \begin{pmatrix} 6 & 3 \\ 6 & 0 \\ 2 & 1 \\ 0 & 10 \end{pmatrix}$.

Die Endprodukte sollen zu einem Preis am Markt angeboten werden, der mindestens 25% über den variablen Herstellkosten liegt. Bestimmen Sie die Preisuntergrenze für E_1 und E_2.

Aufgabe 14

Lösungen Seite 42

Eine Firma produziert in einem ersten Schritt aus den Rohstoffen R_1, R_2 und R_3 die Zwischenprodukte Z_1 und Z_2. Daraus werden in einem zweiten Schritt die Endprodukte E_1, E_2 und E_3 hergestellt. Den folgenden Tabellen ist zu entnehmen, wie viele Mengeneinheiten (ME) im jeweiligen Schritt zur Herstellung von jeweils einer ME der Zwischenprodukte bzw. Endprodukte verarbeitet werden:

	Z_1	Z_2
R_1	2	6
R_2	4	4
R_3	6	2

	E_1	E_2	E_3
Z_1	5	2	8
Z_2	5	8	2

a) Ermitteln Sie, wie viele ME von R_3 insgesamt benötigt werden, um jeweils eine ME von E_1, E_2 und E_3 herzustellen. 3

b) Aufgrund von Lieferschwierigkeiten kann die Firma für R_3 nur noch auf einen Lagerbestand von 54 ME zurückgreifen. Berechnen Sie, wie viele ME von Zwischenprodukten noch produziert werden können, wenn die Anzahl der ME von Z_2 um 50% größer sein soll als die Anzahl der ME von Z_1. 3

Aufgabe 15

Gegeben ist die Matrix $A = \begin{pmatrix} 7 & 4 \\ 2 & 0 \end{pmatrix}$.

a) Betrachtet wird außerdem eine Matrix $B = \begin{pmatrix} a & b \\ c & d \end{pmatrix}$ mit $a, b, c, d \in \mathbb{R}$.
Bestimmen Sie die Werte von a, b, c und d so, dass $A \cdot B = \begin{pmatrix} 1 & 0 \\ 0 & 1 \end{pmatrix}$ gilt. 3

b) Für eine Matrix C kann das Produkt $C \cdot A$, nicht jedoch das Produkt $A \cdot C$ gebildet werden. Beschreiben Sie alle möglichen Formen von C. 2

Aufgabe 16 **Lösungen Seite 42**

Ein Unternehmen stellt aus drei Bauteilen B1, B2 und B3 zwei Endprodukte E1 und E2 her.

Die Stückliste ist in der folgenden Tabelle dargestellt.

	E1	E2
B1	1	2
B2	3	1
B3	0	2

a) Berechnen Sie den Materialbedarf an Bauteilen für einen Auftrag über 10 Stück von Endprodukt E1 und 15 Stück von Endprodukt E2. 2

b) Der Lagerbestand an Bauteilen beträgt 80 Stück von B1 und 80 Stück von B2 sowie 40 Stück von B3.
Bestimmen Sie die Anzahl der Endprodukte E1, die das Unternehmen mit diesem Lagerbestand maximal herstellen kann, wenn 20 Stück von E2 hergestellt werden. 3

Aufgabe 17

Aus drei Aus drei Bauteilen B1, B2 und B3 stellt die Rasolux GmbH drei verschiedene Rasentrimmer T1, T2 und T3 her. Die für einen Rasentrimmer benötigten Bauteile (in ME) sind in Matrix M_{BT} zusammengefasst:

$$M_{BT} = \begin{pmatrix} 1 & 1 & 3 \\ 2 & 1 & 5 \\ 3 & 2 & 1 \end{pmatrix}$$

a) Die Bauteilekosten betragen 8 GE/ME für B1, 11 GE/ME für B2 und 15 GE/ME für B3.
Berechnen Sie die Bauteilekosten je Rasentrimmer. 3

b) Die Herstellung soll auf das Mengenverhältnis T1 : T2 : T3 = 3 : 5 : 4 umgestellt werden. Bestimmen Sie die Anzahlen der drei Rasentrimmer, die man höchstens herstellen kann, wenn von B1 nur 8000 ME zur Verfügung stehen und B2 sowie B3 uneingeschränkt vorhanden sind. 3

Hilfsmittelfreier Teil - Lineare Algebra Lösungen

Aufgabe 1 **Aufgaben Seite 31**

1.1 Verflechtungsdiagramm

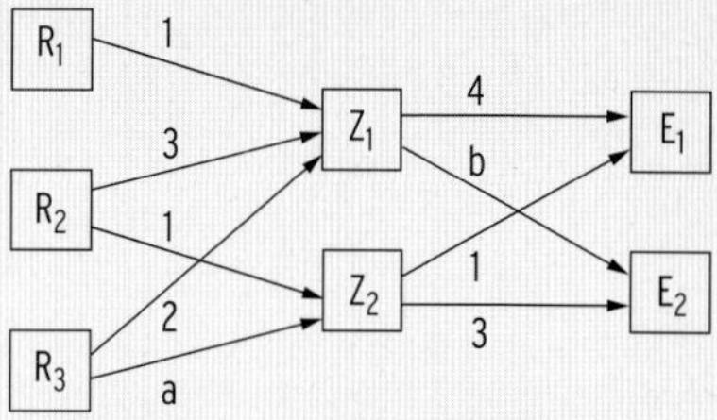

1.2 Aus der Matrizengleichung

$$\begin{pmatrix} 1 & 0 \\ 3 & 1 \\ 2 & a \end{pmatrix} \cdot \begin{pmatrix} 4 & b \\ 1 & 3 \end{pmatrix} = \begin{pmatrix} 4 & b \\ 13 & 3b+3 \\ 8+a & 2b+3a \end{pmatrix} = \begin{pmatrix} 4 & 2 \\ c & 9 \\ 12 & 16 \end{pmatrix}$$

folgt z. B.: $8 + a = 12 \Rightarrow a = 4$ $\qquad 3b + 3 = 9 \Rightarrow b = 2$

Einsetzen in $2b + 3a = 16$ ergibt eine wahre Aussage

Fehlende Werte: $a = 4,\ b = 2,\ c = 13$.

Aufgabe 2

a) B ist die zu A inverse Matrix: $A \cdot B = \begin{pmatrix} 1 & 2 \\ 3 & -1 \end{pmatrix} \cdot \frac{1}{7}\begin{pmatrix} 1 & 2 \\ 3 & -1 \end{pmatrix} = \begin{pmatrix} 1 & 0 \\ 0 & 1 \end{pmatrix} = E$

b) Aus $C \cdot \begin{pmatrix} 1 \\ 0 \end{pmatrix} = \begin{pmatrix} 3 \\ 1 \end{pmatrix}$ und $C \cdot \begin{pmatrix} 0 \\ 1 \end{pmatrix} = \begin{pmatrix} 5 \\ 8 \end{pmatrix}$ folgt $C = \begin{pmatrix} 3 & 5 \\ 1 & 8 \end{pmatrix}$

Dann gilt: $C \cdot \begin{pmatrix} 1 \\ 1 \end{pmatrix} = \begin{pmatrix} 8 \\ 9 \end{pmatrix}$ $\qquad$ Bem.: $\begin{pmatrix} 1 \\ 0 \end{pmatrix}$ und $\begin{pmatrix} 0 \\ 1 \end{pmatrix}$ bilden E.

Aufgabe 3

1.1 Mit dem Gauß-Verfahren, kommt man auf die folgende Stufenform:

$$\left(\begin{array}{ccc|c} 3 & -2 & 2 & 10 \\ 6 & 2 & -4 & 6 \\ 0 & 4 & -8 & 12 \end{array}\right) \sim \left(\begin{array}{ccc|c} 3 & -2 & 2 & 10 \\ 0 & 6 & -8 & -14 \\ 0 & 4 & -8 & 12 \end{array}\right) \sim \left(\begin{array}{ccc|c} 3 & -2 & 2 & 10 \\ 0 & 6 & -8 & -14 \\ 0 & 0 & 8 & -64 \end{array}\right)$$

Dies führt auf den Lösungsvektor $\begin{pmatrix} x_1 \\ x_2 \\ x_3 \end{pmatrix} = \begin{pmatrix} 0 \\ -13 \\ -8 \end{pmatrix}$

Anmerkung: Der „Lösungsvektor" kann auch in anderer Schreibweise angegeben werden und es kann auch ein alternatives Lösungsverfahren angewandt werden.

1.2 In LGS 2 ist die dritte Zeile eine Verdoppelung der zweiten, also ist LGS 2 unterbestimmt. Da der Lösungsvektor von LGS 1 jedenfalls die ersten beiden Zeilen von LGS 2 erfüllt und die dritte Zeile in LGS 2 überflüssig ist, ist der Lösungsvektor von LGS 1 in der Lösungsmenge von LGS 2 enthalten.

Aufgabe 4 **Aufgaben Seite 32**

a) $C_{RE} = A_{RZ} \cdot B_{ZE} + \begin{pmatrix} 2 & 0 \\ 0 & 0 \\ 0 & 1 \end{pmatrix} = \begin{pmatrix} 3 & 2 \\ 0 & 1 \\ 1 & 4 \end{pmatrix} \cdot \begin{pmatrix} 4 & 2 \\ 3 & 1 \end{pmatrix} + \begin{pmatrix} 2 & 0 \\ 0 & 0 \\ 0 & 1 \end{pmatrix} = \begin{pmatrix} 18 & 8 \\ 3 & 1 \\ 16 & 6 \end{pmatrix} + \begin{pmatrix} 2 & 0 \\ 0 & 0 \\ 0 & 1 \end{pmatrix} = \begin{pmatrix} 20 & 8 \\ 3 & 1 \\ 16 & 7 \end{pmatrix}$

b) Rohstoffkosten für 1 ME von E_1: $\begin{pmatrix} 2 & 5 & 3 \end{pmatrix} \begin{pmatrix} 20 \\ 3 \\ 16 \end{pmatrix} = 103$

Die Behauptung stimmt, da die Rohstoffkosten für 1 ME von E_1 103 GE betragen, also für 10 ME 1030 GE $>$ 1000 GE.

Hilfsmittelfreier Teil - Lineare Algebra Lösungen

Aufgabe 5

Aufgaben Seite 32

a) $M_{BE} \cdot \vec{x} = \vec{b}$ LGS: $\left(\begin{array}{ccc|c} 1 & 2 & 3 & 70 \\ 2 & 2 & 0 & 60 \\ 1 & 2 & 2 & 60 \end{array}\right) \sim \left(\begin{array}{ccc|c} 1 & 2 & 3 & 70 \\ 0 & 2 & 6 & 80 \\ 0 & 0 & 1 & 10 \end{array}\right)$ liefert den Lösungsvektor $\begin{pmatrix} 20 \\ 10 \\ 10 \end{pmatrix}$

Es können 20 ME von E1 und jeweils 10 ME von E2 und E3 produziert werden.

b) $\left(\begin{array}{ccc|c} 1 & 2 & 3 & 70 \\ 0 & 2 & 6 & 80 \\ 0 & 0 & 0 & 10 \end{array}\right)$

Dieses Gleichungssystem besitzt keine Lösung, der vorliegende Lagerbestand kann also nicht vollständig zu Endprodukten verarbeitet werden.

Aufgabe 6

Aufgaben Seite 33

a) $C_{RE} = A_{RZ} \cdot B_{ZE} = \begin{pmatrix} 1 & 0 & 2 \\ 0 & 2 & 2 \\ 1 & 1 & 3 \\ 2 & 1 & 0 \end{pmatrix} \cdot \begin{pmatrix} 1 & 1 \\ 2 & 0 \\ 0 & 1 \end{pmatrix} = \begin{pmatrix} 1 & 3 \\ 4 & 2 \\ 3 & 4 \\ 4 & 2 \end{pmatrix}$

b) Bei Kostendeckung sind Erlös und Kosten gleich:

$(x \quad 2x) \cdot \begin{pmatrix} 200 \\ 300 \end{pmatrix} = 4800$

$800x = 4800$ für $x = 6$

Der Verkaufspreis für E1 muss mindestens 6 GE und für E2 mindestens 12 GE betragen.

Aufgabe 7

a) Produktionsprozess darstellen

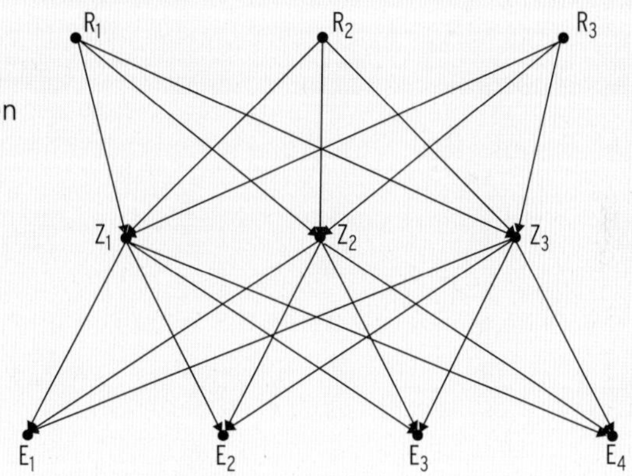

Format der Matrix A_{RZ}: (3 x 3)
Format der Matrix B_{ZE}: (3 x 4)

b) Rohstoffmengen berechnen

$C_{RE} \cdot \vec{m} = \vec{r}$ $\begin{pmatrix} 2 & 3 & 4 & 5 \\ 1 & 2 & 3 & 4 \\ 4 & 3 & 2 & 1 \end{pmatrix} \cdot \begin{pmatrix} 20 \\ 10 \\ 20 \\ 10 \end{pmatrix} = \begin{pmatrix} 40+30+80+50 \\ 20+20+60+40 \\ 80+30+40+10 \end{pmatrix} = \begin{pmatrix} 200 \\ 140 \\ 160 \end{pmatrix}$

Von R_1 werden insgesamt 200 ME benötigt, von R_2 140 ME und von R_3 insgesamt 160 ME.

Hilfsmittelfreier Teil - Lineare Algebra Lösungen

Aufgabe 8 **Aufgaben Seite 34**

Lösung des Gleichungssystems mit dem Gaußverfahren:

$$\left(\begin{array}{ccc|c} 2 & 3 & 2 & 4300 \\ 0 & 4 & 3 & 4250 \\ 1 & 1{,}5 & 1 & 4950 \end{array}\right) \sim \left(\begin{array}{ccc|c} 2 & 3 & 2 & 4300 \\ 0 & 4 & 3 & 4250 \\ 0 & 0 & 0 & 5600 \end{array}\right)$$

Das LGS enthält einen Widerspruch (3. Zeile); $L = \varnothing$

Ersetzt man 1,5 durch 5 so ergibt die Addition

von Zeile 1 und Zeile 3: $0 \quad 7 \quad 0 \mid 5600$

mit $x_2 = 800$.

Durch Rückwärtseinsetzen ergibt sich: $x_1 = 600$ und $x_3 = 350$

Aufgabe 9

$C_{RE} = \begin{pmatrix} 4 & 5 & 2 \\ 1 & 3 & 4 \\ 2 & 1 & 5 \end{pmatrix}$ Produktionsvektor: $\vec{m} = \begin{pmatrix} x \\ 2x \\ 3x \end{pmatrix}$.

a) $C_{RE} \cdot \vec{m} = \vec{r}$ ergibt $4x + 10x + 6x = 20$ für $x = 1$

(so wie $x + 6x + 12x = 19$ für $x = 1$ und $2x + 2x + 15x = 19$ für $x = 1$)

Von E_1 können 1 ME, von E_2 2 ME und von E_3 3 ME hergestellt werden.

b) $\vec{k}_R \cdot C_{RE} = (2 \quad 3 \quad 2)\begin{pmatrix} 4 & 5 & 2 \\ 1 & 3 & 4 \\ 2 & 1 & 5 \end{pmatrix} = (15 \quad 21 \quad 26)$; $(15 \quad 21 \quad 26)\cdot\begin{pmatrix} 3 \\ 2 \\ 1 \end{pmatrix} = 113$

Die Rohstoffkosten belaufen sich auf 113 GE.

Aufgabe 10

a) Es gilt: $Y \cdot Z = X$ (Probe an einigen Werten)

Y: Rohstoff-Zwischenprodukt-Matrix,

Z: Zwischenprodukt-Endprodukt-Matrix; X: Rohstoff-Endprodukt-Matrix

b) $(1 \quad a \quad 3)\begin{pmatrix} 1 \\ 2 \\ 2 \end{pmatrix} = 15 \Rightarrow 1 + 2a + 6 = 15 \Rightarrow a = 4$

$(4 \quad 1 \quad b)\begin{pmatrix} 1 \\ 2 \\ 2 \end{pmatrix} = 10 \Rightarrow 4 + 2 + 2b = 10 \Rightarrow b = 2$

$(1 \quad 2 \quad 1)\begin{pmatrix} 1 \\ 3 \\ c \end{pmatrix} = 7 \Rightarrow 1 + 6 + c = 7 \Rightarrow c = 0$

Deutung im Sachzusammenhang:

a = 4: Für eine ME des Zwischenproduktes Z_2 braucht man 4 ME des Rohstoffes R_2.

b = 2: Für eine ME Z_3 braucht man 2 ME R_3.

c = 0: Zur Herstellung von 1 ME E_3 braucht man kein Z_3.

Hilfsmittelfreier Teil - Lineare Algebra Lösungen

Aufgabe 11

Aufgaben Seite 35

a) 50 ME von Z_1: $50 \cdot 2 = 100$ ME R_1

100 ME von E_1: $100 \cdot 2 \cdot 1 + 100 \cdot 1 \cdot 1 = 300$ ME R_1

Es gilt: $(R, Z) \cdot (Z, E) = (R, E)$ Rohstoff-Endprodukt-Tabelle:

	E_1	E_2
R_1	3	2
R_2	2	4

b) Benötigt man für die Produktion einer ME von Z_1 a ME von R_1 und für die Produktion einer ME von Z_1 b ME von R_1, so muss gelten wegen $(RZ) \cdot (ZE) = (RE)$:

I $(a \quad b) \cdot \begin{pmatrix} 1 \\ 1 \end{pmatrix} = 2$ und II $(a \quad b) \cdot \begin{pmatrix} 0 \\ 2 \end{pmatrix} = 1$

ergibt

I $1 \cdot a + 1 \cdot b = 2$

II $2 \cdot b = 1$ Damit: $a = 1{,}5$; $b = 0{,}5$

Aufgabe 12

1 $x_3 = 1$

Einsetzen in $x_2 - x_3 = 2$ ergibt: $x_2 - 1 = 2 \Rightarrow x_2 = 3$

Einsetzen in $x_1 + x_2 + x_3 = 2$ ergibt: $x_1 + 3 + 1 = 2 \Rightarrow x_1 = -2$

Lösung: $(-2; 3; 1)$

2 LGS A und B:

Addition von Gleichung 1 und 2 ergibt $2x_2 + 2x_3 = 4$

Gleichung 3: $x_2 + x_3 = 2$ (A)

Dies ist ein Widerspruch zu $x_2 + x_3 = 4$ im Gleichungssystem B.

Das LGS B ist nicht lösbar.

Aufgabe 13

Aufgaben Seite 36

Variable Herstellkosten pro ME: $\vec{k}_V = \vec{k}_R \cdot C + \vec{k}_Z \cdot B + \vec{k}_E$

$$\vec{k}_Z \cdot B = (1 \quad 0{,}5 \quad 1 \quad 0{,}6) \begin{pmatrix} 6 & 3 \\ 6 & 0 \\ 2 & 1 \\ 0 & 10 \end{pmatrix} = (11 \quad 10)$$

Einsetzen ergibt $\vec{k}_V = (42{,}4 \quad 72{,}2) + (11 \quad 10) + (6 \quad 8) = (59{,}4 \quad 90{,}2)$

Mindestverkaufspreis: $59{,}4 \cdot 1{,}25 = 74{,}25$

$90{,}2 \cdot 1{,}25 = 112{,}75$

Eine Erhöhung um 25% ergibt den Mindestverkaufspreis für E_1 von 74,25 und für E_2 von 112,75 GE.

Hilfsmittelfreier Teil - Lineare Algebra Lösungen

Aufgabe 14 **Aufgaben Seite 36**

a) Es gilt der Zusammenhang (RE) = (RZ) · (ZE)

Man berechnet den Teil der Rohstoff-Endprodukt-Matrix, der R_3 betrifft:

$$(6 \quad 2) \cdot \begin{pmatrix} 5 & 2 & 8 \\ 5 & 8 & 2 \end{pmatrix} \cdot \begin{pmatrix} 1 \\ 1 \\ 1 \end{pmatrix} = (40 \quad 28 \quad 52) \cdot \begin{pmatrix} 1 \\ 1 \\ 1 \end{pmatrix} = 120$$

Man benötigt 120 ME von R_3, um jeweils eine ME von E_1, E_2 und E_3 herzustellen.

b) Ist x die Anzahl der ME von Z_1, so werden $6 \cdot x + 2 \cdot 1{,}5 \cdot x$ ME von R_3 benötigt:

$6 \cdot x + 2 \cdot 1{,}5 \cdot x = 54$ für $x = 6$

Anzahl der ME von Z_2: $1{,}5 \cdot 6 = 9$

Aufgabe 15

a) $A \cdot B = \begin{pmatrix} 7 & 4 \\ 2 & 0 \end{pmatrix} \cdot \begin{pmatrix} a & b \\ c & d \end{pmatrix} = \begin{pmatrix} 7a + 4c & 7b + 4d \\ 2a & 2b \end{pmatrix} = \begin{pmatrix} 1 & 0 \\ 0 & 1 \end{pmatrix}$ Vergleich ergibt a = 0; b = 0,5

Einsetzen ergibt: $c = \frac{1}{4}$ und aus $7 \cdot 0{,}5 + 4d = 0$: $d = -\frac{7}{8}$

Möglichkeit 2: B ist die Inverse von A:

$$\left(\begin{array}{cc|cc} 7 & 4 & 1 & 0 \\ 2 & 0 & 0 & 1 \end{array}\right) \sim \left(\begin{array}{cc|cc} 7 & 4 & 1 & 0 \\ 0 & -8 & -2 & 7 \end{array}\right) \sim \left(\begin{array}{cc|cc} 14 & 0 & 0 & 7 \\ 0 & -8 & -2 & 7 \end{array}\right) \qquad B = A^{-1} = \begin{pmatrix} 0 & \frac{1}{2} \\ \frac{1}{4} & -\frac{7}{8} \end{pmatrix}$$

b) Die Anzahl der Spalten von C ist 2, die Anzahl der Zeilen 1 oder mindestens 3.

Aufgabe 16 **Aufgaben Seite 37**

a) $M_{BE} \cdot \vec{x} = \vec{b}$ $\quad \begin{pmatrix} 1 & 2 \\ 3 & 1 \\ 0 & 2 \end{pmatrix} \cdot \begin{pmatrix} 10 \\ 15 \end{pmatrix} = \begin{pmatrix} 40 \\ 45 \\ 30 \end{pmatrix}$ Für den Auftrag werden 40 Stück von B1, 45 Stück von B2 und 30 Stück von B3 benötigt.

b) Mit x: Stückzahl der benötigten E1 ergibt sich $\begin{pmatrix} 1 & 2 \\ 3 & 1 \\ 0 & 2 \end{pmatrix} \cdot \begin{pmatrix} x \\ 20 \end{pmatrix} \leq \begin{pmatrix} 80 \\ 80 \\ 40 \end{pmatrix}$

Multiplikation ergibt: $x + 40 \leq 80 \qquad 3x + 20 \leq 80 \qquad 40 \leq 40$

Alle Ungleichungen sind erfüllt für $x \leq 20$.

Es können maximal 20 Endprodukte E1 hergestellt werden.

Aufgabe 17

a) Materialkosten pro Rasentrimmer T1, T2, T3: $(8 \quad 11 \quad 15) \cdot \begin{pmatrix} 1 & 1 & 3 \\ 2 & 1 & 5 \\ 3 & 2 & 1 \end{pmatrix} = (75 \quad 49 \quad 94)$

Die Materialkosten für einen Rasentrimmer T1 betragen 75 GE, für einen T2 sind es 49 GE und für einen T3 betragen sie 94 GE.

b) Es muss gelten: $(1 \quad 1 \quad 3) \cdot \begin{pmatrix} 3x \\ 5x \\ 4x \end{pmatrix} = 20x \leq 8000 \quad \Leftrightarrow x \leq 400$

Es können also maximal 1200 Rasentrimmer T1, 2000 Rasentrimmer T2 und 1600 Rasentrimmer T3 hergestellt werden.

Hilfsmittelfreier Teil - Stochastik

Lösungen Seite 51

Aufgabe 1 **Punkte**

Bei der Produktion eines Elektrobauteils kommt es bei durchschnittlich 20 % der Bauteile zu statischen Aufladungen, die Probleme beim weiteren Verarbeitungsprozess bewirken können.
X ist die binomialverteilte Zufallsgröße, die die Anzahl problematischer Elektrobauteile bei einer Tagesproduktion von 50 Bauteilen angibt.

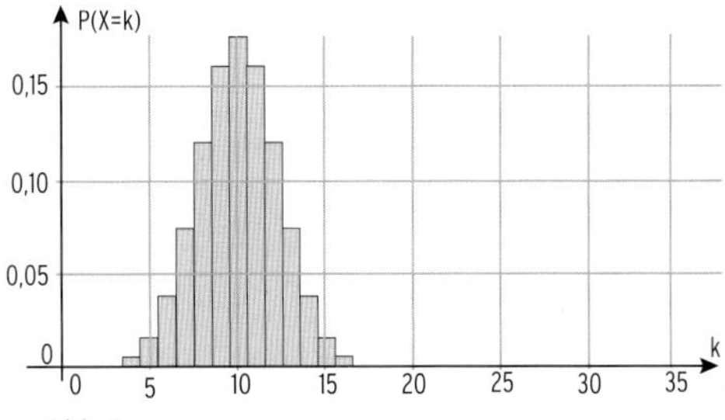

Abb. 1

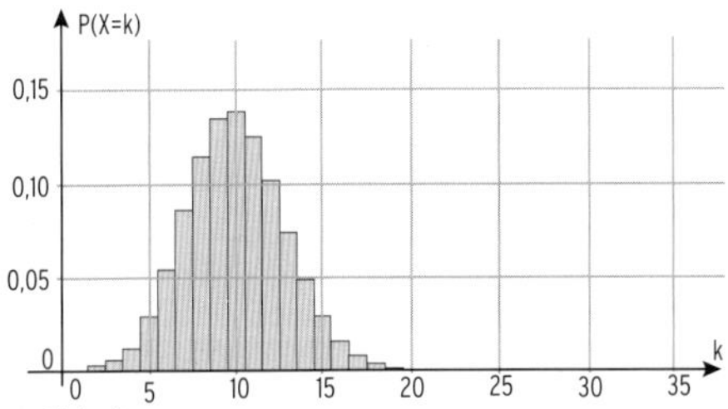

Abb. 2

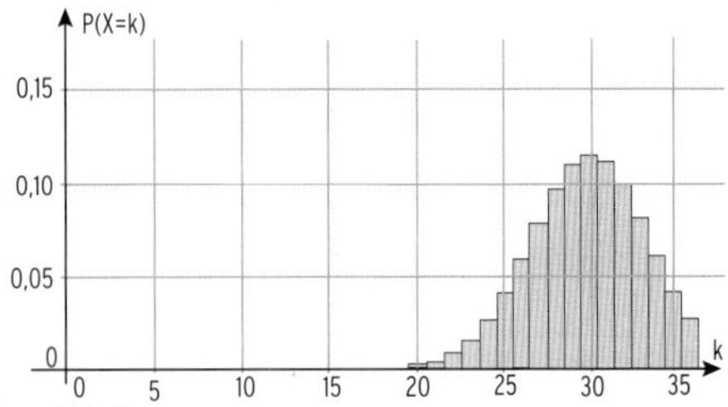

Abb. 3

1.1 Prüfen Sie, welche der obigen Abbildungen die zu X gehörige Verteilung ist. 2

1.2 Bestimmen Sie mit der von Ihnen ausgewählten Graphik näherungsweise die Wahrscheinlichkeit, dass die Anzahl statisch aufgeladener Elektroteile um weniger als zwei vom Erwartungswert E(X) abweicht. 4

Aufgabe 2

Eine Firma fertigt Liegestühle in zwei verschiedenen Städten. In der Stadt A werden $\frac{1}{5}$ ihrer Waren hergestellt und der Rest in der Stadt B.
Leider passieren auch Produktionsfehler. So sind $\frac{1}{10}$ der Liegestühle aus A und $\frac{1}{100}$ der Stühle aus B defekt.

2.1 Ein Prüfer wählt aus der Gesamtproduktion zufällig einen Stuhl aus. Berechnen Sie die Wahrscheinlichkeit, dass der Stuhl defekt ist. 3

2.2 Die Firmenchefin wählt aus der Gesamtproduktion einen offensichtlich defekten Stuhl aus. Berechnen Sie die Wahrscheinlichkeit, dass der Stuhl in der Stadt A hergestellt worden ist. 3

Hilfsmittelfreier Teil - Stochastik

Lösungen Seite 51

Aufgabe 3

Punkte

Ein Unternehmen macht mit seinem Produkt einen Gewinn zwischen 0 und 4 Geldeinheiten. Es liegen unterschiedliche Angaben zu den Gewinnwahrscheinlichkeiten vor.

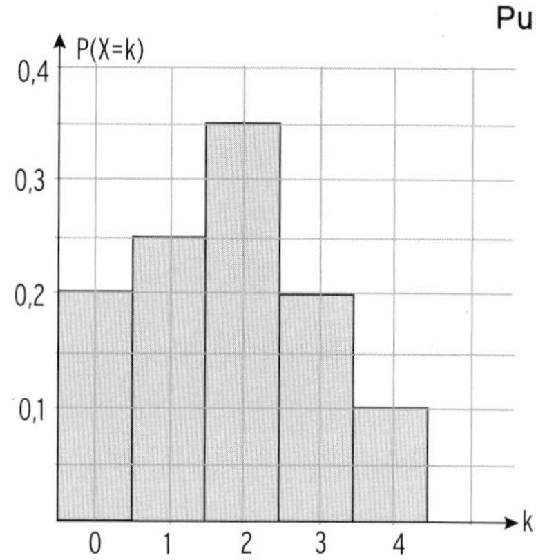

3.1 Erklären Sie, warum der obige Graph nicht die Wahrscheinlichkeitsverteilung einer ganzzahligen Zufallsgröße beschreiben kann. 2

3.2 Die ZufallsgrößeX gibt den Gewinn, den das Unternehmen mit seinem Produkt macht, an. Die obige Graphik stellt für einen Gewinn von 0 GE, 3 GE und 4 GE die Wahrscheinlichkeiten richtig dar. Es ist bekannt, dass der erwartete Gewinn bei 1,7 GE liegt. Ermitteln Sie die korrekten Wahrscheinlichkeiten für $X = 1$ und $X = 2$. 4

Aufgabe 4

Lösungen Seite 52

25 % der Mitarbeiter/-innen eines Großunternehmens klagen über eine zu hohe Arbeitsbelastung. Das Balkendiagramm gibt die kumulierte Binomialverteilung für eine Stichprobe von $n = 20$ an.

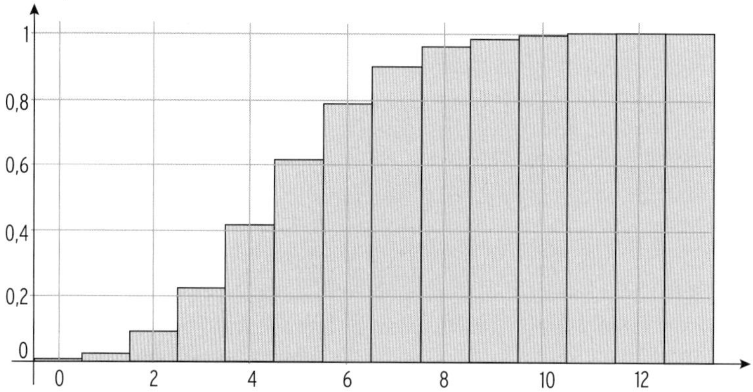

4.1 Geben Sie allein unter Zuhilfenahme des Diagramms die ungefähren Wahrscheinlichkeiten für folgende Ereignisse an:

A: Genau 6 Mitarbeiter/-innen sind unzufrieden.

B: Weniger als 8 Mitarbeiter/-innen fühlen sich überlastet.

C: Mindestens 15 Mitarbeiter/-innen sind zufrieden. 3

Hilfsmittelfreier Teil - Stochastik

Aufgabe 4 Fortsetzung **Punkte**

4.2 Nach Einführung eines neuen Arbeitszeitmodells beklagen nur noch zwei von 20 Personen die Arbeitsbelastung. Beurteilen Sie mit Hilfe des Diagramms, ob mit 90 % Sicherheitswahrscheinlichkeit von einer geringeren Unzufriedenheit als 25 % ausgegangen werden kann. 3

Aufgabe 5 **Lösungen Seite 52**

Eine Textilfabrik stellt unter anderem weiße T-Shirts her. Von diesen werden 50 % gefärbt und 50 % bestickt. Beim Färben sind 10 % der T-Shirts nicht farbecht, 20 % der anderen Hälfte sind fehlerhaft bestickt.

5.1 Stellen Sie den Sachverhalt in einem Baumdiagramm dar. 3

5.2 Die Herstellungskosten für alle T-Shirts betragen im Mittel 0,2 GE pro Stück. Die korrekt gefärbten T-Shirts werden zu einem Preis von 2 GE pro Stück, die fehlerhaft gefärbten T-Shirts werden als 2. Wahl zu einem Preis von 1 GE pro Stück verkauft. Die korrekt bestickten T-Shirts erzielen einen Erlös von 2,5 GE pro Stück, wohingegen die fehlerhaft bestickten T-Shirts zusätzliche Kosten in Höhe von 1 GE pro Stück verursachen. Berechnen Sie den durchschnittlich zu erwartenden Stückdeckungsbeitrag. 3

Aufgabe 6

Eine verbeulte Münze wird mehrfach geworfen. Die Wahrscheinlichkeit dafür, dass bei einem Wurf „Wappen" fällt, beträgt p.

6.1 Geben Sie jeweils einen Term zur Berechnung der Wahrscheinlichkeit der folgenden Ereignisse A und B an: 3

A: Bei fünf Würfen fällt genau dreimal „Wappen".

B: Bei 5 Würfen fällt genau dreimal „Wappen", darunter bei den ersten beiden Würfen zweimal.

6.2 Die Wahrscheinlichkeit dafür, dass bei 3 Würfen dreimal „Wappen" fällt, ist 0,216. Untersuchen Sie, ob das Ergebnis „Wappen" wahrscheinlicher ist als das Ergebnis „Zahl". 2

Hilfsmittelfreier Teil - Stochastik

Lösungen Seite 52

Aufgabe 7

Punkte

Bei der Herstellung eines Produktes sind durchschnittlich 20 % der Teile fehlerhaft.

Zu Testzwecken werden der laufenden Produktion einige Teile entnommen.

7.1 Es sei X die Zufallsvariable, die die Anzahl der entnommenen Teile angibt, die fehlerhaft sind. Begründen Sie, warum man die Zufallsvariable X als binomialverteilt annehmen kann. 3

7.2 Berechnen Sie, mit welcher Wahrscheinlichkeit die ersten beiden entnommenen Teile nicht fehlerhaft sind. 1

7.3 Geben Sie im Sachzusammenhang ein Ereignis A und ein Ereignis B an, so dass gilt:

$P(A) = 0{,}2^{10}$ $\qquad$ $P(B) = \binom{50}{40} \cdot 0{,}2^{10} \cdot 0{,}8^{40}$ 2

Aufgabe 8

Lösungen Seite 53

Von den 100 Schülerinnen und Schülern einer Jahrgangsstufe wählt die eine Hälfte als Naturwissenschaft Physik, die andere Hälfte Biologie.

Die Jahrgangsstufe umfasst insgesamt 60 Mädchen. 30 % sind Jungen und haben Physik gewählt.

8.1 Stellen Sie den gegebenen Sachverhalt in einer Vierfeldertafel dar. 3

8.2 Ermitteln Sie die Wahrscheinlichkeiten,

- dass eine zufällig ausgewählte Schülerin Physik gewählt hat,
- dass ein zufällig ausgewählter Teilnehmer des Biologie-Kurses männlich ist. 3

Aufgabe 9

Die Zürla-Kohlin GmbH bezieht von einem Zulieferer seit Jahren selbstsichernde Muttern in großen Mengen, bei denen zwei Fehlerarten auftreten: Falsche Form und fehlerhaftes Gewinde.

Insgesamt sind nur 90 % aller Muttern fehlerfrei, d. h. sie haben weder eine falsche Form noch ein fehlerhaftes Gewinde. 5 % der Muttern haben eine falsche Form. 40 % der Muttern mit falscher Form haben auch ein fehlerhaftes Gewinde.

Mit welcher Wahrscheinlichkeit hat eine Mutter mit fehlerhaftem Gewinde auch ein falsche Form? 5

Hilfsmittelfreier Teil - Stochastik

Lösungen Seite 54

Aufgabe 10

Punkte

Ein Supermarkt verwendet für die Bearbeitung zurückgegebener Pfandflaschen eine Maschine. Diese soll einwandfreie Flaschen von deformierten Flaschen unterscheiden. Zurückgegebene Flaschen werden entweder von der Maschine abgewiesen oder angenommen. Dabei unterlaufen dem Gerät auch Fehler: Es werden manchmal auch einwandfreie Flasche abgewiesen oder deformierte Flasche angenommen. Eine Übersicht über Wahrscheinlichkeiten in diesem Zusammenhang liefert die noch unvollständige Vierfeldertafel (Tabelle).

	Flasche angenommen	Flasche abgewiesen	
Flasche einwandfrei	0,9405	0,0095	0,95
Flasche deformiert	0,0015	0,0485	0,05
	☐	☐	

10.1 In den beiden doppelt umrandeten Kästchen der letzten Zeile fehlen zwei Wahrscheinlichkeiten in dem vorliegenden Sachzusammenhang. Berechnen Sie beide Wahrscheinlichkeiten und geben Sie diese in den Kästchen an.

10.2 Geben Sie die Bedeutung der beiden Wahrscheinlichkeiten aus 8.1 in dem vorliegenden Sachzusammenhang an.

10.3 Eine Flasche wird abgewiesen. Ermitteln Sie einen Term, um die Wahrscheinlichkeit zu berechnen, dass die Flasche in Ordnung ist.

6

Hinweis: Die konkrete Berechnung wird nicht verlangt.

Aufgabe 11

Erfahrungsgemäß sind 4 % der produzierten Smartphones eines Herstellers defekt. Ein Lieferant erhält ein Paket mit 50 Smartphones des Herstellers. Wie groß ist die Wahrscheinlichkeit für höchstens ein defektes Smartphone? Geben Sie einen Term an. 3

Hilfsmittelfreier Teil - Stochastik

Lösungen Seite 54

Aufgabe 12

a) Ein Fußballspieler verwandelt erfahrungsgemäß 80 % aller Strafstöße.

Mit welcher Wahrscheinlichkeit verwandelt er von vier Strafstößen

- nur den letzten?
- mindestens einen?

b) Für ein Ereignis C gilt: $P(C) = \binom{10}{k} \cdot 0{,}8^b \cdot a^2$

Geben Sie geeignete Werte für a, b und k an.

Beschreiben Sie das Ereignis C in Worten.

Aufgabe 13

Bei einem Glücksspiel wird das abgebildete Glücksrad benutzt. Als Einsatz bezahlt man 3 €. Das Glücksrad wird einmal gedreht. Man erhält den Betrag ausbezahlt, dessen Sektor über dem Pfeil zu stehen kommt. Bestimmen Sie den Erwartungswert für den Gewinn.

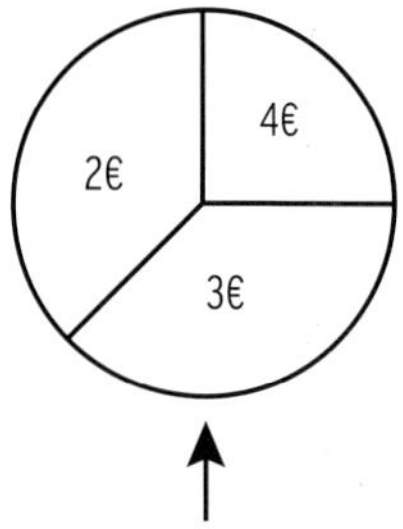

Aufgabe 14

Lösungen Seite 55

Eine Urne enthält 5 rote, 3 weiße und 2 gelbe Kugeln.

a) Es werden 3 Kugeln mit Zurücklegen gezogen.

Mit welcher Wahrscheinlichkeit erhält man keine gelbe Kugel?

b) Nun werden 2 Kugeln ohne Zurücklegen gezogen.

Mit welcher Wahrscheinlichkeit haben die beiden Kugeln die gleiche Farbe?

Aufgabe 15

Bei einer Lotterie führen 5 % der Lose zu einem Gewinn. Nils kauft 14 Lose. Geben Sie jeweils eine Aufgabenstellung an, deren Lösung auf die folgende Weise berechnet wird.

a) $P(A) = \binom{14}{3} \cdot 0{,}05^3 \cdot 0{,}95^{11}$

b) $P(B) = \binom{14}{2} \cdot 0{,}05^2 \cdot 0{,}95^{12} + \binom{14}{3} \cdot 0{,}05^3 \cdot 0{,}95^{11}$

c) $P(C) = 1 - \binom{14}{0} \cdot 0{,}05^0 \cdot 0{,}95^{14}$

d) $14 \cdot 0{,}05$

Hilfsmittelfreier Teil - Stochastik **Lösungen Seite 55**

Aufgabe 16 **Punkte**

Ein Basketballspieler wirft 10 Freiwürfe. Die Anzahl seiner Treffer wird mit k bezeichnet und durch die Zufallsgröße X beschrieben. Die Zufallsgröße X wird als binomialverteilt mit der Trefferwahrscheinlichkeit p = 0,8 angenommen. In der Abbildung ist die Wahrscheinlichkeitsverteilung von X dargestellt.

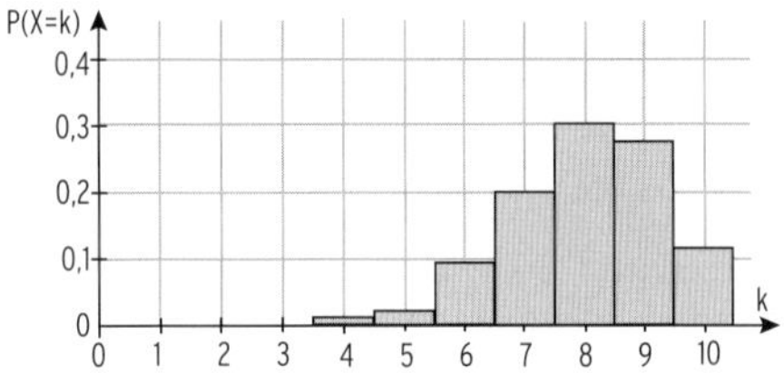

a) Ermitteln Sie mithilfe der Abbildung einen Näherungswert für die Wahrscheinlichkeit dafür, dass der Basketballspieler mindestens 8-maltrifft. 2

b) Zeigen Sie, dass die Wahrscheinlichkeit dafür, keinen Treffer zu erzielen, kleiner als $\frac{1}{1\,000\,000}$ ist. 3

Aufgabe 17

Für ein Zufallsexperiment wird eine Zufallsgröße X festgelegt, welche die drei Werte 2, 4 und 6 annehmen kann. In der Abb. ist die Wahrscheinlichkeitsverteilung von X unvollständig dargestellt.

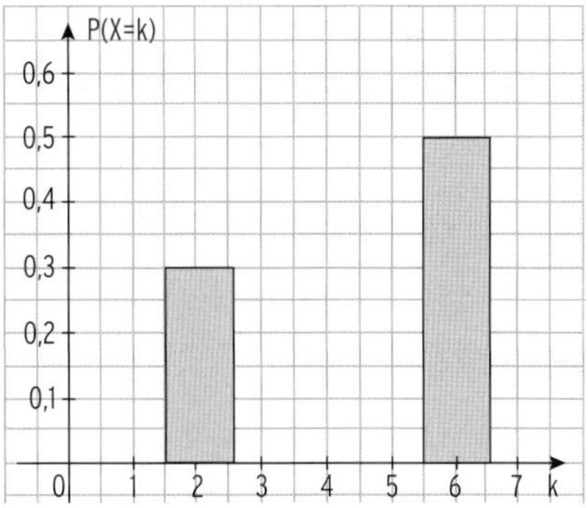

a) Geben Sie die Wahrscheinlichkeit P(X = 4) an. Berechnen Sie den Erwartungswert von X.

b) Das Zufallsexperiment wird zweimal unter gleichen Bedingungen durchgeführt. Dabei wird jeweils der Wert der Zufallsgröße notiert.
Bestimmen Sie die Wahrscheinlichkeit dafür, dass das Produkt dieser beiden Werte den Wert 12 ergibt. 6

Hilfsmittelfreier Teil - Stochastik

Lösungen Seite 56

Aufgabe 18

Punkte

In einer Urne befinden sich zu Beginn eines Zufallsexperiments drei schwarze Kugeln (S) und zwei weiße Kugeln (W), siehe Abbildung 1. Aus der Urne werden nacheinander zwei Kugeln ohne Zurücklegen gezogen. Zu dem Zufallsexperiment wurde das Baumdiagramm aus Abbildung 2 erstellt.

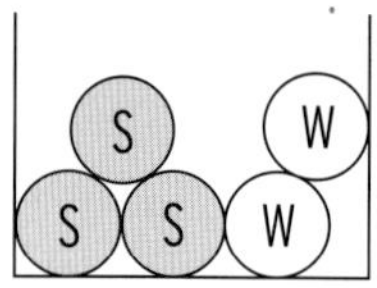

Abbildung 1

(1) Berechnen Sie die Wahrscheinlichkeit dafür, dass bei dem Zufallsexperiment mindestens eine schwarze Kugel gezogen wird. 3

(2) Die Zufallsgröße X beschreibt die Anzahl der gezogenen schwarzen Kugeln. Berechnen Sie den Erwartungswert der Zufallsgröße X. 3

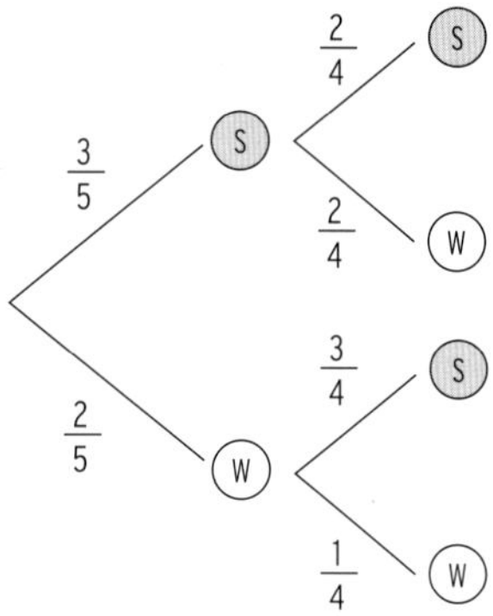

Abbildung 2

Aufgabe 19

In den Urnen U1 und U2 befinden sich Kugeln, die sich nur in ihrer Farbe unterscheiden: U1 : 6 rote und 4 blaue Kugeln

U2 : 1 rote und 4 blaue Kugeln

1.1 Aus der Urne U1 werden zwei Kugeln nacheinander ohne Zurücklegen zufällig gezogen. Bestimmen Sie die Wahrscheinlichkeit dafür, dass die beiden gezogenen Kugeln die gleiche Farbe haben. 2

1.2 Es wird eine der beiden Urnen zufällig ausgewählt. Aus dieser wird eine Kugel zufällig gezogen. Die gezogene Kugel ist rot. Bestimmen Sie die Wahrscheinlichkeit dafür, dass diese Kugel aus der Urne U1 stammt. 3

Aufgabe 20

Von acht Karten sind zwei mit „1“, zwei mit „2“, zwei mit „3“ und zwei mit „4“ beschriftet. Die Karten werden gemischt und nacheinander verdeckt abgelegt.

a) Bestimmen Sie die Wahrscheinlichkeit dafür, dass die beiden zuerst abgelegten Karten mit „1“ beschriftet sind. 2

b) Die Karten werden nacheinander aufgedeckt. Bestimmen Sie die Wahrscheinlichkeit dafür, dass spätestens die dritte aufgedeckte Karte mit einer geraden Zahl beschriftet ist. 3

Hilfsmittelfreier Teil - Stochastik Lösungen

Aufgabe 1

Aufgaben Seite 43

1.1 Da $E(X) = n \cdot p = 10$ $(50 \cdot 0{,}2 = 10)$ ganzzahlig ist, muss der maximale Wert $P(X = 10)$ sein.

Abbildung 3 erfüllt dies nicht. Nur für $p = 0{,}5$ ist die Binomialverteilung symmetrisch, so dass für $p = 0{,}2$ nur Abbildung 2 möglich ist.

1.2 Da $E(X) = n \cdot p = 10$, sind die Wahrscheinlichkeiten für das Auftreten von 9, 10 oder 11 statisch aufgeladenen Elektrobauteilen aufzusummieren.

Aus der Abb. 2 liest man

$0{,}14 + 0{,}14 + 0{,}13 = 0{,}41$ ab, also ca. 40 % Wahrscheinlichkeit.

Aufgabe 2

2.1 Wahrscheinlichkeit, dass der Stuhl defekt ist.

$$P(\text{defekt}) = \frac{1}{5} \cdot \frac{1}{10} + \frac{4}{5} \cdot \frac{1}{100} = \frac{1}{50} + \frac{4}{500} = \frac{7}{250}$$

Die Wahrscheinlichkeit einen defekten Stuhl ausgewählt zu haben beträgt $\frac{7}{250}$.

2.2 Wahrscheinlichkeit, dass der Stuhl in der Stadt A hergestellt worden ist.

$$P_d(A) = \frac{P(A \cap d)}{P(d)} = \frac{\frac{1}{50}}{\frac{7}{250}} = \frac{5}{7}$$

Die Wahrscheinlichkeit, dass der defekte Stuhl aus A kommt, beträgt $\frac{5}{7}$.

Aufgabe 3

Aufgaben Seite 44

3.1 Die Summe der Wahrscheinlichkeiten beträgt

$0{,}2 + 0{,}25 + 0{,}35 + 0{,}2 + 0{,}1 = 1{,}1 > 1$.

3.2 Mit $a = P(X = 1)$ und $b = P(X = 2)$ ergibt sich

Summe Einzelwahrscheinlichkeiten: I. $0{,}2 + a + b + 0{,}2 + 0{,}1 = 1$

Erwartungswert: II. $a + 2b + 0{,}6 + 0{,}4 = 1{,}7$

Vereinfachung: I. $a + b = 0{,}5$

II. $a + 2b = 0{,}7$

II. − I. ergibt $b = 0{,}2$

einsetzen ergibt $a = 0{,}3$

Hilfsmittelfreier Teil - Stochastik Lösungen

Aufgabe 4 **Aufgaben Seite 44**

4.1 X gibt die Anzahl unzufriedener Mitarbeiter/-innen an.

A: $P(X = 6) = P(X \leq 6) - P(X \leq 5) = 0{,}78 - 0{,}62 = 0{,}16$

B: $P(X < 8) \approx 0{,}9$

C: $P(X \leq 5) \approx 0{,}62$

4.2 Da die Wahrscheinlichkeit maximal 2 unzufriedene Mitarbeiter/-innen bei $p = 0{,}25$ zu haben mit $P(X \leq 2) \approx 0{,}1$ ungefähr 10 % beträgt, kann mit 90 % Sicherheitswahrscheinlichkeit davon ausgegangen werden, dass die Zufriedenheit gesteigert wurde.

Aufgabe 5 **Aufgaben Seite 45**

5.1 Baumdiagramm

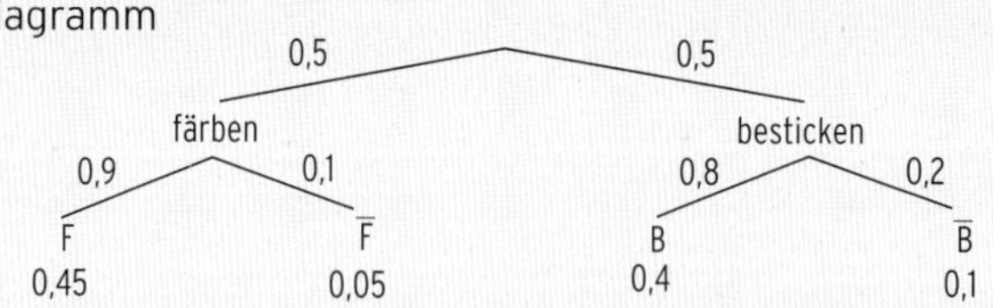

F = Färbung ok, F̅ = Färbung fehlerhaft, B = Korrekt bestickt, B̅ = fehlerhaft bestickt

5.2 Durchschnittlich zu erwartender Stückdeckungsbeitrag

Sei X die Zufallsgröße, die den Stückdeckungsbeitrag beschreibt.

$E(X) = 2 \cdot 0{,}45 + 1 \cdot 0{,}05 + 2{,}5 \cdot 0{,}4 - 1 \cdot 0{,}1 - 0{,}2 = 1{,}65$

Der zu erwartende Stückdeckungsbeitrag beträgt 1,65 GE.

Aufgabe 6

6.1 Wahrscheinlichkeit für das Ereignis A: $\binom{5}{3} p^3 \cdot (1 - p)^2$

Wahrscheinlichkeit für das Ereignis B: $p^2 \cdot \binom{3}{1} p \cdot (1 - p)^2$

6.2 Das Ergebnis "Wappen" ist wahrscheinlicher, da gilt: $0{,}216 > 0{,}5^3 = 0{,}125$ oder $\sqrt[3]{0{,}216} = 0{,}6$.

Aufgabe 7 **Aufgaben Seite 46**

7.1 Die Zufallsvariable ist binomialverteilt:

Für jedes Teil gibt es nur zwei Möglichkeiten, nämlich entweder defekt oder nicht defekt. Es wird zwar ohne Zurücklegen gezogen, aber da die Grundgesamtheit sehr groß und die Stichprobe verhältnismäßig klein ist, bleibt die Wahrscheinlichkeit bei jedem Zug gleich.

Hilfsmittelfreier Teil - Stochastik Lösungen

Aufgabe 7 Fortsetzung Aufgaben Seite 46

7.2 $P(E) = 0{,}8^2 = 0{,}64$

7.3 A: die ersten zehn Teile sind fehlerhaft.

B: es werden 50 Teile gezogen, davon sind genau 10 fehlerhaft. $\left(\binom{50}{40} = \binom{50}{10}\right)$

Aufgabe 8

8.1 Es ergibt sich die Vierfeldertafel:

	weiblich	männlich	
Physik	0,2	0,3	0,5
Biologie	0,4	0,1	0,5
	0,6	0,4	1

8.2 Mit dem Satz von Bayes ergibt sich:

$P_w(Ph) = \frac{P(Ph \cap w)}{P(w)} = \frac{0{,}2}{0{,}6} = \frac{1}{3}$

$P_{Bio}(m) = \frac{P(Bio \cap m)}{P(Bio)} = \frac{0{,}1}{0{,}5} = \frac{1}{5}$

Alternativ können die gesuchten Wahrscheinlichkeiten aus einem Baumdiagramm entnommen werden.

Aufgabe 9

FF: falsche Form; RF: richtige Form

FG: fehlerhaftes Gewinde; RG: fehlerfreies Gewinde

Gegeben: $P(FF) = 0{,}05$; $P_{FF}(FG) = 0{,}4$; $P(RF \cap RG) = 0{,}90$

Gesucht: $P_{FG}(FF)$

$P_{FF}(FG) = 0{,}4$ $\qquad P_{FF}(FG) = \frac{P(FF \cap FG)}{P(FF)} = 0{,}4$

$P(FF \cap FG) = 0{,}05 \cdot 0{,}4 = 0{,}02$

Aufstellen einer Vierfeldertafel:

Nach Aufgabe: 0,90; 0,05

40 % von 0,05 ≙ 0,02

	FF	RF	gesamt
FG	0,02	0,05	0,07
RG	0,03	0,90	0,93
gesamt	0,05	0,95	1

$P_{FG}(FF) = \frac{P(FF \cap FG)}{P(FG)} = \frac{0{,}02}{0{,}07} = \frac{2}{7}$

Hilfsmittelfreier Teil - Stochastik Lösungen

Aufgabe 10

Aufgaben Seite 47

10.1 0,9405 + 0,0015 = 0,942 und 0,0095 + 0,0485 = 0,058 .

	Flasche angenommen	Flasche abgewiesen	
Flasche einwandfrei	0,9405	0,0095	0,95
Flasche deformiert	0,0015	0,0485	0,05
	0,9420	0,058	1

10.2 Mit einer Wahrscheinlichkeit von 94,2 % wird eine Flasche von der Maschine angenommen und mit einer Wahrscheinlichkeit von 5,8 % wird eine Flasche von der Maschine abgewiesen.

10.3 Man teilt den Anteil der abgewiesenen einwandfreien Flaschen durch den Anteil aller abgewiesenen Flaschen. Das ergibt: $\frac{0{,}0095}{0{,}0095 + 0{,}0485}$.

Aufgabe 11

X: Anzahl der defekten Smartphones unter 50 Smartphones;

X ist $B_{50;0,04}$- verteilt

$P(X \leq 1) = P(X = 0) + P(X = 1)$

$= \binom{50}{0} \cdot 0{,}04^0 \cdot 0{,}96^{50} + \binom{50}{1} \cdot 0{,}04^1 \cdot 0{,}96^{49}$

Aufgabe 12

Aufgaben Seite 48

a) P(nur den letzten) = $0{,}2^3 \cdot 0{,}8 = \frac{4}{625} = 0{,}0064$

P(mindestens einen) = 1 − P(keinen) = $1 - 0{,}2^4 = 0{,}9984$

b) $P(C) = \binom{10}{k} \cdot 0{,}8^b \cdot a^2$ für k = 8; a = 0,2; b = 8

Ereignis C: Der Spieler hat eine Trefferwahrscheinlichkeit von 80 % und verwandelt 8 von 10 Strafstößen.

Aufgabe 13

x_i	2 €	3 €	4 €
Gewinn	- 1 €	0 €	1 €
$P(X = x_i)$	0,375	0,375	0,25

Erwartungswert für den Gewinn: $E(X) = -1 \cdot 0{,}375 + 1 \cdot 0{,}25 = -0{,}125$

Hilfsmittelfreier Teil - Stochastik Lösungen

Aufgabe 14

Aufgaben Seite 48

a) 3 Kugeln mit Zurücklegen gezogen.

P(keine gelbe Kugel) = $0{,}8^3 = \frac{64}{125} = 0{,}512$

b) 2 Kugeln ohne Zurücklegen gezogen

P(gleiche Farbe) = P(rr) + P(ww) + P(gg) = $\frac{5}{10} \cdot \frac{4}{9} + \frac{3}{10} \cdot \frac{2}{9} + \frac{2}{10} \cdot \frac{1}{9} = \frac{14}{45} \approx 0{,}31$

Aufgabe 15

a) $P(A) = \binom{14}{3} \cdot 0{,}05^3 \cdot 0{,}95^{11}$ A: Nils zieht genau 3 Gewinnlose.

b) $P(B) = \binom{14}{2} \cdot 0{,}05^2 \cdot 0{,}95^{12} + \binom{14}{3} \cdot 0{,}05^3 \cdot 0{,}95^{11}$

B: Nils zieht 2 oder 3 Gewinnlose.

c) $P(C) = 1 - \binom{14}{0} \cdot 0{,}05^0 \cdot 0{,}95^{14}$ C: Nils zieht mindestens ein Gewinnlos.

d) $14 \cdot 0{,}05$ Durchschnittlich zu erwartende Anzahl von Gewinnlosen unter 14 Losen

Aufgabe 16

Aufgaben Seite 49

X ist binomialverteilt mit n = 10; p = 0,8

a) $P(X \geq 8) = P(X = 8) + P(X = 9) + P(X = 10)$

Ablesen ergibt den Näherungswert: $0{,}30 + 0{,}27 + 0{,}11 = 0{,}68$

b) $P(X = 0) = 0{,}2^{10}$

Abschätzung: $0{,}2^{10} = \left(\frac{2}{10}\right)^{10} = \frac{2^{10}}{10^{10}} = \frac{1024}{10\,000\,000\,000} = \frac{1{,}024}{10\,000\,000}$

$$0{,}2^{10} = \frac{0{,}1024}{1\,000\,000} < \frac{1}{1\,000\,000}$$

Aufgabe 17

a) $P(X = 4) = 1 - 0{,}3 - 0{,}5 = 0{,}2$

Erwartungswert von X: $E(X) = 2 \cdot 0{,}3 + 4 \cdot 0{,}2 + 6 \cdot 0{,}5 = 4{,}4$

b) Das Produkt 12 kann hier auf zwei Möglichkeiten erreicht werden: 2;6 und 6;2.

Damit ergibt sich die Wahrscheinlichkeit:

$P(12) = 2 \cdot 0{,}3 \cdot 0{,}5 = 0{,}30$

Hilfsmittelfreier Teil - Stochastik Lösungen

Aufgabe 18 Aufgaben Seite 50

(1) P(„mindestens eine schwarze Kugel") = 1 – P(„keine schwarze Kugel")

P(„mindestens eine schwarze Kugel") $= 1 - \frac{2}{5} \cdot \frac{1}{4} = 1 - \frac{1}{10} = \frac{9}{10}$

Die Wahrscheinlichkeit, mit der mindestens eine schwarze Kugel gezogen wird, beträgt 90%.

(2) Anhand der Wahrscheinlichkeitsverteilung der Zufallsgröße X kann der Erwartungswert $\mu = E(X)$ berechnet werden:

k	0	1	2
$P(X = k)$	$\frac{2}{5} \cdot \frac{1}{4} = 0{,}1$	$\frac{3}{5} \cdot \frac{2}{4} + \frac{2}{5} \cdot \frac{3}{4} = 0{,}6$	$\frac{3}{5} \cdot \frac{2}{4} = 0{,}3$

$\mu = 0 \cdot 0{,}1 + 1 \cdot 0{,}6 + 2 \cdot 0{,}3 = 1{,}2$

Der Erwartungswert μ der Zufallsgröße X beträgt 1,2.

Aufgabe 19

1.1 P („beide Kugeln haben die gleiche Farbe") = P(rr) + P(bb)

$= \frac{6}{10} \cdot \frac{5}{9} + \frac{4}{10} \cdot \frac{3}{9} = \frac{7}{15}$

1.2 Mithilfe eines Baumdiagramms erhält man:

$P(E_2) = \frac{P(U1 \wedge r)}{P(r)}$

$P(E_2) = \frac{\frac{1}{2} \cdot \frac{6}{10}}{\frac{1}{2} \cdot \frac{6}{10} + \frac{1}{2} \cdot \frac{1}{5}} = \frac{3}{4}$

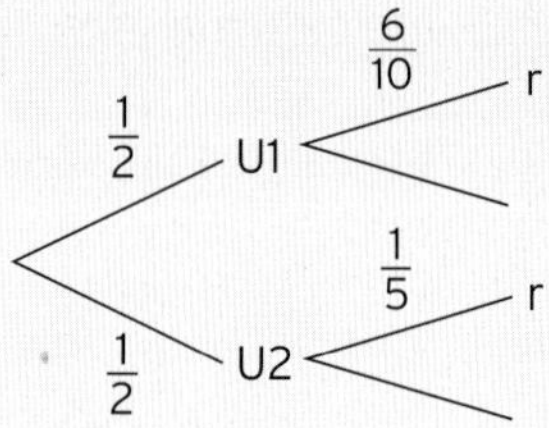

Aufgabe 20

a) Ziehen ohne Zurücklegen; $P = \frac{2}{8} \cdot \frac{1}{7}$

b) Berechnung über das Gegenereignis: keine der drei aufgedeckten Karten ist mit einer geraden Zahl beschriftet; Ziehen ohne Zurücklegen

$P = 1 - \frac{4}{8} \cdot \frac{3}{7} \cdot \frac{2}{6}$

II Teil B der Abiturprüfung mit Hilfsmittel - GTR/CAS

Stichwortverzeichnis

Sie finden folgende Themen u. a. in der angegebenen Aufgabe zur Abiturvorbereitung im Aufgabenteil II bis Aufgabenteil IV ab Seite 57

1 Analysis

Mathematische Formeln Wirtschaft und Verwaltung

Gesamtkostenfunktion K mit	$K(x) = K_v(x) + K_f$
Ertragsgesetzliche Kostenfunktion K mit	$K(x) = ax^3 + bx^2 + cx + d;\ a > 0;\ x \geq 0$
K wächst degressiv	$K'(x) > 0 \wedge K''(x) < 0$
K wächst progressiv	$K'(x) > 0 \wedge K''(x) > 0$
Funktion der variablen Gesamtkosten	$K_v(x)$
Funktion der gesamten Stückkosten k	$k(x) = \frac{K(x)}{x}$
Funktion der variablen Stückkosten k_v (k_{var})	$k_v(x) = \frac{K_v(x)}{x}$
Grenzkostenfunktion	$K'(x)$ Kostenzuwachs
Grenzstückkostenfunktion	$k'(x)$
Betriebsoptimum (Minimalstelle von k)	x_{BO}
Langfristige Preisuntergrenze	$k(x_{BO})$
Betriebsminimum (Minimalstelle von k_v)	x_{BM}
kurzfristige Preisuntergrenze	$k(x_{BM})$
Nachfragefunktion (Preis-Absatz-Funktion)	$p_N(x)$
Angebotsfunktion	$p_A(x)$
Gleichgewichtsmenge (Schnittstelle von p_N und p_A)	x_G
Gleichgewichtspreis	$p_G = p_N(x_G) = p_A(x_G)$
Marktgleichgewicht MG	$MG(x_G \mid p_G)$
Konsumentenrente	$KR = \int_0^{x_G} p_N(x)dx - x_G \cdot p_G$
Produzentenrente	$PR = x_G \cdot p_G - \int_0^{x_G} p_A(x)\,dx$
Erlösfunktion	$E(x) = p \cdot x$; p Preis pro ME $E(x) = p_N(x) \cdot x$ $p_N(x)$; Preis abhängig von x
Gewinnfunktion	$G(x) = E(x) - K(x)$
Grenzgewinnfunktion	$G'(x)$
Gewinnschwelle	x_{GS} 1. positive Nullstelle von G
Gewinngrenze	x_{GG} 2. positive Nullstelle von G
gewinnmaximale Ausbringungsmenge Maximalstelle von G(x)	x_{max}
Cournot'scher Punkt	$C(x_{max} \mid p_N(x_{max}))$
Stückdeckungsbeitrag d = dB	$dB(x) = p - k_v(x)$
Deckungsbeitrag D = DB	$DB(x) = G(x) + K_f = E(x) - K_v(x)$

Bezeichnungen: $\mathbb{R}^* = \{x \mid x \in \mathbb{R} \wedge x \neq 0\} = \mathbb{R}\backslash\{0\}$; $\mathbb{R}_+^* = \{x \mid x \in \mathbb{R} \wedge x > 0\} = \mathbb{R}^{>0}$

$\mathbb{R}_+ = \{x \mid x \in \mathbb{R} \wedge x \geq 0\} = \mathbb{R}^{\geq 0}$

Produktregel der Ableitung: $f(x) = u(x) \cdot v(x) \Rightarrow f'(x) = u'(x) \cdot v(x) + u(x) \cdot v'(x)$

Aufgaben zur Abiturvorbereitung- Analysis

Aufgabe 1 **Seite 1/2** **Lösung Seite 76**

Das Unternehmen Bio-Kosmetic führt eine Pflegeserie für Frauen ein und tritt damit in Konkurrenz zu weiteren Anbietern.

1 Das Unternehmen geht von einem ertragsgesetzlichen Kostenverlauf aus.
die Grenzkostenfunktion K′ lautet: $K'(x) = 3{,}75x^2 - 40x + 120$.
Die Fixkosten betragen 250 GE.
Leiten Sie die Kostenfunktion her.

2 Die Marketingabteilung hat in einer Marktforschung festgestellt, dass bei Produktion und Verkauf von 4 ME Erlöse und Kosten übereinstimmen.
Bestimmen Sie den Preis pro ME und die Erlösfunktion.

3 Das Unternehmen geht von folgender Erlösfunktion aus: $E(x) = 122{,}5x$
Zeigen Sie, dass die Gewinnfunktion G der neuen Pflegeserie lautet:
$G(x) = -1{,}25x^3 + 20x^2 + 2{,}5x - 250$
Berechnen Sie, in welchem Produktionsintervall das Unternehmen mit Gewinn produzieren kann.
Ermitteln Sie die gewinnmaximale Ausbringungsmenge und den maximalen Gewinn.

4 Begründen Sie anhand der dargestellten Gewinnfunktion, welche Auswirkungen eine Veränderung der Fixkosten auf die Gewinnzone, die gewinnmaximale Ausbringungsmenge und den maximalen Gewinn hat.

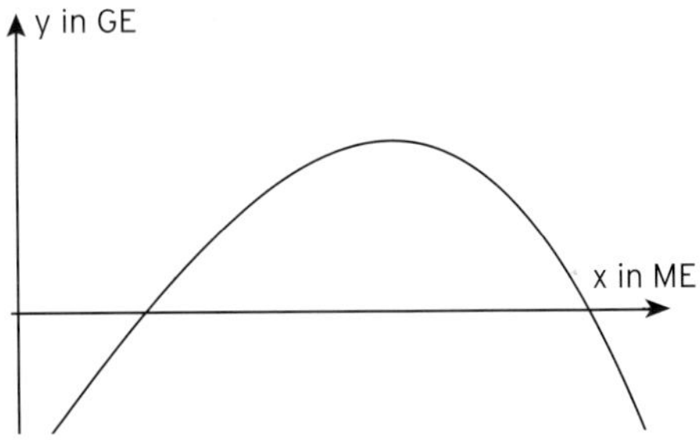

5 Für die Absatzentwicklung (in ME pro Tag) stehen zwei Prognosefunktionen zur Diskussion: $A_1(t) = 40 - 0{,}15t - 40e^{-0{,}05t}$
$A_2(t) = 1{,}5t\, e^{-0{,}02t}$,
wobei t die Zeit in Verkaufstagen darstellt.

5.1 Welche Funktionen prognostiziert einen höheren maximalen Absatz?
Wie groß ist der Unterschied?

5.2 Bestimmen Sie den von A_1 prognostizierten Absatz in ME/Tag zum Zeitpunkt $t = 16$ und $t = 130$. Vergleichen Sie.

5.3 Der maximale Absatzrückgang sollte frühestens nach 150 Tagen eintreten.
Wird diese Vorgabe jeweils eingehalten?
Wie hoch ist der maximale Absatzrückgang jeweils?

Aufgaben zur Abiturvorbereitung - Analysis

Aufgabe 1 **Seite 2/2**

6 In den folgenden Diagrammen sehen Sie die Graphen von drei Funktionen. Begründen Sie, welcher Graph dem einer ertragsgesetzlichen Kostenfunktion entspricht und welcher nicht.

Graph 1

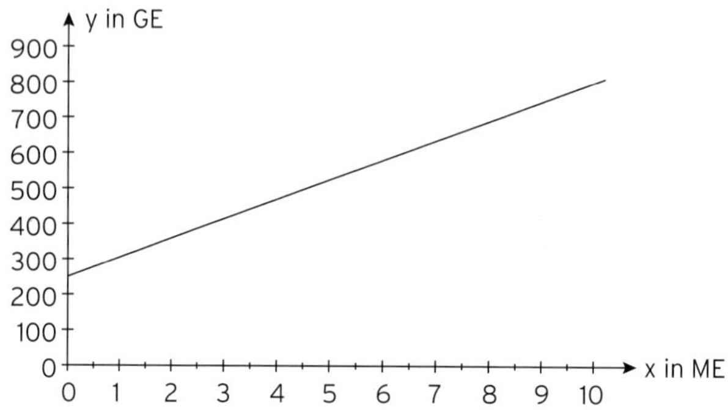

Graph 2

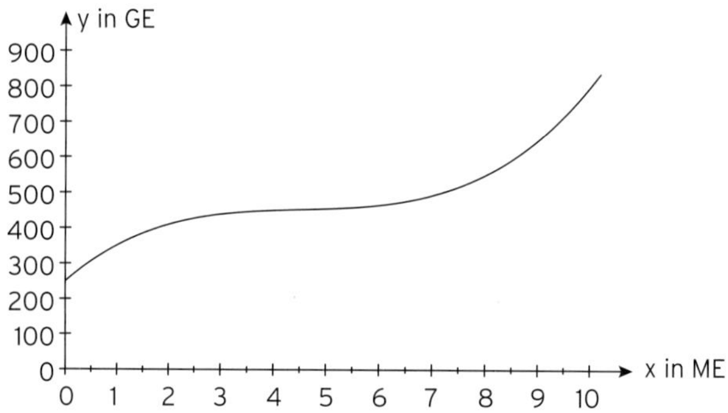

Graph 3

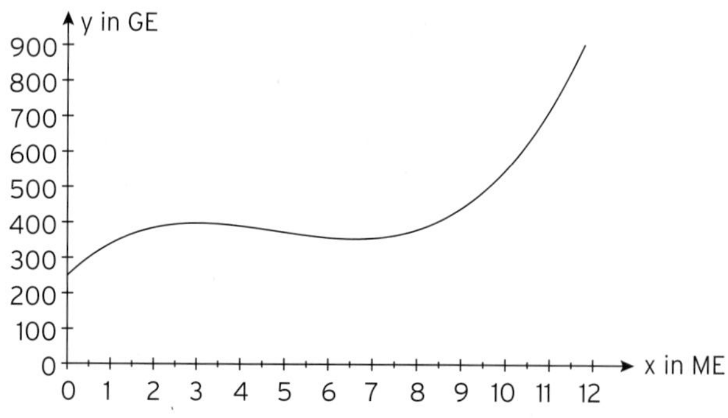

(Teile aus Berufskolleg NRW 2010.)

Aufgaben zur Abiturvorbereitung - Analysis

Aufgabe 2 **Seite 1/2** **Lösung Seite 78**

Das Unternehmen Argoline produziert Spielzeug. Ganz neu zum Sortiment gehört das Stecksystem Argoline3D, das den leichten Zusammenbau auch komplexer Modelle ermöglicht. Argoline 3D hat sich das Stecksystem patentieren lassen und ist Alleinanbieter auf dem Markt.

Eine Mengeneinheit (ME) entspricht 10000 Stück und eine Geldeinheit (GE) 10000 €.

1 Argoline 3D bietet das Stecksystem für das Modell Haus auf dem Markt an. Das Unternehmen geht von einem ganzrationalen Kostenfunktion 3. Grades aus. Die Kosten für 2 ME betragen 23 GE bei einem Kostenzuwachs von 1,5 GE/ME.
Bei 1 ME betragen die variablen Stückkosten 5 GE.
Die Fixkosten betragen 16 GE und die Kapazitätsgrenze liegt bei 7 ME.

1.1 Zeigen Sie: Für das Modell Haus gilt die Kostenfunktion K mit

$$K(x) = 0{,}5x^3 - 3x^2 + 7{,}5x + 16.$$

Bestimmen Sie den ökonomisch sinnvollen Definitionsbereich. 7

1.2 Bestimmen Sie die Stückzahl, bei welcher der Kostenzuwachs am geringsten ist. 4

2 Eine Marktanalyse zeigt, dass bei einem Preis von 10,5 GE/ME ein Absatz von 4 ME für das Modell Haus erzielt werden kann. Eine Preissenkung um 3,5 GE/ME führt zu einem Zuwachs der Absatzmenge um 1 ME.
Die Preisabsatzfunktion verläuft linear.

2.1 Zeigen Sie, dass für die Gewinnfunktion gilt:

$$G(x) = -\,0{,}5x^3 - 0{,}5x^2 + 17x - 16$$ 5

2.2 Ermitteln Sie die Gewinnzone. 6
Berechnen Sie den durchschnittlichen Gewinn über den Bereich von 2 bis 5 ME.

2.3 Bestimmen Sie die Koordinaten des Cournotschen Punktes und bewerten Sie Ihre Ergebnisse aus Sicht des Unternehmens, indem Sie die Konsequenzen für die Produktionsplanung aufzeigen. 6

3 Aufgrund einer veränderten wirtschaftlichen Situation ergibt sich eine neue Preisabsatzfunktion. Diese lässt sich durch eine Funktion der Form

$$p_{neu}(x) = a \cdot e^{b \cdot x} \text{ mit } a, b \in \mathbb{R}$$

beschreiben. Es ist bekannt, dass ab einem Preis von 24,5 GE/ME das Modell Haus nicht mehr verkauft werden kann. Bei einem Preis von 3,5 GE/ME können 6 ME verkauft werden.

Aufgaben zur Abiturvorbereitung - Analysis

Aufgabe 2 **Seite 2/2**

3.1 Berechnen Sie die Parameter a und b der neuen Preisabsatzfunktion. 3

3.2 Zeichnen Sie die Graphen der Preisabsatzfunktion

$p_{neu}(x) = 24{,}5 \cdot e^{-0{,}32 \cdot x}$

und der alten Preisabsatzfunktion $p(x) = -3{,}5x + 24{,}5$ in das gegebene Koordinatensystem (siehe Anlage). 3

3.3 Interpretieren Sie die Verläufe der Graphen im wirtschaftlichen Zusammenhang. 3

Anlage zu Aufgabe 2 Teilaufgabe 3.2

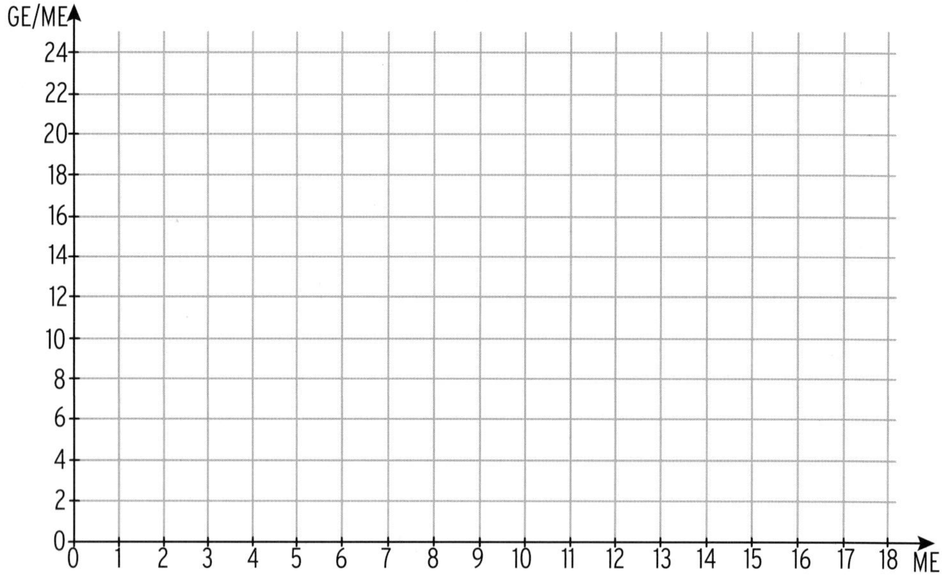

Aufgabe 2a **Lösung Seite 80**

Beschreiben Sie allgemein die Auswirkungen einer Senkung der Fixkosten bei unverändertem Preis auf

a) das Schaubild der Kostenfunktion

b) die Gewinnzone und den maximalen Gewinn

c) das Betriebsoptimum und die langfristige Preisuntergrenze

d) das Betriebsminimum und die kurzfristige Preisuntergrenze.

Aufgaben zur Abiturvorbereitung- Analysis

Aufgabe 3 **Seite 1/3** **Lösung Seite 81**

Die von BEL FRUTI produzierten Papaya- und Ananaskonserven werden in Weißblechdosen abgefüllt. Lieferant der Weißblechdosen ist die Interkonserv GmbH, die aus speziellem Weißblech fruchtsäureresistente Konservendosen produziert. Die Interkonserv GmbH ist einer von vielen Herstellern und agiert entsprechend am Markt.

2.1 Von der ertragsgesetzlich verlaufenden Kostenentwicklung der Weißblechdosen produktion sind die folgenden Angaben bekannt (Angaben in ME und GE).

(1) $K(5) = E(5) = 67{,}5$

(2) $K(0) = 20$

(3) $K'(5) = 3{,}5$

(4) $k'_{var}(11) = 0$

Dabei sind K die ganzrationale Gesamtkostenfunktion dritten Grades, k_{var} die Funktion der variablen Stückkosten und E die lineare Erlösfunktion.

2.1.1 Interpretieren Sie die Gleichungen (1) bis (4) im Hinblick auf ihre ökonomische Bedeutung. 6

2.1.2 Stellen Sie mit Hilfe der obigen Angaben ein lineares Gleichungssystem zur Ermittlung der Gleichung der Gesamtkostenfunktion auf, und lösen Sie dieses. 6

2.2 Gehen Sie im Folgenden von der Kostenfunktion K mit

$K(x) = 0{,}1x^3 - 2{,}2x^2 + 18x + 20$ aus (x in ME und K(x) in GE).

2.2.1 Ermitteln Sie das Minimum der Grenzkostenfunktion K'. 6

2.2.2 Weisen Sie nach, dass es mehr als eine Produktionsmenge gibt, für welche die Grenzkosten 3,5 GE/ME betragen. 3

2.3 Die Interkonserv GmbH möchte ihre Produktpalette um eine weitere Dosenart erweitern. Vor dem Produktionsbeginn wird für die Geschäftsleitung der Interkonserv GmbH eine Präsentation mehrerer Umsatzszenarien bei gleich bleibender Kostenentwicklung erstellt, welche in den unten stehenden Abb. 1 bis 4 dargestellt sind.

Aufgaben zur Abiturvorbereitung- Analysis

Aufgabe 3 **Seite 2/3**

2.3 **Abbildung 1:**

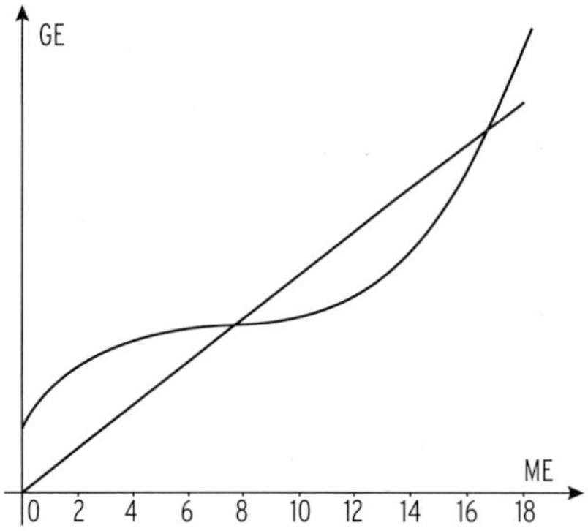

Abbildung 2:

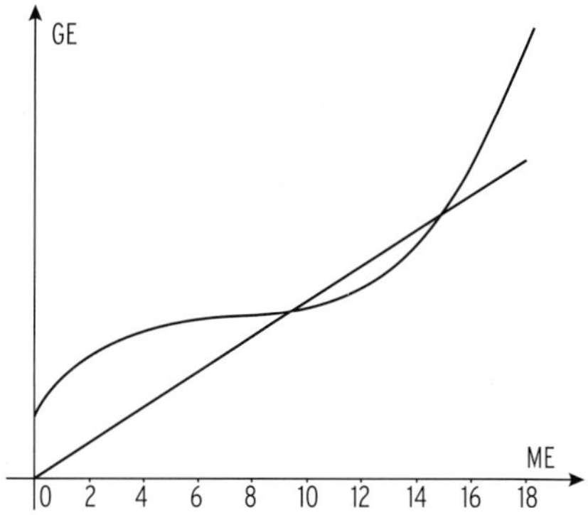

Abbildung 3:

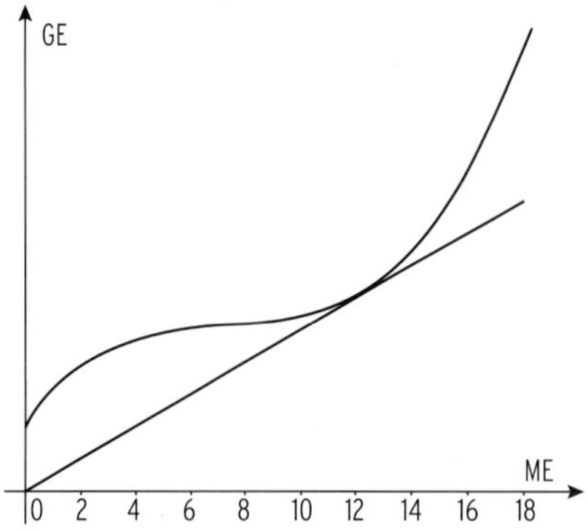

Abbildung 4:

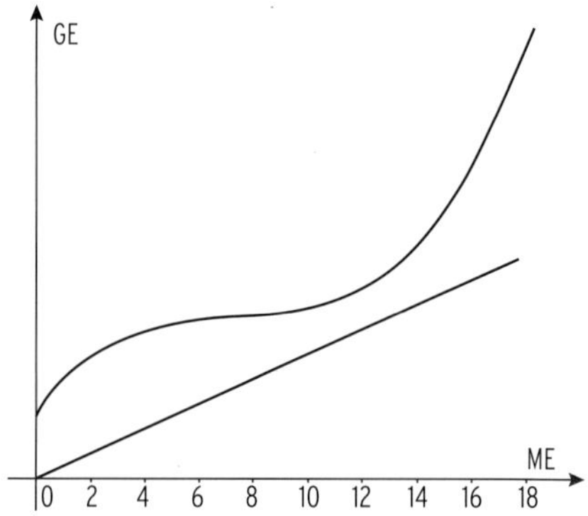

2.3.1 Beurteilen Sie aus mathematisch-ökonomischer Sicht die in den Abb. 1 bis 4 dargestellten Umsatzszenarien hinsichtlich der jeweiligen Gewinnsituation. 6

2.3.2 Versehentlich ist bei der Erstellung der Präsentation einem Mitarbeiter ein Eingabefehler unterlaufen, so dass die in Abbildung 5 dargestellte Kurve als Kostenkurve ausgegeben wurde. Der Fehler wurde jedoch sofort bemerkt. 3

Abbildung 5:

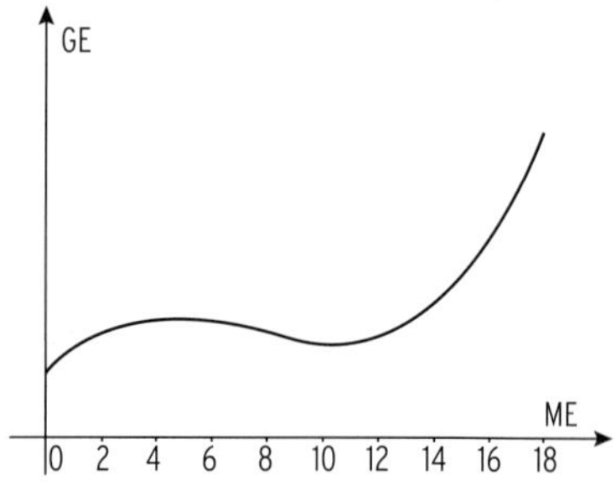

Begründen Sie mathematisch-ökonomisch, weshalb der nebenstehende Graph nicht dem Graphen einer ertragsgesetzlichen Kostenfunktion entsprechen kann

Aufgaben zur Abiturvorbereitung- Analysis

Aufgabe 3 **Seite 3/3**

2.3 Um die künftigen Produktionsmengen der Dosen besser planen zu können, wurde eine Absatz-Möglichkeiten-Studie in Auftrag gegeben.
Die Funktion f mit der Gleichung $f(t) = (-0{,}25t^3 + 121t)e^{-0{,}2t}$ prognostiziert laut Marktforschungsinstitut die Absatzentwicklung in ihrem Definitionsbereich für die Zeit nach der Markteinführung (Zeitpunkt t = 0).
Dabei gibt $t > 0$ die Zeit in Monaten und f(t) den Absatz in ME/Monat an.

2.3.1 Ermitteln Sie, bis zu welchem Zeitpunkt t die Funktion f positive Absatzmengen prognostiziert (ökonomischer Definitionsbereich). 6

2.3.2 Bestimmen Sie den prognostizierten Absatz in ME/Monat zum Zeitpunkt t = 10. 3

2.3.3 Prüfen Sie mit Hilfe der notwendigen Bedingung, ob die Absatzfunktion f ihr Maximum etwa zum Zeitpunkt t = 4,5526 erreicht. Auf die Überprüfung der hinreichenden Bedingung soll verzichtet werden. (Berufskolleg NRW 2012) 5

Aufgabe 4 **Seite 1/2** **Lösung Seite 83** **Punkte**

Die Forschungsabteilung von BioKosmetiKuss hat eine neue Pflegelotion entwickelt. Vor dem Produktionsstart und der Markteinführung analysiert das Unternehmen die Kosten- und Gewinnsituation.

1.1 BioKosmetiKuss geht bei der Produktion des Prototyps der Pflegelotion von einem ertragsgesetzlichen Kostenverlauf der Form $K(x) = ax^3 + bx^2 + cx + d$ mit $a, b, c, d \in \mathbb{R}$, $a > 0$, aus, wobei x die Produktionsmenge in ME und K(x) die Gesamtkosten in GE angibt.
Es entstehen fixe Kosten in Höhe von 8 000 GE. Bei einer Produktionsmenge von 10 ME entstehen Gesamtkosten in Höhe von 22 500 GE. Die variablen Stückkosten bei 5 ME betragen 1 750 GE je ME. Bei 2 ME belaufen sich die Grenzkosten auf 1 812 GE je ME.
Leiten Sie aus den Angaben ein Gleichungssystem zur Bestimmung der Kostenfunktion her, ohne dieses zu lösen. 8

Gehen Sie im Folgenden von einer Kostenfunktion mit der Funktionsgleichung
$K(x) = x^3 - 75x^2 + 2100x + 8000$ aus.

1.2 BioKosmetiKuss möchte zunächst im Bereich möglichst geringer Grenzkosten produzieren.

1.2.1 Berechnen Sie die Produktionsmenge x_W, bei welcher der zunächst degressive Kostenverlauf in einen progressiven übergeht. 6

1.2.2 Leiten Sie den Preis her, der mindestens erzielt werden muss, damit für die Produktionsmenge x_W Gewinn erzielt wird. 5

Aufgaben zur Abiturvorbereitung - Analysis

Aufgabe 4 **Seite 2/2** **Punkte**

1.3 Aufgrund der Konkurrenzsituation muss sich BioKosmetiKuss bei der Preisbildung am aktuellen Marktpreis orientieren.

1.3.1 Berechnen Sie die kurzfristige Preisuntergrenze. 6

1.3.2 Deuten Sie Ihr Ergebnis aus 1.3.1 im ökonomischen Zusammenhang. 3

1.4 Die Abbildung zeigt den Graphen der Grenzgewinnfunktion G′.

BioKosmetiKuss kalkuliert mit einem Verkaufspreis in Höhe von 2 200 GE je ME.

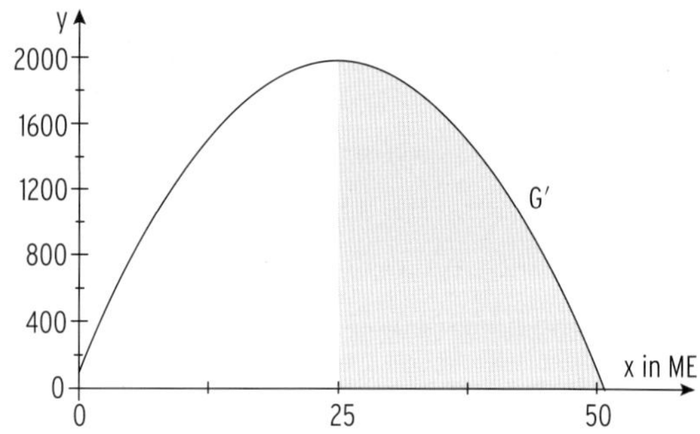

1.4.1 Zeigen Sie, dass der Grenzgewinn durch die Funktion G′ mit $G'(x) = -3x^2 + 150x + 100$ beschrieben werden kann. 4

1.4.2 Interpretieren Sie die ökonomische Bedeutung der beiden Stellen, welche die schraffierte Fläche begrenzen. 3

1.4.3 Interpretieren Sie die Maßzahl der in der Abbildung schraffierten Fläche aus ökonomischer Sicht. (Die Maßzahl ist nicht verlangt.) 2

(NRW 2013, Haupttermin)

Aufgabe 5 **Lösung Seite 85**

Eine Firma produziert einen neuen MP3-Player. Marktanalysen haben ergeben, dass die wöchentlichen Verkaufszahlen durch die Funktion f mit

$$f(t) = 1000te^{-0{,}1t};\ t \in \mathbb{R}_+^*$$ modellhaft beschrieben werden können.

(t in Wochen nach Verkaufsbeginn; f(t) in Stückzahl pro Woche.)

a) Skizzieren Sie das Schaubild der Funktion f. Wann sollte die Markteinführung des Gerätes erfolgen, damit das Maximum der wöchentlichen Verkaufszahlen in die erste Dezemberwoche fällt? Wie viel Geräte werden höchstens pro Woche verkauft? Wie entwickeln sich die Verkaufszahlen langfristig?
Nennen Sie Gründe, die für den beschriebenen Verlauf der wöchentlichen Verkaufszahlen sprechen könnten.

b) In welcher Woche nach Verkaufsbeginn nimmt die Verkaufszahl am stärksten ab?

Aufgaben zur Abiturvorbereitung - Analysis

Aufgabe 6

Lösung Seite 86

a) Die Unternehmensleitung geht davon aus, dass die Kostenentwicklung durch eine ertragsgesetzliche Kostenfunktion 3. Grades beschrieben werden kann.
Es ist bekannt, dass bei 2 ME die Grenzkosten 4 Geldeinheiten (GE) betragen.
Bei einer Mengeneinheit (ME) entstehen Kosten in Höhe von 32 GE. Die Kosten steigen zunächst degressiv und ab 4 ME progressiv an. Die fixen Kosten betragen 21,75 GE. In einer Produktionsperiode können bis zu 10 ME produziert werden.
Leiten Sie die Funktionsgleichung der Kostenfunktion her.
Bestimmen Sie den ökonomisch sinnvollen Definitionsbereich.
Die Unternehmensleitung geht bei ihren Produktionsentscheidungen von folgender ertragsgesetzlicher Kostenfunktion dritten Grades aus:
$K(x) = 0{,}25x^3 - 3x^2 + 13x + 21{,}75;\ x \in [0;\ 10]$.

b) Bestätigen Sie, dass die Funktion K monoton wachsend ist und interpretieren Sie dies im Sachkontext.

c) Berechnen Sie $\int_0^{10} K'(x)dx$ und interpretieren Sie den gefundenen Wert aus ökonomischer und geometrischer Sicht.

d) Untersuchen Sie, auf welchem Bereich das Unternehmen Gewinn erzielt, wenn eine ME zum Preis von 13,5 GE verkauft wird. Berechnen Sie, bei welcher Produktionsmenge der maximale Gewinn erwirtschaftet wird.

e) Für das Unternehmen sind auch die Stückkosten k (Kosten pro Mengeneinheit) mit $k(x) = \frac{K(x)}{x}$ von Interesse. Geben Sie die Stückkostenfunktion k an.
Bestätigen Sie, dass die Stückkosten bei etwa 6,91 ME minimal sind. Geben Sie die minimalen Stückkosten an und erläutern Sie deren wirtschaftliche Bedeutung.

f) Auf Grund eines neuen Pachtvertrages für das Firmengrundstück steigen die Fixkosten des Unternehmens auf 40 Geldeinheiten (GE). In der Unternehmensleitung entsteht eine Diskussion über die Auswirkungen dieser Veränderung.
- Ein Firmenmitglied behauptet, dass man nach wie vor ca. 8 ME produzieren sollte, um den Gewinn zu maximieren.
  Ist diese Aussage richtig? Begründen Sie Ihre Antwort.
- Beurteilen Sie im Rahmen der bisherigen Modellannahmen den Vorschlag eines anderen Firmenmitglieds, einfach den Verkaufspreis zu erhöhen, um mehr Gewinn zu machen.

Aufgaben zur Abiturvorbereitung - Analysis

Aufgabe 7

Lösung Seite 87

Die Kosten der Druckfix GmbH für den neuartigen Drucker lassen sich durch eine ertragsgesetzliche Kostenfunktion 3. Grades beschreiben, zu der die folgende Wertetabellefür einen bestimmten Produktionszeitraum gehört.
Die Werte für x sind in Stückzahlen, die Funktionswerte von K(x) in Euro angegeben.
Die Kapazitätsgrenze liegt bei 90 Druckern im Produktionszeitraum.

x	0	10	20	30	40	50	60	70	80	90
K(x)	50000	55000	58200	60200	61600	63000	65000	68200	73200	80600
K'(x)	610	400	250	160	130	160	250	400	610	880
K''(x)	- 24	- 18	- 12	- 6	0	6	12	18	24	30

Tabelle 1

1 Nach dem Ertragsgesetz muss eine Kostenfunktion einen positiven y-Achsenabschnitt und einen Wendepunkt besitzen sowie zunächst degressiv, dann progressiv steigen.

1.1 Begründen Sie mit den Werten der Tabelle 1, dass diese Bedingungen erfüllt sind.

1.2 Zeigen Sie, dass ertragsgesetzliche Kostenfunktionen der Form $K(x) = ax^3 + bx^2 + cx + d$ in $x = -\frac{b}{3a}$ eine Wendestelle besitzen.

2 Externe Faktoren, die durch einen Parameter a beschrieben werden, beeinflussen die Kostenentwicklung. Es gilt: $K_a(x) = ax^3 - 12x^2 + 610x + 50000;\ a \in \mathbb{R};\ a > 0$.

2.1 Berechnen Sie die Wendepunkte in Abhängigkeit von a.

2.2 Ermitteln Sie für a = 0,1 das Minimum der variablen Stückkosten und interpretieren Sie dessen wirtschaftliche Bedeutung. (Teile aus NRW 2010.)

Aufgabe 8

Lösung Seite 89

Die Ventus AG produziert Ventile für industrielle Unternehmen.
Im Jahr 2011 lassen sich die Gesamtkosten, die mit der Produktion neuartiger Ventile entstanden sind, beschreiben durch die Kostenfunktion K mit der Funktionsgleichung $K(x) = 0{,}01x^3 - 0{,}9x^2 + 130x + 6000\ ;\ x \in \mathbb{R},\ x \geq 0$,
wobei x die Produktionsmenge in ME und K die Gesamtkosten in GE angibt.

1.1 Zeigen Sie, dass K einen ertragsgesetzlichen Verlauf aufweist.

1.2 Beschreiben Sie die ökonomische Bedeutung der Wendestelle für die Ventus AG. Eine Bestimmung ist nicht erforderlich.

1.3 Zeigen Sie, dass das Betriebsoptimum bei 85,78 ME liegt. Untersuchen Sie, ob die Ventus AG einen vom Markt vorgegebenen Verkaufspreis von 180 GE/ME langfristig oder zumindest kurzfristig halten kann.

1.4 Stellen Sie die langfristige und kurzfristige Preisuntergrenze mit Hilfe der Grenzkosten, Stückkosten und variablen Stückkosten grafisch dar. (Teile aus NRW, Berufskolleg 2012)

Aufgaben zur Abiturvorbereitung - Analysis

Aufgabe 9 **Lösung Seite 90**

Die Zürla-Kohlin GmbH produziert verschiedene Typen von Fahrrädern.
Die globale Konjunkturschwäche, die auch den deutschen Markt nicht verschont hat, veranlasst die Geschäftsführung, sich mit ihrer Kosten-, Absatz- und Qualitätsstruktur zu beschäftigen.

Grundsätzlich gilt: ME = Mengeneinheiten, GE = Geldeinheiten

Die Unternehmensleitung der Zürla-Kohlin GmbH geht davon aus, dass sich die Gesamtkostenentwicklung bei der Produktion von City-Fahrrädern in Abhängig keit von der Absatzmenge x mit Hilfe der ertragsgesetzlichen Kostenfunktion 3. Grades der Art $K(x) = ax^3 + bx^2 + cx + d$ mit $a, b, c, d \in \mathbb{R}$, $a \neq 0$, beschreiben lässt. Die erzielten Erlöse können mit Hilfe der linearen Funktion E mit $E(x) = p \cdot x$ mit $p \in \mathbb{R}$; $p > 0$, beschrieben werden.

1.1 In einer Abrechnungsperiode betragen die Fixkosten 70 GE und es können maximal 13 ME produziert werden.
Die Gesamtkosten betragen an der Kapazitätsgrenze 401,5 GE.
Die Gewinnschwelle wird bei einer Produktionsmenge von 4 ME erreicht, die zugehörigen Kosten betragen 154 GE. Das Betriebsminimum liegt bei 8 ME.
Bestimmen Sie zu den gegebenen Daten die Gesamtkostenfunktion sowie die Erlösfunktion. Geben Sie jeweils den ökonomischen Definitionsbereich an.

1.2 Es kann davon ausgegangen werden, das die Entwicklung der Gesamtkosten der Produktion von City-Fahrrädern durch die Funktion K mit
$K(x) = 0{,}5x^3 - 8x^2 + 45x + 70$ mit $D_K = [0; 13]$
beschrieben werden kann. Der Preis pro ME beträgt 38,5 GE.
Berechnen Sie die Gewinnzone und den maximalen Gewinn.

1.3 Zeigen Sie, dass die Wendestelle der Kostenfunktion die einzige Stelle ist, an der die Grenzkosten $\frac{7}{3}$ GE/ME betragen.

1.4 Zeigen Sie, dass für jede ertragsgesetzliche Kostenfunktion der Form
$K(x) = ax^3 + bx^2 + cx + d$ gilt:
Ist x_{BO} die Ausbringungsmenge, bei der die Stückkostenfunktion ein lokales Minimum annimmt, dann ist die Tangente an den Graphen der Kostenfunktion im Punkt $B(x_{BO} \mid K(x_{BO}))$ eine Ursprungsgerade
(BO steht für Betriebsoptimum).
(NRW, Berufskolleg 2009)

Aufgaben zur Abiturvorbereitung - Analysis

Aufgabe 10 **Seite 1/2** **Lösung Seite 92**

Punkte

Die VELOMOBIL GmbH ist auf dem deutschen Markt eine von vielen Fahrrad-anbieterinnen. Daher sei im Folgenden das Modell der vollständigen Konkurrenz angenommen.

Grundsätzlich gilt: GE = Geldeinheiten und ME = Mengeneinheiten.

2.1 Die Produktion soll um eine neue Fahrradserie HOLLÄNDER erweitert werden. Die Gesamtkosten sollen durch eine ertragsgesetzliche Kostenfunktion K mit

$K(x) = ax^3 + bx^2 + cx + d;\ a, b, c, d \in \mathbb{R}$

beschrieben werden.

Folgende Eckdaten sind bekannt:

(1) Bei einer Ausbringungsmenge von 2 ME entstehen 127 GE Gesamtkosten,

(2) die variablen Stückkosten bei 2 ME betragen 36 GE/ME,

(3) die Grenzkosten bei 4 ME betragen 8 GE/ME und

(4) der Übergang von einem degressiven zu einem progressiven Gesamtkostenverlauf liegt bei 4 ME.

2.1.1 Stellen Sie ein Gleichungssystem auf, mit dem Sie die Gesamtkosten-funktion zur Fahrradserie HOLLÄNDER berechnen könnten. 8

2.1.2 Berechnen Sie mit Hilfe der obigen Bedingungen (1) und (2) die Fixkosten. 5

2.2 Die Kostenfunktion K mit $K(x) = x^3 - 12x^2 + 56x + 55$ gelte für eine Planungsperiode. 5

Die Fahrradserie HOLLÄNDER soll im Rahmen eines befristeten Einführungsangebotes für die Dauer einer Planungsperiode im Betriebsminimum produziert und zu einem Preis in Höhe der kurzfristigen Preisuntergrenze angeboten werden.

Ermitteln Sie diesen Angebotspreis und den dann zu erwartenden Verlust.

Aufgaben zur Abiturvorbereitung - Analysis

Aufgabe 10 **Seite 2/2** **Punkte**

2.3 Die folgende Abbildung zeigt den Graphen der Gewinnfunktion G, welche sich aus der obigen Kostenfunktion und der linearen Erlösfunktion ergibt. 12

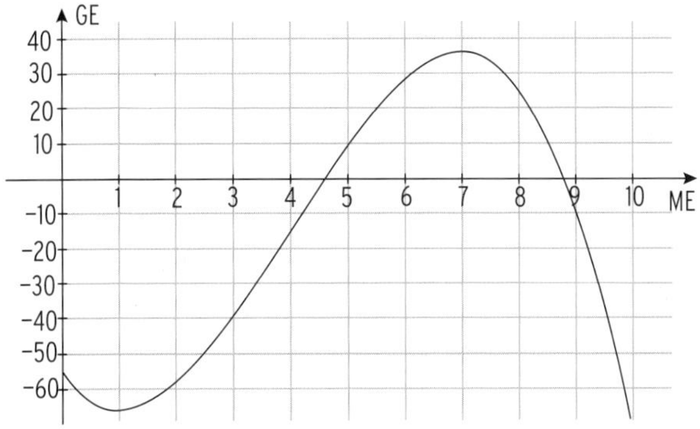

Beurteilen Sie begründet anhand des Graphen von G folgende Aussagen:

1. Die Gewinnschwelle wird bei ca. 4,6 ME erreicht.
2. Bei ca. 6,9 ME wechselt der Grenzgewinn vom Negativen ins Positive.
3. Die fixen Kosten betragen weniger als 50 GE.
4. Der maximale Gewinn beträgt ca. 35 GE.

2.4 Die Marktforschungsabteilung hat für den Umsatz der HOLLÄNDER-Fahrradserie folgende Entwicklung prognostiziert:

$f(t) = t^2 \cdot e^{-0{,}25t}$ (t in Monaten und f(t) in GE/Monat)

Die Gleichung für die erste Ableitung f′ von f lautet:

$f'(t) = (-0{,}25t^2 + 2t) \cdot e^{-0{,}25t}$

2.4.1 Berechnen Sie die Gleichung der zweiten Ableitungsfunktion von f. 8

2.4.2 Weisen Sie nach, dass der größte Umsatz mit etwa 8,66 GE/Monat prognostiziert wird und dies dem lokalen Maximum von f entspricht. 7

insgesamt 45

(NRW, Berufskolleg 2014.)

Aufgaben zur Abiturvorbereitung - Analysis

Aufgabe 11 **Lösung Seite 94**

Die Dortmunder Bürosysteme AG (kurz DoBü AG) ermittelt für die Produktion des Regals „Vario I" die Kosten in Abhängigkeit von der Absatzmenge x und einem Qualitätsstandard b. Die Unternehmensleitung geht bei ihren Produktionsentscheidungen von folgender ertragsgesetzlicher Kostenfunktion 3. Grades aus:

$$K_b(x) = 5x^3 - bx^2 + 215x + 360 \text{ mit } b \in [45; 56],\ x \in [0; 10].$$

Die Unternehmung verkauft das Regal „Vario I" konstant für 185 GE je Stück.

1 Bestimmen Sie, für welche Werte von b die Kostenfunktion K_b an der Stelle $x = 6$ das Betriebsoptimum hat.

2 Die Unternehmung beabsichtigt eine Werbeaktion für das Regal „Vario I" und möchte das Produkt in Höhe der kurzfristigen Preisuntergrenze von 70 GE je Stück anbieten.
Ermitteln Sie, welchen Qualitätsstandard b die Unternehmung unter diesen Bedingungen wählen sollte.

3 Bestimmen Sie b so, dass die gewinnmaximale Ausbringungsmenge bei 6 Stück liegt.

4 Es wird davon ausgegangen, dass für den Qualitätsstandard b = 50 gilt.

4.1 Bestimmen Sie die Gewinnzone für das Regal „Vario I".

4.2 Die folgende Abbildung zeigt die Graphen der Stückkostenfunktion und der konstanten Preisabsatzfunktion. Interpretieren Sie die Bedeutung der Schnittpunkte der Funktionsgraphen und zeigen Sie allgemein den Zusammenhang mit den Nullstellen der Gewinnfunktion.

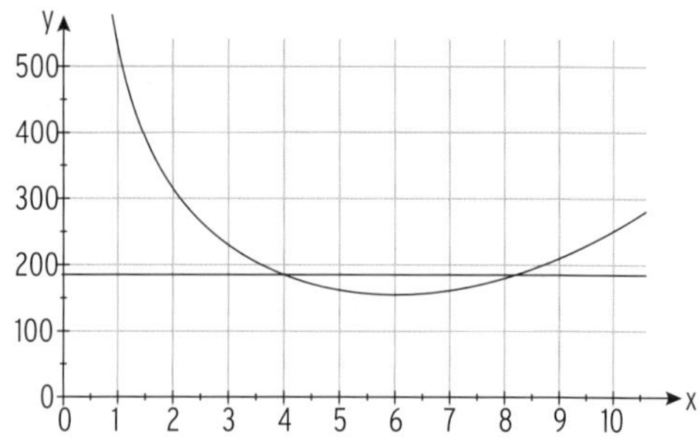

5 Die Kostenentwicklung für ein weiteres Regal „Vario II" kann ebenfalls durch eine ertragsgesetzliche Kostenfunktion 3. Grades beschrieben werden.

- Bei 2 Mengeneinheiten betragen die Grenzkosten 111 Geldeinheiten.
- Bei einer Mengeneinheit entstehen Kosten in Höhe von 1277 GE.
- Die Kosten steigen zunächst degressiv und ab 3 ME progressiv an.
- Die fixen Kosten betragen 1150 Geldeinheiten.

Leiten Sie die Funktionsgleichung der Kostenfunktion her.

(Teile aus Berufskolleg NRW 2009)

Aufgaben zur Abiturvorbereitung - Analysis

Aufgabe 12

Lösung Seite 96

Die Controllingabteilung des Automobilherstellers erhält den Auftrag für die Planung des neuen Zwei-Liter-Autos eine Analyse der Kosten- und der Absatzentwicklung durchzuführen. Die Kostensituation kann durch eine ertragsgesetzliche Kostenfunktion beschrieben werden:

x in ME und K(x), E(x) sowie G(x) in GE.

Es gilt: $K(x) = 0{,}01x^3 - 0{,}29x^2 + 3x + 6$

1 Man geht davon aus, dass im ersten Produktionsabschnitt für das Zwei-Liter-Auto höchstens bis zu 20 ME produziert und abgesetzt werden können und der Preis 1,7 GE/ME beträgt.

1.1 Berechnen Sie unter den obigen Voraussetzungen den Gewinnbereich, wenn die Gewinnschwelle bei 10 ME liegt.

1.2 Ermitteln Sie den maximal zu erzielenden Gewinn.

2 Um auf künftige Marktentwicklungen reagieren zu können, werden die variablen Stückkosten und die Grenzkosten untersucht.

2.1 Berechnen Sie den Schnittpunkt der Graphen von Grenzkostenfunktion und der Funktion der variablen Stückkosten.

2.2 Zeigen Sie, dass der unter 2.1 berechnete x-Wert dem Betriebsminimum entspricht.

(Abitur 2011, Berufskolleg NRW.)

Aufgabe 13

Lösung Seite 97

Die Absatzzahlen für das Produkt werden durch die Funktion A mit

$$A(t)= t^2 \cdot e^{-0,3t}$$

(t in Monaten und A(t) in ME/Monat) beschrieben.

1 Leiten Sie mit geeigneten Ableitungsregeln her, dass gilt: 6

$$A''(t) = (0{,}09t^2 - 1{,}2t + 2) \cdot e^{-0,3t}$$

2 Berechnen Sie den Zeitpunkt des größten Rückgangs der Absatzzahlen. 5

Gehen Sie davon aus, dass für A''' gilt:

$$A'''(t) = (-0{,}0279t^2 + 0{,}54t - 1{,}8) \cdot e^{-0,3t}$$

(NRW, Berufskolleg 2016.)

Aufgaben zur Abiturvorbereitung - Analysis

Aufgabe 14 **Lösung Seite 98**

Das Unternehmen Meier & Co möchte für seine Mitarbeiter als Betriebsausflug eine Fahrradreise an die Elbe für den Sommer 2019 buchen und sondiert dafür den Markt anhand der Informationen aus dem letzten Sommer.

Um eine endgültige Entscheidung zu treffen, werden weitere Informationen benötigt, die mithilfe der Angebots- und der Nachfragefunktion ermittelt werden sollen.

Die Angaben sind aus dem Frühjahr 2019:

Die Nachfragefunktion p_N wird im mathematischen Definitionsbereich mithilfe einer achsensymmetrischen ganzrationalen Funktion 2. Grades modelliert. Der Höchstpreis beträgt 800 GE/ME und das Marktgleichgewicht liegt bei $(5 \mid 750)$.

Die Angebotsfunktion p_A entspricht einer ganzrationalen Funktion 3. Grades. Es sind folgende zusätzliche Informationen bekannt:

x in ME	1	3	7
$p_A(x)$ in GE/ME	556	657	843

Ermitteln Sie die Sättigungsmenge und den Mindestangebotspreis.

Bestimmen Sie die Konsumentenrente.

Der Geschäftsführer von Meier & Co vergleicht die Produzentenrente mit dem mindestens zu erwartenden Umsatz der Produzenten. Der mindestens zu erwartende Umsatz ist der erzielte Umsatz abzüglich der Produzentenrente. Wenn die Produzentenrente mehr als 20 % des mindestens zu erwartenden Umsatzes beträgt, dann geht der Geschäftsführer davon aus, dass die Fahrradreisen an der Elbe aktuell überteuert sind; alternativ wird er dann Wanderurlaub buchen.

Untersuchen Sie, welche Aktivität der Geschäftsführer buchen sollte.

Aufgaben zur Abiturvorbereitung - Analysis

Aufgabe 15 **Lösung Seite 99**

Der Naturkosmetikproduzent „La Werna" rechnet für sein neu eingeführtes Produktset „Sommerbrise" mit der Nachfragefunktion p_N mit $p_N(x) = 16(x + 1)e^{1-x}$.

x ist die Produktionsmenge in ME, der Preis wird angegeben in GE/ME.

Die Angebotsfunktion p_A ist gegeben durch $p_A(x) = x^2$.

a) Ermitteln Sie das Marktgleichgewicht und die Produzentenrente .

Bestimmen Sie die Konsumentenrente und erläutern Sie die ökonomische Bedeutung Ihres Ergebnisses. Zeigen Sie, dass die Funktion $P_N(x) = -16(x + 2)e^{1-x}$ eine Stammfunktion der Nachfragefunktion p_N ist.

b) In Düsseldorf findet eine große Benefizveranstaltung statt. Der Verkaufspreis des Produktsets wird auf 12 GE/ME festgesetzt, weil die Differenz zwischen Gleichgewichtspreis und festgesetztem Preis gespendet werden soll.

Erläutern Sie die entstandene Marktsituation.

Ermitteln Sie den Betrag, der gespendet werden kann.

Aufgabe 16 **Lösung Seite 100**

Die Raasolux GmbH produziert und vermarktet ein großes Sortiment an Gartengeräten und -maschinen. Darunter ist der Aufsitzmäher Goliath. Da Rasolux viele Mitbewerber hat, muss die GmbH das Polypolist ihre Kosten-, Erlös- und Gewinnsituation aufmerksam verfolgen.

Gehen Sie von folgender Gesamtkostenfunktion K mit

$K(x) = 10x^3 - 240x^2 + 1920x + 7840;\ x \in \mathbb{R},\ 0 \leq x \leq 25$ aus.

1 Die Unternehmensleitung möchte die mögliche Preisgestaltung für den Aufsitzmäher Goliath untersuchen.

1.1 Erläutern Sie anhand der kurzfristigen und der langfristigen Preisuntergrenze, ob die Rasolux GmbH einen Preis von 700 GE/ME unterbieten kann. 6

1.2 Begründen Sie, dass für jede beliebige ertragsgesetzliche Kostenfunktion die kurzfristige Preisuntergrenze kleiner ist als die langfristige Preisuntergrenze. 2

2 Der Preis des Aufsitzmähers Goliath ist konstant. Bei 7 produzierten Mengeneinheiten tritt Rasolut GmbH in die Gewinnzone ein.

2.1 Berechnen Sie den Preis des Aufsitzmähers Goliath. 3

2.2 Prüfen Sie die folgenden Behauptungen bei einem Preis von 1850 GE/ME.

(1) Die Gewinnzone besitzt eine Breite von ca. 15 ME.

(2) Der größtmögliche Gewinn liegt unter 10 000 GE.

(3) Der maximale Stückgewinn beträgt 770 GE/ME. 7

Aufgaben zur Abiturvorbereitung - Analysis Lösungen

Lösung Aufgabe 1 **Seite 1/2** **Aufgabe Seite 59/60**

1 Aus $K'(x) = 3{,}75x^2 - 40x + 120$ folgt durch Integration die 0

variable Gesamtkostenfunktion K_v mit $K_v(x) = 1{,}25x^3 - 20x^2 + 120x$

Mit $K_f = 250$ gilt:

Gesamtkostenfunktion K mit $K(x) = 1{,}25x^3 - 20x^2 + 120x + 250$

2 Wegen $K(4) = E(4) = 490$ gilt

für den konstanten Preis pro ME: $p = \frac{490}{4} = 122{,}5$

Erlösfunktion E mit $E(x) = p \cdot x = 122{,}5x$

3 **Gewinnfunktion** G mit $G(x) = E(x) - K(x) = 122{,}5x - (1{,}25x^3 - 20x^2 + 120x + 250)$

$$G(x) = -1{,}25x^3 + 20x^2 + 2{,}5x - 250$$

Bedingung für die **Gewinnzone**: $G(x) = 0 \Leftrightarrow -1{,}25x^3 + 20x^2 + 2{,}5x - 250 = 0$

$G(4) = 0$ aus Teilaufgabe 2, also Gewinnschwelle $x_1 = x_{GS} = 4$

GTR/CAS: $x_2 \approx 15{,}27$

($x_3 \approx -3{,}27 < 0$ ökonomisch nicht sinnvoll)

Gewinngrenze $x_{GG} \approx 15{,}27$

Im Produktionsintervall $]4; 15{,}27[$ produziert das Unternehmen mit Gewinn ($G(x) > 0$).

Gewinnmaximale Ausbringungsmenge

Ableitungen: $G'(x) = -3{,}75x^2 + 40x + 2{,}5$; $G''(x) = -7{,}5x + 40$

Hinreichende Bedingung: $G'(x) = 0 \wedge G''(x) < 0$

Notwendige Bedingung: $G'(x) = 0 \Leftrightarrow -3{,}75x^2 + 40x + 2{,}5 = 0$

Extremstellen: $x_1 \approx 10{,}73$; $x_2 \approx -0{,}062$

$G''(10{,}73) < 0$; $G(10{,}73) \approx 535{,}26$

Nur die positive Lösung für x ist ökonomisch sinnvoll.

Die gewinnmaximale Ausbringungsmenge beträgt 10,73 ME.

Der maximale Gewinn beträgt 535,26 GE.

4 Eine Veränderung der Fixkosten bewirkt eine Verschiebung der Gewinnkurve in y-Richtung. Durch eine Erhöhung der Fixkosten wird der Graph der Gewinnfunktion nach unten verschoben, d. h. die Gewinnzone wird schmaler, die gewinnmaximale Ausbringungsmenge bleibt gleich und der maximale Gewinn verringert sich um die Erhöhung der Fixkosten.

Durch eine Senkung der Fixkosten wird der Graph der Gewinnfunktion nach oben verschoben, d. h. die Gewinnzone wird breiter, die gewinnmaximale Ausbringungsmenge bleibt gleich und der maximale Gewinn erhöht sich um die Verringerung der Fixkosten.

Lösung Aufgabe 1 **Seite 2/2**

5 $A_1(t) = 40 - 0{,}15t - 40e^{-0{,}05t}$; $A_2(t) = 1{,}5t\,e^{-0{,}02t}$

5.1 Maximaler Absatz: $A'_1(t) = -0{,}15 + 2e^{-0{,}05t} = 0$ für $t = 51{,}81$ $(t = -20\ln 0{,}075)$

Mit $A''_1(t) = -0{,}1e^{-0{,}05t} < 0$ ist $t = 51{,}81$ eine Maximalstelle von A_1.

$A'_2(t) = 1{,}5 \cdot (-0{,}02) \cdot t\,e^{-0{,}02t} + 1{,}5e^{-0{,}02t} = e^{-0{,}02t}(-0{,}03t + 1{,}5)$

$A'_2(t) = 0 \Leftrightarrow -0{,}03t + 1{,}5 = 0 \Leftrightarrow t = 50$ $(e^{-0{,}02t} > 0)$

Da $A'_2(t)$ in $t = 50$ das Vorzeichen von + nach - wechselt,

ist $t = 50$ eine Maximalstelle von A_2.

Bemerkung: $A'_2(t)$ wechselt das Vorzeichen wie $y = -0{,}03t + 1{,}5$

$A_1(51{,}81) = 29{,}23$; $A_2(50) = 27{,}59$

Der Unterschied ist gering, er liegt bei 1,64 ME/Tag.

5.2 Prognostizierter Absatz in ME/Tag: $A_1(16) = 19{,}63$; $A_1(130) = 20{,}44$

Die Absatzmengen sind etwa gleich hoch, aber nach 16 Tagen wächst der Absatz, während er nach 130 Tagen sinkt.

5.3 **Maximaler Absatzrückgang**

$A''_1(t) = -0{,}1e^{-0{,}05t} < 0$

der Absatzrückgang $A'_1(t)$ beschleunigt sich für $t > 51{,}81$

und strebt auf $-0{,}15$ zu, also auf eine Abnahme um 0,15 ME/Tag.

$A''_2(t) = (-0{,}03t + 1{,}5) \cdot (-0{,}02)e^{-0{,}02t} - 0{,}03e^{-0{,}02t} = e^{-0{,}02t}(0{,}0006t - 0{,}06)$

$A''_2(t) = 0 \Leftrightarrow 0{,}0006t - 0{,}06 = 0$ für $t = 100$

$A'_2(100) = -0{,}203$

Der maximale Absatzrückgang von A_2 tritt bereits nach 100 Tagen ein (also früher als 150 Tage) und beträgt 0,2 ME/Tag.

Die Vorgabe wird nur bei bei einer Prognose durch A_1 eingehalten.

6 Bei einer ertragsgesetzlichen Kostenfunktion steigen die Kosten zunächst mit abnehmenden Zuwachsraten, also degressiv. Ab einer bestimmten Ausbringungsmenge steigen die Kosten dann mit zunehmenden Zuwachsraten, also progressiv. Der Punkt der ertragsgesetzlichen Kostenkurve, an der die degressive in eine progressive Steigung übergeht, wird als Wendepunkt (W) bezeichnet

Kein Graph einer ertragsgesetzlichen Kostenfunktion,

Graph 1: Es liegt kein Wendepunkt vor.

Graph 3: Es liegen zwei Extrempunkte vor.

Graph 2: Graph einer ertragsgesetzlichen Kostenfunktion.

Für $x > 0$ streng monoton wachsend, verläuft oberhalb der x-Achse.

Es liegt ein Wendepunkt mit rechts-links-Krümmungswechsel vor.

Lösung Aufgabe 2 Seite 1/3 Aufgabe Seite 60/61

1.1 Ansatz für eine ertragsgesetzliche Kostenfunktion: $K(x) = ax^3 + bx^2 + cx + d$

Grenzkosten (Kostenzuwachs): $K'(x) = 3ax^2 + 2bx + c$

Stückkosten $k(x) = \frac{K(x)}{x} = ax^2 + bx + c + \frac{d}{x}$;

variable Stückkosten $k_v(x) = ax^2 + bx + c$

Bedingungen und LGS für a, b, c und d:

Fixkosten $K(0) = 16$ $d = 16$

$K(2) = 23$ $8a + 4b + 2c + d = 23$ mit $d = 16$: $8a + 4b + 2c = 7$

Kostenzuwachs $K'(2) = 1{,}5$ $12a + 4b + c = 1{,}5$

$k_v(1) = 5$ $a + b + c = 5$

Lösung des LGS: $d = 16$: $a = 0{,}5$; $b = -3$; $c = 7{,}5$

Gesamtkostenfunktion K mit $K(x) = 0{,}5x^3 - 3x^2 + 7{,}5x + 16$; $D_{ök} = [0; 7]$

Alternative: $K(x) = 0{,}5x^3 - 3x^2 + 7{,}5x + 16$; $K'(x) = 1{,}5x^2 - 6x + 7{,}5$; $k_v(x) = 0{,}5x^2 - 3x + 7{,}5$

Prüfung der Bedingungen: $K(0) = 16$; $K(2) = 23$; $K'(2) = 1{,}5$; $k_v(1) = 5$

ergibt jeweils eine wahre Aussage (w).

1.2 Wendestelle der Kostenfunktion bzw. Minimalstelle der Grenzkostenfunktion:

Kostenzuwachs: $K'(x) = 1{,}5x^2 - 6x + 7{,}5$

$K'(x)$ wird minimal, wenn $K''(x) = 0 \wedge K'''(x) > 0$ (hinreichende Bedingung)

$K''(x) = 0 \Leftrightarrow 3x - 6 = 0 \Leftrightarrow x = 2$

Mit $K'''(2) = 3 > 0$ gilt: Der Kostenzuwachs ist bei 2 ME = 20000 Stück am geringsten.

Bemerkung: $x = 2$ ist die Wendestelle der Kostenfunktion.

2.1 Herleitung der Preisabsatzfunktion

P(4 | 10,5) Q(5/| 7) Gesucht: $p(x) = mx + n$

$m = \frac{10{,}5 - 7}{4 - 5} = -3{,}5$

$10{,}5 = -3{,}5 \cdot 4 + n \Rightarrow n = 24{,}5$

$p(x) = -3{,}5x + 24{,}5$

Erlösfunktion:

$E(x) = p(x) \cdot x = -3{,}5x^2 + 24{,}5x$

Gewinnfunktion G mit $G(x) = E(x) - K(x) = -3{,}5x^2 + 24{,}5x - (0{,}5x^3 - 3x^2 + 7{,}5x + 16)$

$$G(x) = -0{,}5x^3 - 0{,}5x^2 + 17x - 16$$

Lösung Aufgabe 2 **Seite 2/3**

2.2 Bedingung für die Gewinnzone: $G(x) = 0$ $-0{,}5x^3 - 0{,}5x^2 + 17x - 16 = 0$

Der GTR löst die Gleichung: $x_1 = 1;\ x_2 \approx 4{,}74;\ x_3 \approx -2{,}47$

($x_3 < 0$ ökonomisch nicht sinnvoll)

Gewinnschwelle $x_{GS} = 1$; Gewinngrenze $x_{GG} = 4{,}74$

Im Produktionsintervall]1; 4,74[produziert das Unternehmen mit Gewinn ($G(x) > 0$).

Die Gewinnzone reicht von 1 ME bis 4,74 ME.

Durchschnittlicher Gewinn über [1; 4]:

$\frac{1}{4-1}\int_1^4 G(x)dx = \frac{1}{3}[-\frac{1}{8}x^4 - \frac{1}{6}x^3 + \frac{17}{2}x^2 - 16x]_1^4 = \frac{99}{8} = 12{,}375$

Hinweis: Eine Stammfunktion ist nicht verlangt.

Der mittlere Gewinn bei einer Produktion zwischen 1 und 4 ME beträgt 12,375 GE.

2.3 Bestimmung der gewinnmaximalen Menge

Hinreichende Bedingung: $G'(x) = 0 \wedge G''(x) < 0$

$G'(x) = -1{,}5x^2 - x + 17;\ G''(x) = -3x - 1$

$G'(x) = 0 \Rightarrow x_{E1} \approx 3{,}0496 \vee x_{E2} \approx -3{,}7163$

$G''(3{,}0496) = -10{,}1488 < 0$

Bei 3,0496 ME wird der maximale Gewinn erwirtschaftet.

$(3{,}0496|p(3{,}0496)) = (3{,}05|13{,}8264)$ Cournotscher Punkt

Der Cournotsche Punkt gibt die gewinnmaximale Produktionsmenge und den zugehörigen Stückpreis an. Um maximalen Gewinn zu erzielen, sollte Argoline einen Verkaufspreis von 13,8264 GE/ME festsetzen und 3,0496 ME produzieren.

3.1 Parameter a und b der neuen Preisabsatzfunktion.

$P(0 \mid 24{,}5): p_{neu}(0) = 24{,}5$ $a \cdot e^0 = 24{,}5 \Leftrightarrow a = 24{,}5$

$Q(6 \mid 3{,}5): p_{neu}(6) = 3{,}5$ $24{,}5 \cdot e^{6b} = 3{,}5$

$e^{6b} = \frac{1}{7} \Rightarrow 6b = \ln(\frac{1}{7})$ und damit $b \approx -0{,}3243$

3.2 Preisabsatzfunktion

$p_{neu}(x) = 24{,}5 \cdot e^{-0{,}32 \cdot x}$

Alte Preisabsatzfunktion

$p(x) = -3{,}5x + 24{,}5$

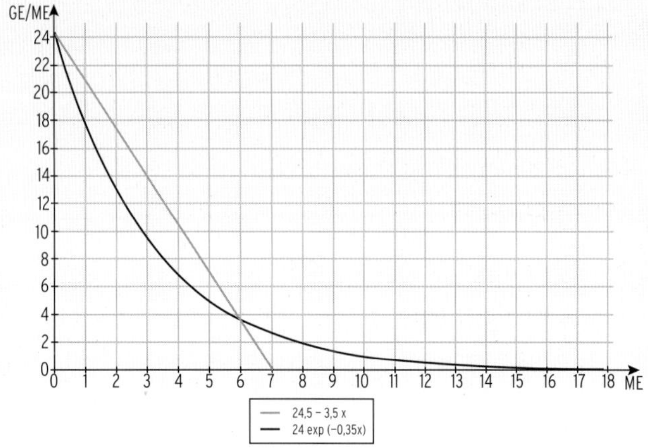

Lösung Aufgabe 2 **Seite 3/3**

3.3 Interpretieren Sie die Verläufe der Graphen im wirtschaftlichen Zusammenhang.

Da ab einem Preis von 24,5 GE/ME das Modell Haus nicht mehr verkauft werden kann, beginnen beide Graphen im Punkt (0 | 24,5) . Der Graph der neuen Preisabsatzfunktionfällt zunächst deutlich schneller. Für ca. 6 ME nehmen beide Funktionen einen Wert von ca. 3,75 GE/ME an. Während der Graph der neuen Funktion sich dann langsam der x-Achse anschmiegt, erreicht die alte Preisabsatzfunktion bei 7 ME ihre Sättigungsmenge.

Lösung Aufgabe 2a

Auswirkungen einer Senkung der Fixkosten bei unverändertem Preis

a) Das Schaubild der Kostenfunktion wird nach unten verschoben.

b) Das Schaubild der Gewinnfunktion wird nach oben verschoben.
Die Gewinnzone und der maximale Gewinn werden größer.
Die gewinnmaximale Ausbringungsmenge bleibt unverändert.

c) Das Schaubild der Stückkostenfunktion liegt unterhalb des Graphen der ursprünglichen Stückkostenfunktion.
Das Betriebsoptimum und die langfristige Preisuntergrenze werden kleiner.

d) Auf das Betriebsminimum und die kurzfristige Preisuntergrenze haben die Fixkosten keinen Einfluss.

Lösung Aufgabe 3 **Seite 1/3** **Aufgabe Seite 63/64**

2.1.1 Ökonomische Bedeutung der Gleichungen

(1) Bei 5 ME sind die Gesamtkosten und Erlöse gleich groß. Dort befindet sich die Gewinnschwelle oder die Gewinngrenze.

(2) Die Fixkosten betragen 20 GE.

(3) Bei einer Produktionsmenge von 5 ME betragen die Grenzkosten 3,5 GE/ME.

(4) Die notwendige Bedingung für die Existenz einer Extremstelle liegt an der Stelle x =11 vor. Die variablen Stückkosten erreichen für 11 ME ihr Minimum.

2.1.2 Lineares Gleichungssystem zur Ermittlung der Gesamtkostenfunktion K

Mit $K(x) = ax^3 + bx^2 + cx + d$, $K'(x) = 3ax^2 + 2bx + c$ und $k'_v(x) = 2ax + b$

ergibt sich: (1) $125a + 25b + 5c + d = 67{,}5$

(2) $d = 20$

(3) $75a + 10b + c = 3{,}5$

(4) $22a + b = 0$

mit der Lösung (GTR/CAS): $a = 0{,}1$; $b = -2{,}2$; $c = 18$; $d = 20$

2.2 $K(x) = 0{,}1x^3 - 2{,}2x^2 + 18x + 20$

2.2.1 Grenzkosten K': $K'(x) = 0{,}3x^2 - 4{,}4x + 18$

Ableitungen: $K''(x) = 0{,}6x - 4{,}4$; $K'''(x) = 0{,}6$

Hinreichende Bedingung für Minima von K': $K''(x) = 0 \wedge K'''(x) > 0$

$K''(x) = 0 \Leftrightarrow x = \frac{22}{3} \approx 7{,}333$

$K'''(\frac{22}{3}) > 0 \Rightarrow x = \frac{22}{3}$ ist Minimalstelle

$K'(\frac{22}{3}) = \frac{28}{15} \approx 1{,}867$

Bei einer Ausbringungsmenge von 7,333 ME sind die Grenzkosten mit 1,867 GE/ME minimal.

2.2.2 Produktionsmengen mit Grenzkosten 3,5 GE/ME

Da der Graph der Grenzkostenfunktion eine quadratische Parabel mit Scheitelstelle $x_S = 7{,}\overline{3}$ ist, gilt $K'(7{,}\overline{3} - x) = K'(7{,}\overline{3} + x)$ für alle $x < 7{,}\overline{3}$.

Aus 2.1 (3) kann $K'(5) = 3{,}5$ entnommen werden. Folglich gilt:

$K'(5) = K'(7{,}\overline{3} - 2{,}\overline{3}) = K'(7{,}\overline{3} + 2{,}\overline{3}) = K'(9{,}\overline{6}) = 3{,}5$.

Alternative: $K'(x) = 3{,}5 \Leftrightarrow 0{,}3x^2 - 4{,}4x + 18 = 3{,}5$

Diese quadratische Gleichung hat die Lösungen $x_1 = 5$ und $x_2 = 9{,}\overline{6} = \frac{29}{3}$.

Es gibt also mehr als eine Produktionsmenge mit Grenzkosten von 3,5 GE/ME.

Lösung Aufgabe 3 **Seite 2/3**

2.3.1 **Abbildung 1:** Die Gewinnzone beginnt bei etwa 7,5 ME und endet bei etwa 16,5 ME. Bei diesem Marktpreis und der Kostenentwicklung würde sich eine Produktion innerhalb der Gewinnzone lohnen.

Abbildung 2: Die Gewinnzone beginnt im Gegensatz zur Situation in Abbildung 1 erst bei etwa 9 ME und endet schon bei etwa 15 GE. Somit ist die Gewinnzone kleiner. Bei gleicher Kostenstruktur ist hier im Gegensatz zur Situation in Abbildung 1 ein geringerer Marktpreis zu Grunde gelegt worden. Die Produktion innerhalb der Gewinnzone würde sich dennoch lohnen,jedoch wäre die Gewinnmarge im Gewinnmaximum geringer.

Abbildung 3: Von einer Gewinnzone kann hier nicht gesprochen werden. Kosten und Erlöse berühren sich lediglich in einem Punkt. Nur dort wird kostendeckend produziert, jedoch wird kein Gewinn erwirtschaftet. Der zu erzielende Marktpreis wäre bei dieser Kostenentwicklung zu gering, um eine lohnende Produktion aufzunehmen.

Abbildung 4: Der zu erzielende Marktpreis würde bei der Kostenentwicklung nicht ausreichen, um einen Gewinn zu erzielen, da die Erlöse niemals die Kosten decken. Eine Produktion ist aus ökonomischer Sicht nicht sinnvoll.

2.3.2 Der Kurvenverlauf ist nicht monoton steigend. Somit besitzt die obige Kostenkurve negative Grenzkosten, wodurch sich rechnerisch zwei lokale Extrema ergeben. Dies bedeutet, dass mit zunehmender Produktion die Gesamtkosten in einem Intervall abnehmen, was ökonomisch nicht sinnvoll ist.

2.4.1 **Ökonomischer Definitionsbereich.**

$f(t) \geq 0$ $\quad (-0{,}25t^3 + 121t)e^{-0{,}2t} \geq 0 \Leftrightarrow \quad -0{,}25t^3 + 121t \geq 0$ da $e^{-0{,}2t} > 0$

Mit $t > 0$ erhält man: $-0{,}25t^2 + 121 \geq 0 \Leftrightarrow \quad -t^2 + 484 \geq 0$

Multiplikation mit (-1): $\quad t^2 - 484 \geq 0 \Leftrightarrow -22 \leq t \leq 22$

Wegen $t > 0$: $D_{ök} = [0; 22]$

Der ökonomische Definitionsbereich reicht von der Markteinführung bis 22 Monate nach Markteinführung.

Alternative Lösung

der Ungleichung mit einer Skizze

von g mit $g(t) = -0{,}25t^3 + 121t$

Nullstellen: -22; 0; 22

sinnvoll nur für $t > 0$

Verlauf von III. in I. Quadrant

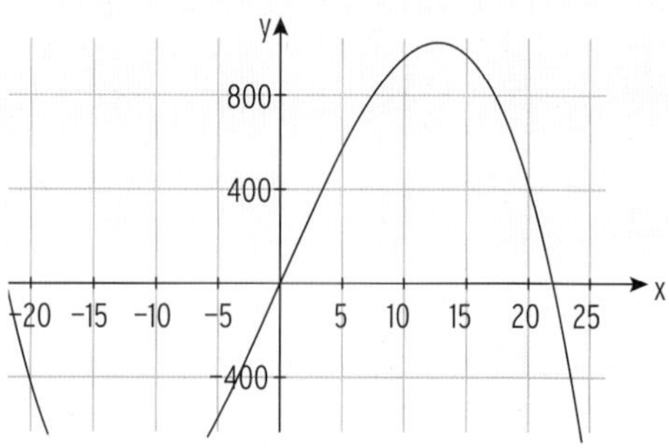

Lösung Aufgabe 3 **Seite 3/3**

2.4.2 **Prognostizierter Absatz zum Zeitpunkt t = 10**

$f(10) = (-0,25 \cdot 10^3 + 121 \cdot 10)e^{-0,2 \cdot 10} \approx 129,92$

Der Absatz beträgt zum Zeitpunkt t = 10 etwa 129,92 ME/Monat.

2.4.3 **Maximum der Absatzfunktion etwa in t = 4,5526**

Notwendige Bedingung: $f'(t) = 0$

Berechnung der ersten Ableitungsfunktion:

Mit $u(t) = -0,25t^3 + 121 \cdot t$ und $u'(t) = -0,75t^2 + 121$,

$v(t) = e^{-0,2t}$ und $v'(t) = -0,2\,e^{-0,2t}$ ergibt sich: $f'(t) = u'(t) \cdot v(t) + u(t) \cdot v'(t)$

$f'(t) = (-0,75t^2 + 121)e^{-0,2t} + (-0,25t^3 + 121 \cdot t)(-0,2\,e^{-0,2t})$

$= (0,05t^3 - 0,75t^2 - 24,2t + 121)e^{-0,2t}$

t = 4,5526 eingesetzt in f'(t) liefert:

$f'(4,5526) = (0,05 \cdot 4,5526^3 - 0,75 \cdot 4,5526^2 - 24,2 \cdot 4,55262 + 121) \cdot e^{-0,2 \cdot 4,5526}$

$f'(4,5526) = 0,00014 \approx 0$

Da $f'(4,5526) \approx 0$ gilt, ist die notwendige Bedingung für eine Maximalstelle der Absatzfunktion erfüllt.

Lösung Aufgabe 4 **Seite 1/2** **Aufgabe Seite 65**

1.1 **Gleichungssystem** aus den Angaben

$K(x) = ax^3 + bx^2 + cx + d$, $K'(x) = 3ax^2 + 2bx + c$ und $k_v(x) = ax^2 + bx + c$

$K(0) = 8000 \Leftrightarrow$ $d = 8000$

$K(10) = 22500 \Leftrightarrow$ $1000a + 100b + 10c + d = 22500$

$k_v(5) = 1750 \Leftrightarrow$ $25a + 5b + c = 1750$

$K'(2) = 1812 \Leftrightarrow$ $12a + 4b + c = 1812$

1.2.1 **Übergang degressiver Kostenverlauf in einen progressiven**

Gesucht: Wendestelle von K mit einem Rechts-Links-Krümmungswechsel

$K(x) = x^3 - 75x^2 + 2100x + 8000$; $K'(x) = 3x^2 - 150x + 2100$; $K''(x) = 6x - 150$; $K'''(x) = 6$

Hinreichende Bedingung: $K''(x) = 0 \wedge K'''(x) > 0$

$K''(x) = 0$ $6x - 150 = 0 \Leftrightarrow x = 25$

$K'''(25) = 6 > 0$

Dies bestätigt eine Wendestelle mit einem Rechts-Links-Krümmungswechsel.

Bei einer Produktionsmenge von $x_W = 25$ ME geht der zunächst degressive Kostenverlauf in einen progressiven über.

Lösung Aufgabe 4 **Seite 2/2**

1.2.2 **Mindestpreis**

Um Gewinn zu erzielen, muss der Verkaufspreis oberhalb der Stückkosten liegen.

$k(x) = x^2 - 75x + 2100 + \frac{8000}{x}$

$k(x_W) = k(25) = 1170$

Um Gewinn zu erzielen, muss der Verkaufspreis über 1 170 GE/ME liegen.

1.3.1 **Kurzfristige Preisuntergrenze**

Gesucht ist das Minimum der variablen Stückkosten.

Der Graph zu $k_v(x) = x^2 - 75x + 2100$ ist eine nach oben geöffnete quadratische Parabel und $k_v(x)$ daher minimal für $x_S = -\frac{p}{2} = 37{,}5$ mit $p = -75$

$k_v(37{,}5) = 693{,}75$

Die kurzfristige Preisuntergrenze beträgt 693,75 GE/ME.

1.3.2 **Ökonomische Deutung**

Die kurzfristige Preisuntergrenze ist der niedrigste Preis, den das Unterneh men bei einer Produktionsmenge von 37,5 ME für kurze Zeit am Markt halten kann, da bei einem Verkaufspreis von 693,75 GE/ME lediglich die variablen Kosten, nicht aber die Fixkosten gedeckt sind.

1.4.1 **Grenzgewinn**

$G(x) = E(x) - K(x) = 2200x - (x^3 - 75x^2 + 2100x + 8000)$

$G(x) = -x^3 + 75x^2 + 100x - 8000$

Somit gilt für den Grenzgewinn: $G'(x) = -3x^2 + 150x + 100$

1.4.2 **Ökonomische Bedeutung der beiden Stellen, welche die Fläche begrenzen.**

Bis zu einer Produktion von 25 ME steigt der Gewinn progressiv an, danach nur noch degressiv. (Die Scheitelstelle der Grenzgewinnfunktion entspricht der Wendestelle der Gewinnfunktion.) Bei einer Produktionsmenge von 50,658 ME (Nullstelle der Grenzgewinnfunktion) wird der maximal mögliche Gewinn erzielt.

1.4.3 **Interpretation aus ökonomischer Sicht.**

Das Integral der Grenzgewinnfunktion in den Grenzen von 25 ME bis 50,658 ME entspricht dem zusätzlichen Gewinn, der erzielt wird, wenn die Produktion von 25 ME auf 50,658 ME erhöht wird.

Lösung Aufgabe 5 **Aufgabe Seite 66**

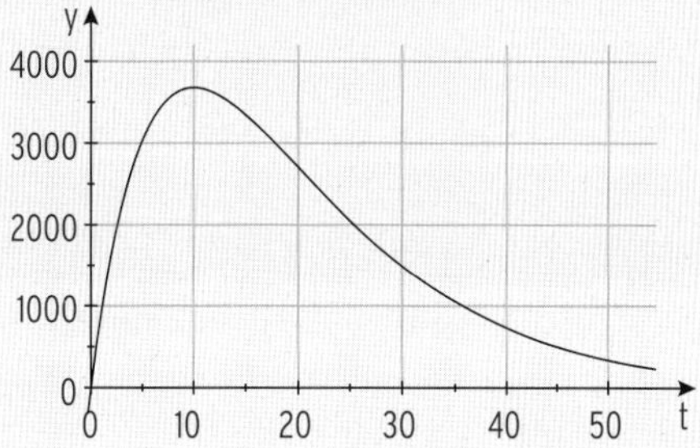

a) Schaubild von f

$f(t) = 1000te^{-0,1t};\ t \in \mathbb{R}_+^*$

$f'(t) = 10^2(10 - t)\ e^{-0,1t}$

$f''(t) = 10(-20 + t)e^{-0,1t}$

Maximum der Verkaufszahlen

Bedingung: $f'(t) = 0$ $\qquad 10^2(10 - t)\ e^{-0,1t} = 0$

$t = 10 \qquad (e^{-0,1t} > 0)$

Mit $f''(10) < 0$ und $f(10) = 10^4e^{-1} \approx 3678,8$ erhält man:

Die Markteinführung sollte 10 Wochen vor der ersten Dezemberwoche stattfinden, also in der 3. Septemberwoche.

Die maximale wöchentliche Verkaufszahl beträgt ca. 3678 Geräte.

Entwicklung der Verkaufszahlen

Für $t \to \infty$: $f(t) = 1000te^{-0,1t} \to 0$, da $e^{-0,1t}$ schneller gegen null strebt als 1000t gegen ∞.

Langfristig streben die Verkaufszahlen gegen null.

Mögliche Gründe: Nach Markteinführung wird die Neuigkeit stark nachgefragt.

Ein anderes Gerät wird später zum Konkurrenzprodukt und verdrängt den MP3-Player vom Markt.

Zusätzlich tritt nach einer gewissen Zeit eine Sättigung ein.

b) **Die Verkaufszahl nimmt am stärksten ab** in der Wendestelle von f.

Bedingung: $f''(t) = 0$ $\qquad 10(-20 + t)e^{-0,1t} = 0 \quad (e^{-0,1t} > 0)$

Satz vom Nullprodukt: $\qquad t = 20$

Für $t > 10$ ist $f'(t) < 0$; die Verkaufszahlen nehmen ab.

In der 20. Woche nach Verkaufsbeginn nimmt die Verkaufszahl am stärksten ab.

Lösung Aufgabe 6 **Seite 1/2** **Aufgabe Seite 67**

a) Ansatz für eine ertragsgesetzliche Kostenfunktion: $K(x) = ax^3 + bx^2 + cx + d$

Grenzkosten (Differentialkosten): $K'(x) = 3ax^2 + 2bx + c$

2. Ableitung von K: $K''(x) = 6ax + 2b$

Bedingungen und LGS für a, b, c und d:

$K'(2) = 4$ $12a + 4b + c = 4$

$K(1) = 32$ $a + b + c + d = 32$

mit $d = 21{,}75$: $a + b + c = 10{,}25$

$K''(4) = 0$ (Wendestelle) $24a + 2b = 0$

$K(0) = 21{,}75$ $d = 21{,}75$

Lösung des LGS mit dem GTR: $a = 0{,}25$; $b = -3$; $c = 13$; $d = 21{,}75$

Kapazitätsgrenze $x = 10$; also $D_{ök} = [0; 10]$

Gesamtkostenfunktion: $K(x) = 0{,}25x^3 - 3x^2 + 13x + 21{,}75$

b) Die Untersuchung der Ableitung zeigt, dass $K'(x) = 0{,}75x^2 - 6x + 13 \neq 0$ für $x > 0$ ist.

($D = 6^2 - 4 \cdot \frac{3}{4} \cdot 13 = -3 < 0$; K' hat also keine Nullstellen.)

Die Funktion K ist damit streng monoton. Aus $K'(0) = 13 > 0$ folgt (oder aus dem Koeffizienten vor x^2: $0{,}75 > 0$), dass K streng monoton wachsend ist.

Wenn mehr Einheiten produziert werden, müssen die Gesamtkosten steigen.

c) $\int_0^{10} K'(x)dx = [0{,}25x^3 - 3x^2 + 13x]_0^{10} = 80 - 0 = 80$

Interpretation - Geometrisch: Inhalt der Fläche unterhalb des Graphen der Grenzkostenfunktion als Randfunktion im Intervall [0; 10], sie beträgt 80 FE.

K' hat keine Nullstellen für $x > 0$ ($K'(x) > 0$).

Interpretation - Ökonomisch: $\int_0^{10} K'(x)dx = K(10) - K(0) = K(10) - K_f = K_v(10)$

d) Gewinnfunktion G mit $G(x) = E(x) - K(x) = 13{,}5x - (0{,}25x^3 - 3x^2 + 13x + 21{,}75)$

$$G(x) = -0{,}25x^3 + 3x^2 + 0{,}5x - 21{,}75$$

Gewinnzone:

Bedingung für die Nullstellen der Gewinnfunktion: $G(x) = 0$

GTR/CAS: $x_1 = 3$; $x_2 \approx 11{,}51$; $x_3 \approx -2{,}52 < 0$ ist nicht relevant.

Die Gewinnzone erstreckt sich zwischen 3 ME und etwa 11,51 ME.

Maximaler Gewinn

$G'(x) = -0{,}75x^2 + 6x + 0{,}5$; $G''(x) = -1{,}5x + 6$

Bedingung für die Maximalstelle: $G'(x) = 0$ $-0{,}75x^2 + 6x + 0{,}5 = 0$

Lösungen der quadratischen Gleichung: $x_1 \approx 8{,}08$; $x_2 \approx -0{,}08 < 0$

Mit $G''(8{,}08) < 0$ und $G(8{,}08) = 46{,}27$ erhält man:

Bei einer Produktion von 8,08 ME wird der maximale Gewinn erwirtschafte

Lösung Aufgabe 6 **Seite 2/2**

e) Stückkostenfunktion k mit $k(x) = \frac{K(x)}{x} = \frac{0{,}25x^3 - 3x^2 + 13x + 21{,}75}{x}$

$$k(x) = 0{,}25x^2 - 3x + 13 + \frac{21{,}75}{x}$$

Ableitungen: $k'(x) = 0{,}5x - 3 - \frac{21{,}75}{x^2}$; $k''(x) = 0{,}5 + \frac{43{,}5}{x^3}$

Bedingungen für Minimalstelle x = 6,91: $k'(6{,}91) = -0{,}0005 \approx 0$ und

$k''(6{,}91) \approx 0{,}37 > 0$

Die beiden Bedingungen

$k'(x) = 0$ und $k''(x) > 0$ sind erfüllt.

Bei 6,91 ME sind die Stückkosten minimal.

Minimale Stückkosten: $k(6{,}91) \approx 7{,}35$

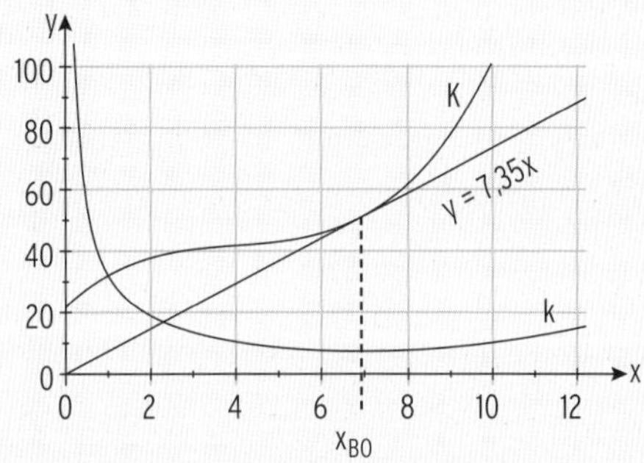

Interpretation:

Langfristig muss das Unternehmen mindestens 7,35 GE/ME als Verkaufspreis erzielen, um bei einer Produktion von 6,91 ME die Stückkosten zu decken, also keinen Verlust zu machen. Die Gerade mit y = 7,35x berührt die Kostenkurve in $x_{BO} = 6{,}91$.

f) Die Kosten haben konstant um 18,25 GE zugenommen (von 21,25 auf 40 GE), entsprechend sinkt der Gewinn konstant um den gleichen Betrag.

Die neue veränderte Gewinnfunktion lautet: $G_{neu}(x) = -0{,}25x^3 + 3x^2 + 0{,}5x - 40$

Sie unterscheidet sich von der alten Gewinnfunktion nur um die Konstante 18,25 und hat damit an der gleichen Stelle ihr Maximum.

Die Aussage ist also richtig.

Der zu $x \approx 8$ gehörende optimale Gewinn sinkt allerdings um 18,25 GE.

Hier kann wie folgt argumentiert werden:

Da die Herstellmenge von ca. 8 ME (vor und nach der Erhöhung der Fixkosten) gewinnoptimal ist, würde jede Erhöhung des Verkaufspreises auch die absetzbare Menge von 8 ME verändern und eine Verringerung des Gewinns bewirken.

Lösung Aufgabe 7 **Seite 1/2** **Aufgabe Seite 68**

1.1 Positiver y-Achsenabschnitt: Fixe Kosten: 50000 €. Funktionswert von K bei der Produktionsmenge x = 0.

Monoton steigend: Die Werte der Grenzkostenfunktion sind alle positiv.

Sie hat ihr Minimum bei x = 40 (Scheitelstelle der Grenzkostenparabel).

Es liegt ein Wendepunkt des Graphen der Kostenfunktion bei x = 40 vor.

Krümmungswechsel sichtbar durch Vorzeichenwechsel der Funktionswerte von K″.

Lösung Aufgabe 7 **Seite 2/2**

1.1 Degressive Kostenentwicklung: von $x = 0$ bis mindestens $x = 40$.
Rechtskrümmung, Grenzkosten (Funktionswerte von K') nehmen ab.
Progressive Kostenentwicklung: mindestens von $x = 40$ bis $x = 90$.
Linkskrümmung, Grenzkosten nehmen zu.

1.2 Kostenfunktion $K(x) = ax^3 + bx^2 + cx + d$
Ableitungen: $K'(x) = 3ax^2 + 2bx + c$; $K''(x) = 6ax + 2b$; $K'''(x) = 6a \neq 0$ $(a \neq 0)$
Notwendige Bedingung für Wendepunkte: $K''(x) = 0 \Leftrightarrow 6ax + 2b = 0 \Leftrightarrow x = -\frac{b}{3a}$
Dazu hinreichend: $K'''(x) = 6a \neq 0$ $(a \neq 0)$.
Also liegt ein Wendepunkt vor.

2.1 $K_a(x) = ax^3 - 12x^2 + 610x + 50000$

hat eine **Wendestelle** für $b = -12$: $x = -\frac{-12}{3a} = \frac{4}{a}$ (vgl. 1.2)

Alternative: $K_a'(x) = 3a\,x^2 - 24x + 610$; $K_a''(x) = 6ax - 24$

$K_a''(x) = 0$ für $x = \frac{4}{a}$

Einsetzen in K(x) ergibt die **y-Koordinate des Wendepunktes:**

$y = a(\frac{4}{a})^3 - 12(\frac{4}{a})^2 + 610 \cdot \frac{4}{a} + 50000 = \frac{64}{a^2} - \frac{192}{a^2} + \frac{2440}{a} + 50000$

$y = -\frac{128}{a^2} + \frac{2440}{a} + 50000$

Wendepunkte $W_a(\frac{4}{a} \mid -\frac{128}{a^2} + \frac{2440}{a} + 50000)$

2.2 **Minimum der variablen Stückkosten** für $a = 0{,}1$
$K(x) = 0{,}1x^3 - 12x^2 + 610x + 50000$; $k_v(x) = 0{,}1x^2 - 12x + 610$
Notwendige Bed.: $k'_v(x) = 0$ $\quad 0{,}2x - 12 = 0 \Leftrightarrow x = 60$
Hinreichende Bed.: $k''_v(x) > 0$ ist erfüllt da $k''_v(x) = 0{,}2$

$k_v(60) = 250$; Der Tiefpunkt der variablen Stückkostenfunktion liegt bei $(60 \mid 250)$.

Interpretation: Bei Absatzschwierigkeiten kann Druckfix kurzfristig mit dem Verkaufspreis bis auf die variablen Stückkosten von 250 € heruntergehen, wenn 60 ME produziert werden und auf die Deckung der fixen Kosten verzichtet wird.

Lösung Aufgabe 8 **Seite 1/2** **Aufgabe Seite 68**

Kostenfunktion: $K(x) = 0{,}01x^3 - 0{,}9x^2 + 130x + 6000$

1.1 Eine Kostenfunktion ist genau dann **ertragsgesetzlich,** wenn die Grenzkosten keine negativen Werte annehmen und darüber hinaus zunächst fallen und dann steigen.

Der Graph zu $K'(x) = 0{,}03x^2 - 1{,}8x + 130$ ist eine nach oben geöffnete Parabel ohne Nullstelle (Leitkoeffizient $a > 0$, $K'(x) = 0$ hat keine Lösung). Daher ist der Funktionsverlauf von K steigend, und zwar zunächst degressiv wegen $K''(x) = 0{,}06x - 1{,}8 < 0$ für $0 < x < 30$; danach progressiv mit $K''(x) > 0$.

Alternativ kann folgendermaßen argumentiert werden:

Wegen $a, c > 0, b < 0$ $(a = 0{,}03;\ b = -1{,}8;\ c = 130)$

und $b^2 = 1{,}8^2 = 3{,}24 < 4ac = 15{,}6$ folgt $K'(x) > 0$. Somit verläuft der Graph zur Kostenfunktion ertragsgesetzlich.

Alternativ: Grafische Lösung mit entsprechender Beschreibung

1.2 Es handelt sich bei der **Wendestelle** um diejenige Produktionsmenge, bei der die Grenzkosten ihren minimalen Wert annehmen, d. h. bis zu dieser Menge arbeitet die Ventus AG mit sinkenden Grenzkosten, danach steigen die Kosten mit jeder weiteren produzierten Mengeneinheit progressiv an.

1.3 Gesucht sind Preisuntergrenzen, auf die die Ventus AG achten sollte.

Langfristige Preisuntergrenze:

Notwendige und hinreichende Bedingung bei ertragsgesetzlicher Kostenfunktion:

$k'(x) = 0$ (Minimalstelle der Stückkosten)

Stückkostenfunktion: $k(x) = \frac{K(x)}{x} = 0{,}01x^2 - 0{,}9x + 130 + \frac{6000}{x}$

$k'(x) = 0{,}02x - 0{,}9 - \frac{6000}{x^2}$; $k''(x) = 0{,}02 + \frac{12000}{x^3} > 0$ für $x > 0$

Einsetzen von $x = 85{,}78$ in $k'(x)$ ergibt: $0{,}02 \cdot 85{,}78 - 0{,}9 - \frac{6000}{85{,}78^2} = 0{,}00018 \approx 0$

$x = 85{,}78$ ist Minimalstelle der Stückkostenfunktion, also Betriebsoptimum

$k(85{,}78) \approx 196{,}33$

Die langfristige Preisuntergrenze liegt damit bei 196,33 GE /ME . D.h. die Ventus AG kann den Marktpreis von 180 GE/ME nicht langfristig halten.

1.3 **Kurzfristige Preisuntergrenze:**

Notwendige und hinreichende Bedingung bei ertragsgesetzlicher Kostenfunktion:

$k'_v(x) = 0$ (Minimalstelle der variablen Stückkostenfunktion)

Lösung Aufgabe 8 **Seite 2/2**

1.3 Variable Stückkostenfunktion $k_v(x) = \frac{K_v(x)}{x} = 0{,}01x^2 - 0{,}9x + 130$; $k'_v(x) = 0{,}02x - 0{,}9$

$k'_v(x) = 0 \Leftrightarrow x = 45$; $k_v(45) = 109{,}75$

Über einen kurzen Zeitraum kann die Ventus AG den Verkaufspreis bis auf 109,75 GE/ME senken, so dass die variablen Stückkosten gerade noch gedeckt sind. Den Verkaufspreis von 180 GE/ME kann die Ventus AG kurzfristig halten.

1.4 Grafische Darstellung von langfristiger und kurzfristiger Preisuntergrenze

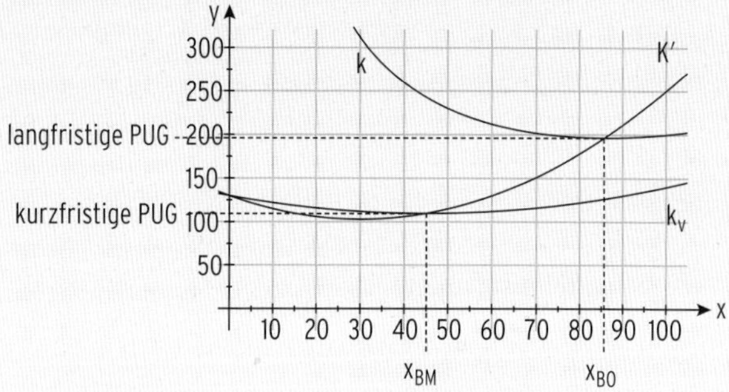

Lösung Aufgabe 9 **Seite 1/2** **Aufgabe Seite 69**

1.1 $K(x) = ax^3 + bx^2 + cx + d$; $k_v(x) = \frac{K_v(x)}{x} = ax^2 + bx + c$; $k_v'(x) = 2ax + b$

Bedingungen und LGS für a, b, c und d:

Fixkosten 70 GE: $K(0) = 70$	$d = 70$
Kapazitätsgrenze $x = 13$	
Gesamtkosten $K(13) = 401{,}5$	$2197a + 169b + 13c + d = 401{,}5$
Gewinnschwelle $K(4) = 154$	$64a + 16b + 4c + d = 154$
Stückpreis $E(4) = 154$	$4p = 154 \Rightarrow p = 38{,}5$
Betriebsminimum $k_v'(8) = 0$	$16a + b = 0$

Lösung des LGS: $a = 0{,}5$; $b = -8$; $c = 45$

Gesamtkostenfunktion K mit $K(x) = 0{,}5x^3 - 8x^2 + 45x + 70$

Erlösfunktion E mit $E(x) = 38{,}5x$

Ökonomischer Definitionsbereich für E und K: $D_K = D_E = [0; 13]$

1.2 $K(x) = 0{,}5x^3 - 8x^2 + 45x + 70$ mit $D_K = [0; 13]$; $E(x) = 38{,}5x$

Gewinnfunktion G

$G(x) = E(x) - K(x) = 38{,}5x - (0{,}5x^3 - 8x^2 + 45x + 70) = -0{,}5x^3 + 8x^2 - 6{,}5x - 70$

Gewinnzone

Bedingung für die Gewinnschwelle: $G(x) = 0$ $\quad -0{,}5x^3 + 8x^2 - 6{,}5x - 70 = 0$

Es gilt $G(4) = 0$ (vgl. 1.1), weitere Lösungen: $x_1 = -2{,}43$; $x_2 = 14{,}43$

Beide Werte liegen **nicht** im Definitionsbereich von G bzw. K.

Folgerung: Die Zürla-Kohlin GmbH erwirtschaftet bei einer Produktion von mehr als 4 ME und bis 13 ME (Kapazitätsgrenze) Gewinn.

Lösung Aufgabe 9 **Seite 2/2**

1.2 **Maximaler Gewinn**

Ableitungen: $G'(x) = -1{,}5x^2 + 16x - 6{,}5$; $G''(x) = -3x + 16$

Notw. Bedingung: $G'(x) = 0 \quad \Leftrightarrow \quad -1{,}5x^2 + 16x - 6{,}5 = 0 \Leftrightarrow x_1 = 0{,}423$; $x_2 = 10{,}244$

$x_1 = 0{,}423$ liegt nicht in der Gewinnzone.

Mit $G''(10{,}244) = -14{,}731 < 0$ und $G(10{,}244) = 165{,}430$ erhält man:

Bei 10, 244 ME wird das Gewinnmaximum erzielt, es beträgt 165,430 GE.

1.3 **Stellen mit $K'(x) = \frac{7}{3}$** $K'(x) = 1{,}5x^2 - 16x + 45 = \frac{7}{3}$

Nullform: $1{,}5x^2 - 16x + \frac{128}{3} = 0$

Lösung mit z. B. abc-Formel: $x_{1|2} = \frac{16}{3}$

Einzige Lösung wegen D = 0

$\frac{16}{3}$ ME ist also die einzige Stelle, an der die Grenzkosten $2\frac{1}{3}$ GE pro ME betragen.

$x = \frac{16}{3}$ ist auch die Wendestelle der Kostenfunktion, denn mit $K''(x) = 3x - 16$

ist $K'(\frac{16}{3}) = 0$ und $K''(\frac{16}{3}) = 3 > 0$.

Alternativ: Die Wendestelle der Kostenfunktion ist die Minimalstelle der Grenzkostenfunktion. Da der Graph der Grenzkostenfunktion eine nach oben geöffnete Parabel ist, handelt es sich um ein absolutes Minimum.

1.4 **Tangente** im Punkt $B(x_{BO} \mid K(x_{BO}))$ mit Steigung $K'(x_{BO})$:

Mit Hilfe der Punktsteigungsform: $t(x) = K'(x_{BO})(x - x_{BO}) + K(x_{BO})$

Schnittstelle mit der x-Achse: $t(x) = 0$ $K'(x_{BO})(x - x_{BO}) + K(x_{BO}) = 0$

Auflösen nach x: $x = x_{BO} - \frac{K(x_{BO})}{K'(x_{BO})}$

t(x) ist die Gleichung einer Ursprungsgeraden, wenn x = 0

Einsetzen ergibt: $0 = x_{BO} - \frac{K(x_{BO})}{K'(x_{BO})}$

$\Leftrightarrow K'(x_{BO}) = \frac{K(x_{BO})}{x_{BO}}$

$\Leftrightarrow K'(x_{BO}) = k(x_{BO})$

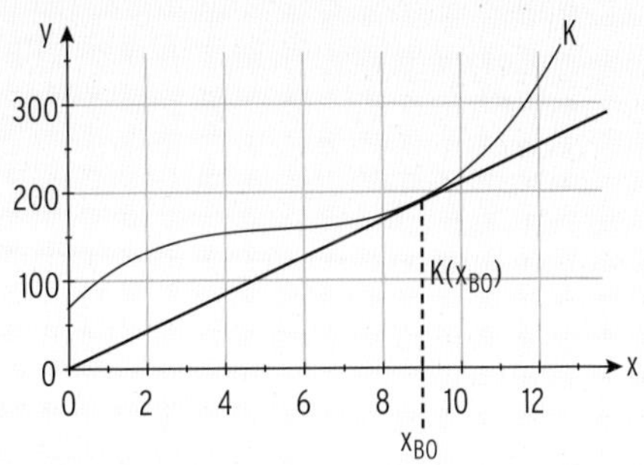

Die Bedingung für das Betriebsoptimum ist also erfüllt; in x_{BO} stimmen Grenzkosten und Stückkosten überein.

Lösung Aufgabe 10 **Seite 1/2** **Aufgabe Seite 70/71**

2.1.1 **Gleichungssystem zur Ermittlung der Gesamtkostenfunktion**

Mit $K(x) = ax^3 + bx^2 + cx + d$; $k_v(x) = \frac{K_v(x)}{x} = ax^2 + bx + c$; $k_v'(x) = 2ax + b$

$K'(x) = 3ax^2 + 2bx + c$ und $K''(x) = 6ax + 2b$ ergibt sich:

Gesamtkosten $K(2) = 127$	$8a + 4b + 2c + d = 127$
Variable Stückkosten $k_v(2) = 36$	$4a + 2b + c = 36$
Grenzkosten $K'(4) = 8$	$48a + 8b + c = 8$
Wendestelle $K''(4) = 0$	$24a + 2b = 0$

2.1.2 **Fixkosten**

$K_{fix} = K(2) - K_v(2) = K(2) - k_v(2) \cdot 2 = 127 - 36 \cdot 2 = 55$

Die Fixkosten betragen 55 GE.

2.2 **Angebotspreis; Verlust**

Gesucht ist die Produktionsmenge mit den geringsten variablen Stückkosten.

$k_v(x) = \frac{K_v(x)}{x} = x^2 - 12x + 56$; $k'_v(x) = 2x - 12$

Notwendige Bedingung: $k'_v(x) = 0$ $2x - 12 = 0$ für $x = x_S = 6$

$k_v(6) = 20$

Die k_v-Parabel ist nach oben geöffnet. Der Angebotspreis beträgt dann 20 GE/ME.

Der zu erwartende Verlust entspricht den Fixkosten in Höhe von 55 GE.

(Im Stückkostenminimm werden alle variablen Kosten gedeckt.)

2.3 **Beurteilung der Aussagen:**

1 Die Gewinnschwelle wird bei ca. 4,6 ME erreicht.

Die Gewinnschwelle ist die Produktionsmenge, die überschritten werden muss, um Gewinn zu erzielen. Sie entspricht also der Nullstelle von G, bei welcher der Graph von G vom Negativen ins Positive wechselt. Dies ist bei $x \approx 4,6$ der Fall, weswegen die Aussage wahr ist.

2 Bei ca. 6,9 ME wechselt der Grenzgewinn vom Negativen ins Positive.

Der Grenzgewinn entspricht der Steigung des Graphen der Gewinnfunktion. Diese wechselt an der Maximalstelle von $x \approx 6,9$ vom Positiven ins Negative. Die Aussage ist also falsch.

Lösung Aufgabe 10 **Seite 2/2**

3 Die fixen Kosten betragen weniger als 50 GE.

Die fixen Kosten entsprechen dem Verlust bei 0 ME. Der Graph von G beginnt ungefähr im Punkt (0 | – 55), d. h. die Fixkosten betragen mehr als 50 GE. Die Aussage ist falsch.

4 Der maximale Gewinn beträgt ca. 35 GE.

Der maximale Gewinn entspricht dem Maximum der Gewinnfunktion. Der Hochpunkt des Graphen von G liegt in etwa bei (6,9 | 35).

Die Aussage ist also richtig.

2.4.1 **Gleichung der zweiten Ableitungsfunktion**

Anwendung der Produktregel der Ableitung:

$f'(t) = u(t) \cdot v(t) \Rightarrow f''(t) = u'(t) \cdot v(t) + u(t) \cdot v'(t)$

Mit $u(t) = -0{,}25t^2 + 2t \Rightarrow u'(t) = -0{,}5t + 2$

und $v(t) = e^{-0{,}25t} \Rightarrow v'(t) = -0{,}25e^{-0{,}25t}$ folgt durch Einsetzen

$f''(t) = (-0{,}5t + 2)e^{-0{,}25t} + (-0{,}25t^2 + 2t)(-0{,}25e^{-0{,}25t})$

$= (-0{,}0625t^2 - t + 2)\, e^{-0{,}25t}$

2.4.2 **Größter Umsatz - lokales Maximum von f**

Der größte Umsatz wird im lokalen Hochpunkt von f erreicht.

Hinreichende Bedingung: $f'(t) = 0$ und $f''(t) < 0$

$f'(t) = 0 \Leftrightarrow \quad -0{,}25t^2 + 2t = 0 \qquad (e^{-0{,}25t} > 0$ für alle $t \in \mathbb{R})$

$t(-0{,}25t + 2) = 0 \Leftrightarrow t = 0 \lor t = 8$

$f''(0) = 2 > 0 \Rightarrow$ lokales Minimum von f in t = 0

$f''(8) = -10e^{-2} < 0 \Rightarrow$ lokales Maximum von f in t = 8

Mit t = 8 ergibt sich der lokale Hochpunkt HP (8 | f(8)) = HP (8 | 8,66) .

Lösung Aufgabe 11 **Seite 1/2** **Aufgabe Seite 72**

$K_b(x) = 5x^3 - bx^2 + 215x + 360$ mit $b \in [45; 56]$, $x \in [0; 10]$

1 **Betriebsoptimum** an der Stelle $x = 6$

Stückkostenfunktion k_b mit $k_b(x) = 5x^2 - bx + 215 + \frac{360}{x}$

Ableitungen: $k'_b(x) = 10x - b - \frac{360}{x^2}$; $k''_b(x) = 10 + \frac{720}{x^3} > 0$

Notwendige Bedingung: $k'_b(6) = 60 - b - 10 = 0 \Leftrightarrow b = 50$

Hinreichende Bedingung: $k'_b(6) = 0$ und $k''_b(6) > 0$

Für $b = 50$ ist die notwendige und die hinreichende Bedingung erfüllt, da gilt:

$k''_{50}(6) = 10 + \frac{720}{6^3} > 0.$

Für $b = 50$ liegt das **Betriebsoptimum** an der Stelle $x = 6$.

2 Die **kurzfristige Preisuntergrenze** von 70 GE je Stück wird beim Betriebsminimum erzielt.

Variable Stückkostenfunktion k_{vb} mit $k_{vb}(x) = 5x^2 - bx + 215$

Ableitungen: $k'_{vb}(x) = 10x - b$; $k''_{vb}(x) = 10 > 0$

Folgende Bedingungen müssen erfüllt sein: $k'_{vb}(x) = 0 \wedge k''_{vb}(x) > 0 \wedge k_{vb}(x) = 70$

Notwendige Bedingung: $k'_b(x) = 0$

Hinreichende Bedingung: $k'_{vb}(x) = 0 \wedge k''_{vb}(x) > 0$

$k_{vb}(x) = 70 \quad \Leftrightarrow \quad 5x^2 - bx + 215 = 70$

$k'_{vb}(x) = 0 \Leftrightarrow 10x - b = 0 \quad \Leftrightarrow x = \frac{b}{10}$

Die hinreichende Bedingung ist wegen $k''_{vb}(x) = 10 > 0$ erfüllt.

Einsetzen von $x = \frac{b}{10}$ ergibt

eine quadratische Gleichung: $5(\frac{b}{10})^2 - b \cdot \frac{b}{10} + 215 = 70 \Leftrightarrow -0{,}05b^2 = -145$

Auflösen nach b: $b^2 = 2900$

$b \approx 53{,}85 \vee b \approx -53{,}85 \notin [45; 56]$

Die Unternehmung sollte $b = 53{,}85$ als Qualitätsindex wählen, um das Produkt für 70 GE je Stück anbieten zu können. **Bemerkung:** $x_{BM} = \frac{b}{10} = 5{,}385$

3 **Gewinnfunktion** G mit $G(x) = E(x) - K(x) = 185x - (5x^3 - bx^2 + 215x + 360)$

$G(x) = -5x^3 + bx^2 - 30x - 360$

Ableitungen: $G'(x) = -15x^2 + 2bx - 30$; $G''(x) = -30x + 2b$

Notwendige Bedingung: $G'(x) = 0$ $\quad -15x^2 + 2bx - 30 = 0$

$x = 6$ einsetzen: $\quad -540 + 12b - 30 = 0 \Leftrightarrow b = 47{,}5$

Mit $G''(6) = -180 + 2 \cdot 47{,}5 < 0$ erhält man:

Für $b = 47{,}5$ liegt die **gewinnmaximale Menge** bei 6 Stück.

Lösung Aufgabe 11 **Seite 2/2**

4.1 **Gewinnzone für b = 50**

Bedingung: $G(x) = 0$ $-5x^3 + 50x^2 - 30x - 360 = 0$

Hinweis: Der Operator "Bestimmen Sie... " stellt die Wahl der Mittel frei.

Die Ergebnisse müssen formuliert werden.

Lösungen: $x_1 = 4;\ x_2 \approx 8{,}2;\ x_3 \approx -2{,}2 \notin D_{ök}$

Für b = 50 liegt die Gewinnzone zwischen 4 ME und ca. 8,2 ME.

4.2 Die Abszissenwerte der Schnittpunkte entsprechen den Nullstellen der Gewinnfunktion, also der Gewinnschwelle und der Gewinngrenze.

Allgemein gilt: $k(x) = p \Leftrightarrow \frac{K(x)}{x} = p \quad | \cdot x$

$K(x) = p \cdot x \Leftrightarrow K(x) = E(x)$

$E(x) - K(x) = 0 \quad \Leftrightarrow G(x) = 0$

5 Ertragsgesetzliche Kostenfunktion 3. Grades: $K(x) = ax^3 + bx^2 + cx + d$

Grenzkostenfunktion: $K'(x) = 3ax^2 + 2bx + c$

2. Ableitung von K: $K''(x) = 6ax + 2b$

Bedingungen und LGS für a, b, c und d:

Grenzkosten: $K'(2) = 111$ $12a + 4b + c = 111$

Kosten: $K(1) = 1277$ $a + b + c + d = 1277$

x = 3 ist Wendestelle: $K''(3) = 0$ $18a + 2b = 0$

Fixe Kosten: $K(0) = 1150$ $d = 1150$

Einsetzen von d = 1150 ergibt ein LGS für a, b und c:

$12a + 4b + c = 111$

$a + b + c = 127 \quad (= 1277 - 1150)$

$9a + b = 0$

Lösung des LGS: $a = 1;\ b = -9;\ c = 135$

Funktionsgleichung der **Kostenfunktion:** $K(x) = x^3 - 9x^2 + 135x + 1150$

Lösung Aufgabe 12 **Aufgabe Seite 73**

1.1 Für den Gewinnbereich gilt: $K(x) = E(x)$ mit $E(x) = 1{,}7x$

Gleichsetzen: $0{,}01x^3 - 0{,}29x^2 + 3x + 6 = 1{,}7x$

Nullform: $x^3 - 29x^2 + 130x + 600 = 0$

Aus der Aufgabe: $x_1 = x_{GS} = 10$

weitere Lösungen: $x_2 = 21{,}76$; $x_3 = -2{,}76 \notin D_{ök}$

Da laut Aufgabenstellung höchstens 20 ME abgesetzt werden können, werden die 21,76 ME beim Absatz **nicht erreicht.** Somit gilt für den **Gewinnbereich:** $10 < x \leq 20$

1.2 **Maximal zu erzielender Gewinn**

$G(x) = E(x) - K(x) = -0{,}01x^3 + 0{,}29x^2 - 1{,}3x - 6$; $G'(x) = -0{,}03x^2 + 0{,}58x - 1{,}3$

Notwendige Bedingung für G_{max}: $G'(x) = 0 \Leftrightarrow -0{,}03x^2 + 0{,}58x - 1{,}3 = 0$

Lösung der quadratischen Gleichung: $x_1 = 16{,}75$; $x_2 = 2{,}59$

Hinreichende Bedingung für G_{max}: $G'(x) < 0$ mit $G'(x) = -0{,}06x + 0{,}58$

Aus $G'(16{,}75) = -0{,}425 < 0$ folgt ein lokales Maximum in 16,75 ME.

$x_2 \approx 2{,}59$ liegt nicht im Gewinnbereich.

Mit $G(16{,}75) \approx 6{,}59$ gilt: Der maximale Gewinn beträgt etwa 6,59 GE.

Bemerkung: In $x = 16{,}75$ ist der **Grenzgewinn** null.

2.1 Schnittpunkt der Graphen von **Grenzkostenfunktion** und **variabler Stückkostenfunktion**

Ansatz: $K'(x) = k_v(x) \Leftrightarrow$ $0{,}03x^2 - 0{,}58x + 3 = 0{,}01x^2 - 0{,}29x + 3$

$0{,}02x^2 - 0{,}29x = 0$

Ausklammern $x(0{,}02x - 0{,}29) = 0$

Satz vom Nullprodukt: $x_1 = 0$ (nicht definiert); $x_2 = 14{,}5$

Einsetzen in $k_v(x)$: $k_v(14{,}5) = 0{,}9$

ergibt den **Schnittpunkt** $S(14{,}5 \mid 0{,}9)$

2.2 Der berechnete x-Wert entspricht dem **Betriebsminimum.**

Ansatz: (Notwendige Bedingung) $k'_v(x) = 0 \Leftrightarrow 0{,}02x - 0{,}29 = 0 \Leftrightarrow x = 14{,}5$

Hinreichende Bedingung: $k'_v(x) = 0$ und $k''_v(x) > 0$

mit $k''_v(x) = 0{,}02 > 0$ folgt: $x = 14{,}5$ ist Minimalstelle, also das Betriebsminimum

$k_v(14{,}5) = 0{,}9$ ist das Minimum der variablen Stückkosten.

Dies entspricht dem Punkt $S(14{,}5 \mid 0{,}9)$ aus 2.1

Lösung Aufgabe 13 **Aufgabe Seite 73**

1 Ableitung von $A(t) = t^2 \cdot e^{-0,3t}$ mit Produkt- und Kettenregel

$A'(t) = -0,3t^2 \cdot e^{-0,3t} + 2t \cdot e^{-0,3t}$

$A'(t) = (-0,3t^2 + 2t) \cdot e^{-0,3t}$

$A''(t) = -0,3(-0,3t^2 + 2t) \cdot e^{-0,3t} + (-0,6t + 2) \cdot e^{-0,3t}$

$A''(t) = (0,09t^2 - 1,2t + 2) \cdot e^{-0,3t}$

2 Zeitpunkt des größten Rückgangs der Absatzzahlen

Bedingung: $A''(t) = 0$ $\quad 0,09t^2 - 1,2t + 2 = 0 \quad (e^{-0,3t} > 0)$

Lösungen: $t_1 = 1,95;\ t_2 = 11,38$

Die Parabel mit $y = 0,09t^2 - 1,2t + 2$ ist nach oben geöffnet und wechselt in $t_1 = 1,95$ das Vorzeichen von + nach −, also wechselt die Absatz-Kurve von Links- nach Rechtskrümmung; $t_1 = 1,95$ ist der Zeitpunkt des größten Zuwachses der Absatzzahlen

Die Parabel wechselt in $t_2 = 11,38$ von − nach +, also wechselt die Absatz-Kurve von Rechts- nach Linkskrümmung; $t_2 = 11,38$ ist der Zeitpunkt des größten Rückgangs der Absatzzahlen

Alternative mithilfe von A‴: $A'''(t) = (-0,0279t^2 + 0,54t - 1,8) \cdot e^{-0,3t}$

$A'''(1,95) \neq 0;\ A'''(1,95) = -0,475 < 0$ Krümmungswechsel: Links nach Rechts

$A'''(11,38) \neq 0;\ A'''(11,38) = 0,024 > 0$ Krümmungswechsel: Rechts nach Links

Lösung Aufgabe 14 **Aufgabe Seite 74**

Ermittlung der Nachfragefunktion:

Ansatz wegen Symmetrie: $p_N(x) = ax^2 + c$

Höchstpreis: $p_N(0) = 800 \Rightarrow c = 800$

MG: $p_N(5) = 750 \quad 25a + 800 = 750 \Rightarrow \quad a = -2$

Nachfragefunktion p_N mit $p_N(x) = -2x^2 + 800$;

Sättigungsmenge

Bedingung: $p_N(x) = 0 \quad \Rightarrow \quad x = 20 \vee x = -20 < 0 \notin D_{ök}$

Die Sättigungsmenge beträgt 20 ME.

Konsumentenrente: $KR = \int_0^5 (-2x^2 + 800)dx - 5 \cdot 750 = \frac{500}{3}$

Die Konsumentenrente beträgt ca. 166,67 GE.

Hinweis: Die Konsumentenrente ist die Differenz zwischen den theoretisch möglichen und den tatsächlichen Ausgaben für ein Gut.

Ermittlung der Angebotsfunktion

durch Regression (das Marktgleichgewicht muss einbezogen werden)

1	3	5	7
556	657	750	843

$p_A(x) = \frac{1}{6}x^3 - 2{,}5x^2 + \frac{175}{3}x + 500$

Ermittlung der Mindestangebotspreises

$p_A(0) = 500$ Der Mindestangebotspreis beträgt 500 GE/ME.

Entscheidung bezgl. Aktivurlaub

Produzentenrente $\quad PR = x_G \cdot p_G - \int_0^{x_G} p_A(x)\,dx = 5 \cdot 750 - \frac{75625}{24} = 598{,}96$

Umsatz $U = x_G \cdot p_G = 5 \cdot 750$

Mindestens zu erwartender Umsatz = Umsatz − Produzentenrente

$= 3750 - 598{,}96 = \frac{75625}{24} \approx 3151{,}04$

$\frac{\text{Produzentenrente}}{\text{Mindest-Umsatz}} = \frac{598{,}96}{\frac{75625}{24}} \approx 0{,}1901$

Die Fahrradreisen sind nach diesem Untersuchungskriterium nicht überteuert, weil die PR nur ca. 19 % des mindestens zu erwartenden Umsatzes ausmacht.
Der Geschäftsführer kann die Fahrradreise buchen.

Hinweis: Die Produzentenrente ist die Differenz aus erzieltem Umsaz und mindestens erwartetem Umsatz.

Lösung Aufgabe 15 **Aufgabe Seite 75**

a) Marktgleichgewicht: $p_N(x) = p_A(x) \Rightarrow x = x_G \approx 2{,}97$

Gleichgewichtspreis: $p_G = p_A(x_G) \approx 8{,}84$

Konsumentenrente:

$$K_R = \int_0^{x_G} p_N(x)dx - x_G \cdot p_G \approx 75{,}90 - 2{,}97 \cdot 8{,}84 = 49{,}65$$

Interpretation: Die Konsumentenrente beträgt etwa 49,65 GE. Die Konsumenten geben tatsächlich 49,65 GE weniger aus, als sie theoretisch dafür vorgesehen haben.

Stammfunktion zu $p_N(x) = 16(x + 1)e^{1-x}$

P_N ist eine Stammfunktion von p_N, wenn $P'_N(x) = p_N(x)$

$P'_N(x) = -16e^{1-x} + 16(x + 2)e^{1-x} = (16x + 16)e^{1-x} = 16(x + 1)e^{1-x} = p_N(x)$

P_N ist eine Stammfunktion zu p_N.

b) Untersuchung der Marktsituation:

Der neue Preis liegt oberhalb des Marktgleichgewichts. Daher kommt es nicht zu einer vollständigen Markträumung.

Vergleich zwischen Angebots- und Nachfragemenge

Angebotsmenge: $p_A(x) = 12$ $x^2 = 12 \Rightarrow x_A \approx 3{,}46 \ (x > 0)$

Nachfragemenge: $p_{N,4}(x) = 12$ $16(x + 1)e^{1-x} = 12 \Rightarrow x_N \approx 2{,}56 \ (x > 0)$

Vergleich: $x_N < x_A$; $d = x_A - x_N = 0{,}9$

Bei einem Preis von 12 GE/ME existiert ein Angebotsüberschuss (Vorratsmenge) von 0,9 ME, d. h. der Anbieter kann nur 2,56 ME verkaufen.

Marktgleichgewicht für Düsseldorf: MG (2,97 | 8,84)

Ermittlung des Spendenbeitrages:

$(p_{fest} - p_G)\, x_{N;4} = (12 - 8{,}84) \cdot 2{,}56 = 8{,}09$

Der Anbieter von Sommerbrise spenden bei der Benefizveranstaltung einen Betrag in Höhe von 8,09 GE.

Aufgabe 16 **Aufgabe Seite 75**

1.1 Kurzfristige Preisuntergrenze

$k_v(x) = 10\,x^2 - 240x + 1920$; $k_v'(x) = 20x - 240$; $k_v''(x) = 20 > 0$

Notwendige und hinreichende Bedingung: $k_v'(x) = 0 \Leftrightarrow x = 12$
(Bei einer Parabel mit a = 10 liegt dann immer eine Minimalstelle vor)

Mit $k_v(12) = 480$ gilt: Die Kurzfristige Preisuntergrenze liegt bei 480 GE/ME.

Langfristige Preisuntergrenze

$k(x) = 10\,x^2 - 240x + 1920 + \frac{7840}{x}$

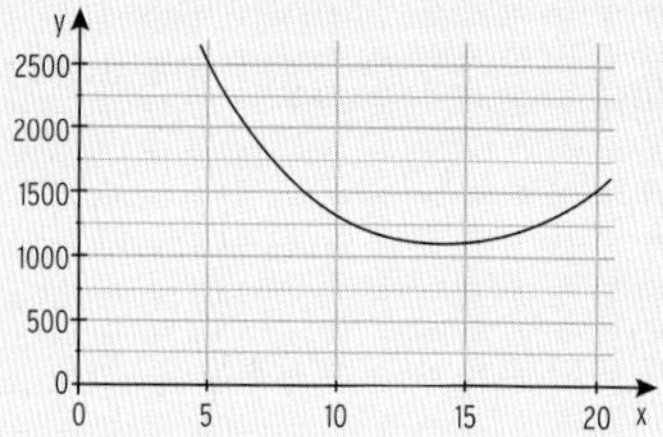

Grafische Lösung ergibt:
Tiefpunkt der Stückkostenkurve: T(14 | 1080)
Langfristige Preisuntergrenze: 1080 GE/ME

Der Preis von 700 GE/ME kann kurzfristig, aber nicht langfristig unterschritten werden.

1.2 Aufgrund der anteiligen Fixkosten sind im Betriebsoptimum die variablen Stückkosten geringer als die Stückkosten (Langfristige Preisuntergrenze).
Die kurzfristige Preisuntergrenze als Minimum der variablen Stückkosten liegt somit stets unter der langfristigen Preisuntergrenze.
(Die kurzfristige Preisuntergrenze als Minimum der variablen Stückkosten ist kleiner als die variablen Stückkosten im Betriebsoptimum.)
$k_v(x_{BM}) < k_v(x_{BO}) < k(x_{BO})$

2.1 Die Gewinnschwelle liegt bei 7 ME, also gilt mit $E(x) = p \cdot x$: $K(7) = E(7)$

$$12950 = 7p \Leftrightarrow p = 1850$$

Der Preis beträgt 1850 GE/ME.

2.2 **Die Gewinnzone hat eine Breite von ca. 15 ME.**

$G(x) = E(x) - K(x) = -10x^3 + 240x^2 - 70x - 7840$
Bedingung: $G(x) = 0$ $x_1 = 7$; $x_2 \approx 22{,}07$ (positive Lösungen)
Gewinnzone: 7 ME bis ca. 22,07 ME
Somit umfasst die Gewinnzone tatsächlich ca. 15 ME.

Der größtmögliche Gewinn liegt unter 10000 GE.
$G(x) = 10000$ $x_1 \approx 13{,}15$; $x_2 \approx 18{,}28$
Für Ausbringungsmengen zwischen 13,15 ME und 18,28 ME wird ein höherer Gewinn als 10000 € erzielt. Die Aussage ist also falsch.
Alternativ: $G'(x) = 0$ $x_1 \approx 15{,}85$ Maximalstelle
Maximaler gewinn: $G(15{,}85) \approx 11525{,}14 > 10000$

Der maximale Stückgewinn beträgt 770 GE/ME.
Stückgewinnfunktion g mit $g(x) = \frac{G(x)}{x}$; $x \in]0; 25]$

Der Graph von g hat den Hochpunkt H(14 | 770). Die Aussage ist also richtig.

2 Lineare Algebra

Formelsammlung

Lineare Verflechtung

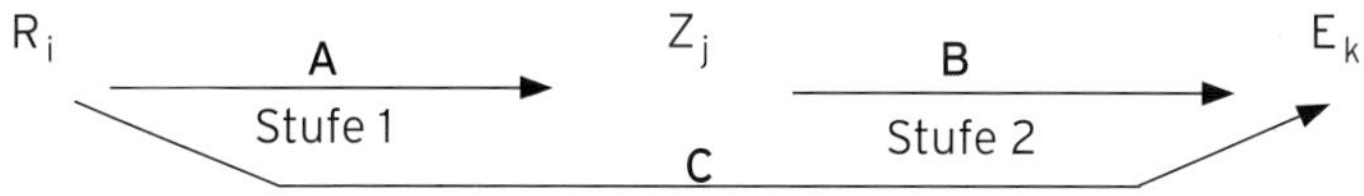

R_i: Rohstoffe; Z_j: Zwischenprodukte; E_k: Endprodukte

Verflechtungsmatrizen

Rohstoff-Zwischenprodukt ; Zwischenprodukt-Endprodukt; Rohstoff-Endprodukt-Matrix

A B C

Es gilt der Zusammenhang: $\boxed{C = A \cdot B}$

Verbrauchs-, Produktionsvektoren

$\vec{r}$: Rohstoffvektor $\vec{z}$: Zwischenproduktvektor $\vec{x}$: Endproduktvektor

Es gilt: $\boxed{A \cdot \vec{z} = \vec{r} \qquad B \cdot \vec{x} = \vec{z} \qquad C \cdot \vec{x} = \vec{r}}$

Kostenvektoren (variable Kosten pro Einheit)

Rohstoffkosten: $\vec{k}_R$ Fertigungskosten in Stufe 1: $\vec{k}_Z$ Fertigungskosten in Stufe 2: $\vec{k}_E$

Kostenvektoren sind Zeilenvektoren.

Die **Gesamtkosten für die Produktion** $\vec{x}$ setzen sich zusammen aus

Rohstoffkosten + Fertigungskosten in Stufe 1 + Fertigungskosten in Stufe 2 + fixe Kosten

K_R K_Z K_E K_f

Es gilt: $\boxed{K_R = \vec{k}_R \cdot \vec{r} \qquad K_Z = \vec{k}_Z \cdot \vec{z} \qquad K_E = \vec{k}_E \cdot \vec{x}}$

Variable Herstellungskosten $\vec{k}_v$ pro Einheit eines Endproduktes: $\boxed{\vec{k}_v = \vec{k}_R \cdot C + \vec{k}_Z \cdot B + \vec{k}_E}$

Gesamtkosten K für die Produktion $\vec{x}$ gilt bei Fixkosten K_f:

$$K = K_v + K_f = \vec{k}_v \cdot \vec{x} + K_f$$
$$K = \vec{k}_R \cdot C \cdot \vec{x} + \vec{k}_Z \cdot B \cdot \vec{x} + \vec{k}_E \cdot \vec{x} + K_f$$
$$K = \vec{k}_R \cdot \vec{r} + \vec{k}_Z \cdot \vec{z} + \vec{k}_E \cdot \vec{x} + K_f$$

Inverse Matrix

Existenz: Die **quadratische** Matrix A ist **invertierbar** (die Inverse A^{-1} existiert), wenn

$Rg(A) = n$ **oder** das LGS $A \cdot \vec{x} = \vec{b}$ ist **eindeutig lösbar.**

Berechnung: Umformung von $(A \mid E)$ in $(E \mid A^{-1})$

Eigenschaften: $A^{-1} \cdot A = A \cdot A^{-1} = E$ $\qquad (A^{-1})^{-1} = A$

$(A \cdot B)^{-1} = B^{-1} \cdot A^{-1}$ $\qquad (r \cdot A)^{-1} = \frac{1}{r} \cdot A^{-1}$

Aufgaben zur Abiturvorbereitung - Lineare Algebra

Aufgabe 1 **Seite 1/2** **Lösung Seite 111**

Das Ein-Liter-Auto ist kaum noch ein Thema. Niemand dürfte bereit sein, mehrere 10 000 Euro für ein eigenes Gefährt zu zahlen. Eine mögliche Zwischenlösung wird künftig wohl in einem Zwei- oder Drei-Liter-Auto gesehen.

Insgesamt gilt: ME gleich Mengeneinheiten und GE gleich Geldeinheiten.

Der Autozulieferbetrieb Dynamik baut unter anderem für ein Zwei-Liter-Auto in einem zweistufigen Produktionsprozess aus verschiedenen elektronischen Bauteilen (B1, B2 und B3) Fahrdynamikregelung, Motorsteuergerät und Bordcomputer (E1, E2, E3).

Die folgenden Listen geben Auskunft über die Zusammenhänge zwischen den Bauteilen und den Zwischen- bzw. Endprodukten in ME.

	Z1	Z2	Z3
B1	1	0	3
B2	5	2	12
B3	50	15	95

	E1	E2	E3
Z1	2	3	2
Z2	0	4	3
Z3	1	5	1

Kosten der Bauteile in GE/ME			Fertigungskosten der Zwischenprodukte in GE/ME			Fertigungskosten der Endprodukte in GE/ME		
B1	B2	B3	Z1	Z2	Z3	E1	E2	E3
0,03	0,02	0,01	1,5	2,5	2,5	10	15	20

1.1 Aus den obigen Angaben ergibt sich die folgende Bauteile-Endproduktmatrix:

$$M_{BE} = \begin{pmatrix} 5 & 18 & 5 \\ 22 & 83 & b \\ 195 & a & 240 \end{pmatrix}$$

1.1.1 Berechnen Sie die Werte für a und b. 5

1.1.2 Erläutern Sie die Bedeutung der Elemente a und b im Sachzusammenhang. 5

Im Folgenden sei a = 685 und b = 28.

1.2 Die Fixkosten der Wochenproduktion betragen 7 525 GE. 8
Berechnen Sie die Gesamtkosten für eine Wochenproduktion von 750 ME von E1, 900 ME von E2 und 500 ME von E3.

1.3 Kurz vor den Betriebsferien meldet das Lager einen Bestand an Zwischenprodukten von Z1 mit 4 300 ME, Z2 mit 4 250 ME und Z3 mit 4 950 ME.

1.3.1 Untersuchen Sie, wie viele Endprodukte mit diesem Lagerbestand noch vor den Betriebsferien produziert werden können. 8

1.3.2 Begründen Sie, dass es trotz höheren Rechenaufwands sinnvoll sein kann, zunächst die Inverse der Verflechtungsmatrix M_{ZE} zu bestimmen. 5

Aufgaben zur Abiturvorbereitung - Lineare Algebra

Aufgabe 1 **Seite 2/2** **Punkte**

1.4 Das Unternehmen Dynamik staffelt seine Preise der Endprodukte nach Auftrag und Kunde. Den Kunden werden bestimmte Rabattkategorien r mit $r \in \mathbb{N}$ zugeordnet - guten Kunden wird eine höhere Kategorie zugeordnet.
Es gilt folgender Preisvektor:

$e_r^T = (26{,}54 - 0{,}5r \quad 69{,}55 - 1{,}5r \quad 49{,}61 - r)$

1.4.1 Berechnen Sie, für welche $r > 0$ die einzelnen Preise ökonomisch sinnvoll sind. 7

1.4.2 Die Gesamtkosten in Höhe von 85 055 GE bei der Wochenproduktion von 750 ME von E1, 900 ME von E2 und 500 ME von E3 sollen trotz Rabatt mindestens gedeckt werden. 7
Leiten Sie den Bereich für r her, der dieser Anforderung genügt.
(Berufskolleg NRW 2011.) 45

Aufgabe 2 **Seite 1/2** **Lösung Seite 112**

Punkte

BioKosmetiKuss stellt in einem zweistufigen Produktionsprozess aus pflanzlichen Rohstoffen (R1, R2 und R3) Zwischenprodukte (Z1, Z2 und Z3) und aus diesen wiederum verschiedene Parfums (E1, E2 und E3) her.
Die folgenden Matrizen geben die benötigten pflanzlichen Rohstoffe je Zwischenprodukt bzw. Zwischenprodukte je Endprodukt (Parfum) in ME an.

$$A_{RZ} = \begin{pmatrix} 1 & 2 & 1 \\ 1 & a & 3 \\ 4 & 1 & b \end{pmatrix} \qquad B_{ZE} = \begin{pmatrix} 1 & 2 & 1 \\ 2 & 3 & 3 \\ 2 & 3 & c \end{pmatrix};\ a, b, c \geq 0$$

Für die Rohstoff-Endprodukt-Matrix gilt in der aktuellen Produktionsperiode:

$$C_{RE} = \begin{pmatrix} 7 & 11 & 7 \\ 15 & 23 & 13 \\ 10 & 17 & 7 \end{pmatrix}$$

3.1 Bei der Produktion der Zwischenprodukte und der Parfums treten produktionsbedingte Parameter a, b und c auf, die in den einzelnen Produktionsperioden variieren können.

3.1.1 Berechnen Sie die Werte für a, b und c für die aktuelle Produktionsperiode. 5

3.1.2 Deuten Sie Ihre Ergebnisse aus 3.1.1 im Sachzusammenhang. 3

3.1.3 Stellen Sie die betriebliche Materialverflechtung in Form eines Gozintographen (Verflechtungsdiagramm) dar. 5

Aufgaben zur Abiturvorbereitung - Lineare Algebra

Aufgabe 2 **Seite 2/2** **Punkte**

Im Folgenden seien a = 4, b = 2 und c = 0.

3.2 Folgende Kosten fallen an:

Kosten der pflanzlichen Rohstoffe in GE/ME			Fertigungskosten der Zwischenprodukte in GE/ME			Fertigungskosten der Endprodukte in GE/ME		
R1	R2	R3	Z1	Z2	Z3	E1	E2	E3
4,5	2,8	3,2	8,5	5	6,5	3	2,5	4

Die fixen Kosten einer Wochenproduktion betragen 5000 GE.

3.2.1 Bestimmen Sie die variablen Kosten je ME der Parfums E1, E2 und E3. 8

3.2.2 Aus produktionstechnischen Gründen werden die Parfums E1, E2 und E3 im Verhältnis 1 : 2 : 4 hergestellt. Ermitteln Sie, wie viele ME der Parfums E1, E2 und E3 produziert werden, wenn die Gesamtkosten 47 232 GE pro Woche betragen. (Berufskolleg NRW 2013.) 5

Aufgabe 3 **Seite 1/2** **Lösung Seite 114**

Das Unternehmen Argoline produziert Spielzeug. Ganz neu zum Sortiment gehört das Stecksystem Argoline3D, das den leichten Zusammenbau auch komplexer Modelle ermöglicht.

Das Spielsystem Argoline3D besteht im wesentlichen aus den Grundelementen V1 (Verbindungswürfel), S1 (Stecker), P1 (Platte) und R1 (Rohr).

1 In einem zweistufigen Produktionsprozess werden aus den Grundelementen V1, S1, P1 und R1 die Wandteile W1 und W2 gefertigt und die Beutel B mit 100 Steckern S1 gepackt, da man viele Stecker S1 benötigt, um Wände zusammenzusetzen.
In der zweiten Produktionsstufe werden daraus die häufig nachgefragten Modelle Haus und Turm hergestellt.

Grundelement - Zwischenprodukt

	W1	W2	B
V1	12	9	0
S1	34	24	100
R1	17	12	0
P1	6	4	0

Zwischenprodukt - Endprodukt

	Haus	Turm
W1	12	12
W2	16	34
B	3	4

1.1 Berechnen Sie die Matrix, die die Anzahl der Grundelemente je Endprodukt Haus und Turm angibt.

Aufgaben zur Abiturvorbereitung - Lineare Algebra

Aufgabe 3 **Seite 2/2**

1.2 Zum Osterfest bestellt ein Warenhaus 800 Stück des Modells Haus und 500 Stück des Modells Turm.
Berechnen Sie die Anzahl der für diesen Auftrag zu produzierenden Zwischenprodukte und den Bedarf an Grundelementen.

1.3 Berechnen Sie mit Hilfe der unten angegebenen Kosten- und Preisangaben den Gewinn des Osterauftrags.

Produktionskosten je Grundelement in EUR			
V1	S1	R1	P1
0,04	0,01	0,03	0,02

Produktionskosten je Zwischenprodukt in EUR		
W1	W2	B
0,30	0,20	0,05

Verpackungskosten pro Modell in EUR		Fixkosten in EUR	Verkaufspreis in EUR	
Modell Haus	Modell Turm	1500,00	Modell Haus	Modell Turm
0,50	0,60		50,00	75,00

2 Nach dem Osterverkauf soll das Lager wegen Renovierungsarbeiten kurzfristig geräumt werden. Es befinden sich noch 600 Stück W1, 1340 Stück W2 und 180 Beutel B im Lager.

2.1 Erläutern Sie allgemein, wie man anhand der Rangkriterien auf die Anzahl der Lösungen bei einem inhomogenen linearen Gleichungssystem schließen kann.

2.2 Beurteilen Sie, ob der Lagerbestand durch die Produktion der Modelle Haus und Turm aufgebraucht werden kann.

3 Ein Einzelhändler möchte kurzfristig eine größere Menge der Modelle Haus und Turm bestellen. Dabei sollen doppelt so viele Exemplare des Modells Turm wie des Modells Haus geliefert werden. Zum Zeitpunkt der Bestellung besteht mit 40500 Stück ein Lagerengpass an Rohren (R1). Von den anderen Grundelementen, Verbindungswürfel (V1), Platten (P1) und Stecker (S1), sind noch ausreichende Mengen vorhanden.
Zeigen Sie, dass unter den gegebenen Bedingungen maximal ein Erlös von 5000,00 € erzielt werden kann, wenn weiterhin für das Modell Haus ein Verkaufspreis von 50,00 € und für das Modell Turm von 75,00 € gilt.
(Nach Berufskolleg NRW 2010.)

Aufgaben zur Abiturvorbereitung - Lineare Algebra

Aufgabe 4 **Seite 1/2** **Lösung Seite 116**

Punkte

Die Bio-Kosmetic ist ein Unternehmen der Kosmetikbranche, das aus ökologisch produzierten Grundstoffen hochwertige Pflegeprodukte herstellt. Sie beliefert Bioläden und eine große Drogeriekette. Insgesamt gilt: ME gleich Mengeneinheiten, GE gleich Geldeinheiten. Das Unternehmen Bio-Kosmetic stellt aus den Rohstoffen Milch, Lanolin, Rosenöl und Jojobaöl drei Grundkomponenten (G1 bis G3) her. Aus diesen werden zwei Markencremes hergestellt: Handcreme (H) und Faltencreme (F).

1 Bio-Kosmetic erhält von einer großen Drogeriekette den Auftrag, 100 ME von der Handcreme und 150 ME von der Faltencreme zu liefern. 5

Es gelten folgende Mengenbeziehungen:

	G1	G2	G3
Milch	20	15	10
Lanolin	1	2	0,5
Rosenöl	3	0	2
Jojobaöl	0	1	2

	H	F
G1	1	3
G2	5	0
G3	2	5

Der Betrieb hat einen Lagerbestand von 30000 ME Milch, 2000 ME Lanolin, 3000 ME Rosenöl und 4000 ME Jojobaöl. Prüfen Sie, ob mit diesem Lagerbestand der Auftrag erfüllt werden kann und bestimmen Sie gegebenenfalls, wie viele Mengeneinheiten der einzelnen Rohstoffe nachbestellt werden müssen.

2 Die Drogeriekette zahlt für jede ME der Handcreme 300 GE und für jede ME der Faltencreme 500 GE. 7

Dem Unternehmen Bio-Kosmetic entstehen folgende Kosten je ME bei der Herstellung:

Rohstoffkosten je ME				Fertigungskosten je ME der Grundkomponenten			Fertigungskosten je ME der Handcreme bzw. Faltencreme	
Milch	Lanolin	Rosenöl	Jojobaöl	G1	G2	G3	Handcreme	Faltencreme
0,2 GE	1 GE	15 GE	8 GE	0,5 GE	1 GE	3 GE	2,5 GE	2 GE

Zusätzlich fallen noch fixe Kosten in Höhe von 15750 GE an. Berechnen Sie den Gewinn für den Auftrag der Drogeriekette über 100 ME der Handcreme und 150 ME der Faltencreme.

3 Der leitende Chemiker will eine neue Rezeptur für die Grundkomponenten ausprobieren und den Anteil der Milch in den Grundkomponenten verändern, während der Gesamtmilchgehalt gleich bleiben soll, also:

	G1	G2	G3
Milch	a	b	c
Lanolin	1	2	0,5
Rosenöl	3	0	2
Jojobaöl	0	1	2

Aufgaben zur Abiturvorbereitung - Lineare Algebra

Aufgabe 4 **Seite 2/2** **Punkte**

3 Die anderen Mengenbeziehungen bleiben unverändert, also:

	H	F
G1	1	3
G2	5	0
G3	2	5

	H	F
Milch	115	110
Lanolin	12	5,5
Rosenöl	7	19
Jojobaöl	9	10

3.1 Zeigen Sie, dass die benötigten Milchmengen pro Grundkomponente durch das folgende lineare Gleichungssystem bestimmen werden können: 4

$$a + 5b + 2c = 115$$
$$\wedge \quad 3a + \quad 5c = 110$$

3.2 Beurteilen Sie die Lösbarkeit des Gleichungssystem mithilfe des Rangkriteriums. 5

3.3 Bestimmen Sie die Lösung des Gleichungssystems. 5

3.4 Eine mögliche Schreibweise des Lösungsvektors des Gleichungssystems lautet: 5

$$\begin{pmatrix} a \\ b \\ c \end{pmatrix} = \begin{pmatrix} \frac{110}{3} \\ \frac{47}{3} \\ 0 \end{pmatrix} + \frac{1}{15}t \cdot \begin{pmatrix} -25 \\ -1 \\ 15 \end{pmatrix}.$$

Leiten Sie den produktionstechnisch sinnvollen Bereich für t her.

(Berufskolleg NRW 2010.)

Aufgabe 5 **Seite 1/3** **Lösung Seite 117**

Die PlantGrow AG stellt in einem zweistufigen Produktionsprozess Blumensamenmischungen für den Direktvertrieb an Endverbraucher her.

1.1 In einer ersten Produktionsstufe werden aus vier Samenarten S1, S2, S3 und S4 drei verschiedene Tütenmischungen T1, T2 und T3 hergestellt, die in der zweiten Produktionsstufe zu zwei verschiedenen Verkaufsverpackungen V1 und V2 zusammengestellt werden. Die Mengeneinheiten (ME) der Samenarten und Tütenmischungen, die jeweils für eine ME der Tütenmischungen bzw. Verkaufsverpackungen benötigt werden, sind in den unten stehenden Matrizen A_{ST}, B_{TV} und C_{SV} angegeben.

$$A_{ST} = \begin{pmatrix} 2 & 0 & a \\ 3 & 1 & 0 \\ 2 & 3 & 1 \\ b & 0 & 6 \end{pmatrix}, \quad B_{TV} = \begin{pmatrix} 1 & 4 \\ c & 1 \\ 2 & 5 \end{pmatrix} \text{ und } C_{SV} = \begin{pmatrix} 10 & 28 \\ 5 & 13 \\ 10 & 16 \\ 13 & 34 \end{pmatrix} \text{ mit } a, b, c \in \mathbb{R}$$

Aufgaben zur Abiturvorbereitung - Lineare Algebra

Aufgabe 5 **Seite 2/3** **Punkte**

1.1.1 Berechnen Sie die Zahlenwerte für a, b und c. 6

1.1.2 Ergänzen Sie die graphische Darstellung des zweistufigen Produktionsprozesses (Gozintograph) in Anlage 1 mit den entsprechenden Zahlenwerten. 5

1.3 Zur Sommersaison sollen doppelt so viele Verkaufsverpackungen von V1 wie von V2 je Woche hergestellt werden. Gleichzeitig stehen durch einen Engpass bei den Samenarten von S1 nur 1 500 ME und von S2 nur 550 ME je Woche zur Verfügung. Von S3 und S4 sind genügend Mengeneinheiten im Lager vorrätig. Ermitteln Sie, wie viele Mengeneinheiten der Verkaufsverpackungen von V1 und V2 unter diesen Bedingungen maximal je Woche hergestellt werden können. 8

1.2 Aus Kostengründen ist das Mischungsverhältnis der Tütenmischungen geändert worden, so dass jetzt nur noch die drei Samenarten S1, S2 und S3 zu drei Tütenmischungen T1, T2 und T3 verarbeitet werden, aus denen die beiden Verkaufsverpackungen V1 und V2 produziert werden.

Für die neuen Mengenangaben gelten folgenden Matrizen: $\overline{A}_{ST} = \begin{pmatrix} 2 & 0 & b \\ 1 & 1 & 0 \\ 2 & 4 & 1 \end{pmatrix}$; $\overline{C}_{SV} = \begin{pmatrix} 10 & 8 \\ 3 & 6 \\ 12 & 16 \end{pmatrix}$

Für die Inverse von $\overline{A}_{ST}$ gilt: $\overline{A}_{ST}^{-1} = \frac{1}{10} \cdot \begin{pmatrix} 1 & 16 & -4 \\ -1 & -6 & 4 \\ 2 & -8 & 2 \end{pmatrix}$

Die Kosten je ME in GE lassen sich der folgenden Tabelle entnehmen:

Kosten für Samenarten			Fertigungskosten 1. Stufe zu Tüten			Fertigungskosten 2. Stufe zu Verkaufsverpackungen	
S1	S2	S3	T1	T2	T3	V1	V2
2	1	0,5	3	2	3,5	4	3

Für die Verkaufspreise in GE je ME gilt:

Verkaufspreise	
V1	V2
70	65

1.2.1 Leiten Sie aus den obigen Matrizen die Matrix $\overline{B}_{TV} = \begin{pmatrix} 1 & 4 \\ 2 & 2 \\ 2 & 0 \end{pmatrix}$ her, die den Verbrauch an Tütenmischungen je ME der Verkaufsverpackungen angibt. 8

1.2.2 Berechnen Sie den Stückdeckungsbeitrag in GE/ME der Verkaufsverpackungen V1 und V2. 10

Aufgaben zur Abiturvorbereitung - Lineare Algebra

Aufgabe 5 **Seite 3/3** **Punkte**

1.2.3 Zur Sommersaison sollen doppelt so viele Verkaufsverpackungen von V1 wie von V2 je Woche hergestellt werden. Gleichzeitig stehen durch einen Engpass bei den Samenarten von S1 nur 1 500 ME und von S2 nur 550 ME je Woche zur Verfügung. Von S3 sind genügend Mengeneinheiten im Lager vorrätig.
Ermitteln Sie, wie viele Mengeneinheiten der Verkaufsverpackungen von V1 und V2 unter diesen Bedingungen maximal je Woche hergestellt werden können. 8

Anlage 1

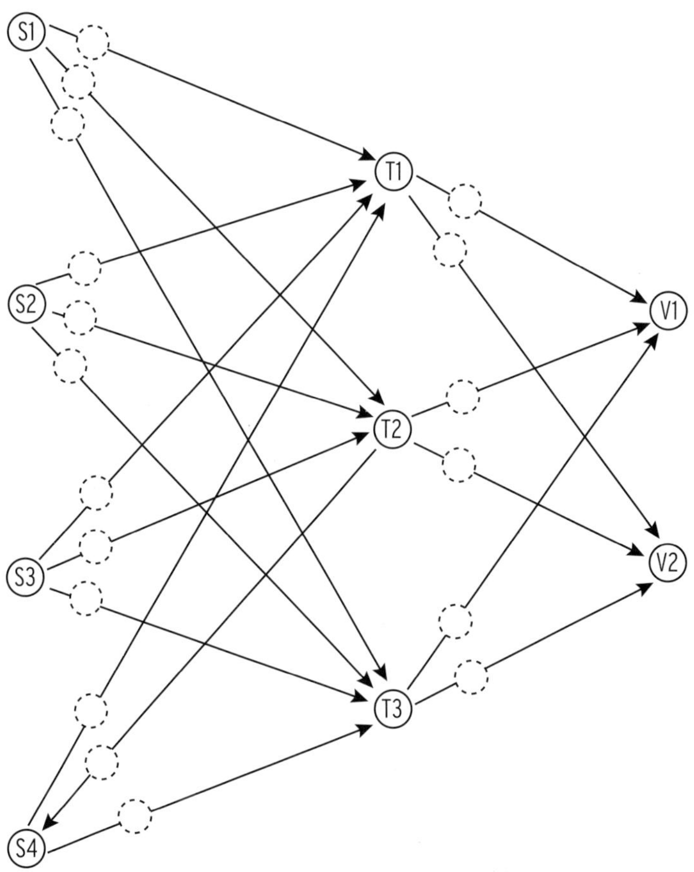

Aufgaben zur Abiturvorbereitung - Lineare Algebra

Aufgabe 6 **Lösung Seite 119**

Punkte

Das Unternehmen BIOSAFT produziert Smoothies in einem zweistufigen Produktionsprozess zunächst aus den Rohstoffen Obst (R1), Gemüse (R2) und Wasser (R3) die Zwischenprodukte Obstbasis (Z1), Gemüsebasis (Z2) und eine fruchtige Wasserbasis (Z3), die in einem zweiten Produktionsschritt zu den Endprodukten Obst-Smoothie (E1), Grüner-Smoothie (E2) und Obst-Gemüse-Smoothie (E3) verarbeitet werden.
Folgende Produktionsmengen in Mengeneinheiten (ME) seien bekannt:

$$B_{ZE} = \begin{pmatrix} 4 & 1 & 2 \\ 1 & 3 & 1 \\ 0 & 2 & 4 \end{pmatrix}; \quad C_{RE} = \begin{pmatrix} 34 & 18 & 26 \\ 11 & 28 & 21 \\ 8 & 18 & 36 \end{pmatrix}.$$

1.1 Interpretieren Sie das Element b_{31} der Matrix B_{ZE} anwendungsbezogen.
Bestimmen Sie die fehlende Rohstoff-Zwischenprodukt-Matrix A_{RZ}.
Stellen Sie den gesamten Produktionsprozess in einem Verflechtungsdiagramm dar. 8

1.2 Der Discounter OLDI überlegt die Smoothies von BIOSAFT in sein Sortiment aufzunehmen und bietet dem Produzenten je Mengeneinheit Obst-Smoothie einen Preis von 30 Geldeinheiten (GE) und je Mengeneinheit Grüner-Smoothie einen Preis von 27 GE an. Der Auftrag umfasst 500 ME Obst-Smoothie und 200 ME Grüner-Smoothie. BIOSAFT möchte den Auftrag kalkulieren. Folgende Informationen bezüglich der Produktionskosten sind bekannt:

Rohstoffkosten in GE/ME		Herstellungskosten in GE/ME		Verarbeitungskosten in GE/ME	
R1	0,6	Z1	0,5	E1	0,9
R2	0,4	Z2	0,5	E2	0,8
R3	0,1	Z3	0,2	E3	1,1

Bestimmen Sie die variablen Stückkosten je Endprodukt.
Berechnen Sie die variablen Kosten für diesen Auftrag.
Begründen Sie nachvollziehbar, ob BIOSAFT den Auftrag annehmen sollte, wenn die Fixkosten für diesen Auftrag 550 GE betragen. 8

(Berufskolleg NRW 2016.)

Aufgaben zur Abiturvorbereitung - Lineare Algebra Lösungen

Lösung Aufgabe 1 **Seite 1/2** **Aufgabe Seite 102**

1.1.1 Bauteile-Zwischenprodukt-Matrix M_{BZ}

Zwischenprodukt-Endprodukt-Matrix M_{ZE}; Bauteile-Endprodukt-Matrix M_{BE}

Es gilt: $M_{BZ} \cdot M_{ZE} = M_{BE}$ $\begin{pmatrix} 1 & 0 & 3 \\ 5 & 2 & 12 \\ 50 & 15 & 95 \end{pmatrix} \cdot \begin{pmatrix} 2 & 3 & 2 \\ 0 & 4 & 3 \\ 1 & 5 & 1 \end{pmatrix} = \begin{pmatrix} 5 & 18 & 5 \\ 22 & 83 & b \\ 195 & a & 240 \end{pmatrix}$

Für a und b gilt dann: $a = 50 \cdot 3 + 15 \cdot 4 + 95 \cdot 5 = 685$

$b = 5 \cdot 2 + 2 \cdot 3 + 12 \cdot 1 = 28$

Die exemplarische Überprüfung stimmt mit der Vorgabe überein.

1.1.2 a gibt die Anzahl der Bauteile B3 im Endprodukt E2 (Motorsteuergerät) an.

b gibt die Anzahl der Bauteile B2 im Endprodukt E3 (Bordcomputer) an.

1.2 Wochenproduktionsvektor $\vec{x} = \begin{pmatrix} 750 \\ 900 \\ 500 \end{pmatrix}$

Bauteilekosten je Endprodukt: $(0{,}03 \quad 0{,}02 \quad 0{,}01)\begin{pmatrix} 5 & 18 & 5 \\ 22 & 83 & 28 \\ 195 & 685 & 240 \end{pmatrix} = (2{,}54 \quad 9{,}05 \quad 3{,}11)$

Fertigungskosten je Endprodukt: $(1{,}5 \quad 2{,}5 \quad 2{,}5) \cdot \begin{pmatrix} 2 & 3 & 2 \\ 0 & 4 & 3 \\ 1 & 5 & 1 \end{pmatrix} = (5{,}5 \quad 27 \quad 13)$

Fertigungskosten der Endprodukte: $(10 \quad 15 \quad 20)$

Für die variablen Kosten je Endprodukt gilt:

$(2{,}54 \quad 9{,}05 \quad 3{,}11) + (5{,}5 \quad 27 \quad 13) + (10 \quad 15 \quad 20) = (18{,}04 \quad 51{,}05 \quad 36{,}11)$

Für die Gesamtkosten einer Wochenproduktion gilt:

$(18{,}04 \quad 51{,}05 \quad 36{,}11)\begin{pmatrix} 750 \\ 900 \\ 500 \end{pmatrix} + 7525 = 85055$

Die Gesamtkosten einer Wochenproduktion betragen 85 055 GE.

1.3 Ansatz: $M_{ZE} \cdot \begin{pmatrix} x_1 \\ x_2 \\ x_3 \end{pmatrix} = \begin{pmatrix} 2 & 3 & 2 \\ 0 & 4 & 3 \\ 1 & 5 & 1 \end{pmatrix} \cdot \begin{pmatrix} x_1 \\ x_2 \\ x_3 \end{pmatrix} = \begin{pmatrix} 4300 \\ 4250 \\ 4950 \end{pmatrix}$

Lösung des Gleichungssystems mit dem Gaußverfahren:

$$\left(\begin{array}{ccc|c} 2 & 3 & 2 & 4300 \\ 0 & 4 & 3 & 4250 \\ 1 & 5 & 1 & 4950 \end{array}\right) \sim \left(\begin{array}{ccc|c} 2 & 3 & 2 & 4300 \\ 0 & 4 & 3 & 4250 \\ 0 & 7 & 0 & 5600 \end{array}\right) * \sim \dots \sim \left(\begin{array}{ccc|c} 1 & 0 & 0 & 600 \\ 0 & 1 & 0 & 800 \\ 0 & 0 & 1 & 350 \end{array}\right) **$$

Durch Rückwärtseinsetzen aus * oder Gaußverfahren bis ** ergibt sich: Es können noch 600 ME von E1, 800 ME von E2 und 350 ME von E3 produziert werden.

1.3.2 Die Berechnung der Inversen hat genau dann einen Vorteil, wenn die Produktionsmengen nicht nur für einen Lagerbestand, sondern für unterschiedliche Lagerbestände bestimmt werden sollen. So reduziert sich der weitere Rechenaufwand lediglich auf eine einfache Multiplikation der Inversen von M_{ZE} mit den Vektoren der jeweiligen Lagerbestände. Das Lösen von Gleichungssystemen ist dann nur einmal notwendig.

Lösung Aufgabe 1 **Seite 2/2**

1.4.1 Die Preise müssen mit Rabattgewährung größer als Null sein:

$26{,}54 - 0{,}5r > 0 \quad \Leftrightarrow r < 53{,}08$

$69{,}55 - 1{,}5r > 0 \quad \Leftrightarrow r < 46{,}37$

$49{,}61 - r > 0 \quad \Leftrightarrow r < 49{,}61$

Die Rabattgewährung r soll nur ganzzahlig ($\in \mathbb{N}$) sein; es gilt somit $0 \leq r \leq 46$.

1.4.2 Sinnvoller Bereich für r:

Es gilt: $G \geq 0$ mit $G = E - K$

$$G = e_r^T \cdot \vec{x} - K = (26{,}54 - 0{,}5r \quad 69{,}55 - 1{,}5r \quad 49{,}61 - r)\begin{pmatrix} 750 \\ 900 \\ 500 \end{pmatrix} - 85055 \geq 0$$

$$19905 - 375r + 62595 - 1350r + 24805 - 500r - 85055 \geq 0$$

$$22250 - 2225r \geq 0$$

$$r \leq 10$$

Für die Wahl der Rabattkategorie r gilt: $0 \leq r \leq 10$

Lösung Aufgabe 2 **Seite 1/2** **Aufgabe Seite 103**

3.1 $A_{RZ} = \begin{pmatrix} 1 & 2 & 1 \\ 1 & a & 3 \\ 4 & 1 & b \end{pmatrix}$; $B_{ZE} = \begin{pmatrix} 1 & 2 & 1 \\ 2 & 3 & 3 \\ 2 & 3 & c \end{pmatrix}$; $a, b, c \geq 0$; $C_{RE} = \begin{pmatrix} 7 & 11 & 7 \\ 15 & 23 & 13 \\ 10 & 17 & 7 \end{pmatrix}$

3.1.1 Es gilt: $A_{RZ} \cdot B_{ZE} = C_{RE}$

Daraus folgt: $(1 \quad a \quad 3)\begin{pmatrix} 1 \\ 2 \\ 2 \end{pmatrix} = 15 \qquad 1 + 2a + 6 = 15 \quad \Leftrightarrow a = 4$

$(4 \quad 1 \quad b)\begin{pmatrix} 1 \\ 2 \\ 2 \end{pmatrix} = 10 \qquad 4 + 2 + 2b = 10 \quad \Leftrightarrow b = 2$

$(1 \quad 2 \quad 1)\begin{pmatrix} 1 \\ 3 \\ c \end{pmatrix} = 7 \qquad 1 + 6 + c = 7 \quad \Leftrightarrow c = 0$

3.1.2 Deutung im Sachzusammenhang:

a= 4: Für eine ME des Zwischenproduktes Z2 werden 4 ME des pflanzlichen Rohstoffs R2 benötigt.

b = 2: Für eine ME des Zwischenproduktes Z3 werden 2 ME des pflanzlichen Rohstoffs R3 benötigt.

c = 0: Für eine ME des Endproduktes E3 werden keine ME des Zwischenproduktes Z3 verbraucht.

Lösung Aufgabe 2 **Seite 2/2**

3.1.3 Materialverflechtung

Gozintograph

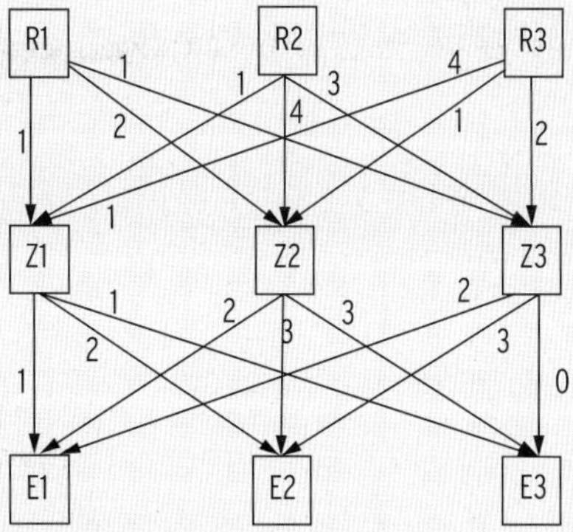

3.2.1 **Variable Kosten je ME der Endprodukte E1, E2 und E3**

Materialkosten:

$$(4{,}5 \quad 2{,}8 \quad 3{,}2) \cdot C_{RE} = (4{,}5 \quad 2{,}8 \quad 3{,}2) \cdot \begin{pmatrix} 7 & 11 & 7 \\ 15 & 23 & 13 \\ 10 & 17 & 7 \end{pmatrix} = (105{,}5 \quad 168{,}3 \quad 90{,}3)$$

Fertigungskosten Zwischenprodukte:

$$(8{,}5 \quad 5 \quad 6{,}5) \cdot B_{ZE} = (8{,}5 \quad 5 \quad 6{,}5) \cdot \begin{pmatrix} 1 & 2 & 1 \\ 2 & 3 & 3 \\ 2 & 3 & 0 \end{pmatrix} = (31{,}5 \quad 51{,}5 \quad 23{,}5)$$

Variable Kosten je ME der Endprodukte:

$(105{,}5 \quad 168{,}3 \quad 90{,}3) + (31{,}5 \quad 51{,}5 \quad 23{,}5) + (3 \quad 2{,}5 \quad 4)$

$= (140 \quad 222{,}3 \quad 117{,}8)$

Die variablen Kosten für eine ME von E1 betragen 140 GE, für eine ME E2 222,3 GE und 117,8 GE für eine ME E3.

3.2.2 **Produktionszahlen der Endprodukte**

Zu lösen ist: $(140 \quad 222{,}3 \quad 117{,}8) \begin{pmatrix} x \\ 2x \\ 4x \end{pmatrix} + 5000 = 47232$

$140x + 444{,}6x + 471{,}2x + 5000 = 47232 \quad \Leftrightarrow \quad x = 40$

Vom Endprodukt E1 können 40 E, von E2 80 ME und von E3 160 ME hergestellt werden.

Lösung Aufgabe 3 **Seite 1/2** **Aufgabe Seite 104**

1.1 Das Element $a_{2;3}$ der Grundelement-Zwischenprodukt-Tabelle ist 100.

Ein Beutel B enthält 100 Stecker S1.

A: Grundelement-Zwischenprodukt-Matrix: $A = \begin{pmatrix} 12 & 9 & 0 \\ 34 & 24 & 100 \\ 17 & 12 & 0 \\ 6 & 4 & 0 \end{pmatrix}$

B: Zwischenprodukt-Endprodukt-Matrix: $B = \begin{pmatrix} 12 & 12 \\ 16 & 34 \\ 3 & 4 \end{pmatrix}$

C: Grundelement-Endprodukt-Matrix; $C = A \cdot B = \begin{pmatrix} 288 & 450 \\ 1092 & 1624 \\ 396 & 612 \\ 136 & 208 \end{pmatrix}$

1.2 Bedarf an Zwischenprodukten für den Auftrag $\vec{x} = \begin{pmatrix} 800 \\ 500 \end{pmatrix}$

$$B \cdot \vec{x} = \vec{z} = \begin{pmatrix} 12 & 12 \\ 16 & 34 \\ 3 & 4 \end{pmatrix} \begin{pmatrix} 800 \\ 500 \end{pmatrix} = \begin{pmatrix} 15600 \\ 29800 \\ 4400 \end{pmatrix}$$

Bedarf an Grundelementen (Rohstoffen) für den Auftrag, also für $\vec{z} = \begin{pmatrix} 15600 \\ 29800 \\ 4400 \end{pmatrix}$

$$A \cdot \vec{z} = \vec{r} = \begin{pmatrix} 12 & 9 & 0 \\ 34 & 24 & 100 \\ 17 & 12 & 0 \\ 6 & 4 & 0 \end{pmatrix} \begin{pmatrix} 15600 \\ 29800 \\ 4400 \end{pmatrix} = \begin{pmatrix} 455400 \\ 1685600 \\ 622800 \\ 212800 \end{pmatrix}$$

Alternative: Die Grundelemente lassen sich auch mit $C \cdot \vec{x} = \vec{r}$ berechnen.

Für den Auftrag braucht man 455400 V1, 1685600 S1, 622800 R1, 212800 P1 und muss 15600 W1, 29800 W2 und 4400 B herstellen.

1.3 Produktionskosten Grundelemente: $(0{,}04 \quad 0{,}01 \quad 0{,}03 \quad 0{,}02) \begin{pmatrix} 455400 \\ 1685600 \\ 622800 \\ 212800 \end{pmatrix} = 58012$

Produktionskosten Zwischenprodukte: $(0{,}30 \quad 0{,}20 \quad 0{,}05) \begin{pmatrix} 15600 \\ 29800 \\ 4400 \end{pmatrix} = 10860$

Verpackungskosten: $(0{,}50 \quad 0{,}60) \begin{pmatrix} 800 \\ 500 \end{pmatrix} = 700$

Mit Fixkosten von 1500 EUR erhält man die

Gesamtkosten: 58012 + 10860 + 700 + 1500 = 71072

Erlös: $(50 \quad 75) \begin{pmatrix} 800 \\ 500 \end{pmatrix} = 77500$

Gewinn = Erlös - Kosten = 77500 - 71072 = 6428

Der Gewinn für diesen Auftrag beträgt 6428 EUR.

Lösung Aufgabe 3 **Seite 2/2**

2.1 Ein inhomogenes LGS $A \cdot \vec{x} = \vec{b}$ ist genau dann lösbar, wenn $Rg(A) = Rg(A \mid \vec{b})$ gilt.

Für den Fall, dass $Rg(A) = Rg(A; \vec{b}) = n$ ist (n ist die Anzahl der Unbekannten), existiert genau eine Lösung.

Für den Fall, dass $Rg(A) = Rg(A; \vec{b}) < n$ ist (n ist die Anzahl der Unbekannten), gibt es unendlich viele Lösungen.

2.2 Bedingung für die Produktionsmengen der Endprodukte: $B \cdot \vec{p} = \begin{pmatrix} 600 \\ 1340 \\ 180 \end{pmatrix}$

Einsetzen ergibt das LGS für p_1 und p_2: $\left(\begin{array}{cc|c} 12 & 12 & 600 \\ 16 & 34 & 1340 \\ 3 & 4 & 180 \end{array}\right)$

Umformung mit dem Gaußverfahren : $\left(\begin{array}{cc|c} 12 & 12 & 600 \\ 0 & 18 & 540 \\ 0 & 1 & 30 \end{array}\right) \sim \left(\begin{array}{cc|c} 12 & 12 & 600 \\ 0 & 18 & 540 \\ 0 & 0 & 0 \end{array}\right) \sim \left(\begin{array}{cc|c} 1 & 1 & 50 \\ 0 & 1 & 30 \\ 0 & 0 & 0 \end{array}\right)$

$Rg(A) = Rg(A; \vec{b}) = 2$ (Anzahl der Unbekannten = 2), es existiert genau eine Lösung.

$p_1 = 20; p_2 = 30$

Der Lagerbestand kann durch die Produktion von 20 Modellen Haus und 30 Modellen Turm vollständig aufgebraucht werden.

3 Bestellvektor $\vec{b} = \begin{pmatrix} z \\ 2z \end{pmatrix}$

Für diese Bestellung nötige Grundelemente R1:

Multiplikation der 3. Zeile der Grundelemente-Endprodukt-Matrix mit $\vec{b}$:

$(396 \quad 612)\begin{pmatrix} z \\ 2z \end{pmatrix} = 1620z$

Bedingung für z: $1620z \leq 40500 \quad \Leftrightarrow z \leq 25$

Es können daher höchstens 25 Modelle Haus und 50 Modelle Turm verkauft werden.

Maximaler Erlös: $(50 \quad 75)\begin{pmatrix} 25 \\ 50 \end{pmatrix} = 5000$

Unter diesen Bedingungen kann ein maximaler Erlös von 5000 EUR erzielt werden.

Lösung Aufgabe 4 Seite 1/2 Aufgabe Seite 106

1 Verflechtungsmatrizen

$$A_{RG} = \begin{pmatrix} 20 & 15 & 10 \\ 1 & 2 & 0{,}5 \\ 3 & 0 & 2 \\ 0 & 1 & 2 \end{pmatrix};\ B_{GM} = \begin{pmatrix} 1 & 3 \\ 5 & 0 \\ 2 & 5 \end{pmatrix};\ C_{RM} = A_{RG} \cdot B_{GM} = \begin{pmatrix} 115 & 110 \\ 12 & 5{,}5 \\ 7 & 19 \\ 9 & 10 \end{pmatrix}$$

Mit dem Auftragsvektor $\vec{x} = \begin{pmatrix} 100 \\ 150 \end{pmatrix}$ berechnet man den

Rohstoffbedarf für diesen Auftrag: $C_{RM} \cdot \vec{x} = \begin{pmatrix} 115 & 110 \\ 12 & 5{,}5 \\ 7 & 19 \\ 9 & 10 \end{pmatrix} \cdot \begin{pmatrix} 100 \\ 150 \end{pmatrix} = \begin{pmatrix} 28000 \\ 2025 \\ 3550 \\ 2400 \end{pmatrix}$

Der Lagerbestand reicht nicht aus.

Es ergeben sich folgende Nachbestellungen: $\begin{pmatrix} 30000 \\ 2000 \\ 3000 \\ 4000 \end{pmatrix} - \begin{pmatrix} 28000 \\ 2025 \\ 3550 \\ 2400 \end{pmatrix} = \begin{pmatrix} 2000 \\ -25 \\ -550 \\ 1600 \end{pmatrix}$

Vom Lanolin müssen 25 ME und vom Rosenöl 550 ME nachbestellt werden.

2 Rohstoffkosten je ME der Endprodukte H und F:

$$K_R = \vec{k}_R \cdot C_{RM} = (0{,}2 \quad 1 \quad 15 \quad 8) \cdot \begin{pmatrix} 115 & 110 \\ 12 & 5{,}5 \\ 7 & 19 \\ 9 & 10 \end{pmatrix} = (212 \quad 392{,}5)$$

Fertigungskosten der Grundkomponenten je ME der Endprodukte H und F:

$$K_G = \vec{k}_G \cdot B_{GM} = (0{,}5 \quad 1 \quad 3) \cdot \begin{pmatrix} 1 & 3 \\ 5 & 0 \\ 2 & 5 \end{pmatrix} = (11{,}5 \quad 16{,}5)$$

Variable Herstellkosten je ME der Endprodukte H und F:

$$\vec{k}_v = \vec{k}_R \cdot C_{RM} + \vec{k}_Z \cdot B_{GM} + \vec{k}_E = (212 \quad 392{,}5) + (11{,}5 \quad 16{,}5) + (2{,}5 \quad 2) = (226 \quad 411)$$

Variable Herstellkosten für den gesamten Auftrag:

$$K_v = \vec{k}_v \cdot \vec{x} = (226 \quad 411) \cdot \begin{pmatrix} 100 \\ 150 \end{pmatrix} = 84250$$

Erlöse für den gesamten Auftrag: $(300 \quad 500) \cdot \begin{pmatrix} 100 \\ 150 \end{pmatrix} = 105000$

Gewinne = Erlöse - (variable Kosten + Fixkosten)

$$= 105000 - (84250 + 15750) = 5000$$

Es wird ein Gewinn in Höhe von 5000 GE erzielt.

Lösung Aufgabe 4 **Seite 2/2**

3.1 Es gilt: $A_{RG} \cdot B_{GM} = C_{RM}$

$$\begin{pmatrix} a & b & c \\ 1 & 2 & 0{,}5 \\ 3 & 0 & 2 \\ 0 & 1 & 2 \end{pmatrix} \cdot \begin{pmatrix} 1 & 3 \\ 5 & 0 \\ 2 & 5 \end{pmatrix} = \begin{pmatrix} 115 & 110 \\ 12 & 5{,}5 \\ 7 & 19 \\ 9 & 10 \end{pmatrix}$$

Ausmultiplizieren (1. Zeile von $A_{RG} \cdot$ 1. + 2. Spalte von B_{GM}) ergibt das mehrdeutig lösbare Gleichungssystem: $a + 5b + 2c = 115 \wedge 3a + 5c = 110$

(2 Gleichungen für 3 Unbekannte)

3.2 LGS in Matrixform: $\left(\begin{array}{ccc|c} 1 & 5 & 2 & 115 \\ 3 & 0 & 5 & 110 \\ 0 & 0 & 0 & 0 \end{array}\right)$

Eine weitere Umformung mithilfe des Gaußverfahrens ist nicht nötig.

Da Rg(A | b) = Rg(A) = 2 < 3 ist, hat das lineare Gleichungssystem unendlich viele Lösungen mit einem Freiheitsgrad, d. h. eine Unbekannte ist frei wählbar

3.3 Mit $c = t$ erhält man aus $3a + 5c = 110$: $3a = 110 - 5t \Leftrightarrow a = \frac{110}{3} - \frac{5}{3}t$

Einsetzen in $a + 5b + 2c = 115$ ergibt: $\frac{110}{3} - \frac{5}{3}t + 5b + 2t = 115$

Auflösen nach b: $5b = \frac{235}{3} - \frac{1}{3}t \Leftrightarrow b = \frac{47}{3} - \frac{1}{15}t$

Damit entsteht der gegebene Lösungsvektor: $\begin{pmatrix} a \\ b \\ c \end{pmatrix} = \begin{pmatrix} \frac{110}{3} \\ \frac{47}{3} \\ 0 \end{pmatrix} + \frac{1}{15}t \cdot \begin{pmatrix} -25 \\ -1 \\ 15 \end{pmatrix}$.

3.4 Produktionstechnisch sinnvoller Bereich für t:

Berechnung von t aus a, b, $c \geq 0$:

$a = \frac{110}{3} - \frac{5}{3}t \geq 0 \Leftrightarrow t \leq \frac{110}{5} = 22$

$b = \frac{47}{3} - \frac{1}{15}t \geq 0 \Leftrightarrow t \leq 47 \cdot 5 = 235$

$c = t \geq 0$

Multipliziert man eine Ungleichung mit einer negativen Zahl, so dreht sich das Ungleichheitszeichen um.

Alle drei Bedingungen sind erfüllt für $0 \leq t \leq 22$, also liegt t zwischen 0 und 22.

Lösung Aufgabe 5 **Seite 1/2** **Aufgabe Seite 107**

1.1.1 berechnet die Zahlenwerte für a, b und c.

Wegen $A_{ST} \cdot B_{TV} = C_{SV}$ gilt:

(1) $2 \cdot 4 + 0 \cdot 1 + a \cdot 5 = 28 \Leftrightarrow \; = 4$

(2) $b \cdot 4 + 0 \cdot 1 + 6 \cdot 5 = 34 \Leftrightarrow b = 1$

(3) $3 \cdot 1 + 1 \cdot c + 0 \cdot 2 = 5 \Leftrightarrow c = 2$

Lösung Aufgabe 5 Seite 2/2

1.1.2 ergänzt den Gozintographen mit den Zahlenwerten.

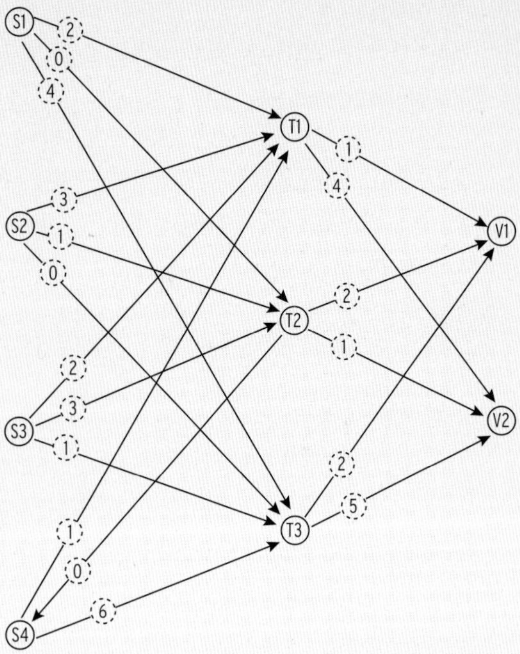

1.1.3 ermittelt unter den genannten Bedingungen die max. Anzahl an V1 und V2.

Sei x_2 die Anzahl von V2 und $2x_2$ die Anzahl von V1, dann gilt für den erforderlichen Rohstoffbedarfsvektor $\vec{r}$:

$\vec{r} = C_{SV} \cdot \begin{pmatrix} 2x_2 \\ x_2 \end{pmatrix}$ ergibt

$$\begin{pmatrix} 10 & 28 \\ 5 & 13 \\ 10 & 16 \\ 13 & 34 \end{pmatrix} \cdot \begin{pmatrix} 2x_2 \\ x_2 \end{pmatrix} = \begin{pmatrix} 48x_2 \\ 23x_2 \\ 36x_2 \\ 60x_2 \end{pmatrix}$$

Aufgrund der bestehenden Restriktionen gilt:

$48x_2 \leq 1500$ und $23x_2 \leq 550 \Leftrightarrow x_2 \leq 31{,}25$ und $x_2 \leq 23{,}91$ folgt: $x_2 \leq 23{,}91$ ME

Unter den gegebenen Bedingungen können maximal 23,91 ME von V2 bzw. 47,82 ME von V1 hergestellt werden.

1.2.1 Aus $\overline{A}_{ST} \cdot \overline{B}_{TV} = \overline{C}_{SV}$ folgt: $\overline{B}_{TV} = \overline{A}_{ST}^{-1} \cdot \overline{C}_{SV}$

Einsetzen ergibt: $\frac{1}{10} \cdot \begin{pmatrix} 1 & 16 & -4 \\ -1 & -6 & 4 \\ 2 & -8 & 2 \end{pmatrix} \cdot \begin{pmatrix} 10 & 8 \\ 3 & 6 \\ 12 & 16 \end{pmatrix} = \begin{pmatrix} 1 & 4 \\ 2 & 2 \\ 2 & 0 \end{pmatrix} = B_{TV}$

1.2.2 Stückdeckungsbeitrag in GE/ME der Verkaufsverpackungen V1 und V2.

Gegeben sind

- $\vec{k}_{Roh} = (2 \quad 1 \quad 0{,}5)$ Rohstoffkosten je ME S1 bis S3
- $\vec{k}_{FerT} = (3 \quad 2 \quad 3{,}5)$ Fertigungskosten je ME T1 bis T3
- $\vec{k}_{FerV} = (4 \quad 3)$ Fertigungskosten je V1 und V2
- $\vec{p} = (70 \quad 65)$ Verkaufspreise je V1 und V2

$\vec{k}_{var} = \vec{k}_{Roh} \cdot C_{SV} + \vec{k}_{FerT} \cdot B_{TV} + \vec{k}_{FerV}$

Einsetzen: $\vec{k}_{var} = (2 \quad 1 \quad 0{,}5) \cdot \begin{pmatrix} 10 & 8 \\ 3 & 6 \\ 12 & 16 \end{pmatrix} + (3 \quad 2 \quad 3{,}5) \cdot \begin{pmatrix} 1 & 4 \\ 2 & 2 \\ 2 & 0 \end{pmatrix} + (4 \quad 3)$

$= (29 \quad 30) + (14 \quad 16) + (4 \quad 3) = (47 \quad 49)$

Somit gilt für den Stückdeckungsbeitrag $db = \vec{p} - \vec{k}_{var} = (70 \quad 65) - (47 \quad 49) = (23 \quad 16)$

Der Stückdeckungsbeitrag je ME von V1 beträgt 23,00 GE und 16,00 GE je ME von V2.

Lösung Aufgabe 6 **Aufgabe Seite 110**

1.1 **Interpretation** des Elements $b_{31} = 0$

Das Zwischenprodukt fruchtige Wasserbasis wird für die Herstellung einer Mengeneinheit des Endprodukts Obst-Smoothie nicht benötigt.

Bestimmung der fehlenden Produktionsmatrix

Es gilt: $A_{RZ} \cdot B_{ZE} = C_{RE} \quad | \cdot B_{ZE}^{-1}$ von rechts

$A_{RZ} = C_{RE} \cdot B_{ZE}^{-1}$

Mit Hilfsmittel: $A_{RZ} = \begin{pmatrix} 34 & 18 & 26 \\ 11 & 28 & 21 \\ 8 & 18 & 36 \end{pmatrix} \cdot \begin{pmatrix} 4 & 1 & 2 \\ 1 & 3 & 1 \\ 0 & 2 & 4 \end{pmatrix}^{-1} = \begin{pmatrix} 8 & 2 & 2 \\ 1 & 7 & 3 \\ 2 & 0 & 8 \end{pmatrix}$

Darstellung des Verflechtungsdiagramms

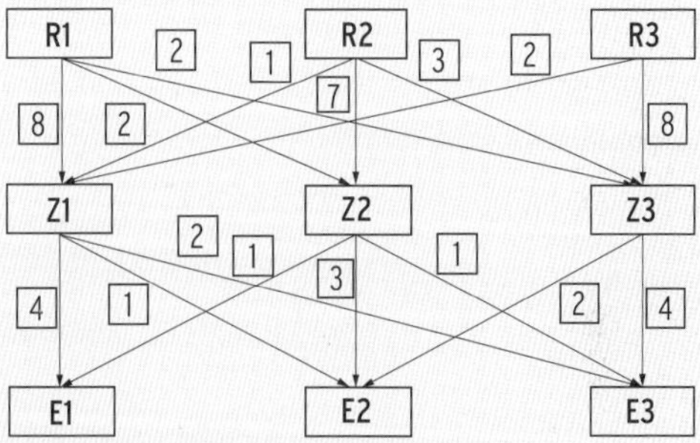

1.2 Bestimmung der variablen Stückkosten je Endprodukt

Variable Herstellungskosten pro Endprodukt: $\vec{k}_V = \vec{k}_R \cdot C_{RE} + \vec{k}_Z \cdot B_{ZE} + \vec{k}_E$

$\vec{k}_V = (0{,}6 \quad 0{,}4 \quad 0{,}1) \cdot \begin{pmatrix} 34 & 18 & 26 \\ 11 & 28 & 21 \\ 8 & 18 & 36 \end{pmatrix} + (0{,}5 \quad 0{,}5 \quad 0{,}2) \begin{pmatrix} 4 & 1 & 2 \\ 1 & 3 & 1 \\ 0 & 2 & 4 \end{pmatrix} + (0{,}9 \quad 0{,}8 \quad 1{,}1)$

$= (25{,}6 \quad 23{,}8 \quad 27{,}6) + (2{,}5 \quad 2{,}4 \quad 2{,}3) + + (0{,}9 \quad 0{,}8 \quad 1{,}1)$

$= (29 \quad 27 \quad 31)$

Die variablen Stückkosten je Endprodukt betragen für Obst-Smoothie: 29 GE

Grüner-Smoothie: 27 GE

Obst-Gemüse-Smoothie: 31 GE

Variable Kosten für den Auftrag : $K_V = (29 \quad 27) \begin{pmatrix} 500 \\ 200 \end{pmatrix} = 19900$

Die variablen Kosten betragen 19900 GE für diesen Auftrag.

Entscheidung, ob der Auftrag angenommen werden soll

Erlös: $(30 \quad 27) \begin{pmatrix} 500 \\ 200 \end{pmatrix} = 20400$

Der Erlös des Auftrags übersteigt die variablen Kosten nur um 500 GE. Der Auftrag sollte nicht angenommen werden, da die auftragsbezogenen Fixkosten 550 GE betragen.

3 Stochastik

Formelsammlung zur Stochastik

Für die Wahrscheinlichkeit eines Ereignisses A gilt: $0 \leq P(A) \leq 1$

Für das Gegenereignis $\overline{A}$: $P(\overline{A}) = 1 - P(A)$

Additionssatz $P(A \cup B) = P(A) + P(B) - P(A \cap B)$

Multiplikationssatz $P(A \cap B) = P(A) \cdot P_A(B)$

Bedingte Wahrscheinlichkeit $P_A(B) = \frac{P(A \cap B)}{P(A)}$

Laplace-Wahrscheinlichkeit: Alle Ergebnisse eines Zufallsexperiments sind gleichwahrscheinlich. $P(A) = \frac{\text{Anzahl der für A günstigen Ergebnisse}}{\text{Anzahl der möglichen Ergebnisse}} = \frac{g}{m}$

Wahrscheinlichkeit und Baumdiagramm

Pfadmultiplikationsregel: Im Baumdiagramm ist die Wahrscheinlichkeit eines Pfades gleich dem Produkt der Wahrscheinlichkeiten auf den Teilstrecken des Pfades.

Pfadadditionsregel: Im Baumdiagramm ist die Wahrscheinlichkeit eines Ereignisses gleich der Summe der Wahrscheinlichkeiten der in diesem Ereignis enthaltenen Ergebnisse.

Die Zufallsvariable X ist B(n; p; k)-verteilt; **Binomialverteilung** B(n; p; k)

Formel von Bernoulli $P(X = k) = B(n; p; k) = \binom{n}{k} \cdot p^k \cdot (1 - p)^{n - k}$

Erwartungswert $\mu = E(X) = n \cdot p$

Varianz: $\sigma^2 = n \cdot p \cdot (1 - p)$ Standardabweichung: $\sigma = \sqrt{n \cdot p \cdot (1 - p)}$

Kumulierte Binomialverteilung F(n; p; k):

Linksseitiges Intervall: $P(X \leq 8) = F(n; p; 8)$

Ablesen aus der Tabelle der kumulierten Binomialverteilung

Punktwahrscheinlichkeit: $P(X = 8) = B(n; p; 8)$

Ablesen aus der Tabelle der Binomialverteilung

Rechtsseitiges Intervall: $P(X \geq 8) = 1 - P(X \leq 7)$

Intervallwahrscheinlichkeit: $P(3 \leq X \leq 8) = P(X \leq 8) - P(X \leq 2)$

Kombinatorik

Anzahl der Stichproben bei k Ziehungen aus einer Urne mit n verschiedenen Kugeln

	mit Zurücklegen	ohne Zurücklegen	
geordnete Stichproben	n^k	$n \cdot (n-1) \cdot (n-2) \cdot \ldots \cdot (n-k+1)$	(Variationen)
ungeordnete Stichproben	$\binom{n+k-1}{k}$	$\binom{n}{k}$	(Kombinationen)

Permutationen: Mögliche Anordnung aller n Elemente einer Menge

$n! = n \cdot (n-1) \cdot \ldots \cdot 2 \cdot 1$ Anzahl der Permutationen, wenn die n Elemente untereinander verschieden sind.

Vierfeldertafel für Wahrscheinlichkeiten

Zwei Merkmale mit jeweils zwei Ausprägungen

	B	$\overline{B}$	Summe
A	$P(A \cap B)$	$P(A \cap \overline{B})$	$P(A)$
$\overline{A}$	$P(\overline{A} \cap B)$	$P(\overline{A} \cap \overline{B})$	$P(\overline{A})$
Summe	$P(B)$	$P(\overline{B})$	1

Hypothesentest (Signifikanztest):

Fehler 1. Art (α-Fehler): Wahrscheinlichkeit, dass die Nullhypothese H_0 abgelehnt wird, obwohl sie richtig ist.

Fehler 2. Art (β-Fehler): Wahrscheinlichkeit, dass die Nullhypothese H_0 nicht abgelehnt wird, obwohl sie falsch ist.

Die bei einem Test bzw. einer Untersuchung akzeptierte Wahrscheinlichkeit, bei einer Entscheidung einen Fehler 1. Art zu begehen, nennt man auch Signifikanzniveau α.

Aufgaben zur Prüfungsvorbereitung - Stochastik

Aufgabe 1 **Seite 1/2** **Lösung Seite 137**

Im Bereich Thermodruck verwendet die Druckfix GmbH neben den Walzen aus eigene Herstellung auch Walzen, die regional hergestellt werden und solche, die aus Asien importiert werden. Vor dem Einbau einer Walze durchläuft diese bei Druckfix eine Qualitätsanalyse. Defekte Walzen werden als Ausschuss aussortiert.

Die folgende Tabelle gibt Auskunft über die jährliche Bezugsmenge, die Ausschussquote und den Bezugspreis

Herkunft	Druckfix	Regional	Asien
Bezugsmenge (Stück)	2000	3000	5000
Ausschussquote (%)	2	5	8
Bezugspreis (€/Stück)	49,98	39,37	18,69

1 Für die Preiskalkulation wird der Bezugspreis der defekten Walzen auf die intakten Walzen umgelegt.
Ermitteln Sie die jährliche Ausschussmenge, die Anzahl intakter Walzen und den durchschnittlichen Einstandspreis für eine intakte Walze.

2 Einer Lieferung aus Asien wird eine Stichprobe von 100 Walzen entnommen und hinsichtlich ihrer Qualität untersucht. Man kann davon ausgehen, dass die Verteilung der Zufallsgröße X: „Anzahl der defekten Walzen in der Stichprobe" binomialverteilt ist.

2.1 Bestimmen Sie den Erwartungswert der Verteilung und die Wahrscheinlichkeit, dass X tatsächlich den Erwartungswert annimmt.

2.2 Das folgende Histogramm zeigt die Verteilung der Zufallsgröße X.

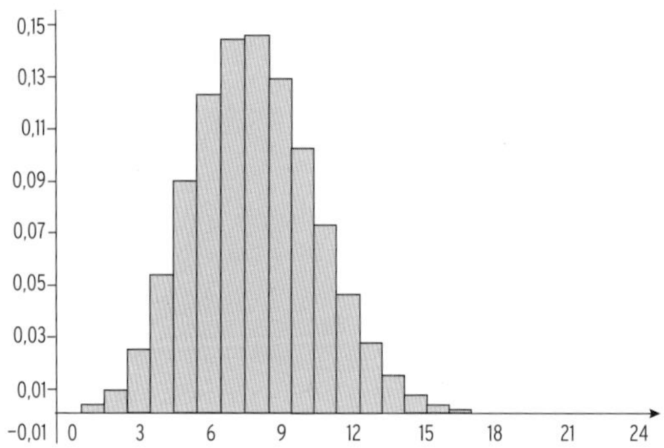

Aufgaben zur Prüfungsvorbereitung - Stochastik

Aufgabe 1 **Seite 2/2**

2.2 Prüfen Sie mit Hilfe des Histogramms folgende Aussagen der Qualitätsabteilung:

A: Die Wahrscheinlichkeit, dass genau 20 Walzen defekt sind, ist so gut wie Null.

B: Die Wahrscheinlichkeit, dass 9 Walzen defekt sind, ist größer als die von jeder anderen Anzahl defekter Walzen.

C: Es ist gleich wahrscheinlich 6 oder 9 defekte Walzen in der Stichprobe zu haben.

D: Die Wahrscheinlichkeit, dass höchstens 2 Walzen defekt sind, ist kleiner als 3%.

2.3 Berechnen Sie die Wahrscheinlichkeit, dass höchstens 2 Walzen defekt sind.

Gehen Sie im weiteren Verlauf von Lieferungen im Umfang von $n = 100$ und binomialverteilten Zufallsgrößen aus.

3 Es werden alle 100 Walzen einer regionalen Lieferung einer Qualitätsanalyse unterzogen. Die Wahrscheinlichkeit für einen Defekt beträgt $p = 0{,}05$.
Ermitteln Sie die Wahrscheinlichkeiten der folgenden Ereignisse:

A: Höchstens 2 Walzen sind defekt.

B: Es gibt mindestens 3 defekte Walzen.

C: Es befinden sich mindestens 4 und höchstens 7 defekte Walzen in der Stichprobe.

D: In der Stichprobe befindet sich die erwartete Menge intakter Walzen.

E: Alle Walzen sind intakt.

4 Der asiatische Lieferant beabsichtigt seine Preise zu erhöhen und begründet dies mit einer Qualitätsverbesserung, da der Produktionsprozess neu strukturiert wurde.
Der Lieferant möchte mit einem Hypothesentest nachweisen, dass seine Ausschussquote auf unter 4 % gesunken ist.

4.1 Leiten Sie eine Entscheidungsregel über die Anzahl defekter Walzen in einer Stichprobe von 100 bei einer Irrtumswahrscheinlichkeit von $\alpha = 0{,}1$ her.

(NRW Berufskolleg 2010.)

Aufgaben zur Prüfungsvorbereitung - Stochastik

Aufgabe 2 **Lösung Seite 138**

Ein Unternehmen der Textilbranche fertigt unter anderem Wimpel und Banner.

1 Die Wimpel werden in 50er-Paketen an Shops in ganz Deutschland verkauft. Die Zufallsvariable X bezeichnet die Anzahl der minderwertigen Wimpel in einem Paket. Gehen Sie davon aus, dass X binomialverteilt ist. Genauere Untersuchungen der Qualität der Wimpel ergeben eine Ausschusswahrscheinlichkeit von 12,5%. Es wird festgelegt, dass ein Paket nicht bezahlt werden muss, wenn sich darin mehr als 8 minderwertige Wimpel befinden.

1.1 Bestimmen Sie die Wahrscheinlichkeit, dass ein verkauftes Paket nicht berechnet wird.

1.2 Ermitteln Sie den Verkaufspreis eines Pakets, wenn das Unternehmen im Durchschnitt einen Paketpreis von 320 GE erzielen will.

1.3 Ein besonders interessierter Kunde möchte Wimpel aus der laufenden Produktion begutachten. Untersuchen Sie, wie viele Wimpel er entnehmen müsste, bis er mit einer Wahrscheinlichkeit von mindestens 95 % mindestens einen minderwertigen Wimpel gezogen hat.

Das Textilunternehmen bezieht Rohpolyester für die Wimpel von einem Unternehmen aus Fernost. Nach Aussage des Unternehmens sind höchstens 4 % der Polyesterbahnen fehlerhaft und damit Ausschuss. Die Ware wird beim Eingang durch eine Stichprobe mit Umfang $n = 50$ überprüft.

2 Ermitteln Sie für $p = 0{,}04$ die zu erwartende Anzahl fehlerhafter Polyesterbahnen und die durchschnittlich zu erwartende Abweichung.

3 In einigen der Stichproben waren auffällig viele fehlerhafte Polyesterbahnen. Das Textilunternehmen vermutet daher, dass man bei der Ware von einer höheren Ausschussquote ausgehen muss.

3.1 Erläutern Sie für diesen Sachverhalt Hypothese und Gegenhypothese sowie den Fehler 1. Art.

3.2 Leiten Sie eine Entscheidungsregel her, so dass das Textilunternehmen mit einer Irrtumswahrscheinlichkeit von höchstens 2 % von einer höheren Ausschussquote ausgehen kann.

3.3 Prüfen Sie, ob man bei einem Stichprobenausfall von 8 defekten Polyesterbahnen mit der angegebenen Sicherheit auf eine höhere Ausschussquote schließen kann.

(NRW Berufskolleg 2011.)

Aufgaben zur Prüfungsvorbereitung - Stochastik

Aufgabe 3 – Stochastik **Seite 1/2** **Lösung Seite 139**

Punkte

Für die Produktion des Zwei-Liter-Autos werden unter anderem Scheinwerfereinheiten benötigt. Zunächst wird die Strellux AG mit der Produktion beauftragt. Diese garantiert, dass der Anteil an defekten Einheiten etwa 10 % beträgt.

4.1 Unter der Voraussetzung p = 0,1 sollen die jeweiligen Wahrscheinlichkeiten für folgende Ereignisse untersucht werden.

4.1.1 Es werden 10 Scheinwerfereinheiten geprüft. Berechnen Sie die Wahrscheinlichkeiten für die folgenden Ereignisse. 5

E1: Genau eine Scheinwerfereinheit ist defekt.

E2: Die erste Scheinwerfereinheit ist defekt, aber alle anderen sind einwandfrei.

4.1.2 Erklären Sie den Unterschied zwischen den beiden Ereignissen E1 und E2. 3

4.1.3 Berechnen Sie die Wahrscheinlichkeit dafür, dass bei einem Stichprobenumfang von 100 mehr als 15 defekt sind. 3

4.2 Nach Anlauf der Serienfertigung wird festgestellt, dass mehr Scheinwerfereinheiten benötigt werden als die Strellux AG liefern kann. Als zweiten Lieferanten wählt man das Unternehmen Briedenband KG, welches allerdings nicht die Fertigungsqualität der Strellux AG erreicht. Bei Briedenband sind $\frac{1}{6}$ der gelieferten Scheinwerfer defekt. 70 % der Teile werden von der Strellux AG geliefert, der Rest von der Briedenband KG.

4.2.1 Stellen Sie den Zusammenhang in einem Baumdiagramm oder einer Vierfeldertafel dar. 5

4.2.2 Berechnen Sie, mit welchem Gesamtanteil an defekten Scheinwerfereinheiten zu rechnen ist. 4

4.2.3 Ermitteln Sie die Wahrscheinlichkeit dafür, dass eine defekte Scheinwerfereinheit von der Briedenband KG stammt. 5

4.2.4 Die Briedenband KG will ihre Qualität verbessern. 4

Weisen Sie bei gleichbleibendem Lieferumfang von Strellux und Briedenband rechnerisch nach, dass der Anteil defekter Scheinwerfereinheiten insgesamt nicht unter 7 % sinken kann, selbst wenn Briedenband nur noch beste Qualität liefert. Gehen Sie davonaus, dass die Qualität bei der Strellux AG beibehalten wird.

Aufgaben zur Prüfungsvorbereitung - Stochastik

Aufgabe 3 – Stochastik Seite 2/2 Punkte

4.3 Bei der Briedenband KG wurde die Produktion umgestellt. Dadurch sollte eine bessere Qualität als bei der Strellux AG erreicht werden. Um zu zeigen, dass die Umstellung erfolgreich war, wird eine Probe von 100 Scheinwerfereinheiten aus der laufenden Produktion der Briedenband KG überprüft.

4.3.1 Zur Nullhypothese H_0: $p \geq 0{,}1$ soll eine Entscheidungsregel auf dem Signifikanzniveau (Irrtumswahrscheinlichkeit) α = 0,05 formuliert werden.
Leiten Sie die Entscheidungsregel her. 7

4.3.2 In der Stichprobe findet ein Qualitätsprüfer sechs defekte Scheinwerfereinheiten und behauptet, die Qualität habe sich nicht auf unter 10 % defekte Scheinwerfereinheiten verbessert. Beurteilen Sie diese Aussage. 3

4.3.3 Berechnen Sie die Wahrscheinlichkeit dafür, dass fünf und mehr defekte Scheinwerfereinheiten gefunden werden, obwohl die Briedenband KG die tatsächliche Ausschussquote auf 5 % gesenkt hat. 3

4.3.4 Interpretieren Sie das Ergebnis von 4.2.3 aus Sicht des Unternehmens Briedenband. 3

(Berufskolleg NRW 2011.)

Aufgaben zur Prüfungsvorbereitung - Stochastik

Aufgabe 4 Seite 1/2 Lösung Seite 141

2.1 BioKosmetiKuss plant zu Ostern eine Kollektion aus 10 kleinen Flakons (kleinen Fläschchen) verschiedener Parfums in einem Sonderkarton zu verkaufen. Aus diesen Kartons werden bei einer Überprüfung drei Flakons „blind" herausgegriffen und auf Mängel untersucht.
Gehen Sie im Folgenden von einem Karton mit zwei mangelhaften Flakons aus.

2.1.1 Geben Sie ein geeignetes Urnenmodell an, das diese Prüfsituation repräsentiert. 3

2.1.2 Berechnen Sie die Wahrscheinlichkeit, dass alle drei Flakons einwandfrei sind. 2

2.1.3 Berechnen Sie die Wahrscheinlichkeit, dass genau zwei Flakons mangelhaft sind. 3

2.2 Zum Muttertag wird das beliebte Parfum „Mabelle" in einer Sondergröße herausgebracht. Bei dessen Herstellung entsteht 5 % mangelhafte Ware. Die Qualitätskontrolle entnimmt der laufenden Produktion 50 Prüfstücke.
Die Zufallsgröße X gibt die Anzahl der mangelhaften Prüfstücke an.

2.2.1 Begründen Sie, warum davon ausgegangen werden kann, dass die Zufallsgröße X binomialverteilt ist. 3

Aufgaben zur Prüfungsvorbereitung - Stochastik

Aufgabe 4	Seite 2/2	Punkte
2.2.2	Berechnen Sie den Erwartungswert μ und die Standardabweichung σ der Zufallsgröße X .	2
2.2.3	Bestimmen Sie die Wahrscheinlichkeiten zu den folgenden Ereignissen: A: Das zwölfte Prüfstück ist mangelhaft. B: Das zwölfte Prüfstück ist das erste mangelhafte. C: Genau 3 Prüfstücke sind mangelhaft. D: Höchstens 3 Prüfstücke sind mangelhaft. E: Es sind mindestens $\mu - \sigma$, aber höchstens $\mu + \sigma$ Prüfstücke mangelhaft.	9
2.2.4	Leiten Sie den kleinsten Stichprobenumfang her, der entnommen werden müsste, so dass in der Stichprobe mit einer Wahrscheinlichkeit von mehr als 90 % mindestens ein Prüfstück mangelhaft ist.	5
2.3	Die BioKosmetiKuss stellt die Creme „Deluxe" her. 16 % dieser Cremes sind zu fest und bei 12 % stimmt die Füllmenge nicht. In 5 % aller Fälle treten beide Fehler gleichzeitig auf.	
2.3.1	Berechnen Sie die Wahrscheinlichkeit, dass die Festigkeit stimmt, aber die Füllmenge nicht.	3
2.3.2	Überprüfen Sie die Aussage des Praktikanten: „Die Wahrscheinlichkeit für eine fehlerhafte Creme beträgt insgesamt 28 %."	2
2.3.3	Geben Sie die Wahrscheinlichkeit für eine einwandfreie Creme an.	4
2.3.4	Bestimmen Sie die Wahrscheinlichkeit, dass nur einer der beiden Fehler auftritt.	4
2.4	Die Creme „Deluxe" wird zu 15 Euro pro Dose produziert und zu 25 Euro pro Dose verkauft. Trotz der Qualitätskontrollen gelangt immer wieder fehlerhafte Ware in den Handel. Bei 5 % dieser Ware wird eine fehlerhaft bedruckte Verpackung beanstandet und bei 3 % eine defekte Cremedose. Diese beiden Fehler treten unabhängig voneinander auf. Wird eine mangelhafte Ware reklamiert, so führt dies zu folgenden Kosten: Eine fehlerhaft bedruckte Verpackung verursacht zusätzliche Kosten in Höhe von 4 Euro. Eine defekte Dose verursacht zusätzliche Kosten in Höhe von 7 Euro. Treten beide Fehler gemeinsam auf, addieren sich die Kosten. Ermitteln Sie den durchschnittlich zu erwartenden Deckungsbeitrag pro Dose. (NRW Berufskolleg, 2013)	5
		45

Aufgaben zur Prüfungsvorbereitung - Stochastik

Aufgabe 5 **Lösung Seite 142**

Zur Einführung der neuen Pflegeprodukte Handcreme und Faltencreme führen die Filialen der Drogeriekette eine Woche lang ein Gewinnspiel durch. Jeder Kunde, der teilnehmen möchte, darf das Glücksrad (siehe rechts) höchstens dreimal drehen. Zeigt der Zeiger zweimal auf dasselbe Produkt, so gewinnt es der Kunde.

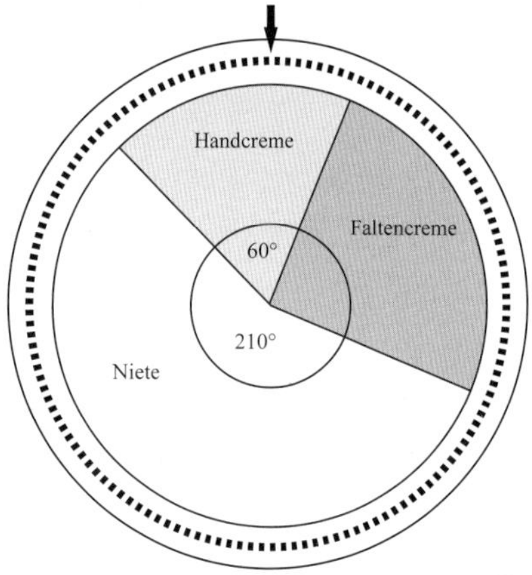

2.1 Bestimmen Sie die Wahrscheinlichkeiten dafür, die Handcreme bzw. die Faltencreme zu gewinnen. 6

2.2 In einer Filiale fällt das Glücksrad am zweiten Tag aus. Die Filialleiterin erinnert sich, dass im Lager noch ein Karton mit roten, blauen und weißen Kugeln steht und sie überlegt, ob damit das Glücksspiel auch durchführbar ist. 5
Leiten Sie ein geeignetes Urnenmodell her, welches das Glücksrad simuliert.

2.3 Bei der Produktion der Handcreme in Tuben treten erfahrungsgemäß folgende Mängel mit den angegebenen Prozentzahlen auf:

	Füllmenge zu gering und angenehmer Geruch	Unangenehmer Geruch
Anteil	4 %	5 %

Die Tuben mit zu geringer Füllmenge und angenehmen Geruch können im Fabrikverkauf noch als Mangelware zu 10,50 € verkauft werden. Für die Tuben ohne Mängel wird ein Preis von 15 € erzielt. Die Tuben, deren Inhalt unangenehm riecht, müssen entsorgt werden. Dabei fallen Entsorgungskosten in Höhe von 1 € je Tube an. Die gesamten Produktionskosten betragen für 1000 Tuben 8 000 €.

2.3.1 Berechnen Sie den zu erwartenden Gewinn für eine Produktion von 1 000 Tuben, wenn die Qualitätskontrolle 850 € kostet. 4

Die Kontrolle des Geruchs ist aufwendig. Von den 850 € für die Qualitätskontrolle entfallen auf die Kontrolle des Geruchs 600 €. Ein Mitarbeiter der Controllingabteilung macht den Vorschlag zur Kostensenkung, die Kontrolle des Geruchs zu unterlassen und die späteren Reklamationskosten in Kauf zu nehmen. Eine Reklamation nach dem Verkauf verursacht Kosten in Höhe von 25 € je Tube. 5

2.3.2 Beurteilen Sie den Vorschlag des Mitarbeiters.

(Berufskolleg NRW 2010.)

Aufgaben zur Prüfungsvorbereitung - Stochastik

Aufgabe 6 **Lösung Seite 143**

Das Unternehmen Mobiltec produziert Handys mit integrierter Navigationsfunktion.

Außerdem hat es sich auf die Herstellung und den Vertrieb von Handyschalen spezialisiert.
Die Handyschalen werden in Kartons zu je 100 Stück auch an den Großhandel verkauft. Untersuchungen haben ergeben, dass bei 10 % aller produzierten Schalen Fehler in der Farbpigmentierung auftreten.

1 Berechnen Sie die Wahrscheinlichkeiten für folgende Ereignisse:
A: In einem Karton befinden sich genau fünf Handyschalen mit fehlerhafter Farbpigmentierung.
B: In einem Karton weisen weniger als drei Handyschalen diesen Fehler auf.
C: In einem Karton sind mehr als sieben Handyschalen fehlerhaft.
D: Ein Karton enthält weniger als 90 fehlerfreie Handyschalen.

2 Vor dem Verlassen des Werkes werden die Handyschalen einer Endkontrolle unterzogen. Weisen Sie nach, dass mehr als 21 Handyschalen überprüft werden müssen, um mit mindestens 90%-iger Wahrscheinlichkeit mindestens eine fehlerhafte Schale zu finden.

3 Bestimmen Sie die Wahrscheinlichkeit, dass bei 100 kontrollierten Handyschalen die Anzahl der fehlerhaften Handyschalen um höchstens die Standardabweichung vom Erwartungswert abweicht.

Nach einer Änderung des Produktionsverfahrens behauptet der Verfahrenstechniker, dass nun höchstens 2% aller Handyschalen Fehler in der Farbpigmentierung aufweisen. Der Vertriebsleiter ist skeptisch und möchte die Aussage des Technikers mit einem Hypothesentest widerlegen. Es wird vereinbart, dass aus der laufenden Produktion eine Stichprobe von 100 Handyschalen genommen wird.

4.1 Leiten Sie eine Entscheidungsregel über die Anzahl fehlerhafter Handyschalen aus der Sicht des Vertriebsleiters her. Dieser glaubt, dass mehr als 2% aller Handyschalen Fehler in der Farbpigmentierung aufweisen. Die Irrtumswahrscheinlichkeit soll höchstens 5% (Signifikanzniveau) betragen.

4.2 Beurteilen Sie die Argumentationslage des Vertriebsleiters, wenn in der Stichprobe 4 fehlerhafte Handyschalen gefunden werden.

(NRW Berufskolleg 2011.)

Aufgaben zur Prüfungsvorbereitung - Stochastik

Aufgabe 7 **Seite 1/2** **Lösung Seite 144**

Punkte

BEL FRUTI produziert Papaya- und Ananaskonserven im Verhältnis 2 : 1. Nachdem die Etikettiermaschine mehrere Tage ausgefallen ist, befinden sich mehrere Tausend Dosen, davon zwei Drittel Papaya und ein Drittel Ananas, im Lager. Für die Qualitätskontrolle wählt ein Mitarbeiter fünfzig Dosen aus verschiedenen Stellen des Lagers zufällig aus.

3.1 Gehen Sie davon aus, dass die Anzahl der Ananaskonserven unter den fünfzig ausgewählten Dosen als eine binomialverteilte Zufallsgröße mit den Parametern $n = 50$ und $p = \frac{1}{3}$ betrachtet werden darf. 13
Bestimmen Sie die Wahrscheinlichkeiten folgender Ereignisse:
E_1: Es werden genau 16 Ananaskonserven gefunden.
E_2: Es werden höchstens 20 Ananaskonserven gefunden.
E_3: Es werden mehr als 22 Ananaskonserven gefunden.
E_4: Es werden mehr als 13, aber weniger als 19 Ananaskonservengefunden.
E_5: Es werden höchstens 38 Papaya-Konserven gefunden.

Bisher wurden die Papayakonserven mit Glucose-Fructose-Sirup gesüßt. Um den Kaloriengehalt der Konserven zu reduzieren, soll stattdessen ein Zuckerersatzstoff verwendet werden, ohne dass es zu einer geschmacklichen Veränderung kommt.

3.2 Ein Mitarbeiter behauptet: „In weniger als 30 Prozent aller Fälle erkenne ich am Geschmack nicht, welches Süßungsmittel verwendet wurde.“
Diese Aussage möchte er durch einen einseitigen Signifikanztest untermauern. Dazu lässt er sich 50 zufällig ausgewählte PapayaProben vorlegen, die jeweils entweder mit Glucose-Fructose-Sirup oder dem Zuckerersatzstoff gesüßt sind

3.2.1 Begründen Sie, warum der Mitarbeiter in einem Signifikanztest die Hypothese H_0: $p \geq 0{,}3$ testet. 5

3.2.2 Leiten Sie die Entscheidungsregel für den Test her, wenn eine Irrtumswahrscheinlichkeit von $\alpha = 0{,}05$ akzeptiert wird. 10

3.2.3 Der Mitarbeiter erkennt 42 Proben richtig. Beurteilen Sie die Bedeutung dieses Testergebnisses unter Berücksichtigung der Wahrscheinlichkeit des Fehlers 1. Art (α - Fehler). 4

Aufgaben zur Prüfungsvorbereitung - Stochastik

Aufgabe 7 **Seite 2/2** **Punkte**

3.3 Zwei Drittel der Papayakonserven werden herkömmlich gesüßt („normale Papaya"). Ein Drittel der Papayakonserven werden als „Papaya-Light" mit dem Zuckerersatzstoff gesüßt.Nach weiteren Testreihen kann davon ausgegangen werden:

- Der Mitarbeiter benennt „normale Papaya" in drei Viertel aller Fälle als „herkömmlich gesüßt".
- „Papaya Light" benennt er in fünf Sechstel aller Fälle als „nicht herkömmlich gesüßt".

Es wird eine Papayakonserve zufällig ausgewählt und vom Mitarbeiter verkostet, der dann die verwendete Süßungsart („herkömmlich gesüßt" oder „nicht herkömmlich gesüßt") benennt.

3.3.1 Zeichnen Sie zu diesem Versuch eine Vierfeldertafel oder ein vollständiges Baumdiagramm. 8

3.3.2 Der Mitarbeiter benennt die Probe als „herkömmlich gesüßt". Bestimmen Sie die bedingte Wahrscheinlichkeit, dass er mit seiner Aussage Recht hat. 5

(NRW Berufskolleg 2012.)

Aufgabe 8 **Lösung Seite 145**

Seit Jahren gehören zum Fahrrad-Produktionsprogramm der DüFa GmbH auch E-Bikes. Im Fahrradgeschäft Weber e.K. werden jährlich mehrere Tausend Fahrräder (inkl. E-Bikes) verkauft. Erfahrungsgemäß sind 30 % der verkauften Fahrräder E-Bikes.

3.1 Betrachtet werden die nächsten 100 verkauften Fahrräder. Die Zufallsgröße X gebe dabei die Anzahl der darunter befindlichen E-Bikes an. Gehen Sie von einer Binomialverteilung mit $p = 0{,}3$ aus.
Ermitteln Sie, wie viele Fahrräder mindestens verkauft werden müssten, um mit einer Wahrscheinlichkeit von mindestens 99 % mindestens ein E-Bike darunter zu finden. 5

3.2 Der Inhaber, Herr Weber, geht davon aus, dass sich der Anteil an verkauften E-Bikes zukünftig noch weiter erhöhen wird.
Diese Annahme möchte er mithilfe eines Hypothesentests auf Grundlage der nächsten 100 verkauften Fahrräder belegen.

3.2.1 Begründen Sie, warum Herr Weber von der Hypothese H_1: $p > 0{,}3$ ausgeht. 2

3.2.2 Stellen Sie eine Entscheidungsregel auf einem Signifikanzniveau von 5 % auf. 10

(Teile aus NRW Berufskolleg 2016.)

Aufgaben zur Prüfungsvorbereitung - Stochastik

Aufgabe 9 **Lösung Seite 146** **Punkte**

Die VELOMOBIL GmbH bezieht Nabendynamos von einem Zulieferer. Aus langjähriger Erfahrung weiß man bei VELOMOBIL, dass 3 % der gelieferten Nabendynamos defekt sind. Gehen Sie bei der Bearbeitung der Aufgaben von binomialverteilten Zufallsgrößen aus.

3.1 Berechnen Sie die Wahrscheinlichkeit, dass von zwölf Nabendynamos genau zwei defekt sind. 6

3.2 Berechnen Sie die Wahrscheinlichkeiten folgender Ereignisse: 12
E1: Von 50 Nabendynamos sind höchstens zwölf defekt.
E2 : Von 50 Nabendynamos sind mehr als fünf defekt.
E3 : Von 50 Nabendynamos sind mindestens 3 und höchstens 6 defekt.

3.3 Ermitteln Sie, wie viele Nabendynamos mindestens überprüft werden müssen, damit mit einer Wahrscheinlichkeit von mehr als 99 % mindestens ein defekter Nabendynamo unter den überprüften Nabendynamos zu finden ist. 7

3.4 Der Zulieferer der Nabendynamos automatisiert seine Produktionskontrolle. Ein Automat soll nun die Nabendynamos testen und defekte aussortieren. Dabei kann es vorkommen, dass der Automat defekte Nabendynamos nicht aussortiert oder nicht defekte aussortiert.
Gehen Sie davon aus, dass weiterhin mit 3 % defekten Nabendynamos in der Gesamtproduktion zu rechnen ist. Der Automat sortiert 11 % aller Nabendynamos aus. Dabei liegt die Wahrscheinlichkeit, dass ein Nabendynamo sowohl defekt ist und auch vom Automat aussortiert wird bei 2 %.

3.4.1 Erstellen Sie zur Ausgangssituation ein Baumdiagramm oder eine Vierfeldertafel. 8

3.4.2 Bestimmen Sie für folgende Ereignisse jeweils die Wahrscheinlichkeiten: 8
E4 : Ein Nabendynamo ist defekt und wird nicht aussortiert.
E5 : Ein defekter Nabendynamo wird nicht aussortiert.
E6 : Ein aussortierter Nabendynamo ist tatsächlich nicht defekt.
E7 : Ein nicht defekter Nabendynamo wird aussortiert.

3.4.3 Beurteilen Sie die Qualität des Automaten unter Berücksichtigung Ihrer Ergebnisse aus 3.4.2 4

insgesamt: 45

(NRW Berufskolleg 2014)

Aufgaben zur Prüfungsvorbereitung - Stochastik

Aufgabe 10 Lösung Seite 147 **Punkte**

3.3 Die VELOTRITT GmbH vertreibt insgesamt sieben Fahrradtypen. Ähnlich wie es bereits bei Pkw-Herstellern üblich ist, hat die Marketingabteilung der VELOTRITT GmbH die Idee, ihren Kunden eine Garantieverlängerung zu einem Pauschalpreis für das dritte Jahr nach dem Kauf anzubieten.
Aus jahrelanger Erfahrung sind die jeweiligen Häufigkeiten an defekten Teilen bei den Reparaturen im dritten Jahr sowie die entsprechenden Reparaturkosten bekannt:

Defekte Teile	Reperaturhäufigkeit	Reperaturkosten
Rahmen	17,2 %	85,00 €
Lenkerstange	8,7 %	38,00 €
Dynamo	15,4 %	28,00 €
Tretlager	6,9 %	47,00 €
Kettenschutz	4,8 %	18,00 €
Zahnkranz	12,4 %	23,00 €
Sonstige	34,6 %	5,20 €

3.3.1 Berechnen Sie die durchschnittlichen zu erwartenden Kosten pro Reparatur. 6

3.3.2 Aus Erfahrung weiß die VELOTRITT GmbH, dass bei 10 % der Fahrräder überhaupt eine Reparatur im dritten Jahr notwendig wird. 3
Beurteilen Sie, ob mit der Idee der Marketingabteilung langfristig mit Gewinn gerechnet werden kann, wenn die Garantieverlängerung zu einem Pauschalpreis von 3,50 € angeboten wird.

3.4 Die VELOTRITT GmbH garantiert bei ihren Fahrrädern höchstens 5 % Ausschuss. 7
Ein belieferter Discounter entscheidet über die Annahme einer Sendung nach folgendem Prüfverfahren: Jeder Lieferung wird eine Stichprobe von 10 Fahrrädern zufällig entnommen. Enthält die Stichprobe höchstens ein defektes Rad, so wird die Sendung angenommen; enthält sie mehr als 2 defekte Räder, so wird sie abgelehnt. Bei genau 2 defekten Rädern wird eine weitere Stichprobe von diesmal 18 Stück entnommen. Enthält diese höchstens ein defektes Rad, so wird die Sendung angenommen, ansonsten wird sie abgelehnt.
Ermitteln Sie die Wahrscheinlichkeit, dass der Discounter eine Sendung annimmt, wenn man davon ausgeht, dass der Ausschussanteil genau 5 % beträgt und der Ausschussanteil sich bei der Stichprobenentnahme nicht verändert.

(Teile aus NRW Berufskolleg, 2015)

Aufgaben zur Prüfungsvorbereitung - Stochastik

Aufgabe 11 **Lösung Seite 149**

Der Bausatz für das Regal „Vario II" wird in zwei Produktionsstufen gefertigt.

Aus Erfahrung weiß man, dass in der ersten Produktionsstufe die Fehlerquote 12 % und in der zweiten 9,5 % beträgt. Die Fehler auf beiden Produktionsstufen treten unabhängig voneinander auf.

1 Zeigen Sie, dass die Wahrscheinlichkeit für einen fehlerhaften Regalbausatz ungefähr 0,2 beträgt.

2 Gehen Sie davon aus, dass die Wahrscheinlichkeit für einen fehlerhaften Regalbausatz $p = 0{,}2$ ist. Der laufenden Produktion wird eine Stichprobe von 10 Regalbausätzen entnommen.

2.1 Berechnen Sie die Wahrscheinlichkeit, dass die letzten zwei entnommenen Regalbausätze fehlerhaft sind.

2.2 Berechnen Sie die Wahrscheinlichkeit, dass nur die beiden zuletzt entnommenen Regalbausätze fehlerhaft sind.

2.3 Berechnen Sie die Wahrscheinlichkeit, dass in der Probe insgesamt zwei Regalbausätze fehlerhaft sind.

3 Bei der Endkontrolle der Regalbausätze wird mit einer Wahrscheinlichkeit von 98 % ein fehlerhafter Regalbausatz erkannt und zunächst aussortiert.
In 1 % der Fälle wird ein einwandfreier Regalbausatz versehentlich aussortiert.
Insgesamt weisen 3 % der Bausätze tatsächlich einen Fehler auf.

3.1 Berechnen Sie den Anteil der als einwandfrei ausgelieferten Regalbausätze.

(Teile aus Berufskolleg, NRW 2009)

Aufgabe 12 **Seite 1/2** **Lösung Seite 149**

Punkte

Das Unternehmen Argoline produziert Spielzeug. Ganz neu zum Sortiment gehört das Stecksystem Argoline3D, das den leichten Zusammenbau auch komplexere Modelle ermöglicht. Das Spielsystem Argoline3D besteht im Wesentlichen aus den Grundelementen V1 (Verbindungswürfel), S1 (Stecker) und P1 (Platten).

Ein großer Erfolgsfaktor von Argoline3D ist die Farbenvielfalt, in der die Platten P1 angeboten werden. Es gibt rote, blaue, grüne, violette, weiße und schwarze Platten.

2.1 In einem Beutel befinden sich zehn rote, fünfzehn weiße und fünf blaue Platten P1. Ein Bastler greift nacheinander drei Platten heraus.

2.1.1 Ermitteln Sie die Wahrscheinlichkeiten des folgenden Ereignisses: 4
A: Die drei gezogenen Platten besitzen alle dieselbe Farbe.

Aufgaben zur Prüfungsvorbereitung - Stochastik

Aufgabe 12 **Seite 2/2** **Punkte**

2.1.2 Beurteilen Sie, ob eines der beiden Ereignisse wahrscheinlicher als das andere ist: 5

B: Die erste gezogene Platte ist blau.

C: Die zweite gezogene Platte ist blau.

2.2 Bei der Herstellung der Stecker des Systems Argoline3D kommt es immer wieder zu Fehlern. Der technische Leiter der Produktion lässt dem Vorstand folgende Erklärung zukommen:

> **Anfälligkeit der Stecker in der Produktion**
>
> 13 300 Stecker verlassen täglich unser Band, von denen durchschnittlich 800 aussortiert werden müssen. Beanstandet werden hier sowohl Fehler in der Form als auch Risse. Die Qualitätskontrolle stellt fest, dass bei 2% aller Teile ein Formfehler vorliegt. Bei der Hälfte aller Teile mit Formfehler sind zusätzlich Risse zu entdecken.
>
> ...

2.2.1 Zeigen Sie, dass die Wahrscheinlichkeit für einen Stecker mit Riss ungefähr 5% beträgt. 5

2.2.2 Es wird ein Stecker mit einem Riss aussortiert. 2

Berechnen Sie die Wahrscheinlichkeit, dass dieser Stecker auch einen Formfehler hat

2.3 Bei der Produktion des Modells Haus treten prozentual erfahrungsgemäß folgende Mängel auf:

	Grober Materialfehler	Kleiner Materialfehler und Farbfehler	Kleiner Materialfehler, aber kein Farbfehler	Kein Materialfehler aber Farbfehler	Kein Fehler
Anteil	0,5 %	1,0 %	2,0 %	8,0 %	88,5 %

Bei groben Materialfehlern muss das Modell entsorgt werden. Liegen ein kleiner Materialfehler und ein Farbfehler vor, so kann das Modell mit einem Preisnachlass von 30 % dennoch verkauft werden. Bei einem kleinen Materialfehler ohne Farbfehler beträgt der Preisnachlass 25 %. Liegt kein Materialfehler, aber ein Farbfehler vor, wird ein Preisnachlass von 20 % gewährt. Der Verkaufpreis beträgt 50 EUR.

2.3.1 Ermitteln Sie den durchschnittlich zu erwartenden Erlös je produziertem Modell Haus. 4

2.3.2 Bestimmen Sie den Verkaufspreis des Modells, wenn der durchschnittliche Erlös je produziertem Modell bei 50 EUR liegen soll. 2

(Berufskolleg NRW 2010.)

Aufgaben zur Prüfungsvorbereitung - Stochastik

Aufgabe 13 **Lösung Seite 151** **Punkte**

Für ihre Rasenmäher bezieht die Rasolux GmbH elektronische Platinen von einem Zulieferer. Vor dem Einbau werden diese auf Funktionstüchtigkeit geprüft. Die Anzahl defekter Platinen in einer Lieferung kann als binomialverteilt angenommen werden.

4.1 Eine gerade eingetroffene Lieferung umfasst 200 Platinen. Sie werden alle nacheinander geprüft. Eine Platine hat erfahrungsgemäß eine Defektwahrscheinlichkeit von 2,5 %.

4.1.1 Berechnen Sie die Wahrscheinlichkeiten der folgenden Ereignisse:
E_1: Genau 6 Platinen sind defekt.
E_2: Höchstens 6 Platinen sind defekt.
E_3: Die sechste Platine ist die erste defekte Platine. 6

4.1.2 Überprüfen Sie die folgende Aussage: Die Wahrscheinlichkeit, dass die Anzahl defekter Platinen in der Lieferung von 200 Platinen um weniger als das Zweifache der Standardabweichung vom Erwartungswert abweicht, ist doppelt so hoch wie die Wahrscheinlichkeit, dass die Anzahl defekter Platinen um weniger als die Standardabweichung vom Erwartungswert abweicht. 5

4.2 Rasoluxmuss in einer Lieferung mit 2,5 % defekten Platinen rechnen. Bei der automatisierten Funktionsprüfung werden 98 % der defekten Platinen aussortiert. Allerdings werden auch 0,8 % der nicht defekten Platinen fälschlicherweise aussortiert

4.2.1 Stellen die Situation in einem vollständigen Baumdiagramm mit allen Pfad- und Endwahrscheinlichkeiten oder in einer Vierfeldertafel dar. 6

4.2.2 Berechnen Sie die Wahrscheinlichkeit, dass eine aussortierte Platine nicht defekt ist. 3

4.2.3 Ein Restpostenhändler kauft aussortierte Platinen. Eine aussortierte Platine ist mit einer Wahrscheinlichkeit von 24,15 % nicht defekt. Der Restpostenhändler benötigt mindestens 30 nicht defekte Platinen.
Bestimmen Sie die Anzahl aussortierter Platinen, die der Restpostenhändler abnehmen muss, um mit einer Wahrscheinlichkeit von mehr als 90 % auch tatsächlich mindestens 30 nicht defekte Platinen zu erhalten. 4

Aufgaben zur Prüfungsvorbereitung - Stochastik Lösungen

Lösung Aufgabe 1 **Aufgabe Seite 122**

1 Jährliche Ausschussmenge an Walzen: $2000 \cdot 0{,}02 + 3000 \cdot 0{,}05 + 5000 \cdot 0{,}08 = 590$

Zahl der intakten Walzen: $10000 - 590 = 9410$

Durchschnittliche Bezugskosten pro intakter Walze:

$$\frac{2000 \cdot 49{,}98 + 3000 \cdot 39{,}37 + 5000 \cdot 18{,}69}{9410} \approx 33{,}11$$

Eine intakte Walze kostet durchschnittlich 33,11 €.

2 X: Anzahl der defekten Walzen in der Stichprobe; X ist $B_{100;\,0,08}$- verteilt

2.1 Erwartungswert: $E(X) = n \cdot p = 100 \cdot 0{,}08 = 8$

$P(X = 8) = \binom{100}{8} \cdot 0{,}08^8 \cdot 0{,}92^{92} = 0{,}1455$ (Formel von Bernoulli)

2.2 A: Richtig, da bei 20 keine Säule erkennbar ist.

B: Falsch, da bei 8 Walzen die Wahrscheinlichkeit größer ist.

C: Falsch, die Wahrscheinlichkeit 9 defekte Walzen in der Stichprobe zu haben, ist etwas größer.

D: Richtig, die Höhe der ersten Säulen (von 0 bis 2) ist zusammen kleiner als 0,03.

2.3 $P(X \leq 2) = \binom{100}{0} \cdot 0{,}08^0 \cdot 0{,}92^{100} + \binom{100}{1} \cdot 0{,}08^1 \cdot 0{,}92^{99} + \binom{100}{2} \cdot 0{,}08^2 \cdot 0{,}92^{98}$

$P(X \leq 2) \approx 0{,}0113$ Die Wahrscheinlichkeit für höchstens 2 defekte Walzen ist etwa 1,13 %.

3 Y: Anzahl der defekten Walzen in der Stichprobe; X ist $B_{100;\,0,05}$- verteilt

$P(A) = P(Y \leq 2) \approx 0{,}1183$ $P(B) = P(Y \geq 3) = 1 - P(Y \leq 2) \approx 1 - 0{,}1183 = 0{,}8817$

$P(C) = P(4 \leq Y \leq 7) = P(Y \leq 7) - P(Y \leq 3) \approx 0{,}8720 - 0{,}2578 = 0{,}6142$

Erwartungswert: $E(Y) = n \cdot p = 100 \cdot 0{,}05 = 5$

$P(D) = P(Y = 5) = \binom{100}{5} \cdot 0{,}05^5 \cdot 0{,}95^{95} \approx 0{,}1800$

Oder aus der Summentabelle: $P(D) = P(Y \leq 5) - P(Y \leq 4) \approx 0{,}1800$

$P(E) = P(Y = 0) = 0{,}0059$

4.1 Irrtumswahrscheinlichkeit $\alpha = 0{,}1$

X: Anzahl defekter Walzen mit n = 100; X ist im ungünstigsten Fall $B_{100;\,0,04}$-verteilt

Nullhypothese H_0: $p \geq 0{,}04$

Bemerkung: Es ist immer das Gegenteil von dem, was man zeigen möchte, als Nullhypothese anzunehmen.

Aus $P(X \leq 2) \approx 0{,}2321$ und $P(X \leq 1) \approx 0{,}0872$ folgt der Ablehnungsbereich $\overline{A} = \{0; 1\}$

Es darf bei dem Test also maximal eine defekte Walze auftreten.

Lösung Aufgabe 2 **Aufgabe Seite 124**

1.1 X: die Anzahl der defekten Wimpel mit $p = 0{,}125$ und $n = 50$.

$P(X > 8) = 1 - P(X \leq 8) = 1 - F(50;\ 0{,}125;\ 8) = 1 - 0{,}8339 = 0{,}1661$

Mit einer Wahrscheinlichkeit von 16,61% wird ein Paket nicht berechnet.

1.2 Wenn k der gesuchte Verkaufspreis ist, so gilt

$320 = 0{,}8339 \cdot k + 0{,}1661 \cdot 0 = 0{,}8339 \cdot k \quad \Leftrightarrow \quad k = 383{,}74$

Das Unternehmen sollte einen Verkaufspreis von 383,74 GE pro Paket festsetzen.

1.3 Gesucht ist $P(X \geq 1) \geq 0{,}95 \Leftrightarrow 1 - P(X = 0) \geq 0{,}95 \Leftrightarrow P(X = 0) \leq 0{,}05$

$P(X = 0) = 0{,}875^n \leq 0{,}05 \Leftrightarrow n \geq \frac{\lg 0{,}05}{\lg 0{,}875} = 22{,}43$ (entsprechend $n \geq \frac{\ln 0{,}05}{\ln 0{,}875} = 22{,}43$)

Der Kunde muss also mindestens 23 Wimpel ziehen.

2 Erwartungswert: $E(X) = n \cdot p = 50 \cdot 0{,}04 = 2$

Standardabweichung: $\sigma = \sqrt{n \cdot p \cdot (1 - p)} = \sqrt{50 \cdot 0{,}04 \cdot 0{,}96} \approx 1{,}39$

3.1 Die Hypothese H_0 ist die, die verworfen werden soll, um die eigentliche Annahme bestätigen zu können.

Hier ist also H_0: Die Ausschussquote ist höchstens 4 % $\quad H_0: p \leq 0{,}04$

Dann ist H_1: Die Ausschussquote ist höher als 4 % $\quad H_1: p > 0{,}04$

Fehler 1. Art: Die Nullhypothese wird fälschlicherweise abgelehnt, d. h. die Ausschussquote ist tatsächlich 4 %, es wird aber von einem höheren Wert ausgegangen.

3.2 Untersuchung des Fehlers 1. Art: X

- H_0 gilt, d. h. $p \leq 0{,}04$ und X ist $B_{50;\ 0{,}04}$-verteilt
- H_0 wird verworfen, d. h. es gibt eine Zahl k mit $X \geq k$

Ansatz: $P(X \geq k) \leq 0{,}02 \qquad$ P(Ablehnungsbereich) $\leq 0{,}02$

3.2 $P(X \geq k) = 1 - P(X < k) = 1 - P(X \leq k - 1) \leq 0{,}02 \Leftrightarrow P(X \leq k - 1) \geq 0{,}98$

Aus der Tabelle ergibt sich $k - 1 = 5 \Leftrightarrow k = 6$

oder mit GTR: $P(X \leq 4) \approx 0{,}951 < 0{,}98$; $\quad P(X \leq 5) \approx 0{,}986$

Also ergibt sich als Ablehnungsbereich für H_0: $X \in \{7, \ldots, 50\}$

und ein Annahmebereich $X \in \{0, 1, 2, 3, 4, 5, 6\}$

3.3 Das Stichprobenergebnis $X = 8$ liegt im Ablehnungsbereich, also kann von einer höheren Ausschussquote ausgegangen werden.

Lösung Aufgabe 3 **Seite 1/2** **Aufgabe Seite 125**

4.1.1 $P(E1) = \binom{10}{1} \cdot 0{,}1^1 \cdot 0{,}9^9 \approx 0{,}3874$

Die Wahrscheinlichkeit dafür, dass genau ein Scheinwerfer defekt ist, beträgt 38,74 %.

$P(E2) = 0{,}1 \cdot 0{,}9^9 \approx 0{,}0387$

Die Wahrscheinlichkeit dafür, dass der erste Scheinwerfer defekt ist, aber alle anderen einwandfrei, beträgt 3,87 %.

4.1.2 Bei der ersten Variante kann der Fehler an zehn verschiedenen Stellen der Prüfung auftauchen, bei der zweiten Variante nur an einer Stelle. Die erste Wahrscheinlichkeit ist daher viel höher (genauer: zehn mal so groß).

4.1.3 X gebe die Anzahl der defekten Scheinwerfer an; X ist $B_{100;\,0,1}$-verteilt

$P(X > 15) = 1 - P(X \le 15) = 1 - 0{,}9601 = 0{,}0399$

Die Wahrscheinlichkeit dafür, dass bei einem Stichprobenumfang von 100 Stück mehr als 15 Scheinwerfer defekt sind, beträgt 3,99 %.

4.2.1 Baumdiagramm

D: defekt; $\overline{D}$: nicht defekt;

S: von Strellux; B: von Briedenband

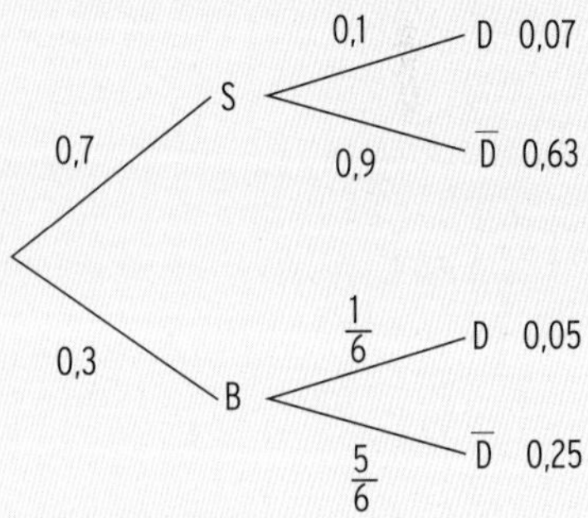

oder

Vierfeldertafel:

	S	B	gesamt
D	0,07	0,05	0,12
$\overline{D}$	0,63	0,25	0,88
gesamt	0,70	0,30	1

4.2.2 Es gilt: $P(D) = P(S \cap D) + P(B \cap D) = 0{,}7 \cdot 0{,}1 + 0{,}3 \cdot \frac{1}{6} = 0{,}12$

Der Gesamtanteil an defekten Scheinwerfereinheiten beträgt 12 %.

4.2.3 $P_D(B) = \frac{P(B \cap D)}{P(D)} = \frac{P(B) \cdot P_B(D)}{P(D)} = \frac{0{,}3 \cdot \frac{1}{6}}{0{,}12} = 0{,}41666...$

Die Wahrscheinlichkeit dafür, dass eine defekte Scheinwerfereinheit von Briedenband stammt, beträgt rund 41,67 %.

4.2.4 Beste Qualität von Briedenband bedeutet: $P_B(D) = 0$

$P(D) = P(S) \cdot P_S(D) + P(B) \cdot P_B(D) = 0{,}7 \cdot 0{,}1 + 0{,}3 \cdot 0 = 0{,}07$

Auch wenn die Fehlerquote bei Briedenband auf 0 % sinken würde, kann der Gesamtanteil an defekten Scheinwerfern nicht auf unter 7 % fallen.

Lösung Aufgabe 3 **Seite 2/2**

4.3.1 Entscheidungsregel

H_0: $p \geq 0{,}1$ H_1: $p < 0{,}1$

X gebe die Anzahl der defekten Scheinwerfer an.

Aus der Tabelle (GTR/CAS) mit n = 100 und p = 0,1 oder mit GTR/CAS entnimmt man:

$P(X \leq 4) = 0{,}0237$ und $P(X \leq 5) = 0{,}0576$

Damit ist der Ablehnungsbereich gegeben mit $\overline{A} = \{0, 1, 2, 3, 4\}$. Das heißt, die Nullhypothese darf verworfen werden, wenn höchstens vier defekte Scheinwerfereinheiten gefunden werden. Der Briedenband KG ist es mit einer Irrtumswahrscheinlichkeit von 5% gelungen, eine bessere Qualität zu erreichen, wenn höchstens vier defekte Scheinwerfereinheiten gefunden werden.

4.3.2 Beurteilung der Aussage des Qualitätsprüfers

Das Stichprobenergebnis liegt mit 6 defekten Scheinwerfereinheiten nicht im Ablehnungsbereich $\overline{A} = \{0, 1, 2, 3, 4\}$; die Nullhypothese kann also nicht verworfen werden. Dies beweist jedoch nicht, dass keine Qualitätsverbesserung stattgefunden hat.

4.3.3 Wahrscheinlichkeit, dass fünf und mehr defekte Scheinwerfer trotz Senkung der Ausschussquote auf 5 % gefunden werden.

X gebe die Anzahl der defekten Scheinwerfer an.

Gesucht ist $P(X \geq 5)$ unter der Voraussetzung $p = 0{,}05$

$P(X \geq 5) = 1 - P(X \leq 4) = 1 - 0{,}4360 = 0{,}5640$

Die Wahrscheinlichkeit fünf oder mehr defekte Scheinwerfer in einer Stichprobe von 100 Scheinwerfereinheiten zu finden beträgt rund 56,40 %.

4.3.4 Interpretation aus Sicht der Briedenband KG.

Obwohl eine deutliche Verbesserung stattgefunden hat, kommt man mit einer Wahrscheinlichkeit von 56,4 % zu dem Ergebnis, die Umstellung habe nicht zum gewünschten Erfolg geführt.

Lösung Aufgabe 4 **Seite 1/2** **Aufgabe Seite 126**

2.1.1 Passendes Urnenmodell: Eine Urne ist mit acht weißen und zwei roten Kugeln zu füllen.

Es wird ohne Zurücklegen und ohne Beachtung der Reihenfolge gezogen.

2.1.2 P(3 Flakons einwandfrei) = $\frac{8}{10} \cdot \frac{7}{9} \cdot \frac{6}{8} = \frac{7}{15} = 0{,}4667$

2.1.3 Wahrscheinlichkeit, dass genau zwei Flakons mangelhaft sind.

P(2 Flakons mangelhaft) = $3 \cdot \frac{8}{10} \cdot \frac{2}{9} \cdot \frac{1}{8} = \frac{1}{15} = 0{,}0667$

2.2.1 Die Zufallsgröße X ist binomialverteilt.

Die Ereignisse beschränken sich auf die Fälle „Ausschuss" bzw. „Nicht-Ausschuss".

Da der laufenden Produktion entnommen wird, ist bei jedem

Prüfstück die Wahrscheinlichkeit für Ausschuss identisch p = 0,05. Folglich

handelt es sich um eine Bernoullikette der Länge n = 50 und X ist binomialverteilt.

2.2.2 Erwartungswert der Zufallsgröße X mit n = 50 , p = 0,05: $\mu = n \cdot p = 2{,}5$

Standardabweichung: $\sigma = \sqrt{n \cdot p \cdot (1-p)} = \sqrt{50 \cdot 0{,}05 \cdot 0{,}95} = 1{,}54$

2.2.3 $P(A) = 0{,}05$ $P(B) = 0{,}95^{11} \cdot 0{,}05 \approx 0{,}0284$

$P(C) = \binom{50}{3} \cdot 0{,}95^{47} \cdot 0{,}05^{3} \approx 0{,}2199$ $P(D) = P(X \leq 3) \approx 0{,}7604$

$P(E) = P(2{,}5 - 1{,}54 \leq X \leq 2{,}5 + 1{,}54) = P(1 \leq X \leq 4) = 0{,}8194$

2.2.4 Kleinster Stichprobenumfang

Y gibt die Anzahl der fehlerhaften Prüfstücke an.

Y ist binomialverteilt mit den Parametern n und p = 0,05.

$P(Y \geq 1) = 1 - P(Y = 0) = 1 - \binom{n}{0} \cdot 0{,}95^{n} \cdot 0{,}05^{0}$

Also gilt: $P(Y \geq 1) > 0{,}90$

$1 - 0{,}95^{n} > 0{,}90 \quad \Leftrightarrow \quad 0{,}95^{n} < 0{,}10 \quad \Leftrightarrow n > \frac{\lg(0{,}10)}{\lg(0{,}95)} = 44{,}890...$

Es müssen mindestens 45 Prüfstücke entnommen werden.

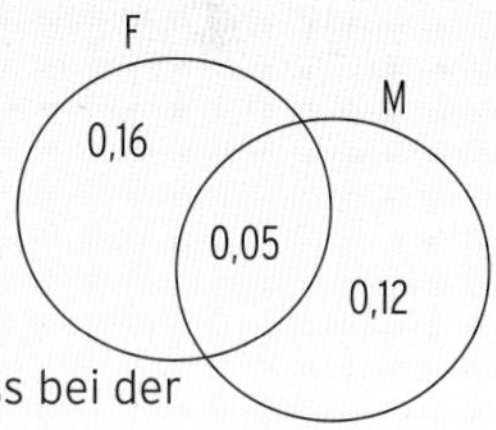

2.3 F: Creme ist zu fest, M: Füllmenge stimmt nicht

2.3.1 $P(\overline{F} \cap M) = P(M) - P(F \cap M)$

$= 0{,}12 - 0{,}05 = 0{,}07$

2.3.2 Der Praktikant hat nicht recht. Er hat nicht berücksichtigt, dass bei der Vereinigungsmenge die Schnittmenge nicht doppelt gezählt wird.

2.3.3 Die Wahrscheinlichkeit einer einwandfreien Creme entspricht:

$P(\overline{F} \cap \overline{M}) = 1 - P(F \cup M) = 1 - (P(F) + P(M) - P(F \cap M))$ Additionssatz

$= 1 - (0{,}16 + 0{,}12 - 0{,}05) = 0{,}77$

2.3.4 Die Wahrscheinlichkeit, den einen oder den anderen Fehler anzutreffen, ist:

$P(\overline{F} \cap M) + P(F \cap \overline{M}) = 0{,}11 + 0{,}07 = 0{,}18$

Lösung Aufgabe 4 **Seite 2/2**

2.4 Die Zufallsgröße Z beschreibt die Kosten der Reklamationen und ihre Wahrscheinlichkeitsverteilung wird in folgender Tabelle dargestellt:

z_i	0	4	7	11
$P(Z = z_i)$	0,9215	0,05 · 0,97 = 0,0485	0,03 · 0,95 = 0,0285	0,0015

Die durchschnittlich zu erwartenden Kosten pro Parfum setzen sich aus den Produktionskosten und den durchschnittlichen Reklamationskosten zusammen: Die durchschnittlichen Reklamationskosten werden durch den Erwartungswert wiedergegeben: $E(Z) = 0 \cdot 0{,}9212 + 4 \cdot 0{,}0485 + 7 \cdot 0{,}0285 + 11 \cdot 0{,}0015 = 0{,}41$

Der durchschnittlich zu erwartende Gewinn ergibt sich aus den Erlösen abzüglich der Kosten: $g = 25 - 15 - 0{,}41 = 9{,}59$

Es ist mit einem durchschnittlichen Gewinn (Deckungsbeitrag) von 9,59 EUR pro Flakon zu rechnen.

Hinweis: Deckungsbeitrag = Erlös – variable Kosten

Lösung Aufgabe 5 **Aufgabe Seite 128**

2.1 $P(\text{Handcreme}) = \left(\frac{60}{360}\right)^2 + \frac{60}{360} \cdot \frac{90}{360} \cdot \frac{60}{360} \cdot 2 + \frac{60}{360} \cdot \frac{210}{360} \cdot \frac{60}{360} \cdot 2 = \frac{2}{27}$

$P(\text{Faltencreme}) = \left(\frac{90}{360}\right)^2 + \frac{60}{360} \cdot \frac{90}{360} \cdot \frac{90}{360} \cdot 2 + \frac{90}{360} \cdot \frac{210}{360} \cdot \frac{90}{360} \cdot 2 = \frac{5}{32}$

Die Wahrscheinlichkeit für den Gewinn der Handcreme beträgt 7,4 % und für den Gewinn der Faltencreme 15,6 %.

2.2 Das zu Grunde liegende Urnenmodell ist Ziehen mit Zurücklegen ohne Beachtung der Reihenfolge. Man benötigt 12 Kugeln: für Niete z. B. 7 rote Kugeln, für Faltencreme z. B. 3 blaue Kugeln und z. B. 2 weiße Kugeln für die Handcreme.

Dann wird bis zu drei Mal mit Zurücklegen gezogen. Man hat das Produkt gewonnen, das der entsprechenden Farbe zugeordnet ist, wenn mindestens zwei Mal die gleiche Kugelfarbe gezogen wird.

2.3.1 Zu erwartender Gewinn für eine Produktion von 1000 Tuben

$(0{,}04 \cdot 10{,}50 + 0{,}05 \cdot (-1) + 0{,}91 \cdot 15) \cdot 1000 - 850 - 8000 = 5170$

Der Gewinn beträgt 5 170 Euro.

2.3.2 $(0{,}04 \cdot 10{,}50 + 0{,}05 \cdot (-25) + 0{,}96 \cdot 15) \cdot 1000 - 250 - 8000 = 5\,320$

Das Weglassen der Qualitätskontrolle würde zu einem geringfügig höheren Gewinn führen. Die Reklamationen könnten Kunden verärgern, die dann das Produkt wechseln würden, so dass sich auf Dauer der geringfügige Kostenvorteil nicht lohnen würde.

Lösung Aufgabe 6 **Aufgabe Seite 129**

1 X sei die Anzahl der Handyschalen mit fehlerhafter Farbpigmentierung.

X ist binomialverteilt mit n = 100 und p = 0,1

$P(A) = P(X = 5) = \binom{100}{5} \cdot 0{,}1^5 \cdot 0{,}9^{95} = 0{,}0339$

$P(B) = P(X < 3) = F(100;\, 0{,}1;\, 2) = 0{,}0019$

$P(C) = P(X > 7) = 1 - P(X \leq 7) = 1 - F(100;\, 0{,}1;\, 7) = 1 - 0{,}2061 = 0{,}7939$

$P(D) = P(X > 10) = 1 - P(X \leq 10) = 1 - 0{,}5832 = 0{,}4168$

2 X sei die Anzahl fehlerhafter Handyschalen bei n Kontrollen.

X ist binomialverteilt mit p = 0,1: $P(X \geq 1) = 1 - P(X = 0)$

$1 - 0{,}9^n \geq 0{,}9 \quad \Leftrightarrow 0{,}9^n \leq 0{,}1 \quad \Leftrightarrow n \geq \frac{\ln 0{,}1}{\ln 0{,}9} = 21{,}85$

Es müssen mindestens 22 Schalen überprüft werden.

3 X ist binomialverteilt mit n =100 und p = 0,1

Erwartungswert: $E(X) = n \cdot p = 100 \cdot 0{,}1 = 10$

Standardabweichung: $\sigma = \sqrt{n \cdot p \cdot (1 - p)} = \sqrt{100 \cdot 0{,}1 \cdot 0{,}9} = 3$

$P(7 \leq X \leq 13) = F(100;\, 0{,}1;\, 13) - F(100;\, 0{,}1;\, 6) = 0{,}8761 - 0{,}1172 = 0{,}7590$

Die Wahrscheinlichkeit, dass bei 100 kontrollierten Handyschalen die Anzahl der fehlerhaften Handyschalen um höchstens die Standardabweichung vom Erwartungswert abweicht beträgt 0,7590.

4.1 Entscheidungsregel:

H_0: $p \leq 0{,}02$ und H_1: $p > 0{,}02$ und n = 100 und $\alpha = 0{,}05$

X sei die Anzahl fehlerhafter Handyschalen. X ist bei wahrer Nullhypothese im Extremfall binomialverteilt mit n = 100 und p = 0,02 .

Rechtsseitiger Test, Ablehnungsbereich von H_0: A = {k; ... ;100}

$P(X \geq k) \leq 0{,}05 \quad \Leftrightarrow 1 - P(X \leq k - 1) \leq 0{,}05 \Leftrightarrow P(X \leq k - 1) \geq 0{,}95$

Mithilfe der Tabelle: $k - 1 = 5 \Rightarrow k = 6$

Mit GTR/CAS: $P(X \leq 4) \approx 0{,}949 < 0{,}95$; $P(X \leq 5) \approx 0{,}985 > 0{,}95$

Wenn sechs oder mehr fehlerhafte Handyschalen in der Stichprobe gefunden werden, kann der Vertriebsleiter H_0 verwerfen und somit mit einer Irrtumswahrscheinlichkeit von höchstens 5% die Aussage des Technikers widerlegen.

4.2 Wenn nur 4 fehlerhafte Handyschalen gefunden werden, kann der Vertriebsleiter die Nullhypothese nicht verwerfen und somit die Aussage des Technikers nicht widerlegen.

Lösung Aufgabe 7 **Seite 1/2** **Aufgabe Seite 130**

3.1 X: Anzahl der Ananaskonserven; X ist $B_{50;\frac{1}{3}}$-verteilt.

$P(E_1) = P(X = 16) = \binom{50}{16} \cdot \left(\frac{1}{3}\right)^{16} \cdot \left(\frac{2}{3}\right)^{34} = 0{,}1178 = 11{,}78\ \%$

$P(E_2) = P(X \leq 20) = 0{,}8741 = 87{,}41\%$

$P(E_3) = P(X > 22) = 1 - P(X \leq 22) = 1 - 0{,}9576 = 0{,}0424 = 4{,}24\ \%$

$P(E_4) = P(13 < X < 19) = P(X \leq 18) - P(X \leq 13) =$

$= 0{,}7126 - 0{,}1715 = 0{,}5411 = 54{,}11\%$

E_5: Es werden mindestens 12 Ananas-Konserven gefunden

$P(E_5) = P(X \geq 12) = 1 - P(X \leq 11) = 1 - 0{,}0570 = 0{,}9430 = 94{,}30\ \%$

3.2.1 p steht für die Wahrscheinlichkeit, dass der Mitarbeiter eine beliebige Probe falsch erkennt. Der Mitarbeiter möchte die Gegenhypothese $H_1: p < 0{,}3$ belegen. Da er dies nicht direkt kann, will er mit dem Hypothesentest die Nullhypothese als „unwahrscheinlich" erscheinen lassen und verwerfen. Es wird linksseitig getestet: Eine kleine Anzahl falsch benannter Proben spricht gegen die Nullhypothese und untermauert die Aussage des Mitarbeiters.

3.2.2 Es ist $H_0: p \geq 0{,}3$ und $H_1: p < 0{,}3$.

Gibt X die Anzahl der von den 50 Proben nicht richtig erkannten Proben an, ist X im Extremfall der Nullhypothese B(50; 0,3)-verteilt. H_0 wird für kleine Werte von X abgelehnt, es wird linksseitig getestet.

Daher ist das größte $k \in \mathbb{N}$ mit $P(X \leq k) \leq 0{,}05$ gesucht.

Tabelle/GTR/CAS: $P(X \leq 9) = 0{,}0402$

$P(X \leq 10) = 0{,}0789 \Rightarrow k = 9$ und $\overline{A} = \{0, 1, ..., 9\}$

Wenn der Mitarbeiter höchstens neun Proben falsch, d. h. mindestens 41 Proben richtig erkennt, darf die Nullhypothese verworfen und davon ausgegangen werden, dass seine Behauptung „In weniger als 30 Prozent aller Fälle erkenne ich nicht, welches Süßungsmittel verwendet wurde." richtig ist (mit einer Unsicherheit von 5 %).

3.2.3 Wenn er 42 Proben richtig erkennt, hat er acht Proben nicht richtig erkannt. Da acht im Ablehnungsbereich liegt, wird die Nullhypothese verworfen und angenommen, dass der Mitarbeiter tatsächlich in weniger als 30 Prozent aller Fälle nicht richtig erkennt, welches Süßungsmittel verwendet wurde. Die (bedingte) Wahrscheinlichkeit, dass er so viele oder mehr Proben richtig erkennt, wäre nämlich kleiner als $\alpha = 0{,}05$, wenn er eigentlich in mindestens 30 Prozent aller Fälle nicht richtig liegt.

Tatsächlich ist $P_{p=0{,}3}(X \leq 8) = 0{,}0183 = 1{,}83\%$, d. h. das tatsächlich erreichte Signifikanzniveau beträgt sogar 1,83 %.

Lösung Aufgabe 7 **Seite 2/2**

3.3.1 L : Papaya light

$\overline{L}$: normale Papaya

H : Mitarbeiter gibt „herkömmlich gesüßt" an

$\overline{H}$: Mitarbeiter gibt „nicht herkömmlich gesüßt" an

Baumdiagramm:

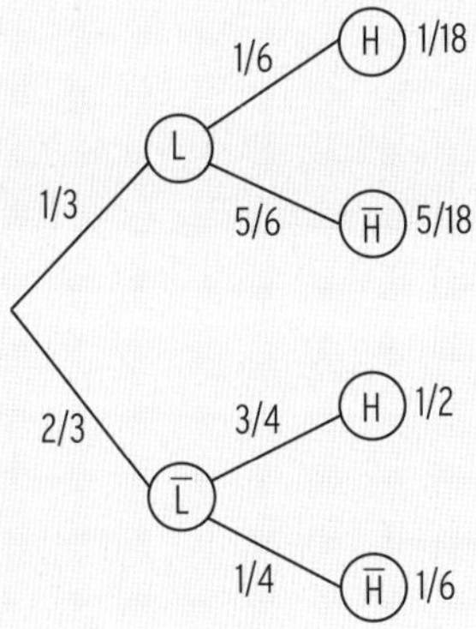

Vierfeldertafel:

	H	$\overline{H}$	Summe
L	$\frac{1}{18}$	$\frac{5}{18}$	$\frac{1}{3}$
$\overline{L}$	$\frac{1}{2}$	$\frac{1}{6}$	$\frac{2}{3}$
Summe	$\frac{5}{9}$	$\frac{4}{9}$	1

4.2.2 Bedingte Wahrscheinlichkeit: $P_H(\overline{L}) = \frac{P(\overline{L}) \cdot P_{\overline{L}}(H)}{P(H)} = \frac{P(\overline{L}) \cdot P_{\overline{L}}(H)}{P(\overline{L}) \cdot P_{\overline{L}}(H) + P(L) \cdot P_L(H)}$

$$P_H(\overline{L}) = \frac{\frac{1}{2}}{\frac{1}{2} + \frac{1}{18}} = \frac{9}{10} = 90\%$$

Die bedingte Wahrscheinlichkeit, dass er mit seiner Aussage richtig liegt, beträgt 90 %.

Lösung Aufgabe 8 **Seite 1/2** **Aufgabe Seite 131**

3.1 X: Anzahl der E-Bikes unter den n verkauften E-Bikes; X ist binomialverteilt mit p = 0,3 (Wk, dass das verkaufte Rad ein E-Bike ist) und dem zu bestimmenden n

Bedingung: $P(X \geq 1) \geq 0{,}99$ $\quad P(X \geq 1) = 1 - P(X = 0) = 1 - 0{,}7^n \geq 0{,}99$

Hinweis: $P(X = 0) = 0{,}7 \cdot 0{,}7 \cdot 0{,}7 \cdot ... \cdot 0{,}7 = 0{,}7^n$ (n Faktoren)

Umformung $1 - 0{,}7^n \geq 0{,}99$ ergibt: $\quad 0{,}7^n \leq 0{,}01$

Lösung durch Logarithmieren: $\quad n \lg 0{,}7 \leq \lg 0{,}01 \quad |: \lg 0{,}7$

wegen $\lg 0{,}7 < 0$ $\quad n \geq \frac{\lg 0{,}01}{\lg 0{,}7} \approx 12{,}91$

Es müssen also mindestens 13 Fahrräder verkauft werden, um mit einer Wahrscheinlichkeit von mindestens 99 % mindestens ein E-Bike zu verkaufen.

Lösung durch Probieren mit GTR/CAS:

n = 11: $P(X = 0) = 0{,}7^{11} \approx 0{,}1977$; n = 12: $P(X = 0) = 0{,}7^{12} \approx 0{,}0138 > 0{,}01$

n = 13: $P(X = 0) = 0{,}7^{13} \approx 0{,}0097 < 0{,}01$

3.2.1 Da Herr Weber davon ausgeht, dass sich der Anteil p der verkauften E-Bikes erhöhen wird, möchte er die Annahme $p > 0{,}3$ durch eine Test bestätigen und die Nullhypothese H_0: $p \leq 0{,}3$ verwerfen.

Lösung Aufgabe 8 **Seite 2/2**

3.2.2 Rechtsseitiger Hypothesentest, nur bei signifikanter Abweichung nach oben wird die Nullhypothese verworfen. X ist die Anzahl der E-Bikes unter den nächsten 100 verkauften E-Bikes; X ist binomialverteilt mit $n = 100$ und $p = 0,3$

Nullhypothese H_0: $p \leq 0,3$ (höchstens 30 % sind E-Bikes)

Gegenhypothese H_1: $p > 0,3$ (mehr als 30 % sind E-Bikes)

Gesucht: Kleinstes k, sodass $P(X \geq k + 1) \leq 0,05$ (P(Ablehnungsbereich) $\leq 0,05$)

entsprechend $P(X \leq k) \geq 0,95$

Bestimmung von k:

Hinweis: Die Sigma-Regel $P(X \leq \mu + 1,64 \cdot \sigma) \approx 0,95$ liefert mit $\mu = 100 \cdot 0,3 = 30$ und $\sigma = \sqrt{100 \cdot 0,3 \cdot 0,7} \approx 4,58$.

Mit $\mu + 1,64 \cdot \sigma = 30 + 1,64 \cdot 4,58 = 37,5$ ergibt sich k in der Nähe von 38.

$P(X \leq 37) \approx 0,9470 < 0,95$ (mit Tabelle oder GTR/CAS)

$P(X \leq 38) \approx 0,9660 > 0,95$

also $P(X \geq 39) = 1 - P(X \leq 38) \approx 1 - 0,9660 = 0,034 < 0,05$

Damit ist k = 39, k+ 1 = 39 und der Ablehnungsbereich $\overline{A} = \{39; 40; ... ; 100\}$

Entscheidungsregel: Bei mindestens 39 verkauften E-Bikes unter den nächsten 100 verkauften Fahrrädern kann H. Weber (auf dem 5 %-Signifikanzniveau) davon ausgehen, dass die Nullhypothese falsch ist und der Verkaufsanteil der E-Bikes auf mehr als 30 % ansteigt.

Lösung Aufgabe 9 **Seite 1/2** **Aufgabe Seite 132**

3.1 X gebe die Anzahl defekter Nabendynamos an.

$P(X = 2) = \binom{12}{2} 0,03^2 \cdot 0,97^{10} = 0,04380... \approx 4,38\ \%$

Die Wahrscheinlichkeit, dass von zwölf Nabendynamos genau zwei defekt sind, beträgt etwa 4,38 %.

3.2 X gebe die Anzahl defekter Nabendynamos an. Dann ist X binomialverteilt mit den Parametern $n = 50$ und $p = 0,03$ und es gilt:

$P(E1) = P(X \leq 12) = F(50; 0,03; 12) = 100\%$

$P(E2) = P(X > 5) = 1 - P(X \leq 5) = 1 - 0,9963 = 0,0037 = 0,37\%$

$P(E3) = P(3 \leq X \leq 6) = P(X \leq 6) - P(X \leq 2) = 0,9993 - 0,8108 = 0,1885 = 18,85\%$

3.3 X gebe die Anzahl defekter Nabendynamos (unter n Nabendynamos) an.

$P(X \geq 1) = 1 - P(X = 0) > 0,99$ $0,97^n < 0,01$

Logarithmieren ergibt $n > 151,19$

Es müssen mindestens 152 Nabendynamos überprüft werden.

Lösung Aufgabe 9 **Seite 2/2**

3.4.1 Baumdiagramm oder eine Vierfeldertafel.

D: = Nabendynamo defekt

F: = Automat meldet „fehlerhafter Dynamo" und sortiert diesen aus

	F	$\overline{F}$	Σ
D	0,02	0,01	0,03
$\overline{D}$	0,09	0,88	0,97
Σ	0,11	0,89	1,0

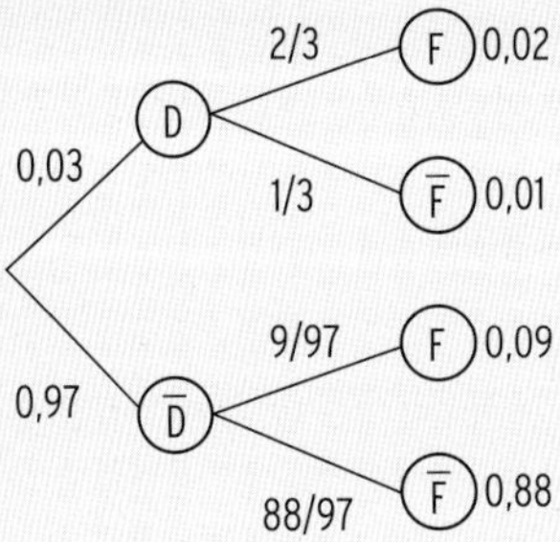

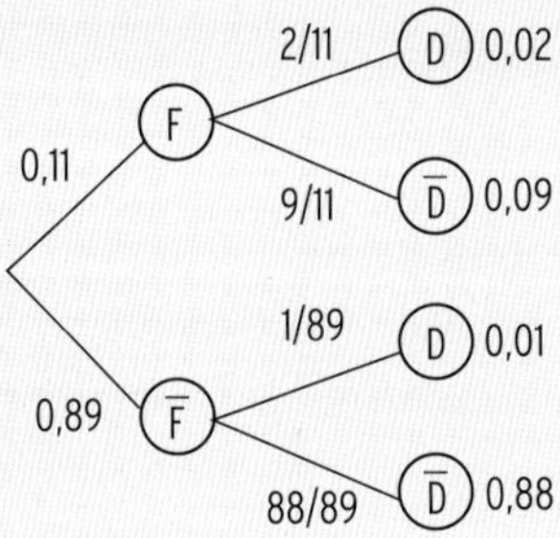

3.4.2 Wahrscheinlichkeiten.

$P(E4) = P(D \cap \overline{F}) = P(D) \cdot P_D(\overline{F}) = 0{,}03 \cdot \frac{1}{3} = 1{,}00\%$

$P(E5) = P_D(\overline{F}) = \frac{1}{3} = 33{,}33\%$

$P(E6) = P_F(\overline{D}) = \frac{P(\overline{D}) \cdot P_{\overline{D}}(F)}{P(F)} = \frac{0{,}97 \cdot \frac{9}{97}}{0{,}11} = 81{,}82\%$

$P(E7) = P_{\overline{D}}(F) = \frac{9}{97} = 9{,}28\%$

3.4.3 Beurteilung der Qualität des Automaten

Die zunächst augenscheinlich gute Quote von 2 %, dass ein Nabendynamo defekt ist und der Automat diesen aussortiert, lässt bei näherer Untersuchung keine gute Qualität des Automaten zu, da in 81,82 % der Fälle ein aussortierter Nabendynamo tatsächlich nicht defekt ist (siehe E6). Somit sind die eventuellen Kosten des Ausschusses sehr hoch. Außerdem wird in einem Drittel der Fälle ein defekter Nabendynamo nicht aussortiert, was zu hohen Service- und Schadenersatzkosten führen kann.

Zusammenfassend ist die Qualität des Automaten als unzureichend beschreibbar.

Lösung Aufgabe 10 **Seite 1/2** **Aufgabe Seite 133**

3.1 X:Anzahl der defekten Beleuchtungsanlagen; X ist $B_{100;\,0,04}$-verteilt

3.1.1 Genau 6 Beleuchtungsanlagen sind Ausschussware: $P(X = 6) = 0{,}1052 = 10{,}52\ \%$

3.1.2 Höchstens 2 Beleuchtungsanlagen sind Ausschussware: $P(X \leq 2) = 0{,}2321 = 23{,}21\ \%$

3.1.3 Mehr als eine Beleuchtungsanlage ist Ausschussware:

$P(X > 1) = 1 - P(X \leq 1) = 1 - 0{,}0872 = 0{,}9128 = 91{,}28\ \%$

3.1.4 Mehr als 3, aber weniger als 7 Beleuchtungsanlagen sind Ausschussware:

$P(3 < X < 7) = P(X \leq 6) - P(X \leq 3) = 0{,}8936 - 0{,}4295 = 0{,}4641 = 46{,}41\ \%$

Lösung Aufgabe 10 **Seite 2/2**

3.2.1 Es ist: H_1: $p > 0{,}04$ (Mehr als 4 % der Teile sind Ausschussware.)

H_0: $p \leq 0{,}04$ (4 % und weniger Teile sind Ausschussware.)

Die Nullhypothese würde nur verworfen werden, wenn bei einer Überprüfung die Anzahl an Ausschussteilen signifikant nach oben abweicht. Daher handelt es sich um einen rechtsseitigen Test.

Mit $p = 0{,}04$, $n = 100$ und $\alpha = 0{,}1$ ergibt sich: $P(X \geq k) < 0{,}1 \Leftrightarrow 1 - P(X \leq k-1) < 0{,}1$

$P(X \geq 7) = 1 - P(X \leq 6) \approx 1 - 0{,}8936 = 0{,}1064 > 0{,}1$

$P(X \geq 8) = 1 - P(X \leq 7) \approx 1 - 0{,}9525 = 0{,}0475 < 0{,}1$

Für den Ablehnungsbereich der Nullhypothese gilt somit: $\overline{A} = \{8;9;...;100\}$.

Befinden sich mindestens 8 defekte Beleuchtungsanlagen unter den getesteten 100, so darf der Mitarbeiter die Nullhypothese verwerfen und seine Vermutung, dass der Ausschussanteil über 4 % liegt, als bestätigt ansehen

3.2.2 Da die Anzahl der beschädigten Beleuchtungsanlagen nicht im Ablehnungsbereich der Nullhypothese liegt, kann der Mitarbeiter seine Hypothese, dass mehr als 4 % der Beleuchtungseinheiten defekt sind, nicht mit ausreichender Signifikanz belegen. Gleichzeitig ist jedoch damit die Nullhypothese nicht bewiesen

3.3.1 Durchschnittliche zu erwartende Kosten pro Reparatur

$\mu = 0{,}172 \cdot 85 + 0{,}087 \cdot 38 + 0{,}154 \cdot 28 + 0{,}069 \cdot 47 + 0{,}048 \cdot 18 + 0{,}124 \cdot 23 + 0{,}346 \cdot 5{,}20 = 31{,}0$

Die durchschnittlichen zu erwartenden Kosten pro Reparatur betragen 31,00 €.

3.3.2 Bei 10 % der Fahrräder wird eine Reparatur im dritten Jahr notwendig.

Durchschnittliche zu erwartende Kosten pro Fahrrad: $0{,}10 \cdot 31{,}00$ € = 3,10 €.

Durchschnittlicher Erlös pro Fahrrad: 3,50 €.

Die Marketingabteilung kann langfristig mit einem Gewinn von 0,40 € pro Fahrrad rechnen.

3.4 p(Ausschuss) = 5 %; Stichprobe von 10 Fahrrädern:

X sei die Anzahl defekter Fahrräder in der Stichprobe; X ist $B_{10;\,0{,}05}$-verteilt.

Annahme einer Sendung: $P(X \leq 1) = 0{,}9139$

Ablehnung einer Sendung: $P(X > 2) = 1 - P(X \leq 2) = 0{,}0115$

Weitere Stichprobe von 18 Fahrrädern für $P(X = 2) = 0{,}0746$

Y sei die Anzahl defekter Fahrräder in der Stichprobe; Dann ist Y $B_{18;\,0{,}05}$-verteilt:

Annahme einer Sendung: $P(Y \leq 1) = 0{,}7735$

$P(\text{Annahme}) = 0{,}9139 + 0{,}0746 \cdot 0{,}7735$

$P(\text{Annahme}) = 0{,}9716$

Die Wahrscheinlichkeit, dass der Discounter eine Sendung annimmt, liegt bei 97,2 %.

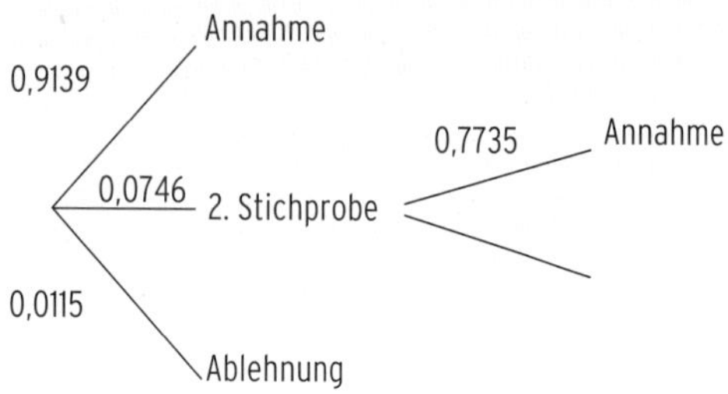

Lösung Aufgabe 11 **Aufgabe Seite 134**

1 Berechnung über das Gegenereignis $\overline{A}$: In keiner Produktionsstufe treten Fehler auf.
$P(A) = 1 - P(\overline{A}) = 1 - 0{,}88 \cdot 0{,}905 = 0{,}2036 \downarrow 0{,}20$
Alternativ: Summe der drei Pfade, bei denen ein Fehler auftritt

2 Modell: Ziehen mit Zurücklegen

2.1 Die Ereignisse treten unabhängig voneinander auf, also $P(E_1) = 0{,}2 \cdot 0{,}2 = 0{,}04$

2.2 E_2: Genau die ersten 8 Regalbausätze sind in Ordnung.
Bei E_2 müssen die Gegenereignisse berücksichtigt werden: $P(E_2) = 0{,}2^2 \cdot 0{,}8^8 = 0{,}0067$

2.3 Bei E_3 ist es unerheblich, an welcher Stelle die fehlerhaften Regalbausätze entnommen werden. X: Anzahl der fehlerhaften Regalbausätze; $X \sim B_{10;0,2}$
$P(E_3) = P(X = 2) = \binom{10}{2} \cdot 0{,}2^2 \cdot 0{,}8^8 = 0{,}3020$

3.1 E: Der Regalbausatz ist einwandfrei
NE: Der Regalbausatz ist fehlerhaft (nicht einwandfrei).
A: Der Regalbausatz wird aussortiert.
NA: Der Regalbausatz wird als einwandfrei ausgeliefert (nicht aussortiert).

Baumdiagramm:

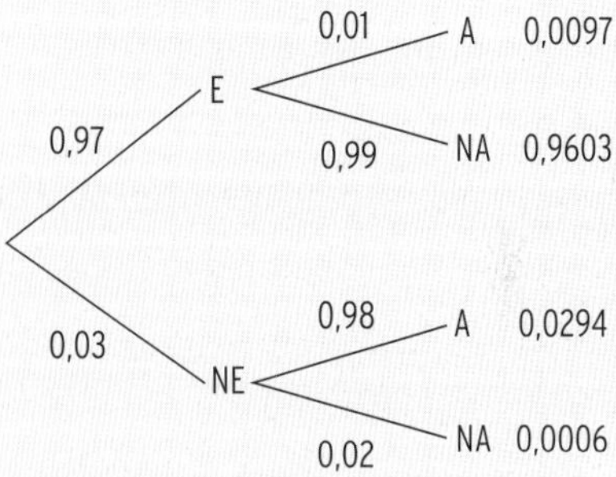

Dann gilt:
$P(NA) = P(E) \cdot P_E(NA) + P(NE) \cdot P_{NE}(NA)$
$= 0{,}97 \cdot 0{,}99 + 0{,}03 \cdot 0{,}02 \downarrow 0{,}9609$
96,09 % aller hergestellten Regalbausätze werden als einwandfrei ausgeliefert.

Lösung Aufgabe 12 **Seite 1/2** **Aufgabe Seite 134**

2.1.1 A: Die drei gezogenen Platten besitzen alle dieselbe Farbe.
$P(A) = \frac{10 \cdot 9 \cdot 8}{30 \cdot 29 \cdot 28} + \frac{15 \cdot 14 \cdot 13}{30 \cdot 29 \cdot 28} + \frac{5 \cdot 4 \cdot 3}{30 \cdot 29 \cdot 28} = \frac{117}{812} = 0{,}1441$
Die Wahrscheinlichkeit, dass alle drei gezogenen Platten dieselbe Farbe besitzen beträgt ca. 14,41 %.

2.1.2 B: Die erste gezogene Platte ist blau; $P(B) = \frac{5}{30} = \frac{1}{6}$
C: Die zweite gezogene Platte ist blau. Das Ereignis C kann auf zwei Arten eintreffen:
1. Die ersten beiden Platten sind blau oder
2. Die erste Platte ist nicht blau und die zweite ist blau.
$P(C) = \frac{25}{30} \cdot \frac{5}{29} + \frac{5}{30} \cdot \frac{4}{29} = \frac{1}{6}$
Beide Ereignisse sind also gleich wahrscheinlich.

Lösung Aufgabe 12 Seite 2/2

2.2.1 Wahrscheinlichkeit für einen Stecker mit Riss beträgt ungefähr 5%

F: Formfehler R: Riss

$P(F) = 0{,}02;\ P(F \cup R) = \frac{800}{13300} = \frac{8}{133};\ P_F(R) = 0{,}5$

$P(F \cup R) = P(F) + P(R) - P(F \cap R)$

$P(R) = P(F \cup R) - P(F) + P(F \cap R) = P(F \cup R) - P(F) + P(F) \cdot P_F(R)$

$P(R) = \frac{8}{133} - 0{,}02 + 0{,}02 \cdot 0{,}05 \approx 0{,}0502$

Die gesuchte Wahrscheinlichkeit, dass ein Stecker einen Riss hat, beträgt also ungefähr 5%.

2.2.2 Wahrscheinlichkeit, dass dieser Stecker (mit Riss) auch einen Formfehler hat.

$P_R(F) = \frac{P(F \cap R)}{P(R)} = \frac{0{,}01}{0{,}0502} = 0{,}1992 \approx 20\%$

Die gesuchte Wahrscheinlichkeit beträgt ungefähr 20 %.

2.3.1 Durchschnittlich zu erwartender Erlös je produziertem Modell Haus.

$E = 0{,}005 \cdot 0 + (0{,}01 \cdot 0{,}70 + 0{,}02 \cdot 0{,}75 + 0{,}08 \cdot 0{,}80 + 0{,}885) \cdot 50 = 48{,}55$

Der zu erwartende durchschnittlich Erlös beträgt 48,55 EUR.

2.3.2 Verkaufspreis p des Modells bei 50 EUR durchschnittlichem Erlös je produziertem Modell. Es muss gelten:

$0{,}005 \cdot 0 + (0{,}01 \cdot 0{,}70 + 0{,}02 \cdot 0{,}75 + 0{,}08 \cdot 0{,}80 + 0{,}885) \cdot p = 50{,}00$

$0{,}971 \cdot p = 50{,}00 \qquad \Leftrightarrow\ p = 51{,}49$

Der Verkaufspreis muss 51,49 EUR betragen.

Aufgabe 13 **Aufgabe Seite 136**

4.1.1 **Berechnung der Wahrscheinlichkeiten von E_1 und E_2**

X: Anzahl der defekten Platinen, X ist binomialverteilt mit n = 200 und p = 0,025

$P(E_1) = P(X = 6) \approx 0{,}1481$

$P(E_2) = P(X \leq 6) \approx 0{,}7641$

Berechnung der Wahrscheinlichkeit von E_3

$P(E_3) = 0{,}975^5 \cdot 0{,}025 \approx 0{,}0220$

4.1.2 **Erwartungswert und Standardabweichung**

$\mu = n \cdot p = 200 \cdot 0{,}025 = 5;\quad \sigma = \sqrt{n \cdot p \cdot (1-p)} = \sqrt{5 \cdot 0{,}975} \approx 2{,}21$

Vergleich der Wahrscheinlichkeiten

$P(\mu - 2\sigma \leq X \leq \mu + 2\sigma) = P(1 \leq X \leq 9) \approx 0{,}9637$

$P(\mu - \sigma \leq X \leq \mu + \sigma) = P(3 \leq X \leq 7) \approx 0{,}7478$

Die Aussage ist somit falsch.

4.2.1 Baumdiagramm/Vierfeldertafel

D: Defekt
A: Aussortiert

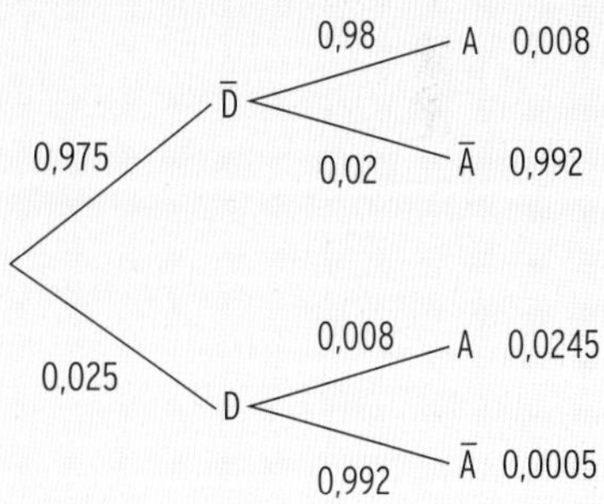

Vierfeldertafel:

	A	$\overline{A}$	gesamt
D	0,0245	0,0005	0,025
$\overline{D}$	0,0078	0,9672	0,975
gesamt	0,0323	0,9677	1

4.2.2 Bedingte Wahrscheinlichkeit

$P_A(\overline{D}) = \frac{P(A \cap \overline{D})}{P(A)} = \frac{0{,}0078}{0{,}323} \approx 0{,}2415$

4.2.3 Anzahl aussortierter Platinen

X_n beschreibt die Anzahl der funktionstüchtigen Platinen unter n aussortierten, die Zufallsvariable X_n ist binomialverteilt mit p = 0,2415

Sukzessives Ausprobieren liefert:

n = 149: $P(X_n \geq 30) = 1 - P(X_n \leq 29) \approx 0{,}8946$

n = 150: $P(X_n \geq 30) = 1 - P(X_n \leq 29) \approx 0{,}9024$

Somit müssen 150 Platinen abgenommen werden.

III Musteraufgabensätze zur Zentralen Abiturprüfung 2023

Operator	Erläuterung
erläutern	Strukturen und Zusammenhänge erfassen, in Einzelheiten verdeutlichen und durch zusätzliche Informationen verständlich machen
skizzieren, graphisch darstellen	wesentliche Eigenschaften von Sachverhaltenoder Objekten graphisch darstellen - auch Freihandskizzen möglich
untersuchen	Sachverhalte, Probleme, Fragestellungen nach bestimmten, fachlich üblichen bzw. sinnvollen Kriterien bearbeiten
vergleichen	Gemeinsamkeiten, Ähnlichkeiten und Unterschiede ermitteln
begründen	Sachverhalte auf Gesetzmäßigkeiten bzw. kausale Zusammenhänge zurückführen - hierbei sind Regeln und mathematische Beziehungen zu nutzen
bestimmen, ermitteln	Zusammenhänge bzw. Lösungswege finden und die Ergebnisse formulieren
beurteilen, Stellung nehmen	zu einem Sachverhalt ein eigenständiges Urteil unter Verwendung von Fachwissen und Fachmethoden formulieren und begründen
herleiten, formulieren	eine Formel oder einen Zusammenhang aus bekannten Sachverhalten nachvollziehbar entwickeln
klassifizieren	eine Menge von Objekten nach vorgegebenen oder sinnvoll selbstständig zu wählenden Kriterien in Klassen einteilen
zeigen	Aussagen oder Sachverhalte unter Nutzung von gültigen Schlussregeln, Berechnungen bestätigen
beschreiben	Strukturen, Sachverhalte, Verfahren unter Verwendung der Fachsprache angemessen wiedergeben
bestätigen	Aussagen oder Sachverhalte mathematisch verifizieren
dokumentieren, darstellen	Gedankengang bzw. Herleitung der Problemlösung darlegen
veranschaulichen, verdeutlichen	einen Sachverhalt mit verbalen oder graphischen Erläuterungen versehen
angeben, nennen	Objekte, Sachverhalte, Begriffe, Daten ohne nähere Erläuterungen, Begründungen und ohne Darstellung von Lösungsansätzen oder Lösungswegen aufzählen
berechnen	Ergebnisse von einem Ansatz ausgehend durch Rechenoperationen gewinnen
zeichnen	hinreichend exakte graphische Darstellungen von Objekten oder Daten anfertigen
beweisen, widerlegen, nachweisen	Beweise im mathematischen Sinne unter Verwendung von bekannten mathematischen Sätzen, logischen Schlüssen und Äquivalenzumformungen, ggf. unter Verwendung von Gegenbeispielen und Analogien, führen
vereinfachen, umformen	Terme, Aussagen, Formeln mittels geeigneter Strategien an den jeweiligen Sachverhalt anpassen

Aufgabensatz 1 Grundkursfach Mathematik

Aufgabenteil A: ohne Hilfsmittel **Lösungen Seite 159 - 162**

Aufgabe 1 (18 Punkte)

Analysis **Punkte**

1.1 Gegeben sind die in ℝ definierten Funktionen f, g und h durch

$f(x) = x^2 - x + 1$, $g(x) = x^3 - x + 1$ und $h(x) = x^4 + x^2 + 1$.

1.1.1 Die Abbildung zeigt den Graphen einer der drei Funktionen. Geben Sie an, um welche Funktion es sich handelt. Begründen Sie, dass der Graph die anderen beiden Funktionen nicht darstellt. 3

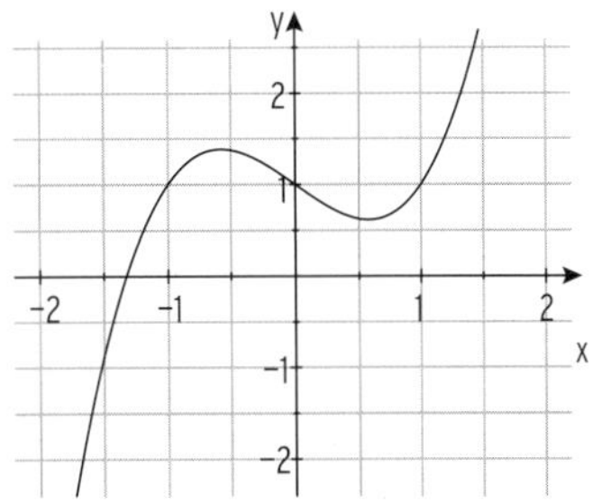

1.1.2 Die erste Ableitungsfunktion von h ist h′.

Bestimmen Sie den Wert von $\int_0^1 h'(x)dx$. 2

1.2 Eine Funktion f ist durch $f(x) = 2e^{\frac{1}{2}x} - 1$, $x \in \mathbb{R}$, gegeben.
Ermitteln Sie die Nullstelle der Funktion f. 2

Stochastik

1.3 Bei der Wintersportart Biathlon wird bei jeder Schießeinlage auf fünf Scheiben geschossen. Ein Biathlet tritt bei einem Einzelrennen zu einer Schießeinlage an, bei der er auf jede Scheibe einen Schuss abgibt. Diese Schießeinlage wird modellhaft durch eine Bernoullikette mit der Länge 5 und der Trefferwahrscheinlichkeit p beschrieben. Die Zufallsgröße X beschreibt die Anzahl der Treffer.

1.3.1 Nennen Sie in diesem Sachzusammenhang das Ereignis, dessen Wahrscheinlichkeit mit $P(X < 3)$ bestimmt werden kann. 1

1.3.2 Entscheiden Sie, welcher der beiden Terme die Wahrscheinlichkeit für genau vier Treffer beschreibt: (i) $\binom{5}{4} \cdot p \cdot (1-p)^4$ (ii) $\binom{5}{4} \cdot p^4 \cdot (1-p)$ 2

1.3.3 Erläutern Sie anhand eines Beispiels, dass die modellhafte Beschreibung der Schießeinlage durch eine Bernoullikette unter Umständen der Realität nicht gerecht wird. 2

Aufgabensatz 1

Aufgabenteil A: ohne Hilfsmittel

Lineare Algebra

Punkte

1.4 Ein Betrieb erzeugt aus drei Rohstoffen (R_1, R_2, R_3) drei Zwischenprodukte (Z_1, Z_2, Z_3), die zu drei Endprodukten (E_1, E_2, E_3) weiterverarbeitet werden. Es gibt Werte für a und b, so dass die Zusammenhänge durch den folgenden Verflechtungsgraphen und die Rohstoff-Endprodukt-Tabelle gegeben sind.

Verflechtungsgraph

Angaben in Mengeneinheiten

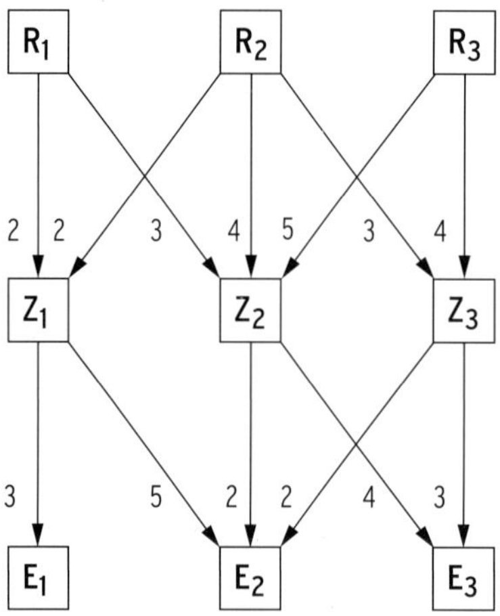

Rohstoff-Endprodukt-Tabelle

Anzahl der benötigten ME der Rohstoffe je ME des Endprodukts

Rohstoff \ Endprodrukt	E_1	E_2	E_3
R_1	a	16	12
R_2	6	b	25
R_3	0	18	32

1.4.1 Der Zusammenhang Rohstoff-Zwischenprodukt wird durch eine Matrix A_{RZ}, der Zusammenhang Zwischenprodukt-Endprodukt durch eine Matrix B_{ZE} und der Zusammenhang Rohstoff-Endprodukt durch eine Matrix C_{RE} beschrieben.

Geben Sie eine Beziehung zwischen diesen drei Matrizen an. 1

1.4.2 Bestimmen Sie die fehlenden Wert für und a b. 3

1.5 Betrachtet werden die Matrizen $A = \begin{pmatrix} 5 & 2 \\ 3 & 1 \end{pmatrix}$ und $B = \begin{pmatrix} -1 & 2 \\ 3 & -5 \end{pmatrix}$.

Zeigen Sie, dass B die zu A inverse Matrix ist. 2

Aufgabensatz 1

Aufgabenteil B: Hilfsmittel GTR/CAS

Aufgabe 2 – Analysis (24 Punkte)

Punkte

Die DüFa GmbH ist nur einer von vielen Herstellern auf dem Fahrradmarkt und sieht sich von daher einem starken Wettbewerb ausgesetzt.

2.1 Das Unternehmen hat bei dem Produkt Cityräder verschiedene Daten zur Gewinnsituation ermittelt:
Die Gewinnschwelle liegt bei 1 ME, dort beträgt der Grenzgewinn 7,75 GE/ME.
Für 2 ME beläuft sich der Gewinn auf 9,75 GE und steigt dort am stärksten an.
Aufgrund dieser vier Informationen soll für die Gewinnfunktion G die Gleichung
$G(x) = ax^3 + b\,x^2 + cx + d$ mit $a, b, c, d \in \mathbb{R}$ angenommen werden.

2.1.1 Stellen Sie ein Gleichungssystem zur Bestimmung der Gewinnfunktion auf, ohne dieses zu lösen. 6

Gehen Sie im Weiteren von der folgenden Gewinnfunktion aus:

$G(x) = -x^3 + 6x^2 - 1{,}25x - 3{,}75$

2.1.2 Berechnen Sie das Gewinnmaximum für das Produkt Cityräder. 6

2.2 Die Abteilung Controlling der DüFa GmbH hat ermittelt, dass die Gesamtkosten für die Produktion der Cityräder durch die Funktion
$K(x) = x^3 - 6x^2 + 19x + 3{,}75$ beschrieben werden.

2.2.1 Bestimmen Sie den Deckungsbeitrag an der gewinnmaximalen Ausbringungsmenge von 3,89 ME, wenn Sie von einem Verkaufspreis von 17,75 GE/ME ausgehen. 4

Aufgabensatz 1

Aufgabenteil B: Hilfsmittel GTR/CAS

Aufgabe 2 – Analysis (24 Punkte) Fortsetzung

Punkte

2.3 Die Absatzzahlen für das Produkt werden durch die Funktion A (t in Monaten und A(t) in ME/Monat) beschrieben und sind im folgenden Graphen dargestellt:

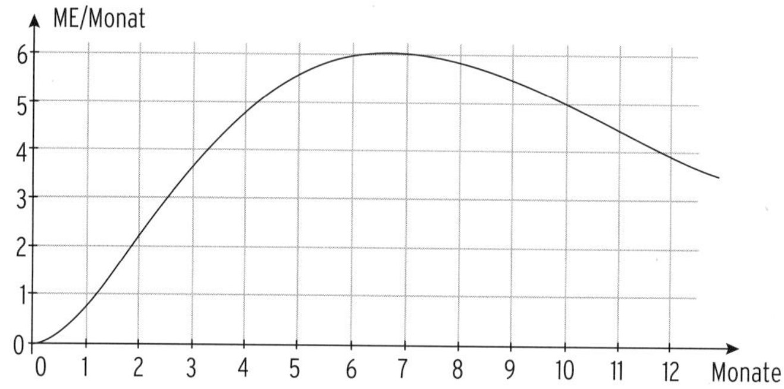

2.3.1 Beurteilen Sie anhand der Graphik folgende Aussagen: 8

(1) Nach einem Jahr fällt der Absatz auf unter 4 ME/Monat.

(2) Der maximale Zuwachs der Absatzzahlen liegt im siebten Monat.

(3) Im ersten Monat steigt der Absatz progressiv.

(4) Im ersten Jahr wird ein Gesamtabsatz von mehr als 75 ME erzielt.

(Nach NRW, Berufskolleg 2016.)

Aufgabensatz 1

Aufgabenteil B: Hilfsmittel GTR/CAS

Aufgabe 3 – Lineare Algebra (24 Punkte) Punkte

Die Düsseldorfer DüFa GmbH stellt Fahrräder für den anspruchsvollen heimischen Markt her und hat sich dabei auf Rahmen für Cityräder, Trekkingräder und Mountainbikes spezialisiert.
In einem zweistufigen Produktionsprozess werden aus den vier Rohstoffen R1, R2, R3, R4 die Zwischenprodukte Z1, Z2, Z3 und aus diesen die Rahmen (Endprodukte) E1, E2, E3 hergestellt. Die folgenden Matrizen geben die benötigten Mengeneinheiten (ME) der Zwischenprodukte für die Endprodukte und der Rohstoffe für die Endprodukte an.

$$M_{ZE} = \begin{pmatrix} 1 & 1 & 2 \\ 2 & 5 & 8 \\ 5 & 3 & 7 \end{pmatrix}; \qquad M_{RE} = \begin{pmatrix} 16 & 15 & 30 \\ 30 & 28 & 56 \\ 17 & 14 & 29 \\ 15 & 14 & 28 \end{pmatrix}$$

3.1 Die variablen Kosten in Geldeinheiten (GE) je Mengeneinheit ergeben sich aus den folgenden Tabellen:

Kosten der Rohstoffe:	R1	R2	R3	R4
	2	1,5	3	2
Fertigungskosten der Zwischenprodukte:		Z1	Z2	Z3
		12	5	8
Fertigungskosten der Endprodukte:		E1	E2	E3
		6	18	23

3.1.1 Berechnen Sie die Rohstoffkosten für eine Produktion von 250 ME von E1, 200 ME von E2 und 400 ME von E3. 5

3.1.2 Berechnen Sie die variablen Kosten je Mengeneinheit der Endprodukte. 8

3.2 Die Planungsabteilung sieht aufgrund von vorliegenden Kundenaufträgen für die kommende Produktionsperiode eine Produktion von 100 ME von E1 und 200 ME von E2 sowie einer noch nicht feststehenden Menge von E3 vor.
Im Lager befinden sich zur Herstellung der Rahmen E1, E2 und E3 nur noch 1 000 ME von Z1.
Ermitteln Sie, wie viele ME sich von E3 höchstens herstellen lassen und wie viele ME von Z2 und Z3 hierzu benötigt werden. 8

3.3 Zeigen Sie, dass die Matrix M_{ZE} eine Inverse besitzt. 3
(Teile aus NRW, Berufskolleg 2016.)

Aufgabensatz 1

Aufgabenteil B: Hilfsmittel GTR/CAS

Aufgabe 4 – Stochastik (24 Punkte) **Punkte**

Seit Jahren gehören zum Fahrrad-Produktionsprogramm der DüFa GmbH auch E-Bikes. Im Fahrradgeschäft Weber e.K. werden jährlich mehrere Tausend Fahrräder (inkl. E-Bikes) verkauft. Erfahrungsgemäß sind 30 % der verkauften Fahrräder E-Bikes.

4.1 Betrachtet werden die nächsten 100 verkauften Fahrräder. Die Zufallsgröße X gebe dabei die Anzahl der darunter befindlichen E-Bikes an. Gehen Sie von einer Binomialverteilung mit p = 0,3 aus.

4.1.1 Berechnen Sie die Wahrscheinlichkeiten folgender Ereignisse: 8

Es werden E_1: genau 25 E-Bikes,
E_2: höchstens 42 E-Bikes,
E_3: mehr als 25 und weniger als 32 E-Bikes gekauft.

4.1.2 Bestimmen Sie die Wahrscheinlichkeit, mit der die Anzahl der E-Bikes um höchstens eine Standardabweichung σ vom Erwartungswert μ abweicht. 5

4.2 Für den Fahrradabsatz der Weber e.K. gilt das folgende Baumdiagramm.

Dabei gelten folgende Abkürzungen:

E ≙ verkauftes E-Bike

D ≙ verkauftes Fahrrad der DüFa GmbH

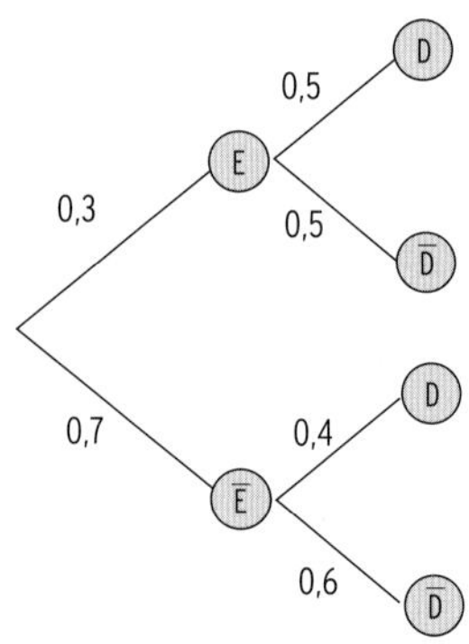

Überprüfen Sie die folgenden Aussagen:

A: 15 % der verkauften Fahrräder der Weber e.K. sind E-Bikes der DüFa GmbH.

B: 43 % der von der Weber e.K. verkauften Fahrräder sind Räder der DüFa GmbH.

C: Mehr als die Hälfte aller von der Weber e.K. verkauften Fahrräder sind weder E-Bikes noch von der DüFa GmbH.

D: Die Weber e.K. verkauft insgesamt mehr E-Bikes der DüFa GmbH als andere Räder der DüFa GmbH. 11

(Teile aus Berufskolleg, NRW 2016.)

Musteraufgabensätze zur Zentralen Abiturprüfung 2023
Grundkursfach Mathematik - Lösungen

Aufgabensatz 1 Lösungen

Aufgabenteil A: ohne Hilfsmittel

Aufgabe 1 (18 Punkte)

Analysis

1.1.1 Die Abbildung zeigt den Graphen der Funktion g ($g(x) = x^3 - x + 1$).
Die Funktion f ($f(x) = x^2 - x + 1$) ist eine quadratische, die nur eine Extremstelle haben kann.

Der Graph der Funktion h ($h(x) = x^4 + x^2 + 1$) ist achsensymmetrisch, der abgebildete Graph ist nicht achsensymmetrisch.

1.1.2 h ist eine Stammfunktion von h′. $\int_0^1 h'(x)dx = h(1) - h(0) = 3 - 1 = 2$

1.2 Bedingung für die Nullstelle: $f(x) = 0$ $\quad 2e^{\frac{1}{2}x} - 1 = 0 \Leftrightarrow e^{\frac{1}{2}x} = \frac{1}{2}$

Logarithmieren: $\quad \frac{1}{2}x = \ln(\frac{1}{2})$

Nullstelle von f: $\quad x_1 = 2\ln(\frac{1}{2})$

Stochastik

1.3.1 Der Biathlet trifft höchstens drei Scheiben.

1.3.2 Begründete Entscheidung für Term (ii): p ist die Trefferwahrscheinlichkeit
$p^4 \cdot (1 - p)$ bedeutet dann 4 Treffer und einen Nichttreffer

1.3.3 z. B.: Trifft der Biathlet bei keinem der ersten drei Schüsse, so hat er möglicherweise aufgrund zunehmender Nervosität beim vierten Schuss eine geringere Trefferwahrscheinlichkeit.

Lineare Algebra

1.4.1 Zusammenhang: $A_{RZ} \cdot B_{ZE} = C_{RE}$

1.4.2 Mit $A_{RZ} = \begin{pmatrix} 2 & 3 & 0 \\ 2 & 4 & 3 \\ 0 & 5 & 4 \end{pmatrix}$, $B_{ZE} = \begin{pmatrix} 3 & 5 & 0 \\ 0 & 2 & 4 \\ 0 & 2 & 3 \end{pmatrix}$ und $C_{RE} = \begin{pmatrix} a & 16 & 12 \\ 6 & b & 25 \\ 0 & 18 & 32 \end{pmatrix}$

ergibt sich aus $A_{RZ} \cdot B_{ZE} = C_{RE}$: $\quad a = 2 \cdot 3 + 3 \cdot 0 + 0 \cdot 0 = 6$

$b = 2 \cdot 5 + 4 \cdot 2 + 3 \cdot 2 = 24$

1.5 $A \cdot B = \begin{pmatrix} 5 & 2 \\ 3 & 1 \end{pmatrix} \cdot \begin{pmatrix} -1 & 2 \\ 3 & -5 \end{pmatrix} = \begin{pmatrix} 1 & 0 \\ 0 & 1 \end{pmatrix} = E$

B ist die zu A inverse Matrix.

Aufgabensatz 1 Lösungen
Aufgabenteil B: Hilfsmittel GTR/CAS

Aufgabe 2 – Analysis (24 Punkte)

2.1.1 Gewinnfunktion G: $G(x) = ax^3 + bx^2 + cx + d$;

Grenzgewinn: $G'(x) = 3ax^2 + 2bx + c$; 2. Ableitung von G: $G''(x) = 6ax + 2b$

LGS: Gewinnschwelle 1 ME: $G(1) = 0$ $\quad a + b + c + d = 0$

Grenzgewinn 7,75 GE/ME: $G'(1) = 7{,}75$ $\quad 3a + 2b + c = 7{,}75$

Gewinn 9,75 GE: $G(2) = 9{,}75$ $\quad 8a + 4b + 2c + d = 9{,}75$

steigt dort am stärksten an: $G''(2) = 0$ $\quad 12a + 2b = 0$

2.1.2 Gewinnfunktion G mit $G(x) = -x^3 + 6x^2 - 1{,}25x - 3{,}75$

Maximaler Gewinn

Ableitungen: $G'(x) = -3x^2 + 12x - 1{,}25$; $G''(x) = -6x + 12$

Notwendige Bedingung: $G'(x) = 0$ $\quad -3x^2 + 12x - 1{,}25 = 0$

$x_1 = 3{,}89 \vee x_2 = 0{,}11$

Mit $G''(3{,}89) < 0$ und $G(3{,}89) = 23{,}32$ gilt:

Bei einer Produktion von 3,89 ME wird der maximale Gewinn von 23,32 GE erzielt.

Hinweis: $G''(0{,}11) > 0$ liefert eine Minimalstelle.

2.2 $K(x) = x^3 - 6x^2 + 19x + 3{,}75$

2.2.1 Deckungsbeitrag $DB(x) = G(x) + K_{fix}$ in $x = 3{,}89$:

$DB(3{,}89) = G(3{,}89) + K_{fix} = 23{,}32 + 3{,}75 = 27{,}07$

auch mit $E(x) = 17{,}75x$: $DB(x) = E(x) - K_v(x)$; $\quad DB(3{,}89) = E(3{,}89) - K_v(3{,}89)$

$= 69{,}05 - 41{,}98 = 27{,}07$

Deckungsbeitrag: 27,07 GE.

2.3.1 (1) wahr; $A(12) < 4$; A ist fallend

(2) falsch; Der maximale Zuwachs der Absatzzahlen liegt im dritten Monat, dann ist die Absatzkurve am steilsten.

(3) wahr, der Wendepunkt der Absatzkurve ist bei etwa bei 2 ME.

(4) falsch, der Inhalt der Fläche unterhalb der x-Achse auf [0; 12] beträgt weniger als $12 \cdot 6 = 72$.

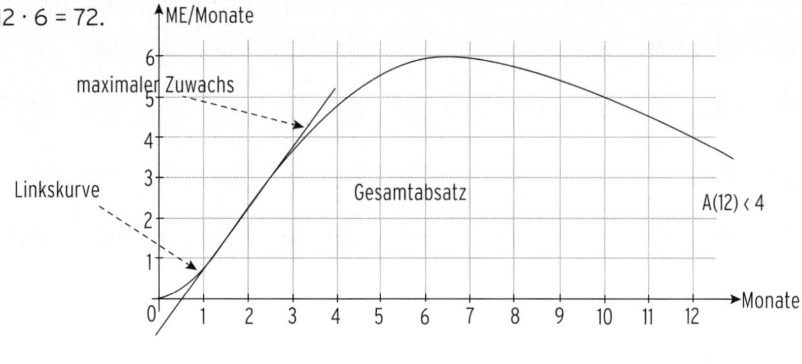

Aufgabensatz 1 Lösungen

Aufgabenteil B: Hilfsmittel GTR/CAS Lösungen

Aufgabe 3 – Lineare Algebra (24 Punkte)

3.1.1 Rohstoffkosten fürdie Produktion $\vec{x} = \begin{pmatrix} 250 \\ 200 \\ 400 \end{pmatrix}$

$$\vec{k}_R = (2 \quad 1{,}5 \quad 3 \quad 2) \begin{pmatrix} 16 & 15 & 30 \\ 30 & 28 & 56 \\ 17 & 14 & 29 \\ 15 & 14 & 28 \end{pmatrix} \cdot \begin{pmatrix} 250 \\ 200 \\ 400 \end{pmatrix} = 182\,700$$

Die Rohstoffkosten betragen 182 700 GE.

3.1.2 Variable Kosten je Mengeneinheit der Endprodukte

$$\vec{k}_V = \vec{k}_R \cdot M_{RE} + \vec{k}_Z \cdot M_{ZE} + \vec{k}_E$$

$$= (2 \quad 1{,}5 \quad 3 \quad 2) \begin{pmatrix} 16 & 15 & 30 \\ 30 & 28 & 56 \\ 17 & 14 & 29 \\ 15 & 14 & 28 \end{pmatrix} + (12 \quad 5 \quad 8) \cdot \begin{pmatrix} 1 & 1 & 2 \\ 2 & 5 & 8 \\ 5 & 3 & 7 \end{pmatrix} + (6 \quad 18 \quad 23)$$

$$= (158 \quad 142 \quad 287) + (62 \quad 61 \quad 120) + (6 \quad 18 \quad 23) = (226 \quad 221 \quad 430)$$

3.2 Produktion $\vec{x} = \begin{pmatrix} 100 \\ 200 \\ x_3 \end{pmatrix}$

Zwischenproduktvektor: $\vec{z} = \begin{pmatrix} 1000 \\ z_2 \\ z_3 \end{pmatrix}$

Einsetzen in $M_{ZE} \cdot \vec{x} = \vec{z}$ ergibt das LGS $\begin{pmatrix} 1 & 1 & 2 \\ 2 & 5 & 8 \\ 5 & 3 & 7 \end{pmatrix} \cdot \begin{pmatrix} 100 \\ 200 \\ x_3 \end{pmatrix} = \begin{pmatrix} 1000 \\ z_2 \\ z_3 \end{pmatrix}$

(1) $100 + 200 + 2x_3 = 1000 \quad \Rightarrow \quad x_3 = 350$

Einsetzen ergibt (2): $200 + 1000 + 8 \cdot 350 = z_2 \Rightarrow z_2 = 4000$

Einsetzen ergibt (3): $500 + 600 + 7 \cdot 350 = z_3 \Rightarrow z_3 = 3550$

Es lassen sich von E3 höchstens 350 ME herstellen. Es werden 4000 ME von Z2 und 3550 ME Z3 hierzu benötigt.

3.3 Umformung von M_{ZE} in Richtung Dreiecksform

$$\begin{pmatrix} 1 & 1 & 2 \\ 2 & 5 & 8 \\ 5 & 3 & 7 \end{pmatrix} \sim \begin{pmatrix} 1 & 1 & 2 \\ 0 & 3 & 4 \\ 0 & -2 & -3 \end{pmatrix} \sim \begin{pmatrix} 1 & 1 & 2 \\ 0 & 3 & 4 \\ 0 & 0 & -1 \end{pmatrix}$$

Die Matrix M_{ZE} hat den vollen Rang ($Rg(M_{ZE}) = 3$), also ist M_{ZE} invertierbar.

Aufgabensatz 1 Lösungen

Aufgabenteil B: Hilfsmittel GTR/CAS

Aufgabe 4 – Stochastik (24 Punkte)

X: Anzahl der unter 100 verkauften Fahrrädern befindlichen E-Bikes

X ist binomialverteilt mit n = 100 und p = 0,3

4.1.1 Wahrscheinlichkeiten

$P(E_1) = P(X = 25) = 0{,}0496$

$P(E_2) = P(X \leq 42) = 0{,}9960$

$P(E_3) = P(25 < X < 32) = P(X \leq 31) - P(X \leq 25) = 0{,}4700$

4.1.2 Erwartungswert $\mu = n \cdot p = 100 \cdot 0{,}3 = 30$

Standardabweichung $\sigma = \sqrt{n \cdot p \cdot (1 - p)} = \sqrt{100 \cdot 0{,}3 \cdot 0{,}7} = 4{,}58$

$P(26 \leq X \leq 34) = 0{,}6740$

4.2 A ist eine wahre Aussage: $0{,}3 \cdot 0{,}5 = 0{,}15 = 15\ \%$

B ist eine wahre Aussage: $0{,}3 \cdot 0{,}5 + 0{,}7 \cdot 0{,}4 = 0{,}43 = 43\ \%$

C ist eine falsche Aussage: $0{,}7 \cdot 0{,}6 = 0{,}42$

42 % aller von der Weber e.K. verkauften Fahrräder sind weder E-Bikes noch von der DüFa GmbH.

D ist eine falsche Aussage;

15 % der E-Bikes der DüFa GmbH (vgl. Ereignis A)

$0{,}7 \cdot 0{,}4 = 28\ \%$ andere Räder der DüFa GmbH.

Aufgabensatz 2 Grundkursfach **Mathematik**

Aufgabenteil A: ohne Hilfsmittel

Lösungen Seite 168 – 172

Aufgabe 1 (18 Punkte)

Analysis **Punkte**

1.1 Gegeben ist die Funktionenschar f_a mit $f_a(x) = \frac{1}{a} \cdot e^{a \cdot x}$, $x \in \mathbb{R}$, $0 < a < 1$.

1.1.1 Gegeben ist die Gleichung $\frac{1}{a} \cdot e^{a \cdot x} = \frac{2}{a}$. Bestimmen Sie eine Lösung für x. 2

1.1.2 Bestimmen Sie alle Werte für a so, dass der vertikale Abstand der Graphen von f_a und f_a' an der Stelle $x = 0$ mindestens 3 beträgt. 3

1.2 Die PRINTFIX AG fertigt innovative und hochwertige 3D-Drucker. Der momentane Absatz in Mengeneinheiten pro Zeiteinheit (ME/ZE) kann durch den Graphen a des Produktlebenszyklus $a(t) = 10t \cdot e^{-t}$ mit $t \in \mathbb{R}_{\geq 0}$ beschrieben werden.

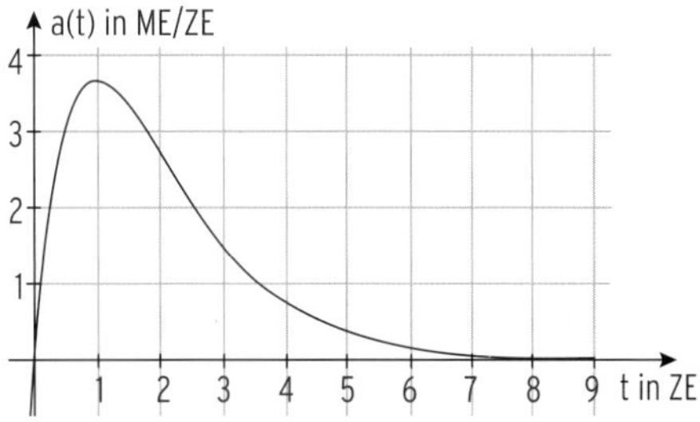

Bestimmen Sie ausschließlich mit Hilfe der notwendigen Bedingung den Zeitpunkt, an dem die PRINTFIX AG die meisten 3D-Drucker pro ZE absetzt. 3

Stochastik

In einer Urne U_1 befinden sich vier rote und zwei gelbe Kugeln, in einer Urne U_2 zwei rote, eine gelbe und eine blaue Kugel.

1.3 Eine der beiden Urnen wird zufällig ausgewählt. Anschließend wird daraus zweimal hintereinander jeweils eine Kugel zufällig entnommen und wieder zurückgelegt. Geben Sie einen Term an, mit dem die Wahrscheinlichkeit dafür bestimmt werden kann, dass beide entnommenen Kugeln rot sind. 2

1.4 Eine der beiden Urnen wurde zufällig ausgewählt; aus dieser wurde eine Kugel zufällig entnommen. Die entnommene Kugel ist gelb oder blau. Berechnen Sie die Wahrscheinlichkeit dafür, dass die entnommene Kugel aus der Urne U_1 stammt. 3

Lineare Algebra

Gegeben sind die Matrizen $A = \begin{pmatrix} 2 & 2 \\ 3 & 0 \\ 0 & 1 \end{pmatrix}$ und $B = \begin{pmatrix} 3 & 0 \\ 1 & 2 \end{pmatrix}$.

1.5 Entscheiden Sie für jeden der Terme $A + B$ und $A \cdot B$, ob er definiert ist. Begründen Sie jeweils Ihre Entscheidung. 2

1.6 Bestimmen Sie für die Matrix $C = \begin{pmatrix} a & b \\ c & d \end{pmatrix}$ die Werte von a, b, c und d so, dass $B \cdot C = \begin{pmatrix} 1 & 0 \\ 0 & 1 \end{pmatrix}$ gilt. 3

Aufgabensatz 2 Grundkursfach Mathematik

Aufgabenteil B: Hilfsmittel GTR/CAS

Die Firma VELOTRITT GmbH stellt Fahrräder des unteren Preissegments her, die über Discountmärkte und das Internet vertrieben werden. Einige Bauteile dieser Fahrräder werden bei unterschiedlichen Lieferanten zugekauft.

In allen Aufgaben gilt ME ≙ Mengeneinheiten und GE ≙ Geldeinheiten.

Aufgabe 2 – Analysis (28 Punkte) **Punkte**

Die VELOTRITT GmbH plant die Markteinführung der neuen Kinderradserie *Kiddystunt*.

2.1 Zur Vorbereitung der Markteinführung wurden detaillierte Marktuntersuchungen durchgeführt, denen zufolge in den ersten drei Jahren mit einem prognostizierten Verlauf der Absatzentwicklung entsprechend der Funktion

$$a(t) = 400 + (150t - 50) \cdot e^{-0{,}1t};\ t \in \mathbb{R}^{\geq 0}$$

zu rechnen ist. Dabei entspricht a(t) der Absatzmenge in ME pro Monat und t der seit der Markteinführung vergangenen Zeit in Monaten.

2.1.1 Berechnen Sie die Absatzmenge pro Monat, mit der ein Jahr nach Markteinführung zu rechnen ist. 3

2.1.2 Zeigen Sie, dass die erste und die zweite Ableitungsfunktion von a den folgenden Gleichungen entsprechen. 6

$$a'(t) = e^{-0{,}1t}(155 - 15t) \qquad \text{und} \qquad a''(t) = e^{-0{,}1t}(1{,}5t - 30{,}5)$$

2.1.3 Berechnen Sie den Monat, in welchem die Funktion a ihren Wendepunkt besitzt. 6

Hinweis: Auf den Nachweis der hinreichenden Bedingung wird verzichtet!

2.1.4 Interpretieren Sie die in 2.1.3 berechnete Wendestelle ökonomisch. 2

2.1.5 Bestimmen Sie die monatliche Absatzmenge, die sich laut Prognose langfristig einstellen wird. 3

2.2 Die Beleuchtungsanlagen für die neue Kinderradserie Kiddystunt werden von der BLENDOLUX KG geliefert. In der Abteilung Controlling ist man sich bei BLENDOLUX unsicher, ob die Kostenfunktion $K(x) = 4x^3 - 90x^2 + 700x + 400$ die tatsächliche Kostenentwicklung modelliert. Dazu wurden betriebliche Zahlen erhoben. 8

Die Kapazitätsgrenze für die Beleuchtungsanlagen liegt bei 18 ME.

Überprüfen Sie, ob die obige Kostenfunktion den erhobenen Bedingungen genügt.

- Es entstehen Fixkosten in Höhe von 400 GE.
- Bei 8 ME betragen die Gesamtkosten 2 288 GE.
- Die Grenzkosten sind bei 7,5 ME minimal.
- Die Gesamtkosten an der Kapazitätsgrenze betragen 7 168 GE.
- Bei einer Produktion von 2 ME betragen die Grenzkosten 388 GE/ME.
- Bei einer Produktionsmenge von 5 ME betragen die durchschnittlichen Kosten 430 GE/ME.

Aufgabensatz 2

Aufgabenteil B: Hilfsmittel GTR/CAS

Aufgabe 3 – Lineare Algebra (28 Punkte) Punkte

Die VELOTRITT GmbH stellt die Rahmen der Fahrradmodelle City und Tour in Eigenfertigung her. Um sich von der Konkurrenz abzuheben, werden für diese Rahmen jedes Jahr neue modische Lackierungen produziert. Dabei werden in einem zweistufigen Produktionsprozess zunächst aus den drei Ausgangsfarben R1, R2 und R3 die drei Modefarben Z1, Z2 und Z3 gemischt und aus diesen dann die Lackierungen für die Modelle City (E1) und Tour (E2) hergestellt.

Es gelten folgende Mengenbeziehungen (in ME) mit a, b $\in \mathbb{R}^{\geq 0}$:

	Z1	Z2	Z3
R1	2	3	1
R2	0	2	2
R3	3	5	4

	E1	E2
Z1	1	2
Z2	3	7
Z3	a	5

	E1	E2
R1	13	b
R2	10	24
R3	26	61

3.1 Berechnen Sie die Zahlenwerte für a und b in den Tabellen mithilfe der Matrizenrechnung. 3

3.2 Im Folgenden seien a = 2 und b = 30.

3.2.1 Die VELOTRITT GmbH benötigt für einen Auftrag 15 ME der Lackierung E1 und 18 ME der Lackierung E2. Berechnen Sie, wie viele ME der drei Modefarben Z1, Z2 und Z3 für diesen Auftrag erforderlich sind. 4

3.2.2 Für eine Sonderlackierung können im Rahmen eines alternativen Produktionsprozesses die Modefarben Z1, Z2 und Z3 auch entsprechend der folgenden Matrix gemischt werden: 8

$$M_{RZ} = \begin{pmatrix} 2 & 3 & 1 \\ 0 & 2 & 2 \\ 4 & 7 & 3 \end{pmatrix}$$

Wegen Sanierungsarbeiten am Boden der Lagerhalle muss das Rohstofflager kurzfristig geräumt werden. Der Lagerbestand von R1 beträgt 999 ME, der von R2 beträgt 826 ME und von R3 befinden sich noch 2 411 ME im Lager. Bestimmen Sie den ökonomisch sinnvollen Lösungsvektor, mit welchem der Lagerbestand im Rahmen des alternativen Produktionsprozesses ohne Rest aufgebraucht wird.

Aufgabensatz 2 Aufgabenteil B: Hilfsmittel GTR/CAS

Aufgabe 3 – Lineare Algebra **Punkte**

3.3 Die VELOTRITT GmbH produziert auch die Satteltaschen S1, S2 und S3. Diese werden aus Zwischenprodukten Z1, Z2 und Z3 gefertigt, welche zuvor aus den Rohmaterialien R1, R2, R3 und R4 hergestellt werden.

Die Matrix $B_{ZS} = \begin{pmatrix} 2 & 0 & 1 \\ 6 & 3 & 3 \\ 4 & 2 & b \end{pmatrix}$ mit $b \in \mathbb{N}$ gibt an, wie viele Mengeneinheiten (ME) der Zwischenprodukte jeweils für eine Mengeneinheit der Satteltaschen benötigt werden.

Die Matrix $C_{RS} = \begin{pmatrix} 8 & 2 & 2 \\ 22 & 7 & 7 \\ 16 & 6 & 2 \\ 34 & 16 & 13 \end{pmatrix}$ gibt den Bedarf an Mengeneinheiten der Rohmaterialien für jeweils eine Mengeneinheit der Satteltaschen an. Es gilt $A_{RZ} = \begin{pmatrix} 2 & 0 & 1 \\ 4 & 1 & 2 \\ 2 & 0 & 3 \\ 1 & 4 & 2 \end{pmatrix}$.

3.3.1 Berechnen Sie den Parameter $b \in \mathbb{N}$ der Matrix B_{ZS}. 5

3.3.2 Von den Zwischenprodukten stehen 190 ME von Z1, 798 ME von Z2 und 400 ME von Z3 zur Verfügung. Überprüfen Sie, ob diese für $b = 0$ vollständig zu Satteltaschen S1, S2 sowie S3 verarbeitet werden können, wenn diese im Verhältnis 3 : 4 : 4 hergestellt werden sollen. 8

(Teile aus Berufskolleg NRW 2015.)

Aufgabensatz 2 Grundkursfach Mathematik

Aufgabenteil B: Hilfsmittel GTR/CAS

Aufgabe 4 – Stochastik (28 Punkte) **Punkte**

Die VELOTRITT GmbH bezieht die notwendigen Beleuchtungsanlagen (Front- und Rücklichter) von der Blendolux KG.

4.1 Die Blendolux KG garantiert, dass der Ausschussanteil ihrer Produkte höchstens 4 % beträgt. Für eine Qualitätskontrolle wählt ein Mitarbeiter zufällig 100 Beleuchtungsanlagen aus. Gehen Sie davon aus, dass $p = 0{,}04$ gilt.

4.1.1 Berechnen Sie die Wahrscheinlichkeit, dass genau 6 Beleuchtungsanlagen Ausschussware sind. 4

4.1.2 Berechnen Sie die Wahrscheinlichkeit, dass höchstens 2 Beleuchtungsanlagen Ausschussware sind. 3

4.1.3 Berechnen Sie die Wahrscheinlichkeit, dass mehr als eine Beleuchtungsanlage Ausschussware ist. 3

4.1.4 Ermitteln Sie die Wahrscheinlichkeit, dass mehr als 3, aber weniger als 7 Beleuchtungsanlagen Ausschussware sind. 4

4.2 Ein Mitarbeiter der VELOTRITT GmbH möchte die Angaben der BLENDOLUX KG prüfen, da er vermutet, dass der Ausschussanteil von 4 % in Wirklichkeit höher ist.

4.2.1 Der Mitarbeiter möchte diese Vermutung mittels eines einseitigen Hypothesentests mit einem Signifikanzniveau von 10%bestätigen, indem er 100 Beleuchtungsanlagen überprüft. Entwickeln Sie auf Grundlage der Angaben einen Hypothesentest mit zugehöriger Entscheidungsregel. 10

4.2.2 Der Mitarbeiter entdeckt 6 beschädigte Beleuchtungsanlagen. Beurteilen Sie diesen Sachverhalt auf der Grundlage des Hypothesentests. 4

(Teile aus Berufskolleg NRW 2015)

Aufgabensatz 2 Lösungen

Aufgabenteil A: ohne Hilfsmittel

Aufgabe 1 (18 Punkte)

Analysis

1.1.1 Gleichung $\frac{1}{a} \cdot e^{a \cdot x} = \frac{2}{a}$ auflösen nach x: $e^{a \cdot x} = 2$

Logarithmieren $a \cdot x = \ln(2) \Rightarrow x = \frac{\ln(2)}{a}$

1.1.2 Ableitung von f_a mit der Kettenregel: $f_a'(x) = \frac{1}{a} \cdot e^{a \cdot x} \cdot a = e^{a \cdot x}$

Vertikaler Abstand in x = 0: $f_a(0) - f_a'(0) = \frac{1}{a} - 1$ $\quad (e^{a \cdot 0} = 1)$

Ungleichung für a: $\frac{1}{a} - 1 \geq 3 \Rightarrow \frac{1}{a} \geq 4 \quad | \cdot a$

$4a \leq 1 \Leftrightarrow a \leq \frac{1}{4}$ $\quad (0 < a < 1)$

Für $0 < a \leq \frac{1}{4}$ beträgt der gesuchte vertikale Abstand mindestens 3.

1.2 Größter Absatz pro ZE (größter momentaner Absatz):

$a'(t) = 10 \cdot e^{-t} + 10t \cdot e^{-t} \cdot (-1) = (10 - 10t) \cdot e^{-t}$

Bed.: $a'(t) = 0 \Leftrightarrow 10 - 10t = 0$

wegen $e^{-t} > 0$: $\quad t = 1$

Zum Zeitpunkt 1 ZE wird der größte momentane Absatz erzielt.

1.3 $P(U_1) = P(U_2) = \frac{1}{2}$; Zwei rote aus Urne U_1 oder zwei rote aus Urne U_2; Ziehen mit ZL

$P(rr) = \frac{1}{2} \cdot \frac{2}{3} \cdot \frac{2}{3} + \frac{1}{2} \cdot \frac{1}{2} \cdot \frac{1}{2}$ (Term genügt)

1.4 bedingte Wahrscheinlichkeit $P_{g \vee b}(U_1) = \frac{P((g \vee b) \cap U_1)}{P(g \vee b)} = \frac{\frac{1}{2} \cdot \frac{1}{3}}{\frac{1}{2} \cdot \frac{1}{3} + \frac{1}{2} \cdot \frac{1}{2}} = \frac{12}{30}$

1.5 A + B: nicht definiert (unterschiedliche Anzahlen der Zeilen)

A ·B: definiert; Anzahl der Spalten von A stimmt mit Anzahl der Zeilen von B überein

1.6 $B \cdot C = \begin{pmatrix} 1 & 0 \\ 0 & 1 \end{pmatrix} = E \Rightarrow C = B^{-1}$

Damit: $\left(\begin{array}{cc|cc} 3 & 0 & 1 & 0 \\ 1 & 2 & 0 & 1 \end{array}\right) \sim \left(\begin{array}{cc|cc} 3 & 0 & 1 & 0 \\ 0 & 6 & -1 & 3 \end{array}\right) \sim \left(\begin{array}{cc|cc} 6 & 0 & 2 & 0 \\ 0 & 6 & -1 & 3 \end{array}\right) \sim \frac{1}{6}\left(\begin{array}{cc|cc} 1 & 0 & 2 & 0 \\ 0 & 1 & -1 & 3 \end{array}\right)$

Vergleich ergibt $a = \frac{2}{6} = \frac{1}{3}$, $b = 0$, $c = -\frac{1}{6}$, $d = \frac{3}{6} = \frac{1}{2}$

Variante: $B \cdot C = \begin{pmatrix} 3 & 0 \\ 1 & 2 \end{pmatrix} \cdot \begin{pmatrix} a & b \\ c & d \end{pmatrix} = \begin{pmatrix} 3a & 3b \\ a + 2c & b + 2d \end{pmatrix} = \begin{pmatrix} 1 & 0 \\ 0 & 1 \end{pmatrix}$

Vergleich ergibt $a = \frac{1}{3}$, $b = 0$.

Einsetzen von a in $a + 2c = 0$ ergibt $c = -\frac{1}{6}$

und einsetzen von b in $b + 2d = 1$ ergibt $d = \frac{1}{2}$

Aufgabensatz 2 Grundkursfach Mathematik

Aufgabenteil B: Hilfsmittel GTR/CAS Lösungen

Aufgabe 2 – Analysis (24 Punkte)

2.1 $a(t) = 400 + (150t - 50) \cdot e^{-0,1t}$; $t \in \mathbb{R}^{\geq 0}$

a(t): Absatzmenge in ME pro Monat, t in Monaten

2.1.1 **Absatzmenge pro Monat nach einem Jahr, also für t = 12:** a(12) = 927,08...

Ein Jahr nach Markteinführung ist mit einem Absatz von 927 ME pro Monat zu rechnen.

2.1.2 **Ableitungsfunktionen von a**

Mit Produkt und Kettenregel: $a'(t) = -0,1 \cdot (150t - 50) \cdot e^{-0,1t} + 150 \cdot e^{-0,1t}$

$$a'(t) = e^{-0,1t}(155 - 15t)$$

$$a''(t) = -0,1 \cdot e^{-0,1t}(155 - 15t) + e^{-0,1t}(-15)$$

$$a''(t) = e^{-0,1t}(1,5t - 30,5)$$

2.1.3 **Wendestelle**

Notwendige Bedingung: $a''(t) = 0$ $\quad e^{-0,1t}(1,5t - 30,5) = 0$

Satz vom Nullprodukt, $e^{-0,1t} > 0$: $\quad 1,5t - 30,5 = 0$ für t = 20,33...

Nach 20 Monaten (im 21. Monat seit Markteinführung) hat die Funktion a ihren Wendepunkt. (Kein Nachweis mit der hinreichenden Bedingung verlangt.)

2.1.4 **Interpretation ökonomisch**

Bis t = 20,33 ändern sich die Absatzzahlen progressiv fallend, danach degressiv fallend. Stark abnehmender Verlauf wechselt in t = 20,33 in schwächer abnehmenden Verlauf. t = 20,33 ist die Stelle mit dem stärksten Absatzrückgang.

2.1.5 **Langfristige Prognose**

Wegen $(150t - 50) \cdot e^{-0,1t} \to 0$ für $t \to \infty$ gilt: $\lim\limits_{t \to \infty} a(t) = 400$

(Die Gerade mit y = 400 ist waagrechte Asymptote des Graphen von a.)

Langfristig ist mit einer monatlichen Absatzmenge von 400 ME zu rechnen.

2.2 $K'(x) = 12x^2 - 180x + 700$; $K''(x) = 24x - 180$; $K'''(x) = 24$

- Fixkosten in Höhe von 400 GE: K(0) = 400 wahr
- Bei 8 ME Gesamtkosten von 2 288 GE: K(8) = 2288 wahr
- Grenzkosten bei 7,5 ME minimal: $K''(7,5) = 0 \wedge K'''(7,5) = 24 > 0$ wahr
  K‘ hat in x = 7,5 eine Minimalstelle.
- Gesamtkosten an der Kapazitätsgrenze 7168 GE: K(18) = 7 168 wahr
- Bei 2 ME Grenzkosten von 388 GE/ME: K′(2) = 388 wahr
- Bei 5 ME durchschnittliche Kosten von 430 GE/ME: $\frac{K(5)}{5} = \frac{2150}{5} = 430$ wahr

Aufgabensatz 2 Grundkursfach Mathematik
Aufgabenteil B: Hilfsmittel GTR/CAS Lösungen

Aufgabe 3 – Lineare Algebra

3.1 Bestimmung von a und b

Multiplikation von Zeile 1 der (R, Z)-Matrix mit der Spalte 1 der (Z, E)-Matrix ergibt:

$2 + 9 + a = 13 \quad \Leftrightarrow \; a = 2$

Multiplikation von Zeile 1 der (R, Z)-Matrix mit der Spalte 2 der (Z, E)-Matrix ergibt:

$4 + 21 + 5 = b \quad \Leftrightarrow b = 30.$

Hinweis zur Alternative: Es gilt $A_{RZ} \cdot B_{ZE} = C_{RE}$

3.2.1 Es gilt: $B_{ZE} \cdot \begin{pmatrix} 15 \\ 18 \end{pmatrix} = \begin{pmatrix} 1 & 2 \\ 3 & 7 \\ 2 & 5 \end{pmatrix} \cdot \begin{pmatrix} 15 \\ 18 \end{pmatrix} = \begin{pmatrix} 51 \\ 171 \\ 120 \end{pmatrix}$

Für diesen Auftrag sind 51 ME Z1, 171 ME Z2 und 120 ME Z3 erforderlich.

3.2.2 $M_{RZ} = \begin{pmatrix} 2 & 3 & 1 \\ 0 & 2 & 2 \\ 4 & 7 & 3 \end{pmatrix}$

Bedingung: $M_{RZ} \cdot \vec{z} = \begin{pmatrix} 999 \\ 826 \\ 2411 \end{pmatrix}$ ergibt das LGS $\left(\begin{array}{ccc|c} 2 & 3 & 1 & 999 \\ 0 & 2 & 2 & 826 \\ 4 & 7 & 3 & 2411 \end{array}\right)$

Auflösung mit dem Gauß-Verfahren: $\left(\begin{array}{ccc|c} 2 & 3 & 1 & 999 \\ 0 & 2 & 2 & 826 \\ 0 & 1 & 1 & 413 \end{array}\right) \sim \left(\begin{array}{ccc|c} 2 & 3 & 1 & 999 \\ 0 & 2 & 2 & 826 \\ 0 & 0 & 0 & 0 \end{array}\right)$

Das LGS ist mehrdeutig lösbar.

Lösungsvektor: $z_3 = t$ einsetzen ergibt: $2z_2 + 2t = 826$

$z_2 = 413 - t$

einsetzen ergibt: $2z_1 + 3(413 - t) + t = 999 \Leftrightarrow z_1 = t - 120$

Die Lösung ist ökonomisch sinnvoll, wenn die Elemente der Lösung nicht negativ sind: $z_3 = t \geq 0$; $\quad z_2 = 413 - t \geq 0$ für $t \leq 413$

$z_1 = t - 120 \geq 0$ für $t \geq 120$

$\vec{z} = \begin{pmatrix} t - 120 \\ 413 - t \\ t \end{pmatrix}$ ökonomisch sinnvoll für $120 \leq t \leq 413$

Aufgabensatz 2 Grundkursfach Mathematik
Aufgabenteil B: Hilfsmittel GTR/CAS Lösungen

Aufgabe 3 – Lineare Algebra Fortsetzung

3.3..1 berechnet den Parameter $b \in \mathbb{N}$ der Matrix B_{ZS}.

Es gilt $A_{RZ} \cdot B_{ZS} = C_{RS}$

Um b zu bestimmen genügt die Rechnung: $(2 \quad 0 \quad 1) \cdot \begin{pmatrix} 1 \\ 3 \\ b \end{pmatrix} = 2 \Leftrightarrow 2 + b = 2 \Leftrightarrow b = 0$

Der Parameter b hat den Wert 0 .

3.3.2 überprüft, ob die Zwischenprodukte vollständig zu Satteltaschen verarbeitet werden können, wenn diese im Verhältnis 3 : 4 : 4 hergestellt werden sollen.

Damit die Zwischenprodukte vollständig zu Satteltaschen im angegebenen Verhältnis verarbeitet werden können, muss die Gleichung

$B_{ZS} \cdot \begin{pmatrix} 3x \\ 4x \\ 4x \end{pmatrix} = \begin{pmatrix} 190 \\ 798 \\ 400 \end{pmatrix}$ eine positive Lösung besitzen (b = 0).

$\begin{pmatrix} 2 & 0 & 1 \\ 6 & 3 & 3 \\ 4 & 2 & 0 \end{pmatrix} \cdot \begin{pmatrix} 3x \\ 4x \\ 4x \end{pmatrix} = \begin{pmatrix} 190 \\ 798 \\ 400 \end{pmatrix}$ ergibt $\begin{pmatrix} 10x \\ 42x \\ 20x \end{pmatrix} = \begin{pmatrix} 190 \\ 798 \\ 400 \end{pmatrix}$

$10x = 190 \Rightarrow x = 19 \qquad 42x = 798 \Rightarrow x = 19 \qquad 20x = 400 \Rightarrow x = 20$

D. h. die Gleichung ist nicht lösbar und deshalb können die Zwischenprodukte nicht vollständig zu Satteltaschen im angegebenen Verhältnis verarbeitet werden.

Aufgabensatz 2 Grundkursfach Mathematik

Aufgabenteil B: Hilfsmittel GTR Lösungen

Aufgabe 4 – Stochastik

4.1 X:Anzahl der defekten Beleuchtungsanlagen; X ist $B_{100;\,0{,}04}$-verteilt

4.1.1 Genau 6 Beleuchtungsanlagen sind Ausschussware:

$P(X = 6) = 0{,}1052 = 10{,}52\ \%$

4.1.2 Höchstens 2 Beleuchtungsanlagen sind Ausschussware: $P(X \leq 2) = 0{,}2321 = 23{,}21\ \%$

4.1.3 Mehr als eine Beleuchtungsanlage ist Ausschussware:

$P(X > 1) = 1 - P(X \leq 1) = 1 - 0{,}0872 = 0{,}9128 = 91{,}28\ \%$

4.1.4 Mehr als 3, aber weniger als 7 Beleuchtungsanlagen sind Ausschussware:

$P(3 < X < 7) = P(X \leq 6) - P(X \leq 3) = 0{,}8936 - 0{,}4295 = 0{,}4641 = 46{,}41\ \%$

4.2.1 Es ist: H_1: $p > 0{,}04$ (Mehr als 4 % der Teile sind Ausschussware.)

H_0: $p \leq 0{,}04$ (4 % und weniger Teile sind Ausschussware.)

Die Nullhypothese würde nur verworfen werden, wenn bei einer Überprüfung die Anzahl an Ausschussteilen signifikant nach oben abweicht. Daher handelt es sich um einen rechtsseitigen Test.

Mit $p = 0{,}04$, $n = 100$ und $\alpha = 0{,}1$ ergibt sich:

$P(X \geq k) < 0{,}1 \Leftrightarrow 1 - P(X \leq k - 1) < 0{,}1$

$P(X \geq 7) = 1 - P(X \leq 6) \approx 1 - 0{,}8936 = 0{,}1064 > 0{,}1$

$P(X \geq 8) = 1 - P(X \leq 7) \approx 1 - 0{,}9525 = 0{,}0475 < 0{,}1$

Für den Ablehnungsbereich der Nullhypothese gilt somit: $\overline{A} = \{8; 9; \ldots; 100\}$.

Befinden sich mindestens 8 defekte Beleuchtungsanlagen unter den getesteten 100, so darf der Mitarbeiter die Nullhypothese verwerfen und seine Vermutung, dass der Ausschussanteil über 4 % liegt, als bestätigt ansehen.

4.2.2 Da die Anzahl der beschädigten Beleuchtungsanlagen nicht im Ablehnungsbereich der Nullhypothese liegt, kann der Mitarbeiter seine Hypothese, dass mehr als 4 % der Beleuchtungseinheiten defekt sind, nicht mit ausreichender Signifikanz belegen. Gleichzeitig ist jedoch damit die Nullhypothese nicht bewiesen

IV Zentrale Abiturprüfungen

Angepasst an die Abiturprüfung 2023

Zentrale Abiturprüfung 2018

Fachbereich Wirtschaft und Verwaltung

Aufgabenteil A: ohne Hilfsmittel **Lösungen Seite 179 - 183**

Aufgabenstellung

Punkte

Das Unternehmen Bilster Möbel GmbH produziert Holzmöbel aller Art. Hierzu gehören diverse Schrank und Regalsysteme sowie Tische und Stühle.

Aufgabe 1 (18 Punkte)

1.1 Analysis

Der Absatz des Esstisches Cordoba wird beschrieben durch die Funktion

$f(t) = (-t + 10)\cdot e^{0,5\cdot t}$ mit $t \in [0; 10]$.

Dabei steht t für die Anzahl der Monate seit der Produkteinführung und f(t) für den Absatz in Mengeneinheiten (ME) pro Monat.

1.1.1 Geben Sie den Absatz pro Monat bei Markteinführung an. 1

1.1.2 Zeigen Sie, dass die Ableitungsfunktion durch die Funktion f′ mit

$$f'(t) = (-0,5 \cdot t + 4)\cdot e^{0,5\cdot t}$$

beschrieben werden kann. 2

1.1.3 Berechnen Sie die Nullstelle der Ableitungsfunktion f′ (siehe 1.12) und begründen Sie mit Hilfe des Graphen von f′ (Abbildung 1.1), dass die Nullstelle der Ableitungsfunktion den Zeitpunkt mit maximalem Absatz pro Monat angibt.

3

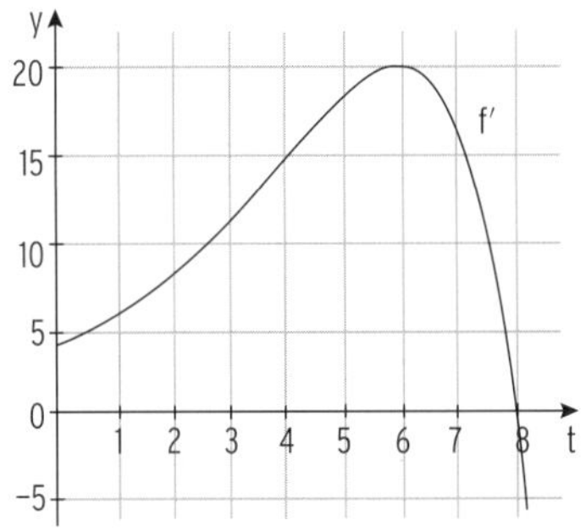

Abb. 1.1

Zentrale Abiturprüfung 2018

Aufgabenteil A: ohne Hilfsmittel

1.2 Lineare Algebra

Punkte

Die Bilster Möbel GmbH stellt aus den Zwischenprodukten Z1 (Tischbein) und Z2 (Tischplatte) zwei verschiedene Tischmodelle E1 und E2 her.
Der jeweilige Bedarf an Zwischenprodukten in Stück zur Fertigung je eines Endproduktes ist der folgenden Matrix M_{ZE} zu entnehmen:

$$M_{ZE} = \begin{pmatrix} 4 & 2 \\ 1 & 1 \end{pmatrix}$$

1.2.1 Im Lager der Bilster Möbel GmbH befinden sich aktuell noch 206 Tischbeine und 57 Tischplatten.
Bestimmen Sie die Anzahl der beiden Tischmodelle E1 und E2, die hieraus hergestellt werden können, wenn das Lager vollständig geräumt werden soll. 4

1.2.2 Geben Sie zwei Lagerbestände an, die unter den gegebenen Voraussetzungen nicht vollständig zu Tischen verarbeitet werden können. 2

1.3 Stochastik

Punkte

Im Büro der Bilster Möbel GmbH liegt eine Packung mit 5 Kugelschreibern.

3 hiervon sind blau, 2 sind rot. Ein Angestellter zieht aus der Packung mehrmals hintereinander zufällig einen Kugelschreiber heraus, ohne diesen wieder in die Packung zurück zu legen.

1.3.1 Berechnen Sie die Wahrscheinlichkeit, dass der zweite gezogene Kugelschreiber blau ist. 3

1.3.2 Die Zufallsgröße X gibt die Anzahl der Ziehungen an, die benötigt werden, um den ersten roten Kugelschreiber zu ziehen.

x_i	1	2	3	4
$P(X = x_i)$	$\frac{2}{5}$			$\frac{1}{10}$

Ermitteln Sie die fehlenden Wahrscheinlichkeiten und den Erwartungswert von X.

3

Zentrale Abiturprüfung 2018

Aufgabenteil B: Hilfsmittel GTR/CAS

Aufgabenstellung

Punkte

Als einer von vielen Anbietern produziert die Bilster Möbel GmbH aller Art.
Hierzu gehören diverse Schrank- und Regalsysteme, Tische und Stühle.
In allen Aufgaben gilt: ME ≙ Mengeneinheiten und GE ≙ Geldeinheiten

Aufgabe 2 – Analysis (24 Punkte)

Die Bilster Möbel GmbH produziert den Computertisch Marseille und bietet diesen zu einem Verkaufspreis von 50 GE/ME an.
Die Kapazitätsgrenze für dieses Produkt liegt bei 10 ME.
Der Kostenverlauf für die Produktion des Computertisches Marseille wird beschrieben durch eine ertragsgesetzliche Kostenfunktion dritten Grades.

2.1 Als Gewinnfunktion wurde $G(x) = -4x^3 + 16x^2 + 12x - 48$ ermittelt.

2.1.1 Berechnen Sie den Gewinn, den das Unternehmen maximal erzielen kann. 3

2.1.2 Ermitteln Sie diejenigen Produktionsmengen, für die das Unternehmen einen Gewinn von mindestens 10 GE erzielt. 2

2.1.3 Leiten Sie die Funktionsgleichung der zugehörigen Kostenfunktion K her. 3

Gehen Sie im Folgenden von der Kostenfunktion $K(x) = 4x^3 - 16x^2 + 38x + 48$ aus.

2.2 Ein Konkurrenzunternehmen bietet ein vergleichbares Modell zu einem Preis von 45 GE/ME an. Daher wird überlegt, den Preis zu senken.

2.2.1 Bestätigen Sie, dass das Betriebsminimum 2 ME beträgt und geben Sie die kurzfristige Preisuntergrenze an. 3

2.2.2 Die Unternehmensleitung entschließt sich, den Preis ebenfalls auf 45 GE/ME zu senken. Bestimmen Sie alle Ausbringungsmengen, für die das Unternehmen einen Gewinn von mindestens 5 % der Gesamtkosten erzielt. 4

2.3 Für eine neuartige Rollkommode hat die Marketimgabteilung die Angebotsfunktion
$p_A(x) = 0{,}5x^2 + bx + 1{,}25;\ b \in \mathbb{R}$ und $b > 0$
und die Nachfragefunktion $p_N(x) = -0{,}25x^2 + 25$ ermittelt.

2.3.1 In der Abbildung in Anlage 1 sind der Graph von p_N und für ein bestimmtes b der Graph von p_A dargestellt. Ergänzen Sie in der Graphik (siehe Anlage 1) die Beschriftungen der Graphen und stellen Sie die Konsumentenrente graphisch dar. 3

2.3.2 Bestimmen Sie für b = 1 den zugehörigen Gleichgewichtspreis sowie die Konsumentenrente. 4

2.3.3 Beschreiben Sie, wie sich die Lage des Marktgleichgewichts mit wachsendem b ändert. 2

Zentrale Abiturprüfung 2018

Aufgabenteil B: Hilfsmittel GTR/CAS

Aufgabe 3 – Lineare Algebra (24 Punkte)

Punkte

Die Bilster Möbel GmbH stellt aus drei verschiedenen Bauteilen B1, B2, B3 drei Zwischenprodukte Z1, Z2, Z3 und aus diesen wiederum drei Endprodukte (die Schreibtische E1. E2. E3) her. Die Materialverflechtung ist den folgenden Matritzen zu entnehmen:

$$A_{BZ} = \begin{pmatrix} 2 & 1 & 0 \\ 3 & 2 & 2 \\ 4 & 0 & 1 \end{pmatrix} \qquad C_{BE} = \begin{pmatrix} 10 & 7 & 2 \\ 16 & 18 & 12 \\ 16 & 11 & 4 \end{pmatrix}$$

3.1 Die Kosten und die Verkaufspreise ergeben sich aus den folgenden Tabellen:

Kosten der Bauteile in GE je ME

B1	B2	B3
1	2	3

Fertigungskosten der Zwischenprodukte in GE je ME

Z1	Z2	Z3
2,5	3,3	2

Fertigungskosten der Endprodukte in GE je ME

E1	E2	E3
17	23	19

Verkaufspreise der Endprodukte in GE je ME

E1	E2	E3
150	145	90

3.1.1 Interpretieren Sie die Bedeutung des Elements c_{32} in der Matrix C_{BE} im Sachzusammenhang. 2

3.1.2 Ein Kunde bestellt jeweils 100 ME von E1, E2 und E3.
Berechnen Sie den Deckungsbeitrag für diesen Auftrag. 7

3.2 Es sollen 40 ME von E1 hergestellt werden und von E2 doppelt so viele ME wie von E3. Im Lager stehen noch 1000 ME von B1, 2000 ME von B2 und 1500 ME von B3 zur Verfügung.

3.2.1 Ermitteln Sie, wie viele ME von E3 höchstens hergestellt werden können. 6

3.2.2 Gehen Sie nun für E3 von einer Produktionsmenge von 28 ME aus. Berechnen Sie die Mengen von B1, B2 und B3, die als Restbestandan Bauteilen im Lager verbleiben. 3

3.3 Produktionsbedingt muss die Materialverflechtung zwischen den Bauteilen und Zwischenprodukten geändert werden, so dass die neue Materialverflechtung folgendermaßen aussieht:

$$A_{BZ}^{neu} = \begin{pmatrix} 2 & 1 & 2 \\ 0 & 3 & 4 \\ 4 & 2 & t \end{pmatrix};\ t \in \mathbb{R};\ t \geq 0$$

Momentan befinden sich noch 152 ME von B1, 16 ME von B2 und 132 ME von B3 im Lager. Das Lager soll vollständig geräumt werden.

Zentrale Abiturprüfung 2018

Aufgabenteil B: Hilfsmittel GTR/CAS

Aufgabe 3 – Lineare Algebra Fortsetzung

Punkte

3.3 Hierzu wurde der folgende Lösungsweg skizziert:

$$\left(\begin{array}{ccc|c} 2 & 1 & 2 & 152 \\ 0 & 3 & 4 & 16 \\ 4 & 2 & t & 132 \end{array}\right) \rightarrow \left(\begin{array}{ccc|c} 2 & 1 & 2 & 152 \\ 0 & 3 & 4 & 16 \\ 0 & 0 & t-4 & -172 \end{array}\right)$$

3.3.1 Erläutern Sie den dargestellten Lösungsansatz und beschreiben Sie, durch welche Umformung der rechte Koeffizientenmatrix aus der linken hervorgeht. 3

3.3.2 Begründen Sie dass sich für $t \geq 4$ keine herstellbaren Produktionsmengen der Zwischenprodukte ergeben. 3

Aufgabe 4 – Stochastik (24 Punkte)

Die Bilster Möbel GmbH stellt verschiedene hochwertige Schrankwände her.

4.1 Zur Ermittlung der Beliebtheit der beiden neuen Schrankwand-Modelle Granada und Kosta sind die Kunden verschiedener Fachgeschäfte befragt worden.
Hierbei konnten Sie zu den beiden Modellen jeweils angeben, ob diese ihnen gefallen oder nicht.
58 % der Kunden gefiel das Modell Granada (Ereignis G), 46 % gefiel das Modell Kosta (Ereignis K), 20 % gefiel keines der beiden Modelle.

4.1.1 Stellen Sie die Zusammenhänge in einer Vierfeldertafel oder einem vollständigen Baumdiagramm mit allen Pfad- und Pfadendwahrscheinlichkeiten dar. 4

4.1.2 Berechnen Sie die Wahrscheinlichkeit, mit der einem zufällig ausgewählten Kunden nur eines dieser beiden Modelle gefällt. 2

4.1.3 Ermitteln Sie die Wahrscheinlichkeit, mit der einem Kunden, welchem das Modell Granada nicht gefällt, das Modell Kosta gefällt. 3

4.2 Die nächste Lieferung umfasst 200 Bretter, die diesmal vollständig überprüft werden. Gehen Sie davon aus, dass die Anzahl fehlerhafter Holzbretter in der Lieferung binomialverteilt ist.

4.2.1 Bestimmen Sie die Wahrscheinlichkeit mit der die Anzahl der fehlerhaften Bretter um höchstens eine Standardabweichung vom Erwartungswert abweicht. 5

4.2.2 Bestimmen Sie die Wahrscheinlichkeit, dass mehr als 10, höchstens jedoch 20 Bretter fehlerhaft sind. 3

4.2.3 Für bereits vorliegende Kundenaufträge werden mindestens 185 fehlerfreie Bretter benötigt. Ermitteln Sie die Wahrscheinlichkeit, dass die Lieferung genügend fehlerfreie Bretter enthält. 3

Zentrale Abiturprüfung 2018

Aufgabenteil B: Hilfsmittel GTR/CAS

Aufgabe 4 – Stochastik Fortsetzung

4.3 Die Produktionsleiterin geht davon aus, dass insgesamt 400 fehlerfreie Holzbretter benötigt werden.
Gehen Sie davon aus, dass die Anzahl fehlerhafter Holzbretter in allen Lieferungen binomialverteilt ist.
Ermitteln Sie, wie viele Bretter mindestens bestellt werden müssen, damit mit einer Wahrscheinlichkeit von über 95 % mindestens 400 fehlerfreie Bretter im Rahmen der Lieferung eintreffen. 4

Anlage 1 zu Aufgabe 2.3.1

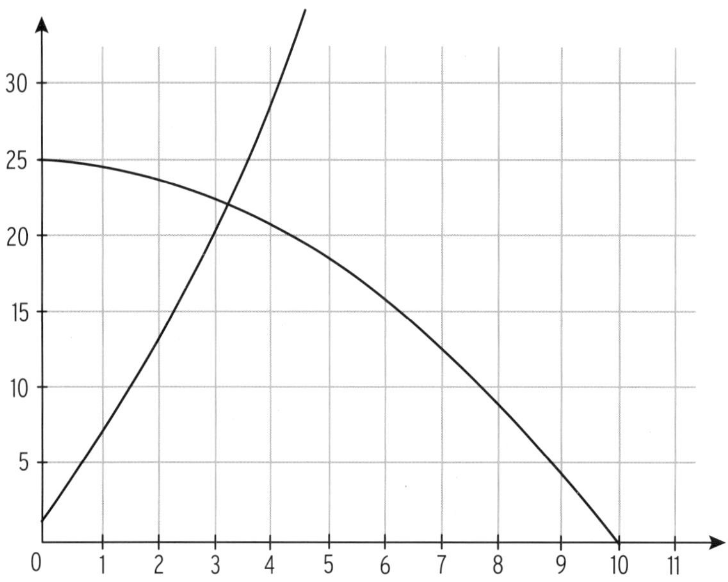

Zentrale Abiturprüfung 2018 Lösungen

Aufgabenteil A: ohne Hilfsmittel Lösungen

1.1 Analysis

1.1.1 Absatz pro Monat bei Markteinführung: $f(0) = 10$ $(e^{0,5\cdot 0} = 1)$

1.1.2 Ableitung mit Produkt- und Kettenregel

$f'(t) = -1 \cdot e^{0,5\cdot t} + (-t + 10)\cdot e^{0,5\cdot t} \cdot 0,5 = (-0,5 \cdot t + 4)\cdot e^{0,5\cdot t}$

1.1.3 Nullstelle der Ableitung: $f'(t) = 0$ $-0,5 \cdot t + 4 = 0$ $e^{0,5\cdot t} \neq 0$

$t = 8$

Am Graphen von f' sieht man an der Stelle $x = 8$ einen Vorzeichenwechsel von + nach –. Daher hat f in $x = 8$ eine Maximalstelle. Da es keine weiteren Extremstellen gibt, wird dort der maximale monatliche Absatz erzielt.

1.2 Lineare Algebra

1.2.1 $x_1; x_2$: Anzahl der Tischmodelle E1 und E2

Bedingung: $M_{ZE} \cdot \begin{pmatrix} x_1 \\ x_2 \end{pmatrix} = \begin{pmatrix} 206 \\ 57 \end{pmatrix}$

Lösung als LGS:

$$\begin{aligned} 4x_1 + 2x_2 &= 206 \\ x_1 + x_2 &= 57 \quad \cdot(-4) \\ -2\cdot x_2 &= -22 \Rightarrow x_2 = 11 \end{aligned}$$

Einsetzen in $x_1 + x_2 = 57$ ergibt $x_1 = 46$

Es können 46 Stücke von Tischmodell E1 und 11 Stücke von Tischmodell E2 hergestellt werden.

Hinweis: Lösung mithilfe der Inversen: $\begin{pmatrix} x_1 \\ x_2 \end{pmatrix} = M_{ZE}^{-1} \cdot \begin{pmatrix} 206 \\ 57 \end{pmatrix}$; $M_{ZE}^{-1} = \begin{pmatrix} 0,5 & -1 \\ -0,5 & 2 \end{pmatrix}$

1.2.2 Es wird immer eine gerade Anzahl von Tischbeinen benötigt.

(Entweder 4 oder 2 Tischbeine und jeweils eine Platte, dies besagt die M_{ZE} -Matrix.)

Jeder Lagerbestand aus einer ungeraden Anzahl von Tischbeinen, kann nicht vollständig verarbeitet werden.

Hinweis: vgl. Sie 0,5 in der Inversen

Beispiel 1: 207 Tischbeine und 57 Tischplatten

Beispiel 2: 1 Tischbein und 0 Tischplatten

1.3 Stochastik

Ziehen ohne Zurücklegen

1.3.1 $P(BB) + P(RB) = \frac{3}{5} \cdot \frac{2}{4} + \frac{2}{5} \cdot \frac{3}{4} = \frac{3}{5}$

1.3.2 $P(X = 2) = P(BR) = \frac{3}{5} \cdot \frac{2}{4} = \frac{3}{10}$

$P(X = 3) = P(BBR) = \frac{3}{5} \cdot \frac{2}{4} \cdot \frac{2}{3} = \frac{1}{5}$ oder $P(X = 3) = 1 - \frac{2}{5} - \frac{3}{10} - \frac{1}{10} = \frac{1}{5}$

$E(X) = 1 \cdot \frac{2}{5} + 2 \cdot \frac{3}{10} + 3 \cdot \frac{1}{5} + 4 \cdot \frac{1}{10} = 2$

Zentrale Abiturprüfung 2018 Lösungen

Aufgabenteil B: Hilfsmittel GTR/CAS

Aufgabe 2 - Analysis

2.1 Gewinnfunktion: $G(x) = -4x^3 + 16x^2 + 12x - 48$; $G'(x) = -12x^2 + 32x + 12$; $G''(x) = -24x+32$

2.1.1 Maximaler Gewinn

Bedingung: $G'(x) = 0 \Leftrightarrow x_1 = 3$;($x_2 = -\frac{1}{3} < 0$ ökonomisch nicht relevant)

Da $G'(3) = 0 \wedge G''(3) = -40 < 0$ wird für x = 3 der maximale Gewinn erzielt.

$G(3) = 24$; der maximale Gewinn beträgt 24 GE.

2.1.2 Gewinn mindestens 10 GE

$G(x) = 10 \Leftrightarrow x_1 = 2{,}073$; $x_2 = 3{,}778$

Auf dem Bereich von ca. 2,073 ME bis ca. 3,778 ME verläuft der Graph von G oberhalb der Geraden mit y = 10. Zwischen diesen beiden Werten wird ein Gewinn von mindestens 10 GE erzielt.

2.1.3 Erlös $E(x) = 50 \cdot x$ (Verkaufspreis p = 50)

Aus $G(x) = E(x) - K(x)$ folgt $K(x) = E(x) - G(x) = 50x - (-4x^3 + 16x^2 + 12x - 48)$

$K(x) = 4x^3 - 16x^2 + 38x + 48$

2.2.1 Betriebsminimum

Variable Stückkosten: $k_v(x) = \frac{K_v(x)}{x} = \frac{K(x) - K(0)}{x} = 4x^2 - 16x + 38$

Variable Stückkostenminimum: $k_v'(x) = 0$ $\quad 8x - 16 = 0 \Leftrightarrow x = 2$

Da $k_v'(2) = 0 \wedge k_v''(3) = 8 > 0$ werden für x = 2 die minimalen Stückkosten erzielt.

Somit ist das Betriebsminimum 2 ME.

$k_v(2) = 22$; die kurzfristige Preisuntergrenze beträgt 22 GE/ME.

2.2.2 Neue Erlösfunktion $E_{neu}(x) = 45 \cdot x$

Bedingung: $G(x) \geq 0{,}05 \cdot K(x)$

$E(x) \geq 1{,}05 \cdot K(x)$

Die Gleichung $E(x) = 1{,}05 \cdot K(x)$ hat die Lösungen

$x_1 \approx 2{,}360$ und $x_2 \approx 3{,}219$

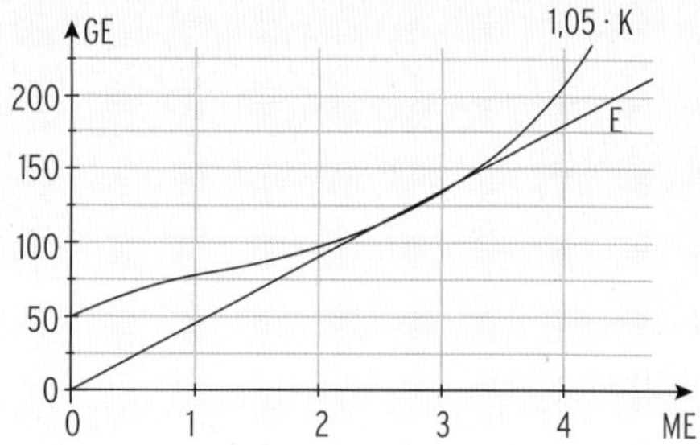

Auf dem Bereich von ca. 2,360 ME bis ca. 3,219 ME verläuft der Graph von E oberhalb des Graphen von $1{,}05 \cdot K(x)$. Zwischen diesen beiden Werten wird ein Gewinn mindestens in Höhe von 5 % der Gesamtkosten erzielt.

Zentrale Abiturprüfung 2018 Lösungen

Aufgabenteil B: Hilfsmittel GTR/CAS

Aufgabe 2 - Analysis Fortsetzung

2.3.1 Graphik

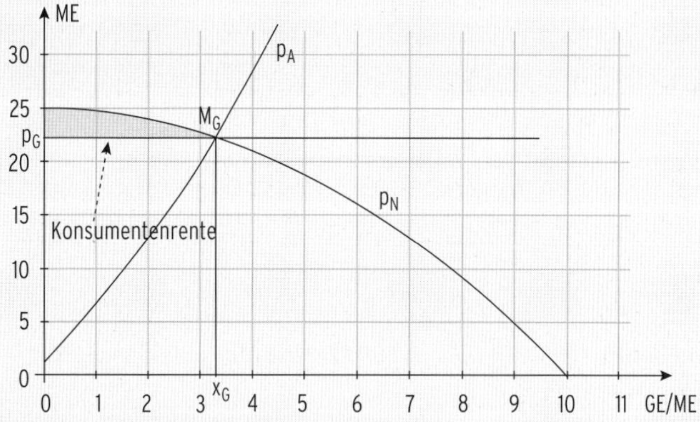

2.3.2 Gleichgewichtspreis und Konsumentenrente (b = 1)

Die beiden Graphen schneiden sich im Punkt G(5 | 18,75).

Damit ergibt sich der Gleichgewichtspreis von 18,75 GE/ME.

Die Konsumentenrente in Höhe von 20,83 GE ergibt sich als Fläche zwischen der Geraden y = 18,75 und dem Graphen von p_N im Intervall [0; 5].

$$\int_0^5 (p_N(x) - 18{,}75)\,dx \approx 20{,}83 \quad \text{oder auch} \quad \int_0^5 p_N(x)\,dx - 18{,}75 \cdot 5 \approx 114{,}58 - 93{,}75 = 20{,}83$$

2.3.3 Mit wachsendem b verschiebt sich der Schnittpunkt der Graphen von p_A und p_N im 1. Quadranten auf dem Graphen von p_N in Richtung y-Achse. Somit erhöht sich der Gleichgewichtspreis bei gleichzeitiger Verringerung der nachgefragten Gleichgewichtsmenge.

Hinweis: Ferigen Sie eine Skizze

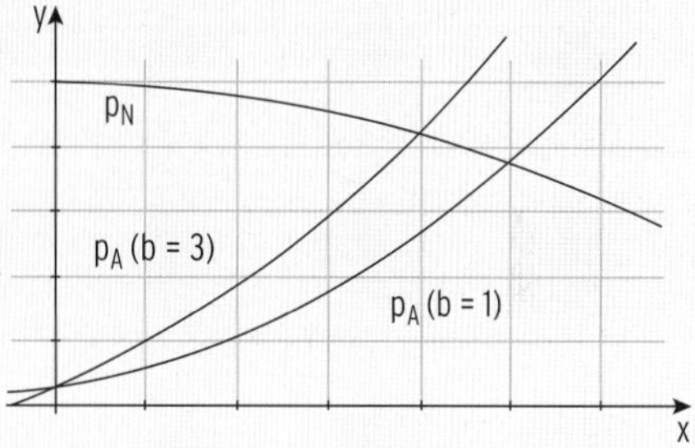

Aufgabe 3 – Lineare Algebra

$$A_{BZ} = \begin{pmatrix} 2 & 1 & 0 \\ 3 & 2 & 2 \\ 4 & 0 & 1 \end{pmatrix} \qquad C_{BE} = \begin{pmatrix} 10 & 7 & 2 \\ 16 & 18 & 12 \\ 16 & 11 & 4 \end{pmatrix}$$

3.1.1 $c_{32} = 11$: Der Eintrag in der 3. Zeile und 2. Spalte der Matrix C_{BE} gibt an, dass 11 ME des Bauteils B3 für eine ME des Endproduktes E2 benötigt werden.

3.1.2 Endproduktvektor $\vec{x} = \begin{pmatrix} 100 \\ 100 \\ 100 \end{pmatrix}$

Anzahl der Bauteile je 100 ME der Endprodukte: $C_{BE} \cdot \begin{pmatrix} 100 \\ 100 \\ 100 \end{pmatrix} = \begin{pmatrix} 1900 \\ 4600 \\ 3100 \end{pmatrix}$

Bauteilekosten: $(1 \quad 2 \quad 3) \cdot \begin{pmatrix} 1900 \\ 4600 \\ 3100 \end{pmatrix} = 20400$

Zentrale Abiturprüfung 2018 Lösungen

Aufgabenteil B: Hilfsmittel GTR/CAS

Aufgabe 3 – Lineare Algebra Fortsetzung

3.1.2 Anzahl der Zwischenprodukte je 100 ME der Endprodukte:

Aus $A_{BZ} \cdot B_{ZE} = C_{BE}$ folgt $B_{ZE} = A_{BZ}^{-1} \cdot C_{BE}$ und damit $A_{BZ}^{-1} \cdot C_{BE} \cdot \begin{pmatrix} 100 \\ 100 \\ 100 \end{pmatrix} = \begin{pmatrix} 600 \\ 700 \\ 700 \end{pmatrix}$

Fertigungskosten der Zwischenprodukte: $(2{,}5 \quad 3{,}5 \quad 2) \cdot \begin{pmatrix} 600 \\ 700 \\ 700 \end{pmatrix} = 5210$

Fertigungskosten der Endprodukte: $(17 \quad 23 \quad 19) \cdot \begin{pmatrix} 100 \\ 100 \\ 100 \end{pmatrix} = 5900$

Erlös: $(150 \quad 145 \quad 90) \cdot \begin{pmatrix} 100 \\ 100 \\ 100 \end{pmatrix} = 38500$

Deckungsbeitrag: $38500 - (20400 + 5210 + 5900) = 6990$

Der Deckungsbeitrag für den Auftrag beträgt 6990 GE.

3.2.1 Höchstherstellmenge x von E3

$$C_{BE} \cdot \begin{pmatrix} 40 \\ 2x \\ x \end{pmatrix} = \begin{pmatrix} 10 & 7 & 2 \\ 16 & 18 & 12 \\ 16 & 11 & 4 \end{pmatrix} \cdot \begin{pmatrix} 40 \\ 2x \\ x \end{pmatrix} = \begin{pmatrix} 16x + 400 \\ 48x + 640 \\ 26x + 640 \end{pmatrix} \quad \text{Bauteilevektor}$$

Bedingungen für x: $16x + 400 \leq 1000 \Rightarrow x \leq 37{,}5$

$48x + 640 \leq 2000 \Rightarrow x \leq 28{,}33$

$26x + 640 \leq 1500 \Rightarrow x \leq 33{,}08$

$x \leq 28{,}33$ ist die strengste Bedingung

Es können also höchstens 28,33 ME von E3 hergestellt werden.

3.3.2 Restbestand bei einer Produktion von 28 ME E3

(entsprechend 40 ME E1 und 56 ME E2)

$$\begin{pmatrix} 10 & 7 & 2 \\ 16 & 18 & 12 \\ 16 & 11 & 4 \end{pmatrix} \cdot \begin{pmatrix} 40 \\ 56 \\ 28 \end{pmatrix} = \begin{pmatrix} 848 \\ 1984 \\ 1368 \end{pmatrix}; \quad \begin{pmatrix} 1000 \\ 2000 \\ 1500 \end{pmatrix} - \begin{pmatrix} 848 \\ 1984 \\ 1368 \end{pmatrix} = \begin{pmatrix} 152 \\ 16 \\ 132 \end{pmatrix}$$

Es bleiben noch 152 ME von B1, 16 ME von B2 und 132 ME von B3 übrig.

3.3.1 Das LGS beschreibt die Lagerräumung mit dem Restbestand aus 3.2.2.

Das LGS ist mithilfe einer erweiterten Koeffizientenmatrix dargestellt.

Eine sinnvolle Lösung gibt die Produktionsmenge der Zwischenprodukte an.

Umformung: $\left(\begin{array}{ccc|c} 2 & 1 & 2 & 152 \\ 0 & 3 & 4 & 16 \\ 4 & 2 & t & 132 \end{array}\right)$ $\quad | \cdot(-2)$ (Zeile 1), $+$ (zu Zeile 3)

3.3.2 Für t = 4 ist das LGS nicht lösbar, da $0 \neq -172$

Für $t > 4$ gilt für die $-\frac{172}{t-4} < 0$.

Dies ergibt keine herstellbare Produktionsmenge, da der Wert negativ ist.

Zentrale Abiturprüfung 2018 Lösungen

Aufgabenteil B: Hilfsmittel GTR

Aufgabe 4 – Stochastik

4.1.1 G: Einem Kunden gefällt das Modell Granada

K: Einem Kunden gefällt das Modell Kosta

Vierfeldertafel:

	G	$\overline{G}$	
K	0,24	0,22	0,46
$\overline{K}$	0,34	0,20	0,54
	0,58	0,42	1

Baumdiagramm:

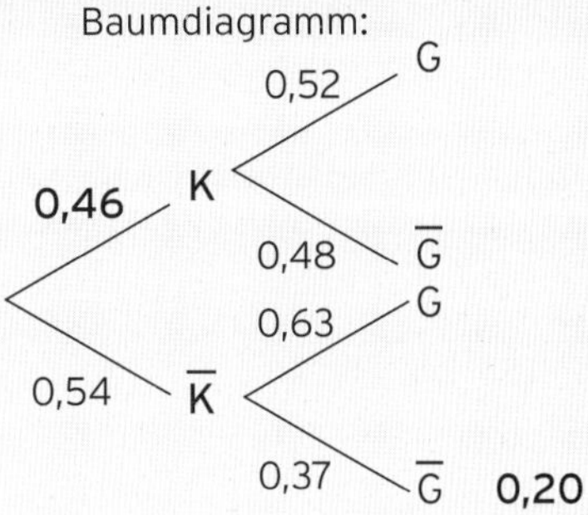

Hinweise für das Baumdiagramm:

$0{,}20 = P(\overline{K} \cap \overline{G}) = 0{,}54 \cdot x \Rightarrow x = 0{,}37$

$P(G) = 0{,}58 = P(K) \cdot P_K(G) + P(\overline{K}) \cdot P_{\overline{K}}(G)$

$0{,}58 = 0{,}46 \cdot P_K(G) + 0{,}54 \cdot 0{,}63 \Rightarrow P_K(G) = 0{,}52$

4.1.2 $P(G \cap \overline{K}) + P(\overline{G} \cap K) = 0{,}34 + 0{,}22 = 0{,}56$

4.1.3 $P_{\overline{G}}(K) = \frac{P(\overline{G} \cap K)}{P(\overline{G})} = \frac{0{,}22}{0{,}42} \approx 0{,}5238$

4.2 X: Anzahl der fehlerhaften Bretter; X ist binomialverteilt mit $n = 200$ und $p = 0{,}07$

4.2.1 Erwartungswert: $E(X) = n \cdot p = 200 \cdot 0{,}07 = 14$

Standardabweichung $\sigma = \sqrt{n \cdot p \cdot (1-p)} = \sqrt{200 \cdot 0{,}07 \cdot 093} \approx 3{,}61$

$P(14 - 3{,}61 \leq X \leq 14 + 3{,}61) = P(11 \leq X \leq 17) \approx 0{,}8351 - 0{,}1661 = 0{,}6690$

4.2.2 $P(11 \leq X \leq 20) = P(X \leq 20) - P(X \leq 10) \approx 0{,}9582 - 0{,}1661 = 0{,}7921 = 79{,}21\,\%$

4.2.3 Es werden mindestens 185 intakte Bretter benötigt, es dürfen höchstens 15 Bretter fehlerhaft sein: $P(X \leq 15) \approx 0{,}6731 = 67{,}31\,\%$

4.3 X_n: Anzahl der fehlerfreien Bretter in einer Lieferung von n Brettern;

X_n ist $B_{n;\,0,93}$-verteilt

Gesucht ist das minimale n, so dass gilt: $P(X_n \geq 400) > 0{,}95$

$P(X_{440} \geq 400) \approx 0{,}9608 > 0{,}95$; $P(X_{439} \geq 400) \approx 0{,}9454 < 0{,}95$

Es müssen als mindestens 440 Bretter bestellt werden.

Zentrale Abiturprüfung 2019

Grundkursfach Mathematik

Fachbereich Wirtschaft und Verwaltung

Aufgabenteil A: ohne Hilfsmittel **Lösungen Seite 191 - 196**

Aufgabenstellung

Die CareDisps GmbH stellt Displays für Handys und Tablets und diverse Display-Reparatur-Sets her, die über das Internet vertrieben werden.

Aufgabe 1 (18 Punkte) **Punkte**

1.1 Analysis

Für das neu entwickelte Flüssig-Reparatur-Set hat die CareDisps GmbH ein Patent angemeldet. Mithilfe der Funktion K mit $K(x) = \frac{2}{3} \cdot x^3 - 10 \cdot x^2 + 54 \cdot x + 10$ lassen sich die Gesamtkosten der Produktion des Flüssig-Reparatur-Sets beschreiben.

Die Funktion p mit $p(x) = -8x + 70$ beschreibt die Preis-Absatz-Funktion.

Dabei gibt x die Produktionsmenge in ME, K(x) die Gesamtkosten in GE und p(x) den Verkaufspreis in GE/ME an.

1.1.1 Bestätigen Sie, dass sich der Gewinn für jede Ausbringungsmenge x bestimmen lässt durch $G(x) = -\frac{2}{3} \cdot x^3 + 2 \cdot x^2 + 16 \cdot x - 10$. 2

1.1.2 Prüfen Sie, ob bei der Menge, die zu einem Preis von 38 GE/ME abgesetzt wird, der maximale Gewinn erzielt wird. 4

Zentrale Abiturprüfung 2019

Aufgabenteil A: ohne Hilfsmittel

1.2 Stochastik

Punkte

In einer Kundenumfrage wurden mehrere hundert Kunden befragt. 16 % der befragten Kunden gaben an, mit dem neuen Flüssig-Reparatur-Set unzufrieden zu sein. Die Abbildung 1.2 zeigt einen Ausschnitt der kumulierten Wahrscheinlichkeiten zu einer Stichprobe von 20 Kunden. Dabei steht die binomialverteilte Zufallsgröße X für die Anzahl der Kunden, die angeben, mit dem neuen Flüssig-Reparatur-Set unzufrieden zu sein.

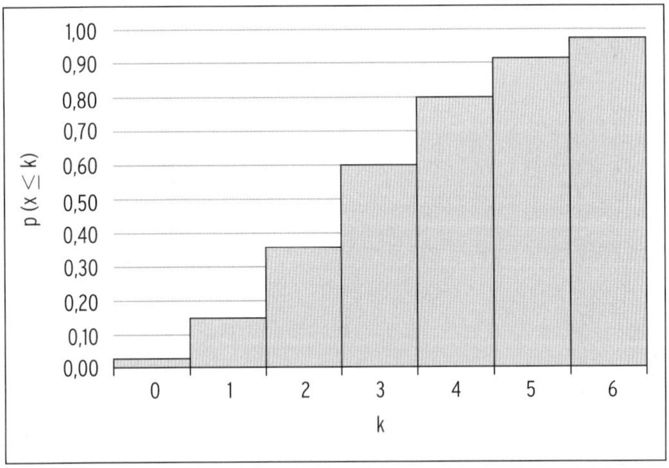

Abbildung 1.2: Kumulierte Wahrscheinlichkeit

1.2.1 Geben Sie mithilfe von Abbildung 1.2 die Wahrscheinlichkeiten für folgende Ereignisse an:
A: Höchstens drei Kunden sind unzufrieden.
B: Genau drei Kunden sind unzufrieden.
C: Mehr als drei Kunden sind unzufrieden. 3

1.2.2 Bestimmen Sie mithilfe von Abbildung 1.2 die Wahrscheinlichkeit, dass die Anzahl der unzufriedenen Kunden um höchstens eine Standardabweichung vom Erwartungswert abweicht. Gehen Sie von $\sigma = 1{,}6$ aus. 3

Zentrale Abiturprüfung 2019

Aufgabenteil A: ohne Hilfsmittel

1.3 **Lineare Algebra** **Punkte**

Die CareDisps GmbH beliefert zwei Großhändler, die Alphaphone KG und die Betaphone KG, mit Display-Reparatur-Sets in den Ausführungen R_1 und R_2.
Die folgende Tabelle gibt aus Sicht dieser Großhändler deren Bareinkaufspreise sowie deren Bezugskosten je Reparatur-Set an.
Die zugehörige Matrix wird mit M_{WK} bezeichnet.

Ware \ Kosten	Bezugskosten in GE/Set	Bareinkaufspreis in GE/Set
Reparatur-Set R_1	1	12
Reparatur-Set R_2	2	25

1.3.1 Zeigen Sie durch Herleitung, dass für die Inverse der Matrix M_{WK} gilt:

$$M_{WK}^{-1} = \begin{pmatrix} 25 & -12 \\ -2 & 1 \end{pmatrix}$$

3

Den beiden Großhändlern entstehen für den Einkauf der Reparatur-Sets im aktuellen Quartal insgesamt Kosten gemäß der folgenden Tabelle:

Händler \ Kosten	gesamte Bezugskosten in GE	gesamter Wareneinsatz ohne gesamte Bezugskosten in GE
Alphaphone KG	10	124
Betaphone KG	11	135

Die zugehörige Matrix wird mit M_{HK} bezeichnet.

1.3.2 Bestimmen Sie die Matrix M so, dass $M \cdot M_{WK} = M_{HK}$ gilt und interpretieren Sie deren Elemente im Sachzusammenhang.

3

Zentrale Abiturprüfung 2019

Aufgabenteil B: Hilfsmittel GTR/CAS

Aufgabenstellung

Die CareDisps GmbH stellt Displays für Handys und Tablets sowie diverse Display-Reparatur-Sets her, die über das Internet vertrieben werden.

Aufgabe 2 – Analysis (24 Punkte) — Punkte

Vor der Markteinführung eines neuen Displays hat die CareDisps GmbH eine Analyse der Kosten- und Absatzentwicklung in Auftrag gegeben.

2.1 Die Gesamtkosten werden durch eine ganzrationale Funktion K dritten Grades beschrieben. x gibt die Produktionsmenge in Mengeneinheiten (ME) und K(x) die Gesamtkosten in Geldeinheiten (GE) an.

Folgende Daten sind dazu bekannt:

- Die Gesamtkosten bei 5 ME betragen 100,5 GE.
- Die variablen Stückkosten betragen 21,9 GE/ME, wenn 3 ME produziert werden.
- Bei einer Produktionsmenge von 4 ME betragen die Grenzkosten 10,8 GE/ME.
- Die Grenzkosten sind bei 10 ME minimal.

2.1.1 Stellen Sie die Gleichung der Gesamtkostenfunktion K auf. 6

2.2 Gehen Sie im weiteren Verlauf von der folgenden ertragsgesetzlichen Gesamtkostenfunktion aus: $K(x) = 0{,}1 \cdot x^3 - 3 \cdot x^2 + 30 \cdot x + 13$

2.2.1 Gegenwärtig plant CareDisps einen Preis von 12,5 GE/ME.
Berechnen Sie die Terme der Gewinn- und der Grenzgewinnfunktion. 3

2.2.2 Bestätigen Sie, dass die kurzfristige Preisuntergrenze bei 15 ME angenommen wird und 7,5 GE/ME beträgt. 3

2.2.3 Die Geschäftsleitung beschließt 14 ME produzieren zu lassen und zum Preis der kurzfristigen Preisuntergrenze (siehe 2.2.2) anzubieten.
Beurteilen Sie diese Entscheidung aus ökonomischer Sicht. 2

2.3 Die Analyse der erwarteten Absatzentwicklung des neuen Displays hat ergeben, dass sich der Verlauf mithilfe der Funktion

$a(t) = 0{,}5 \cdot t^2 \cdot e^{-0{,}2 \cdot t} + 2$ beschreiben lässt.

Dabei gibt a(t) die Absatzrate in ME pro Monat und $t \in [0; 24]$ die seit Markteinführung vergangene Zeit in Monaten an.

2.3.1 Berechnen Sie die Absatzrate nach sechs Monaten. 1

2.3.2 Ermitteln Sie den Zeitraum, in welchem das Unternehmen mehr als 6 ME/Monat absetzt. 2

Zentrale Abiturprüfung 2019

Aufgabenteil B: Hilfsmittel GTR/CAS

Aufgabe 2 – Analysis Fortsetzung

Punkte

2.3.3 Bestimmen Sie, wie viele ME/Monat das Unternehmen entsprechend der erwarteten Absatzentwicklung langfristig absetzen kann. 2

2.3.4 Es gilt: $a'(t) = e^{-0,2 \cdot t} \cdot (t - 0,1 \cdot t^2)$

Leiten Sie unter Verwendung der Produkt- und Kettenregel her, dass gilt:
$a''(t) = e^{-0,2 \cdot t} \cdot (1 - 0,4 \cdot t + 0,02 \cdot t^2)$ 2

2.3.5 Berechnen Sie unter Verwendung der Angaben in Aufgabenteil 2.3.4 den Zeitpunkt, zu dem die Absatzrate am stärksten abnimmt. 3

Zentrale Abiturprüfung 2019

Aufgabenteil B: Hilfsmittel GTR/CAS

Aufgabe 3 – Stochastik (24 Punkte)

Punkte

Die CareDisps GmbH bezieht für ihre Displays kratzfeste Gläser, welche vor dem Einbau auf Funktionstüchtigkeit geprüft werden.

3.1 Die benötigten Gläser werden von zwei unterschiedlichen Zulieferern bezogen. Folgende Informationen sind bekannt:

- Die Alfons GmbH liefert 30 % der Gläser und der Rest stammt von der Bauer KG.
- $\frac{1}{10}$ aller Gläser sind defekt und stammen von der Bauer KG.
- $\frac{5}{6}$ der von der Alfons GmbH gelieferten Gläser sind einwandfrei.

Ereignis D: Ein Glas ist defekt.

Ereignis A: Ein Glas stammt von der Alfons GmbH.

3.1.1 Stellen Sie diesen Sachverhalt in einem vollständigen Baumdiagramm mit allen Pfad- und Pfadendwahrscheinlichkeiten oder in einer Vierfeldertafel dar. 4

3.1.2 Zeigen Sie, dass ein Glas mit einer Wahrscheinlichkeit von 15 % defekt ist. 2

3.1.3 Vergleichen Sie die beiden bedingten Wahrscheinlichkeiten $P_A(D)$ sowie $P_{\overline{A}}(D)$ und interpretieren Sie das Ergebnis im Sachkontext. 3

3.1.4 Berechnen Sie die Wahrscheinlichkeit, dass ein defektes Glas von der Bauer KG geliefert wurde. 2

3.2 Ein Glas der Alfons GmbH ist mit einer Wahrscheinlichkeit von $\frac{1}{6}$ defekt. Aus der nächsten Lieferung der Alfons GmbH wird eine Stichprobe von 250 Gläsern entnommen.

3.2.1 Berechnen Sie die Wahrscheinlichkeit der folgenden Ereignisse:

E_1: Genau 50 Gläser sind defekt.

E_2: Die Lieferung enthält mehr als 43 defekte Gläser.

E_3: Die Anzahl defekter Gläser weicht um mehr als zwei Gläser vom Erwartungswert ab. 7

Zentrale Abiturprüfung 2019

Aufgabe 3 – Stochastik Fortsetzung — Punkte

3.3 Die CareDisps GmbH teilt der Bauer KG mit, dass sie die Gläser zukünftig von einem anderen Zulieferer beziehen werde, falls sich der Anteil defekter Gläser nicht verringert. Die Bauer KG garantiert nach einer internen Produktionsumstellung, dass mindestens 90 % ihrer Gläser einwandfrei sind.
Die CareDisps GmbH bezweifelt diese Aussage und möchte diese daher überprüfen. Dazu entnimmt sie der nächsten Lieferung eine Stichprobe von 100 Gläsern.

3.3.1 Begründen Sie, warum die CareDisps GmbH in einem Signifikanztest die Hypothese H_0: $p \geq 0,9$ und nicht H_1: $p \leq 0,9$ testet. 3

3.3.2 Für den Test legt die CareDisps GmbH als Entscheidungsregel fest, die Nullhypothese zu verwerfen, sollten weniger als 84 einwandfreie Gläser in der Stichprobe enthalten sein.
Ermitteln Sie das kleinste Signifikanzniveau, das dieser Entscheidungsregel zugrunde liegen kann. 3

Aufgabe 4 – Lineare Algebra (24 Punkte)

Die CareDisps GmbH stellt aus drei unterschiedlichen Bauteilen B_1 bis B_3 die Zwischenprodukte Z_1 bis Z_3 her, die wiederum zu den drei unterschiedlichen Displays D_1 bis D_3 montiert werden. Die folgenden Tabellen geben Auskunft über die Zusammenhänge zwischen den Bauteilen, Zwischenprodukten und Displays in Mengeneinheiten (ME) und deren Kosten in GE/ME (GE = Geldeinheiten)

4.1 Die CareDisps GmbH erhält einen Kundenauftrag über 15 ME von D_1, 12 ME von D_2 und 6 ME von D_3.

	Z_1	Z_2	Z_3
B_1	2	1	2
B_2	0	2	2
B_3	0	4	4

	D_1	D_2	D_3
Z_1	1	2	2
Z_2	2	2	0
Z_3	0	1	1

Kosten der Bauteile			Fertigungskosten Zwischenprodukte			Montagekosten der Displays		
B_1	B_2	B_3	Z_1	Z_2	Z_3	D_1	D_2	D_3
2	1,5	0,8	3	5	2	6	5	3

Verkaufspreis in GE/ME		
D_1	D_2	D_3
60	70	35

Zentrale Abiturprüfung 2019

Aufgabenteil B: Hilfsmittel GTR/CAS

Aufgabe 4 – Lineare Algebra Fortsetzung — Punkte

4.1.1 Im Lager befinden sich noch ausreichende Mengen von B_1 und von B_2, aber nur 250 ME von B_3.
Berechnen Sie, wie viele Mengeneinheiten von B_3 nachbestellt werden müssen, um den Kundenauftrag erfüllen zu können. 4

4.1.2 Berechnen Sie den Deckungsbeitrag des Kundenauftrags. 7

4.2 Aufgrund einer Produktionsumstellung soll der aktuelle Lagerbestand an Bauteilen vollständig zu Displays D_1, D_2 und D_3verarbeitet werden.
Gehen Sie hierfür von folgender Bauteile-Display-Matrix aus:

$$M_{BD} = \begin{pmatrix} 4 & 8 & 6 \\ 4 & 6 & 2 \\ 8 & 12 & 4 \end{pmatrix}$$

Im Lager befinden sich 248 ME von B_1, 196 ME von B_2 und 392 ME von B_3.

4.2.1 Bestimmen Sie hierzu einen konkreten Produktionsvektor. 3

Gehen Sie im Folgenden vom allgemeinen Produktionsvektor

$$\vec{x} = \begin{pmatrix} 10 \\ 26 \\ 0 \end{pmatrix} + t \cdot \begin{pmatrix} 5 \\ -4 \\ 2 \end{pmatrix} \text{ mit } t \in [0; 6{,}5]$$ aus.

4.2.2 Untersuchen Sie, wie viele Mengeneinheiten des Displays D_3 minimal beziehungsweise maximal produziert werden können. 4

4.2.3 Bestimmen Sie t so, dass der Erlös 2600 GE beträgt. 3

4.2.4 Bestimmen Sie t so, dass dreimal so viele Displays D_1 wie Displays D_2 hergestellt werden und bestimmen Sie anschließend den dazugehörigen Produktionsvektor $\vec{x}$. 3

Zentrale Abiturprüfung 2019 Lösungen

Aufgabenteil A: ohne Hilfsmittel (oHiMi) Lösungen

1.1 Analysis

1.1.1 $G(x) = E(x) - K(x) = p(x) \cdot x - K(x)$

$= (-8x + 70) \cdot x - (\frac{2}{3} \cdot x^3 - 10 \cdot x^2 + 54 \cdot x + 10)$

$= -8x^2 + 70 \cdot x - \frac{2}{3} \cdot x^3 + 10 \cdot x^2 - 54 \cdot x - 10$

$G(x) = -\frac{2}{3} \cdot x^3 + 2 \cdot x^2 + 16 \cdot x - 10$

1.1.2 Bedingung: $p(x) = 38$ $\quad -8x + 70 = 38 \Rightarrow x = 4$

Bedingung für Maximum: $G'(x) = 0 \wedge G''(x) < 0$

$G'(x) = -2 \cdot x^2 + 4 \cdot x + 16;\ G''(x) = -4 \cdot x + 4$

$G'(4) = 0 \wedge G''(4) = -12 < 0$

Also liegt an der Stelle $x = 4$ ein lokaler Hochpunkt. Aufgrund des ökonomischen Definitionsbereichs ($x \geq 0$) und der Struktur der Funktion G (Verlauf von II in I, also zuerst Maximum) gilt insgesamt, dass der Gewinnbei einem Preis von 38 GE/ME maximal wird.

1.2 Stochastik

Aus der Abbildung

1.2.1 $P(A) = P(X \leq 3) \approx 0{,}60$

$P(B) = P(X = 3) = P(X \leq 3) - P(X \leq 2) \approx 0{,}60 - 0{,}36 = 0{,}24$

$P(C) = P(X > 3) = 1 - P(X \leq 3) \approx 1 - 0{,}60 = 0{,}4$

1.2.2 $E(X) = \mu = 20 \cdot 0{,}16 = 3{,}2;\ \sigma = 1{,}6$

$P(\mu - \sigma \leq X \leq \mu - \sigma) \quad = P(3{,}2 - 1{,}6 \leq X \leq 3{,}2 + 1{,}6) = P(1{,}6 \leq X \leq 4{,}8)$

Binomial (ganzzahlig) $= P(2 \leq X \leq 4) = P(X \leq 4) - P(X \leq 1) \approx 0{,}80 - 0{,}15 = 0{,}65$

1.3 Lineare Algebra

1.3.1 $M_{WK} = \begin{pmatrix} 1 & 12 \\ 2 & 25 \end{pmatrix}$

Berechnung der Inversen:

$$\left(\begin{array}{cc|cc} 1 & 12 & 1 & 0 \\ 2 & 25 & 0 & 1 \end{array}\right) \underset{I\cdot(-2)+II}{\rightarrow} \left(\begin{array}{cc|cc} 1 & 12 & 1 & 0 \\ 0 & 1 & -2 & 1 \end{array}\right) \underset{I+II\cdot(-12)}{\rightarrow} \left(\begin{array}{cc|cc} 1 & 0 & 25 & -12 \\ 0 & 1 & -2 & 1 \end{array}\right)$$

$M_{WK}^{-1} = \begin{pmatrix} 25 & -12 \\ -2 & 1 \end{pmatrix}$

1.3.2 Bedingung $M \cdot M_{WK} = M_{HK} \Rightarrow M = M_{HK} \cdot M_{WK}^{-1}$

Einsetzen von M_{HK}: $M = \begin{pmatrix} 10 & 124 \\ 11 & 135 \end{pmatrix} \cdot \begin{pmatrix} 25 & -12 \\ -2 & 1 \end{pmatrix} = \begin{pmatrix} 2 & 4 \\ 5 & 3 \end{pmatrix}$

NR: $10 \cdot 25 - 124 \cdot 2 = 2$ $\quad 10 \cdot (-12) + 124 \cdot 1 = 4$

$11 \cdot 25 - 135 \cdot 2 = 5$ $\quad 11 \cdot (-12) + 135 \cdot 1 = 3$

Die Alphaphone bestellte im letzten Quartal 2 ME des Sets R_1 und 4 ME des Sets R_2.

Die Betaphone bestellte 5 ME des Sets R_1 und 3 ME des Sets R_2.

Zentrale Abiturprüfung 2019 Lösungen

Aufgabenteil B: Hilfsmittel GTR/CAS

Aufgabe 2 - Analysis

2.1 Gleichung der Gesamtkostenfunktion K

$K(x) = a \cdot x^3 + b \cdot x^2 + c \cdot x + d$; $K'(x) = 3a \cdot x^2 + 2b \cdot x + c$; $K''(x) = 6a{\cdot}x + 2b$

$k_v(x) = \frac{K_v(x)}{x} = a \cdot x^2 + b \cdot x + c$

Aufstellen des Gleichungssystems:

$K(5) = 100{,}5 \quad \Leftrightarrow 125a + 25b + 5\,c + d = 100{,}5$

$k_v(3) = 21{,}9 \quad \Leftrightarrow 9a + 3b + c = 21{,}9$

$K'(4) = 10{,}8 \quad \Leftrightarrow 48a + 8b + c = 10{,}8$

$K''(10) = 0 \quad \Leftrightarrow 60a + 2b = 0$

Lösung des LGS mit GTR/CAS: $a = 0{,}1$; $b = -3$; $c = 30$; $d = 13$

Gesamtkostenfunktion: $K(x) = 0{,}1x^3 - 3x^2 + 30x + 13$;

2.2.1 Erlösfunktion E mit $E(x) = p \cdot x = 12{,}5x$

Gewinnfunktion: $G(x) = E(x) - K(x)$

$G(x) = 12{,}5x - (0{,}1x^3 - 3x^2 + 30x + 13) = -0{,}1x^3 + 3x^2 - 17{,}5x - 13$

Grenzgewinnfunktion G': $G'(x) = -0{,}3x^2 + 6x - 17{,}5$

2.2.2 Betriebsminimum

Variable Stückkosten: $k_v(x) = \frac{K_v(x)}{x} = \frac{K(x) - K(0)}{x} = 0{,}1x^2 - 3x + 30$

Variable Stückkostenminimum: $k_v'(x) = 0{,}2x - 3$; $k_v''(x) = 0{,}2$

Da $k_v'(15) = 0 \wedge k_v''(15) = 0{,}2 > 0$ werden für $x = 15$ die minimalen Stückkosten erzielt.

Somit ist das Betriebsminimum 15 ME.

$k_v(15) = 7{,}5$; die kurzfristige Preisuntergrenze beträgt 7,5 GE/ME.

2.2.3 Beurteilung aus ökonomischer Sicht.

Da das Minimum der variablen Stückkosten bei 15 ME angenommen wird, liegen die variablen Stückkosten bei 14 ME oberhalb der kurzfristigen Preisuntergrenze. Daher führt diese Entscheidung zu einem Verlust, der größer als die Fixkosten ist.

2.3 Absatzrate in ME/Monat: $a(t) = 0{,}5t^2 \cdot e^{-0{,}2 \cdot t} + 2$

2.3.1 Absatzrate nach sechs Monaten: $a(6) \approx 7{,}42$

Nach 6 Monaten beträgt der Absatz etwa 7,42 ME/Monat.

2.3.2 Der Graph von a hat mit der Geraden $y = 6$ im ökonomischen Definitionsbereich die Schnittstellen $t_1 \approx 4{,}39$ und $t_2 \approx 19{,}10$.

Im Zeitraum von circa 4,4 Monaten bis circa 19,1 Monaten werden mehr als 6 ME/Monat abgesetzt.

2.3.3 $\lim\limits_{t \to \infty} a(t) = 2$ (da für $t \to \infty$: $e^{-0{,}2 \cdot t} \to 0$ und damit auch $0{,}5t^2 \cdot e^{-0{,}2 \cdot t} \to 0$)

Der Graph von a hat die Asymptote mit der Gleichung $y = 2$.

Langfristig wird die CareDisps GmbH nur noch 2 ME/Monat absetzten können.

Zentrale Abiturprüfung 2019 Lösungen

Aufgabenteil B: Hilfsmittel GTR/CAS

Aufgabe 2 - Analysis Fortsetzung

2.3.4 $a'(t) = e^{-0{,}2 \cdot t} \cdot (t - 0{,}1 \cdot t^2)$

Mit Produkt- und Kettenregel

$a''(t) = e^{-0{,}2 \cdot t} \cdot (t - 0{,}1 \cdot t^2)(-0{,}2) + e^{-0{,}2 \cdot t} \cdot (1 - 0{,}1 \cdot t \cdot 2)$

$= e^{-0{,}2 \cdot t} \cdot (-0{,}2t + 0{,}02 \cdot t^2) + e^{-0{,}2 \cdot t} \cdot (1 - 0{,}2 \cdot t) = e^{-0{,}2 \cdot t} \cdot (1 - 0{,}4t + 0{,}02 \cdot t^2)$

2.3.5 Zeitpunkt des größten Rückgangs der Absatzzahlen

(Wendestelle von a mit negativer Steigung)

Bedingung: $a''(t) = 0$

$\Leftrightarrow t_1 \approx 2{,}93;\ t_2 \approx 17{,}07$

Beide Stellen sind Wendestellen

$(a'''(t_1) \neq 0;\ a'''(t_2) \neq 0)$

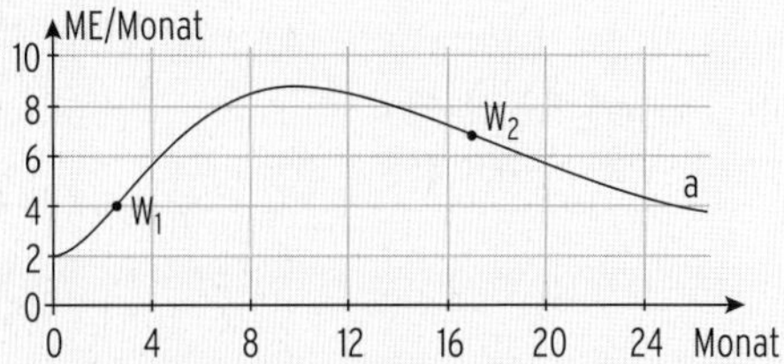

Da $a'(17{,}07) = -0{,}397 < 0$ ist $t \approx 17{,}07$ der Zeitpunkt des größten Rückgangs der Absatzzahlen, der Absatz nimmt am stärksten ab.

Hinweis: Der Absatzzahlen wachsen am stärksten in t_1.

Aufgabe 3 – Stochastik

3.1.1 D: Ein Glas ist defekt

A: Ein Glas stammt von Alfons GmbH

$P(A) = 0{,}3;\ P(\overline{A} \cap D) = 0{,}1;\ P_A(\overline{D}) = \frac{5}{6}$

Vierfeldertafel:

	D	$\overline{D}$	
A	0,05	0,25	0,30
$\overline{A}$	0,1	0,6	0,7
	0,15	0,85	1

Baumdiagramm:

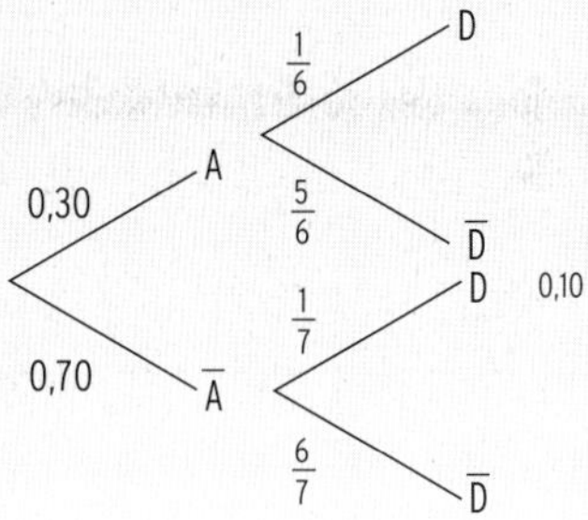

Hinweis für die Vierfeldertafel:

$P_A(\overline{D}) = \frac{P(A \cap \overline{D})}{P(A)} = \frac{5}{6} \Rightarrow P(A \cap \overline{D}) = P(A) \cdot P_A(\overline{D})$

$= 0{,}30 \cdot \frac{5}{6} = \frac{1}{4}$

3.1.2 $P(D) = P(A \cap D) + P(\overline{A} \cap D) = 0{,}05 + 0{,}1 = 0{,}15$ mit Vierfelderafel

oder $P(D) = 0{,}3 \cdot \frac{1}{6} + 0{,}7 \cdot \frac{1}{7} = 0{,}15$ mit Baumdiagramm

Die Wahrscheinlichkeit für ein defektes Glas beträgt 15 %.

3.1.3 $P_A(D) = \frac{P(A \cap D)}{P(A)} = \frac{0{,}05}{0{,}3} = \frac{1}{6}$; $P_{\overline{A}}(D) = \frac{P(\overline{A} \cap D)}{P(\overline{A})} = \frac{0{,}1}{0{,}7} = \frac{1}{7}$ (siehe auch 3.1.1)

Zentrale Abiturprüfung 2019 Lösungen

Aufgabenteil B: Hilfsmittel GTR/CAS

Aufgabe 3 – Stochastik Fortsetzung

3.1.3 Die Wahrscheinlichkeit für ein defektes Glas ist somit abhängig vom jeweiligen Lieferanten. Ein von der Alfons GmbH geliefertes Glas ist mit einer höheren Wahrscheinlichkeit defekt als eines von der Bauer KG.

3.1.4 Wahrscheinlichkeit $P_D(\overline{A})$, dass ein defektes Glas von der Bauer KG geliefert wurde.

$$P_D(\overline{A}) = \frac{P(\overline{A} \cap D)}{P(D)} = \frac{0{,}1}{0{,}15} = \frac{2}{3}$$

Die bedingte Wahrscheinlichkeit, dass ein defektes Glas von der Bauer KG geliefert wurde, beträgt $\frac{2}{3}$ bzw. etwa 66,67 %.

3.2.1 Ereignis E_1 und E_2:

X: Anzahl der defekten Gläser in der Stichprobe

X ist binomialverteilt mit den Parametern $n = 250$ und $p = \frac{1}{6}$.

$P(E_1) = P(X = 50) \approx 0{,}0243 = 2{,}43\,\%$

$P(E_2) = P(X > 43) = 1 - P(X \leq 43) \approx 1 - 0{,}6286 = 0{,}3714 = 37{,}14\,\%$

Ereignis E_3: $\mu = n \cdot p = 250 \cdot \frac{1}{6} \approx 41{,}67$

Hinweis: $41{,}67 - 2 = 39{,}67$ mit $P(X \leq 39)$ und $41{,}67 + 2 = 43{,}67$ mit $P(X \geq 44)$

Damit ergibt sich der gesuchte Bereich $[0; 39] \cup [44; 250]$ und insgesamt:

$P(E_3) = P(0 \leq X \leq 39) + P(44 \leq X \leq 250) \approx 0{,}3627 + 0{,}3714 = 0{,}7341 = 73{,}41\,\%$

3.3.1 p steht für die Wahrscheinlichkeit, dass ein geliefertes Glas einwandfrei ist. Die CareDisps GmbH möchte die Gegenhypothese H_1: $p < 0{,}9$ belegen. Da sie dies nicht direkt kann, will sie mit dem Hypothesentest die Nullhypothese als „unwahrscheinlich" erscheinen lassen und verwerfen.

3.3.2 X gibt die Anzahl der einwandfreien Gläser in der Stichprobe an. Damit ist X binomialverteilt mit $n = 100$ und $p = 0{,}90$ und es gilt: $P(X \leq 83) \approx 0{,}0206$. Somit ergibt sich als kleinstes Signifikanzniveau, das dieser Entscheidungsregel zugrunde liegen kann, 2,06 %.

Zentrale Abiturprüfung 2019 Lösungen

Aufgabenteil B: Hilfsmittel GTR/CAS

Aufgabe 4 – Lineare Algebra

$M_{BZ} = \begin{pmatrix} 2 & 1 & 2 \\ 0 & 2 & 2 \\ 0 & 4 & 4 \end{pmatrix}$ $\quad$ $M_{ZD} = \begin{pmatrix} 1 & 2 & 2 \\ 2 & 2 & 0 \\ 0 & 1 & 1 \end{pmatrix}$

4.1.1 $M_{BZ} \cdot M_{ZD} = M_{BD} = \begin{pmatrix} 4 & 8 & 6 \\ 4 & 6 & 2 \\ 8 & 12 & 4 \end{pmatrix}$

Es gilt $M_{BD} \cdot \begin{pmatrix} 15 \\ 12 \\ 6 \end{pmatrix} = \begin{pmatrix} 192 \\ 144 \\ 288 \end{pmatrix}$; $288 - 250 = 38$

Damit müssen 38 ME von B_3 nachbestellt werden.

4.1.2 Deckungsbeitrag des Auftrags.

Variable Kosten je ME:

Bauteilekosten je ME: $(2 \quad 1{,}5 \quad 0{,}8) \cdot M_{BD} = (20{,}4 \quad 34{,}6 \quad 18{,}2)$

Fertigungskosten der Zwischenprodukte je ME:

$(3 \quad 5 \quad 2)\ M_{ZD} = (13 \quad 18 \quad 8)$

Montagekosten der Displays je ME: $(6 \quad 5 \quad 3)$

Summe der obigen Kosten je ME (variable Stückkosten): $(39{,}4 \quad 57{,}6 \quad 29{,}2)$

Die variablen Stückkosten betragen für D_1 39,4 GE/ME, für D_2 57,6 GE/ME und für D_3 29,2 GE/ME.

Berechnung des Stückdeckungsbeitrags je ME:

$\overrightarrow{db} = (60 \quad 70 \quad 35) - (39{,}4 \quad 57{,}6 \quad 29{,}2) = (20{,}6 \quad 12{,}4 \quad 5{,}8)$

Berechnung des Deckungsbeitrags des Kundenauftrags:

$DB = (20{,}6 \quad 12{,}4 \quad 5{,}8) \cdot \begin{pmatrix} 15 \\ 12 \\ 6 \end{pmatrix} = 492{,}6$

Der Deckungsbeitrag für den Kundenauftrag beträgt 492,60 GE.

4.2.1 Herleitung eines Produktionsvektors:

Bedingung: $M_{BD} \cdot \vec{x} = \begin{pmatrix} 248 \\ 196 \\ 392 \end{pmatrix}$;

Umformung mit GTR/CAS: $\left(\begin{array}{ccc|c} 4 & 8 & 6 & 248 \\ 4 & 6 & 2 & 196 \\ 8 & 12 & 4 & 392 \end{array}\right) \sim \left(\begin{array}{ccc|c} 1 & 0 & 2{,}5 & 10 \\ 0 & 1 & 2 & 26 \\ 0 & 0 & 0 & 0 \end{array}\right)$

Mit $x_3 = t$ ergibt sich

$x_2 = 26 - 2t$ und $x_1 = 10 + 2{,}5t$

Lösungsvektor: $\vec{x} = \begin{pmatrix} 10 \\ 26 \\ 0 \end{pmatrix} + t \begin{pmatrix} 2{,}5 \\ -2 \\ 1 \end{pmatrix}$

Für t = 0 ergibt sich zum Beispiel der folgende konkrete Produktionsvektor: $\vec{x} = \begin{pmatrix} 10 \\ 26 \\ 0 \end{pmatrix}$

(sinnvoll nur für positive Komponenten)

Zentrale Abiturprüfung 2019 Lösungen

Aufgabenteil B: Hilfsmittel GTR/CAS

Aufgabe 4 – Lineare Algebra Fortsetzung

4.2.2 Minimale bzw. maximale Produktion des Displays D_3

Untersuchen der Produktionsmengen von Display D_3:

Da die Produktionsmengen nicht negativ werden können, gilt für

x_1: $10 + 5t \geq 0 \quad \Leftrightarrow t \geq -2$

x_2: $26 - 4t \geq 0 \quad \Leftrightarrow t \leq 6{,}5$

x_3: $2t \geq 0 \quad \Leftrightarrow t \geq 0$

Insgesamt: $0 \leq t \leq 6{,}5$

Folglich können von Display D_3 minimal 0 und höchstens 13 ME produziert werden.

4.2.3 Erlös beträgt 2600 GE.

Für den Erlös E gilt: $E = (60 \quad 70 \quad 35)\begin{pmatrix} 10 + 5t \\ 26 - 4t \\ 2t \end{pmatrix} = 2420 + 90\,t$

NR: $60 \cdot 10 + 70 \cdot 26 + 60 \cdot 5t + 70 \cdot (-4t) + 35 \cdot 2t = 2420 + 90\,t$

Für E(t) 0 2600 $\qquad 2420 + 90\,t = 2600$

$t = 2$

Der Erlös beträgt 2600 GE für t = 2.

4.2.4 Dreimal so viele Displays D_1 wie Displays D_2

$10 + 5t = 3(26 - 4t) \Leftrightarrow 17t = 68 \Leftrightarrow t = 4$

Dazugehöriger Produktionsvektor

Für den Produktionsvektor $\vec{x}$ ergibt sich: $\vec{x} = \begin{pmatrix} 10 \\ 26 \\ 0 \end{pmatrix} + 4 \cdot \begin{pmatrix} 5 \\ -4 \\ 2 \end{pmatrix} = \begin{pmatrix} 30 \\ 10 \\ 8 \end{pmatrix}$

Es müssen 30 ME von D_1, 10 ME von D_2 und 8 ME von D_3 produziert werden.

Zentrale Abiturprüfung 2020

Grundkursfach Mathematik

Fachbereich Wirtschaft und Verwaltung

Aufgabenteil A: ohne Hilfsmittel **Lösungen Seite 206 - 211**

Aufgabenstellung

Die KeyBus GmbH produziert Schlüssel und Schließsysteme für Unternehmen und Privatkunden.

Aufgabe 1 (18 Punkte) **Punkte**

1.1 Analysis

Die Unternehmensleitung verschafft sich einen Überblick über die derzeitige Kostenstruktur des Unternehmens. Sie geht von einer ganzrationalen Kostenfunktion dritten Grades aus.

Gegeben ist die Grenzkostenfunktion K′ durch $K'(x) = x^2 - 6x + 14$ mit $x \geq 0$.

Die nachstehende Abbildung 1 zeigt den Graphen der Grenzkostenfunktion sowie die Graphen dreier weiterer Funktionen, von denen einer den Graphen der dazugehörigen Kostenfunktion darstellt.

Dabei gilt x in ME, $K_1(x)$, $K_2(x)$, $K_3(x)$ in GE und $K'(x)$ in GE/ME.

Abbildung 1

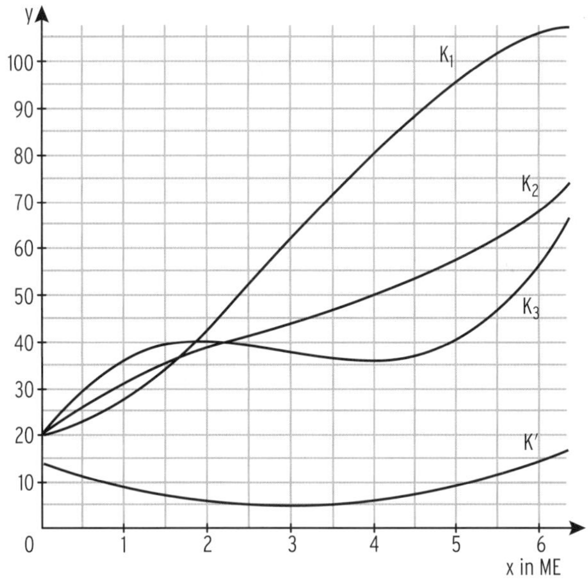

1.1.1 Begründen Sie, dass tatsächlich nur eine der drei Kurven K_1, K_2 oder K_3 als Graph der ertragsgesetzlichen Kostenfunktion für die vorgegebenen Grenzkosten in Frage kommt. 3

1.1.2 Geben Sie die Höhe der Fixkosten und die Gleichung der Stückkostenfunktion an. 3

Zentrale Abiturprüfung 2020

Aufgabenteil A: ohne Hilfsmittel

1.2 **Lineare Algebra** **Punkte**

Die Türschlösser T_1 und T_2 werden in einem zweistufigen Produktionsprozess hergestellt. Aus zwei Rohstoffen werden zwei Zwischenprodukte gefertigt, die dann zu den Türschlössern verarbeitet werden.

Die Matrix $A_{RZ} = \begin{pmatrix} 4 & 2 \\ 3 & 3 \end{pmatrix}$ gibt an, wie viele Mengeneinheiten (ME) der beiden Rohstoffe R_1 und R_2 für die Herstellung je einer ME der Zwischenprodukte Z_1 und Z_2 benötigt werden.

Die Matrix $C_{RT} = \begin{pmatrix} 60 & 20 \\ 60 & 30 \end{pmatrix}$ beschreibt den Materialbedarf an Rohstoffen R_1 und R_2 für je eine ME der Türschlösser T_1 und T_2.

1.2.1 Zeigen Sie durch Herleiten, dass die Matrix $A_{RZ}{}^{-1} = \begin{pmatrix} \frac{1}{2} & -\frac{1}{3} \\ -\frac{1}{2} & \frac{2}{3} \end{pmatrix}$ die Inverse zur Matrix A_{RZ} ist. 4

1.2.2 Es wurden im letzten Monat 20 ME von R_1 und 18 ME von R_2 verbraucht. Berechnen Sie, wie viele Zwischenprodukte Z_1 und Z_2 produziert wurden. 2

1.3 **Stochastik**

Bei der KeyBus GmbH soll anhand einer Umfrage die Zufriedenheit der Mitarbeitenden untersucht werden. Die anonyme Umfrage wird an zwei Standorten S_1 und S_2 durchgeführt. Z steht für das Ereignis, dass eine befragte Person angibt, zufrieden zu sein.

1.3.1 Die Auswertung erfolgt mithilfe des Baumdiagramms und der Vierfeldertafel in Anlage 1.

Ermitteln Sie die fehlenden Werte in der Vierfeldertafel und im Baumdiagramm. 3

1.3.2 Eine andere Umfrage ergab die folgende Vierfeldertafel:

	Z	$\overline{Z}$	
S_1	0,48	0,12	
S_2	0,02	0,38	

Bestimmen Sie die Wahrscheinlichkeiten folgender Ereignisse:

E_1: Eine Person gibt an, nicht zufrieden zu sein.

E_2: Eine Person, die von Standort S_2 stammt, gibt an, zufrieden zu sein. 3

Zentrale Abiturprüfung 2020

Aufgabenteil A: ohne Hilfsmittel

Anlage 1 zu Aufgabe 1.3.1

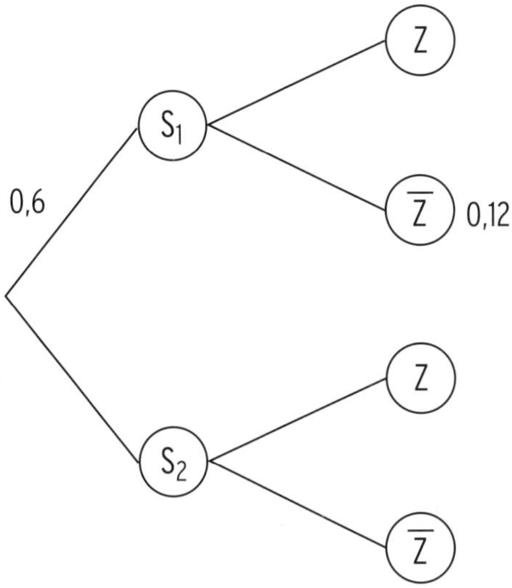

	Z	$\overline{Z}$	
S_1			
S_2			
	0,64		

Zentrale Abiturprüfung 2020

Aufgabenteil B: Hilfsmittel GTR/CAS

Aufgabenstellung

Aufgabe 2 – Analysis (24 Punkte)

Punkte

Die KeyBus GmbH produziert Schlüssel und Schließsysteme für Unternehmen und Privatkunden. Im Bereich Bau und Einbau von Schließanlagen ist die KeyBus GmbH einer von vielen Anbietern auf dem Markt.

2.1 Es wird davon ausgegangen, dass bei der Produktion eines Schließanlagenmodells eine ertragsgesetzliche Gesamtkostenfunktion vorliegt. Diese soll mittels einer Funktion dritten Grades der Form

$$K(x) = a \cdot x^3 + b \cdot x^2 + c \cdot x + d \text{ mit } x \in \mathbb{R} \text{ und } x \geq 0$$

modelliert werden. Dabei gibt x die Ausbringungsmenge in Mengeneinheiten (ME) und K(x) die Gesamtkosten in Geldeinheiten (GE) an.

Dem Unternehmen liegen folgende Informationen vor:

- Die Fixkosten belaufen sich auf 65,25 GE.
- Bei einer Produktionsmenge von 4 ME ist der Kostenzuwachs minimal.
- Die Grenzkosten bei einer Produktionsmenge von 6 ME betragen 12 GE/ME.
- Der Marktpreis der Schließanlage beträgt 30,525 GE/ME und die Gewinngrenze wird bei 10 ME erreicht.

Leiten Sie aus diesen Angaben die Gleichung der Gesamtkostenfunktion her. 5

2.2 Für die ertragsgesetzliche Gesamtkostenfunktion gilt im Folgenden:

$$K(x) = 0{,}75x^3 - 9x^2 + 39x + 65{,}25$$

2.2.1 Zeigen Sie, dass die KeyBus GmbH bei 6 ME das Betriebsminimum erreicht und die kurzfristige Preisuntergrenze 12 GE/ME beträgt. 3

2.2.2 Die KeyBus GmbH möchte ihr Schließanlagenmodell zukünftig nur anbieten, wenn der Marktpreis mindestens 38 % höher liegt als die langfristige Preisuntergrenze. Weisen Sie nach, dass dieses Kriterium bei dem aktuellen Marktpreis von 30,525 GE/ME erfüllt wird. 4

2.3 Die Unternehmensleitung erwägt, den Absatz der Schließanlagen auf den US-amerikanischen Markt auszuweiten.

Die Abbildung 2 zeigt die Graphen der Nachfragefunktion und der Angebotsfunktion.

Zentrale Abiturprüfung 2020

Aufgabenteil B: Hilfsmittel GTR/CAS

Aufgabe 2 – Analysis Fortsetzung

Punkte

2.3 Abbildung 2

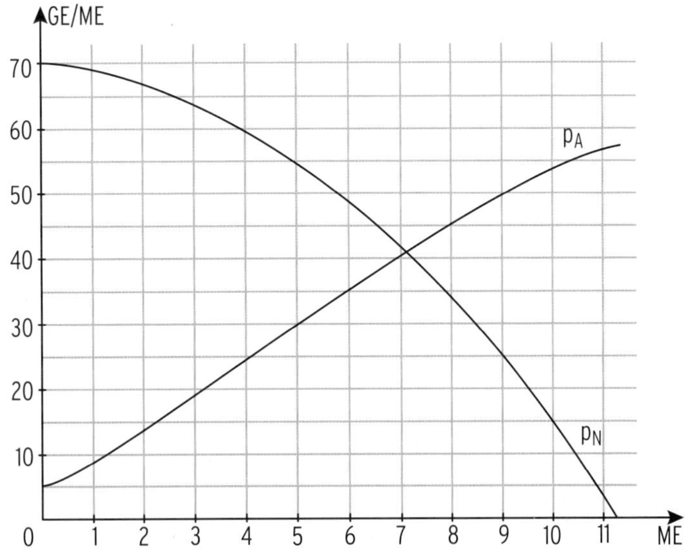

Untersuchen Sie anhand der Abbildung 2, ob die folgenden Behauptungen korrekt sind:

B1: Die Sättigungsmenge liegt bei etwa 5 ME.

B2: Bei einer Angebotsmenge von etwa 4 ME ist der Preisanstieg der Angebotsfunktion am größten.

B3: Die Produzentenrente beträgt 105 GE. 6

2.4 Zur konkreten Analyse der US-amerikanischen Marktsituation werden die folgenden Funktionen verwendet:

Nachfragefunktion: $p_N(x) = -0{,}5x^2 - 0{,}5x + 70$

Angebotsfunktion: $p_A(x) = (x^2 + 4x + 5) \cdot e^{-0{,}1 \cdot x}$

(x in ME, $p_N(x)$ und $p_A(x)$ in GE/ME).

2.4.1 Berechnen Sie die Konsumentenrente. 3

2.4.2 Konjunkturbedingt verändert sich die Nachfrage. Für die neue Nachfragefunktion p_N^{neu} gilt: $p_N^{neu}(x) = p_N(x + 1)$

Skizzieren Sie den Verlauf der neuen Nachfragefunktion in die Abbildung der Anlage 2 und beurteilen Sie die Auswirkung auf das Marktgleichgewicht. 3

Zentrale Abiturprüfung 2020

Aufgabenteil B: Hilfsmittel GTR/CAS

Aufgabe 3 – Lineare Algebra (24 Punkte) **Punkte**

Die KeyBus GmbH stellt aus drei Bauteilen B_1, B_2 und B_3 drei Zwischenprodukte Z_1, Z_2 und Z_3 her. Diese Zwischenprodukte werden zu drei hochwertigen Schließanlagen S_1, S_2 und S_3 weiterverarbeitet.

Die folgenden Tabellen zeigen den Bedarf an Bauteilen für die Herstellung je einer Mengeneinheit (ME) der Zwischenprodukte und den Bedarf an Bauteilen für die Herstellung jeweils einer ME der Schließanlagen:

	Z_1	Z_2	Z_3
B_1	2	1	3
B_2	4	2	1
B_3	1	5	5

	S_1	S_2	S_3
B_1	19	14	20
B_2	23	13	25
B_3	21	18	21

3.1 Es liegt ein Kundenauftrag über je 20 ME der Schließanlagen S_1, S_2 und S_3 vor.

3.1.1 Berechnen Sie den Bedarf an Bauteilen für diesen Kundenauftrag. 3

3.1.2 Bestimmen Sie die Anzahl der Zwischenprodukte Z_1, Z_2 und Z_3, die für diesen Auftrag benötigt werden. 4

3.2 Ein Kunde bestellt 30 ME von S_1, 25 ME von S_2 und 12 ME von S_3.
Ein anderer Kunde bestellt 150 ME von S_3.
Gehen Sie von folgenden Mengen an Zwischenprodukten je Schließanlage aus:

	S_1	S_2	S_3
Z_1	4	2	5
Z_2	2	1	1
Z_3	3	3	3

Kostenaufstellung in GE/ME:

Kosten der Bauteile			Fertigungskosten Zwischenprodukte			Fertigungskosten der Schließanlagen		
B_1	B_2	B_3	Z_1	Z_2	Z_3	S_1	S_2	S_3
4,5	2,8	3,2	8,5	5	6,5	3	2,5	4

3.2.1 Der Lagerbestand an Zwischenprodukten beträgt 900 ME von Z_1, 230 ME von Z_2 und 640 ME von Z_3.
Zeigen Sie, dass der Lagerbestand nicht ausreicht, um beide Kundenaufträge zu erfüllen. 4

3.2.2 Berechnen Sie die variablen Kosten der beiden Kundenaufträge insgesamt.

5

Zentrale Abiturprüfung 2020

Aufgabenteil B: Hilfsmittel GTR/CAS

Aufgabe 3 – Lineare Algebra Fortsetzung

Punkte

3.3 Wegen Umbaumaßnahmen soll ein Lager der Bauteile geräumt werden.

3.3.1 Es sind noch 90 ME von B_1, 80 ME von B_2 und 120 ME von B_3 auf Lager. Berechnen Sie die Anzahl an Zwischenprodukten, die daraus hergestellt werden können, so dass das Lager vollständig geräumt ist. 4

3.3.2 Nachdem das Lager geräumt wurde, erwartet die KeyBus GmbH noch eine Lieferung von B_1 und B_3.
Um das Lager durch eine Produktion der Zwischenprodukte wieder vollständig räumen zu können, müssen auch Bauteile des Typs B_2 bestellt werden.

Als Produktionsvektor für die Zwischenprodukte ergibt sich: $\vec{x} = \begin{pmatrix} 40 \\ -100 \\ 40 \end{pmatrix} + t \cdot \begin{pmatrix} -\frac{2}{5} \\ \frac{7}{5} \\ -\frac{1}{5} \end{pmatrix}$,

wobei t die zu bestellenden Mengeneinheiten von B_2 bezeichnet.
Ermitteln Sie, wie viele ME von B_2 mindestens und höchstens bestellt werden müssen. 4

Aufgabenteil B: Hilfsmittel GTR/CAS

Aufgabe 4 – Stochastik (24 Punkte)

Die KeyBus GmbH bietet in ihrem Sortiment Zylinderschließsysteme an.

4.1 Die Zylinderschließsysteme werden in zwei Produktionsstufen gefertigt. Im ersten Produktionsschritt werden die inneren Zylinder verbaut, wobei in 4 % der Fälle Verformungen (V) entstehen. Im zweiten Produktionsschritt erfolgt der Zusammenbau durch eine Hochdruck-Verpressung, wobei Risse im Material (R) entstehen können. Beide Fehler gemeinsam treten in 0,32 % der Fälle auf.
Von den im ersten Produktionsschritt zusammengebauten Zylindern ohne Verformung erhalten 6 % im zweiten Produktionsschritt einen Riss.

4.1.1 Ergänzen Sie die fehlenden Werte im Baumdiagramm in Anlage 3. 3

4.1.2 Berechnen Sie die Anzahl fehlerfreier Zylinderschließsysteme, die bei einer Produktionsmenge von 2 500 Stück zu erwarten ist. 2

4.1.3 Berechnen Sie die Wahrscheinlichkeit, dass ein Zylinderschließsystem ohne Risse Verformungen aufweist. 2

Zentrale Abiturprüfung 2020

Aufgabenteil B: Hilfsmittel GTR/CAS

Aufgabe 4 – Stochastik Fortsetzung

Punkte

4.2 Die Verpackungen der Zylinderschließsysteme weisen in 10 % der Fälle Fehler auf, die sich negativ auf die Transportsicherheit auswirken.
Für eine zufällig der Produktion entnommene Stichprobe von 1 500 verpackten Zylinderschließsystemen gibt die binomialverteilte Zufallsgröße X die Anzahl fehlerhaft verpackter Zylinderschließsysteme an.

4.2.1 Berechnen Sie die Wahrscheinlichkeit, dass in der Stichprobe mehr als die zu erwartende Anzahl an fehlerhaft verpackten Zylinderschließsystemen vorhanden sind. 3

4.2.2 Bestimmen Sie die Wahrscheinlichkeit, dass in der Stichprobe mindestens 130, aber weniger als 165 fehlerhaft verpackte Zylinderschließsysteme enthalten sind. 2

4.2.3 Betriebsintern gilt die Vorgabe, dass die Anzahl fehlerhaft verpackter Zylinderschließsysteme in der Stichprobe unterhalb einer Anzahl von $\mu + \sigma$ liegen soll.
Berechnen Sie die Wahrscheinlichkeit, dass die betriebsinterne Vorgabe in der Stichprobe eingehalten wird. 3

4.2.4 Aufgrund von Beschwerden wird überlegt, die Anzahl fehlerhaft verpackter Zylinderschließsysteme zu reduzieren.
Ermitteln Sie, wie hoch der prozentuale Anteil an fehlerhaft verpackten Zylinderschließsystemen sein muss, damit bei einer Stichprobe von 1 500 Stück die Wahrscheinlichkeit, höchstens 90 fehlerhaft verpackte Zylinderschließsysteme zu entdecken, etwa 52,80 % beträgt. 3

4.3 Ein Kunde der KeyBus GmbH hat bei einer Kontrolle festgestellt, dass in einer Lieferung von 200 Zylinderschließsystemen 25 fehlerhaft sind.
Er behauptet nun, dass die Fehlerquote auf über 10 % gestiegen ist und möchte seine Behauptung durch einen Hypothesentest absichern.

4.3.1 Entwickeln Sie eine Entscheidungsregel im Rahmen eines einseitigen Signifikanztests auf einem Signifikanzniveau von 5 % und geben Sie die Wahrscheinlichkeit des Fehlers erster Art an. 4

4.3.2 Prüfen Sie, ob das Ergebnis der Kontrolle auf Grundlage der in Aufgabe 4.3.1 entwickelten Entscheidungsregel die Behauptung des Kunden stützt. 2

Zentrale Abiturprüfung 2020

Aufgabenteil B: Hilfsmittel GTR/CAS

Anlage 2 zu Aufgabe 2.4.2

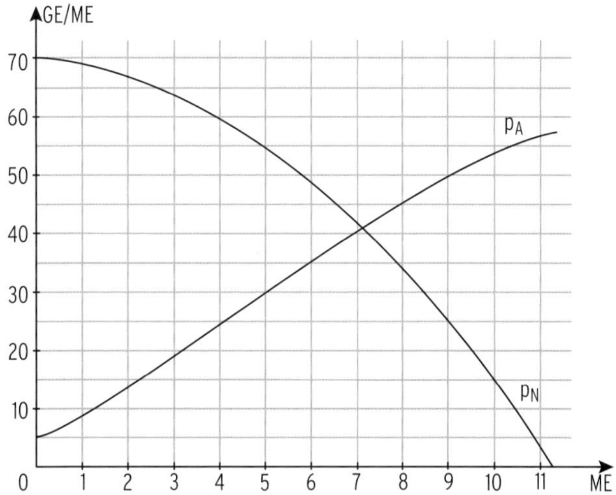

Anlage 3 zu Aufgabe 4.1.1

V: Verformung im ersten Produktionsschritt

R: Risse im Material im zweiten Produktionsschritt

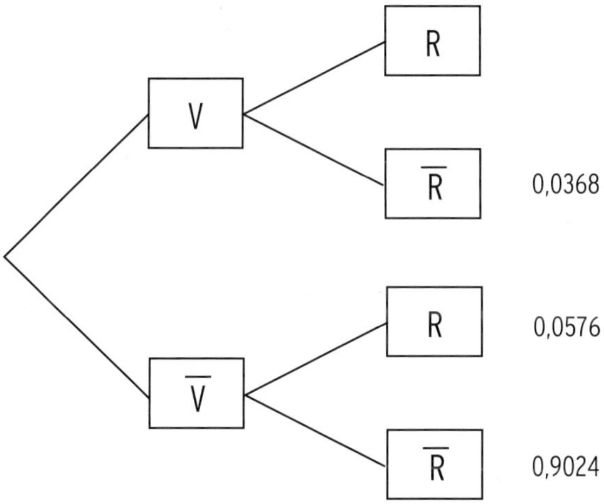

Zentrale Abiturprüfung 2020 Lösungen

Aufgabenteil A: ohne Hilfsmittel (oHiMi) Lösungen

1.1 Analysis

1.1.1 Begründung

Der Graph von K′ besitzt keine Nullstellen, weswegen der Graph von K keine Extremstellen aufweisen kann. Somit scheidet K_3 als mögliche Kostenfunktion aus.
Der Graph von K′ hat an der Stelle x = 3 eine Tiefstelle, weswegen der Graph von K dort eine Wendestelle mit rechts/links-Krümmungswechsel haben muss. Dies ist beim Graphen K_1 nicht der Fall (hat links/rechts-Krümmungswechsel), wohl aber beim Graphen K_2.
Folglich kommt nur K_2 als Graph der zugehörigen Kostenfunktion in Frage.

1.1.2 Höhe der Fixkosten: $S_y(0 \mid 20)$ Die Fixkosten betragen 20 GE.

Gleichung der Stückkostenfunktion: $k(x) = \frac{K(x)}{x} = \frac{1}{3}x^2 - 3x + 14 + \frac{20}{x}$

wegen $K(x) = \frac{1}{3}x^3 - 3x^2 + 14x + 20$ (K(x) durch Aufleiten und d= 20)

1.2 Lineare Algebra

1.2.1 $A_{RZ} = \begin{pmatrix} 4 & 2 \\ 3 & 3 \end{pmatrix}$ Herleiten von A_{RZ}^{-1}

Berechnung der Inversen: (verlangt ist zeigen durch Herleiten)

$$\left(\begin{array}{cc|cc} 4 & 2 & 1 & 0 \\ 3 & 3 & 0 & 1 \end{array}\right) \underset{I\cdot(-3)+II\cdot 4}{\rightarrow} \left(\begin{array}{cc|cc} 4 & 2 & 1 & 0 \\ 0 & 6 & -3 & 4 \end{array}\right) \underset{I\cdot(-3)+II}{\rightarrow} \left(\begin{array}{cc|cc} -12 & 0 & -6 & 4 \\ 0 & 6 & -3 & 4 \end{array}\right) \underset{I:(-12);\ II:6}{\rightarrow} \left(\begin{array}{cc|cc} 1 & 0 & \frac{6}{12} & -\frac{4}{12} \\ 0 & 1 & -\frac{3}{6} & \frac{4}{6} \end{array}\right)$$

Kürzen der Brüche ergibt die Inverse $A_{RZ}^{-1} = \begin{pmatrix} \frac{1}{2} & -\frac{1}{3} \\ -\frac{1}{2} & \frac{2}{3} \end{pmatrix}$

A_{RZ}^{-1} ist die Inverse zur Matrix A_{RZ}.

1.2.2 Anzahl der produzierten Zwischenprodukte Z_1 und Z_2

Mit den vorgegebenen Mengen der Rohstoffe R_1 und R_2 folgt: $A_{RZ} \cdot \vec{z} = \begin{pmatrix} 20 \\ 18 \end{pmatrix}$

Mit Hilfe von A_{RZ}^{-1}: $\vec{z} = A_{RZ}^{-1} \cdot \begin{pmatrix} 20 \\ 18 \end{pmatrix} = \begin{pmatrix} 10 - 6 \\ -10 + 12 \end{pmatrix} = \begin{pmatrix} 4 \\ 2 \end{pmatrix}$

Es wurden im letzten Monat 4 ME des Zwischenprodukts Z_1 und 2 ME Z_2 produziert.

Hinweis: Die Matrix $C_{RT} = \begin{pmatrix} 60 & 20 \\ 60 & 30 \end{pmatrix}$ wird nicht verwendet.

1.3 Stochastik

1.3.1 Vierfeldertafel und Baumdiagramm

Eintrag von $P(S_1) = 0{,}6$ und $P(S_1 \cap \overline{Z}) = 0{,}12$ in die Vierfeldertafel

Die fehlenden Werte lassen sich leicht berechnen

Beispiele: $P(S_1 \cap Z) = 0{,}48$; $P(S_2 \cap Z) = 0{,}64 - 0{,}48 = 0{,}16$

$P(\overline{Z}) = 1 - 0{,}64 = 0{,}36$; $P(S_2) = 1 - 0{,}6 = 0{,}4$

Zentrale Abiturprüfung 2020 Lösungen

Aufgabenteil A: ohne Hilfsmittel (oHiMi) Lösungen

1.3.1 Vierfeldertafel und Baumdiagramm

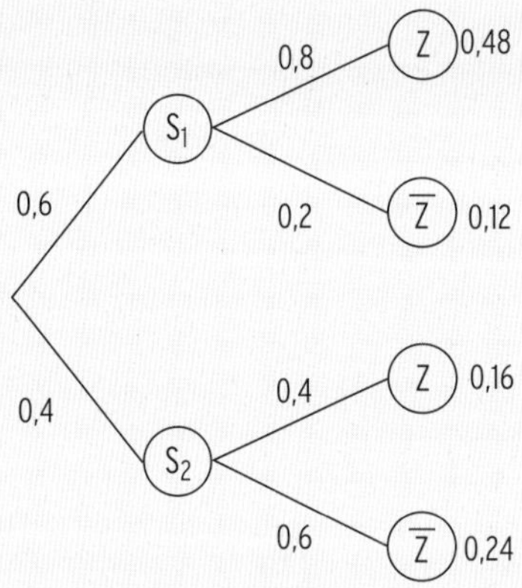

	Z	$\overline{Z}$	Σ
S_1	0,48	0,12	0,6
S_2	0,16	0,24	0,4
Σ	0,64	0,36	1

1.3.2 Wahrscheinlichkeiten

$P(E_1) = P(\overline{Z}) = P(S_1 \cap \overline{Z}) + P(S_2 \cap \overline{Z}) = 0{,}12 + 0{,}38 = 0{,}50$

$P(E_2) = P_{S_2}(Z) = \frac{P(S_2 \cap Z)}{P(S_2)} = \frac{0{,}02}{0{,}02 + 0{,}38} = \frac{0{,}02}{0{,}4} = \frac{1}{20}$

Aufgabenteil B: Hilfsmittel GTR/CAS

Aufgabe 2 - Analysis

2.1 Gleichung der Gesamtkostenfunktion K

$K(x) = a \cdot x^3 + b \cdot x^2 + c \cdot x + d$; $K'(x) = 3a \cdot x^2 + 2b \cdot x + c$; $K''(x) = 6a \cdot x + 2b$

Aufstellen des Gleichungssystems:

I Fixkosten: $K(0) = 65{,}25$ $\quad d = 65{,}25$

II geringster Kostenzuwachs: $K''(4) = 0$ $\quad 0 = 24a + 2b$

III Grenzkosten: $K'(6) = 12$ $\quad 108a + 12b + c = 12$

$p = 30{,}25$ GE/ME

IV Gewinngrenze: $E(10) = K(10)$ $\quad 305{,}25 = 1000a + 100b + 10c + d$

Lösung des LGS ergibt $a = 0{,}75$; $b = -9$; $c = 39$; $d = 65{,}25$

$K(x) = 0{,}75\,x^3 - 9x^2 + 39x + 65{,}25$

2.2.1 Betriebsminimum und kurzfristige Preisuntergrenze

$k_v(x) = \frac{K_v(x)}{x} = \frac{0{,}75\,x^3 - 9x^2 + 39x}{x} = 0{,}75\,x^2 - 9x + 39$; $k_v'(x) = 1{,}5x - 9$

Betriebsminimum: $k_v'(x) = 0$

Probe durch Einsetzen: $k_v'(6) = 0$; $k_v(6) = 12$

Im Betriebsminimum sind die variablen Stückkosten bei 6 ME gleich 12 GE/ME (kurzfristige Preisuntergrenze 12 GE/ME).

Zentrale Abiturprüfung 2020 Lösungen

Aufgabenteil B: Hilfsmittel GTR/CAS

Aufgabe 2 - Analysis Fortsetzung

2.2.2 Kriterium ist erfüllt

Berechnung der langfristigen Preisuntergrenze (LPU):

$k(x) = \frac{K(x)}{x} = \frac{0{,}75\,x^3 - 9x^2 + 39x + 65{,}25}{x} = 0{,}75\,x^2 - 9x + 39 + \frac{65{,}25}{x}$

$k'(x) = 1{,}5x - 9 - \frac{65{,}25}{x^2}$ Hinweis: $(\frac{1}{x})' = -\frac{1}{x^2}$

Bedingung: $k'(x) = 0 \Rightarrow x = x_{BO} \approx 6{,}911$

LPU: $k(x_{BO}) \approx 22{,}064$

Verhältnis: $\frac{p}{p_{LPU}} = \frac{30{,}525}{22{,}064} \approx 1{,}383$

Der Marktpreis liegt etwa 38,3 % höher als die langfristige Preisuntergrenze, das Kriterium ist also erfüllt.

2.3 Behauptungen korrekt

B1: Die Aussage ist falsch, da p_N bei $x \approx 11{,}5$ eine Nullstelle besitzt, liegt hier die Sättigungsmenge.

B2: Die Aussage stimmt, da p_A bei $x = 4$ einen Wendepunkt besitzt und der Graph vor $x = 4$ progressiv steigt und nach $x = 4$ degressiv steigt.

B3: Die Aussage ist falsch, da die Produzentenrente die Fläche zwischen dem Graphen von p_A und der Preislinie $p = 41$ darstellt. Eine grobe Abschätzung dieser Fläche liefert die Berechnung eines Dreiecks $\frac{(41-5)\cdot 7{,}1}{2} = 127{,}8 > 105$ oder das Abzählen der vollen Kästchen.

2.4.1 Konsumentenrente

Nachfragefunktion: $p_N(x) = -0{,}5x^2 - 0{,}5x + 70$

Angebotsfunktion: $p_A(x) = (x^2 + 4x + 5)\cdot e^{-0{,}1\cdot x}$

Marktgleichgewicht (MGG): $p_N(x) = p_A(x)$ $x \approx -6{,}9 \notin D_{ök} \vee x \approx 7{,}1 = x_G$

$p_G = p_N(x_G) \approx 41{,}20$

$KR = \int_0^{x_G} p_N(x)\,dx - p_G \cdot x_G \approx \int_0^{7{,}1} (-0{,}5x^2 - 0{,}5x + 70)dx - 7{,}1 \cdot 41{,}2 \approx 132$

Die Konsumentenrente beträgt etwa 132 GE.

2.4.2 Skizze der neuen Nachfragefunktion in die Abbildung, Beurteilung

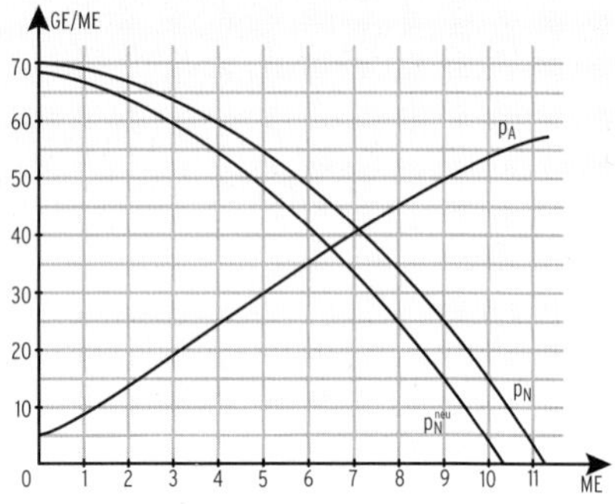

Der Graph von $p_N^{neu}(x) = p_N(x+1)$ ist im Vergleich zum Graph von p_N um eine Einheit nach links verschoben. Dadurch sind Gleichgewichtspreis und Gleichgewichtsmenge niedriger als zuvor.

Zentrale Abiturprüfung 2020 Lösungen

Aufgabenteil B: Hilfsmittel GTR/CAS

Aufgabe 3 – Lineare Algebra

$A_{BZ} = \begin{pmatrix} 2 & 1 & 3 \\ 4 & 2 & 1 \\ 1 & 1 & 5 \end{pmatrix}$; $B_{ZS} = \begin{pmatrix} 4 & 2 & 5 \\ 2 & 1 & 1 \\ 3 & 3 & 3 \end{pmatrix}$; (vgl. 3.1.2) $C_{BS} = \begin{pmatrix} 19 & 14 & 20 \\ 23 & 13 & 25 \\ 21 & 18 & 21 \end{pmatrix}$ mit $A_{BZ} \cdot B_{ZS} = C_{BS}$

3.1.1 Bedarf an Bauteilen für diesen Kundenauftrag.

Berechnung der Menge der benötigten Bauteile: $C_{BS} \cdot \begin{pmatrix} 20 \\ 20 \\ 20 \end{pmatrix} = \begin{pmatrix} 1060 \\ 1220 \\ 1200 \end{pmatrix}$

Der Bedarf an Bauteilen für diesen Kundenauftrag beträgt 1060 ME von B_1, 1220 ME von B_2 und 1200 ME von B_3.

3.1.2 Anzahl der Zwischenprodukte Z_1, Z_2 und Z_3 für diesen Auftrag

Es wird zunächst die Matrix B_{ZS} benötigt, die den Bedarf an Zwischenprodukten für die Herstellung jeweils einer ME der Schließanlagen angibt.

Mit der Gleichung $A_{BZ} \cdot B_{ZS} = C_{BS}$ ergibt sich: $B_{ZS} = A_{BZ}^{-1} \cdot C_{BS} = \begin{pmatrix} 4 & 2 & 5 \\ 2 & 1 & 1 \\ 3 & 3 & 3 \end{pmatrix}$

Berechnung der benötigten Zwischenprodukte: $B_{ZS} \cdot \begin{pmatrix} 20 \\ 20 \\ 20 \end{pmatrix} = \begin{pmatrix} 220 \\ 80 \\ 180 \end{pmatrix}$

Der Bedarf an Zwischenprodukten für diesen Kundenauftrag beträgt 220 ME von Z_1, 80 ME von Z_2 und 180 ME von Z_3.

3.2.1 Lagerbestand für beide Kundenaufträge

Berechnung der Menge der für beide Kundenaufträge benötigten Schließanlagen:

$\begin{pmatrix} 30 \\ 25 \\ 12 \end{pmatrix} + \begin{pmatrix} 0 \\ 0 \\ 150 \end{pmatrix} = \begin{pmatrix} 30 \\ 25 \\ 162 \end{pmatrix}$

Berechnung der Menge der für beide Kundenaufträge benötigten Zwischenprodukte mit $B_{ZS} \cdot \begin{pmatrix} 30 \\ 25 \\ 162 \end{pmatrix} = \begin{pmatrix} 980 \\ 247 \\ 651 \end{pmatrix}$

Ein Vergleich der Lagerbestände mit den benötigten Mengen der Zwischenprodukte zeigt, dass von allen Zwischenprodukten nicht ausreichende Mengen vorhanden sind. Somit können mit diesem Lagerbestand nicht beide Kundenaufträge erfüllt werden.

3.2.2 Variable Kosten der beiden Kundenaufträge insgesamt.

Berechnung der Menge der benötigten Bauteile: $C_{BS} \cdot \begin{pmatrix} 30 \\ 25 \\ 162 \end{pmatrix} = \begin{pmatrix} 4160 \\ 5065 \\ 4482 \end{pmatrix}$

Berechnung der Höhe der Bauteilkosten: $(4{,}5 \quad 2{,}8 \quad 3{,}2) \cdot \begin{pmatrix} 4160 \\ 5065 \\ 4482 \end{pmatrix} = 47244{,}4$

Berechnung der Fertigungskosten der Zwischenprodukte: $(8{,}5 \quad 5 \quad 6{,}5) \cdot \begin{pmatrix} 980 \\ 247 \\ 651 \end{pmatrix} = 13796{,}5$

Berechnung der Fertigungskosten der Schließanlagen: $(3 \quad 2{,}5 \quad 4) \cdot \begin{pmatrix} 30 \\ 25 \\ 162 \end{pmatrix} = 800{,}5$

Die Addition der berechneten Kostenanteile ergibt variable Kosten für beide Kundenaufträge von 61 841,4 GE (= 47244,4 + 13796,5 + 800,5).

Zentrale Abiturprüfung 2020 Lösungen

Aufgabenteil B: Hilfsmittel GTR/CAS

Aufgabe 3 – Lineare Algebra (Fortsetzung)

3.3.1 Anzahl an Zwischenprodukten, wenn das Lager vollständig geräumt ist.

Der Ansatz mit $A_{BZ} \cdot \vec{x} = \begin{pmatrix} 90 \\ 80 \\ 120 \end{pmatrix}$

führt zu einem LGS (in Matrixform): $\left(\begin{array}{ccc|c} 2 & 1 & 3 & 90 \\ 4 & 2 & 1 & 80 \\ 1 & 1 & 5 & 120 \end{array}\right) \underset{\text{GTR}}{\sim} \left(\begin{array}{ccc|c} 1 & 0 & 0 & 10 \\ 0 & 1 & 0 & 10 \\ 0 & 0 & 1 & 20 \end{array}\right)$

Es können 10 ME von Z_1, 10 ME von Z_2 und 20 ME von Z_3 hergestellt werden, so dass das Lager vollständig geräumt ist.

3.3.2 Wie viele ME von B2 müssen mindestens und höchstens bestellt werden.

Aufgrund der Nichtnegativitätsbedingung ergibt sich:

$40 - \frac{2}{5}t \geq 0 \quad \Leftrightarrow t \leq 100$

$-100 + \frac{7}{5}t \geq 0 \quad \Leftrightarrow t \geq 71\frac{3}{7} \approx 71{,}43$

$40 - \frac{1}{5}t \geq 0 \quad \Leftrightarrow t \leq 200$

Es müssen mindestens 71,43 ME und es dürfen höchstens 100 ME von B_2 bestellt werden.

Aufgabe 4 – Stochastik

4.1.1 Baumdiagramm in Anlage 3.

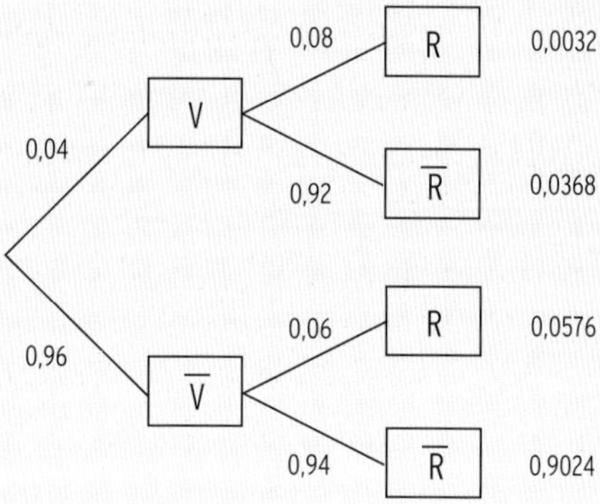

V: Verformung im ersten Produktionsschritt

R: Risse im Material im zweiten Produktionsschritt

$P(V) = 0{,}04$; $P(V \cap R) = 0{,}0032$

$0{,}08 = \frac{0{,}0032}{0{,}04}$; $0{,}96 = 1 - 0{,}04$

$0{,}06 = \frac{0{,}0576}{0{,}96}$

4.1.2 Anzahl fehlerfreier Zylinderschließsysteme

$P(\overline{V} \cap \overline{R}) = 0{,}9024 \qquad 0{,}9024 \cdot 2500 = 2256$

Es ist damit zu rechnen, dass 2 256 (von 2500) Zylinderschließsysteme fehlerfrei sind.

4.1.3 P(Zylinderschließsystem ohne Risse weist Verformungen auf)

$P_{\overline{R}}(V) = \frac{P(V \cap \overline{R})}{P(\overline{R})} = \frac{P(V \cap \overline{R})}{P(V \cap \overline{R}) + P(\overline{V} \cap \overline{R})} = \frac{0{,}0368}{0{,}0368 + 0{,}9024} = 0{,}0392$

4.2.1 In der Stichprobe sind mehr als die zu erwartende Anzahl an fehlerhaft verpackten Zylinderschließsystemen vorhanden.

X ist binomialverteilt mit $n = 1500$ und $p = 0{,}1$; Erwartungswert $E(X) = \mu = n \cdot p = 150$

$P(X > 150) = P(X \geq 151) = 1 - P(X \leq 150) \approx 0{,}4783$

Die Wahrscheinlichkeit beträgt 47,83 %.

Zentrale Abiturprüfung 2020 Lösungen

Aufgabenteil B: Hilfsmittel GTR/CAS

Aufgabe 4 – Stochastik (Fortsetzung)

4.2.2 Wahrscheinlichkeit für mindestens 130, aber weniger als 165 fehlerhaft verpackte Zylinderschließsysteme

$P(130 \leq X < 165) = P(130 \leq X \leq 164) \approx 0{,}8562$

Die Wahrscheinlichkeit beträgt 85,62 %.

4.2.3 Wahrscheinlichkeit, dass die betriebsinterne Vorgabe eingehalten wird.

$\mu = n \cdot p = 150 \quad \sigma = \sqrt{n \cdot p \cdot (1 - p)} \approx 11{,}62$

$\mu + \sigma \approx 161{,}62$

$P(X \leq 161) \approx 0{,}8390$

Die Wahrscheinlichkeit beträgt 83,90 %.

4.2.4 Prozentualer Anteil an fehlerhaft verpackten Zylinderschließsystemen

Gesucht ist die Erfolgswahrscheinlichkeit p mittels des Ansatzes mit n = 1500:

$P(X \leq 90)$ führt durch systematisches Probieren zum Ergebnis:

$p = 0{,}06$ und mit $n = 1500$ damit zu: $P(X \leq 90) \approx 0{,}528008$

Hinweis: $p = 0{,}07$: $P(X \leq 90) \approx 0{,}06868$; $p = 0{,}065$: $P(X \leq 90) \approx 0{,}2338$

Der prozentuale Anteil an fehlerhaft verpackten Zylinderschließsystemen muss 6 % betragen.

4.3.1 Entscheidungsregel, Wahrscheinlichkeit des Fehlers erster Art

$H_0: p \leq 0{,}1 \qquad H_1: p > 0{,}1$

Der Kunde der KeyBus GmbH darf nur von der Nullhypothese H_0 abweichen, wenn die Anzahl fehlerhafter Zylinderschließsysteme in der Stichprobe signifikant nach oben abweichen würde. Getestet wird folglich im Rahmen eines rechtsseitigen Tests mit n = 200 und p = 0,1. Gesucht ist also das kleinste k mit:

$P(X \geq k) \leq 0{,}05$

$P(X \geq 27) \approx 0{,}0672 \geq 0{,}05 \qquad P(X \geq 28) \approx 0{,}0434 \leq 0{,}05$

Für den Ablehnungsbereich $\overline{A}$ von H_0 ergibt sich: $\overline{A} = \{28; 29; \ldots ; 200\}$

Bei mindestens 28 fehlerhafter Zylinderschließsysteme darf der Kunde die Nullhypothese verwerfen und H_1 annehmen.

Für den Fehler erster Art gilt: $P(X \geq 28) \approx 0{,}0434 = 4{,}34\ \%$.

4.3.2 Kontrolle auf Grundlage der Entscheidungsregel stützt die Behauptung des Kunden

Nein, die Behauptung des Kunden ($p > 0{,}1$) kann auf Basis des Testergebnisses (25 fehlerhaft) nicht gestützt werden. Entsprechend der Entscheidungsregel liegt das Testergebnis nicht im Ablehnungsbereich von H_0, weswegen die Nullhypothese nicht verworfen werden darf.

Zentrale Abiturprüfung 2021

Grundkursfach Mathematik

Fachbereich Wirtschaft und Verwaltung

Aufgabenteil A: ohne Hilfsmittel **Lösungen Seite 220 - 225**

Aufgabenstellung

Die *Snowsporting GmbH* ist ein deutscher Hersteller von Wintersportartikeln und vertreibt diese weltweit. Neben verschiedenen Arten von Ski, Bindungen und Skistöcken werden zusätzlich Snowboards, Skischuhe, Skibekleidung und sonstige Accessoires mit dem Label Snowsporting als Handelsware verkauft

Aufgabe 1 (21 Punkte)

1.1 **Analysis**

Das Unternehmen geht davon aus, dass sich die Absatzzahlen des neu einzuführenden Skimodells Allmountain Cross gemäß der Funktion a entwickeln:

$a(t) = 6 \cdot t \cdot e^{-\frac{1}{3} \cdot t} + 0{,}5 \quad \text{mit } t \geq 0$

Hierbei gibt t die Anzahl der Monate nach Produkteinführung (t = 0) und a(t) die abgesetzten Mengeneinheiten pro Monat (ME/Monat) an. Dabei entspricht 1 ME 1000 Paar Ski.

Die folgende Abbildung zeigt den Graphen der Funktion a.

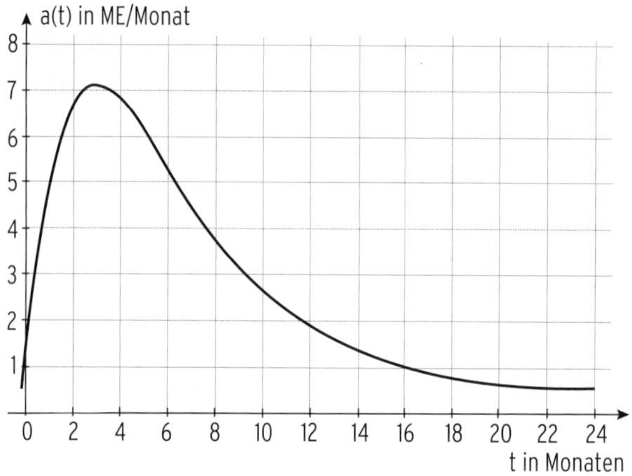

Abbildung 1

1.1.1 Berechnen Sie den Zeitpunkt, zu dem die Funktion a ihr Maximum erreicht. Nutzen Sie ohne Nachweis: $a''(t) = \left(-4 + \frac{2}{3} \cdot t\right) \cdot e^{-\frac{1}{3} \cdot t}$ (6 Punkte)

1.1.2 Nehmen Sie Stellung zur Aussage: „Langfristig wird der Absatz des Modells je Monat etwa 1000 Paar Ski betragen.“ (3 Punkte)

Zentrale Abiturprüfung 2021 Grundkursfach Mathematik

Aufgabenteil A: ohne Hilfsmittel

1.2 **Lineare Algebra/Analytische Geometrie**

Das Unternehmen produziert aus den Komponenten K_1, K_2 und K_3 die Hauptbestandteile H_1, H_2 und H_3. Im nächsten Schritt werden aus diesen Hauptbestandteilen die drei Skistockmodelle S_1, S_2 und S_3 gefertigt.
Die Matrizen A_{KH}, B_{HS} und C_{KS} geben an, wie viele Mengeneinheiten (ME) von H_1 bis H_3 beziehungsweise wie viele ME von K_1 bis K_3 in je eine ME von S_1 bis S_3 beziehungsweise in je eine ME von H_1 bis H_3 eingehen.

Das Verflechtungsdiagramm in Anlage 1 gibt die jeweilige Teileverwendung in den beiden Produktionsstufen an.

1.2.1 Ergänzen Sie alle fehlenden Werte in den Matrizen und dem Verflechtungsdiagramm in Anlage 1. (6 Punkte)

1.3 **Stochastik**

Die Snowsporting GmbH produziert ein besonders erfolgreiches Skimodell an drei verschiedenen Standorten A, B und C.
Eine interne Qualitätsanalyse hat ergeben, dass immer wieder ein bestimmter Produktionsfehler F entsteht und Ski mit diesem Fehler aus Sicherheitsgründen nicht verkauft werden dürfen.
Das folgende Baumdiagramm stellt den Sachverhalt dar:

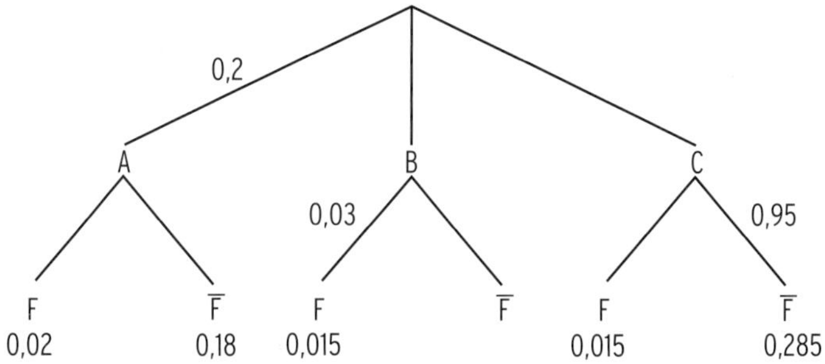

1.3.1 Ergänzen Sie die fehlenden Wahrscheinlichkeiten des obigen Baumdiagramms in Anlage 2. (4 Punkte)

1.3.2 Berechnen Sie die Wahrscheinlichkeit dafür, dass ein Skimodell den Produktionsfehler F aufweist. (2 Punkte)

Zentrale Abiturprüfung 2021 Grundkursfach Mathematik

Aufgabenteil A: ohne Hilfsmittel

Anlage 1 zu Aufgabe 1.2.1

$$A_{KH} = \begin{pmatrix} 1 & 2 & 0 \\ \_ & 3 & 1 \\ 2 & 0 & 1 \end{pmatrix} \quad B_{HS} = \begin{pmatrix} \_ & \_ & 1 \\ 2 & \_ & 1 \\ 1 & \_ & 2 \end{pmatrix} \quad C_{KS} = \begin{pmatrix} 7 & 8 & \_ \\ 10 & 11 & 6 \\ 7 & 4 & 4 \end{pmatrix}$$

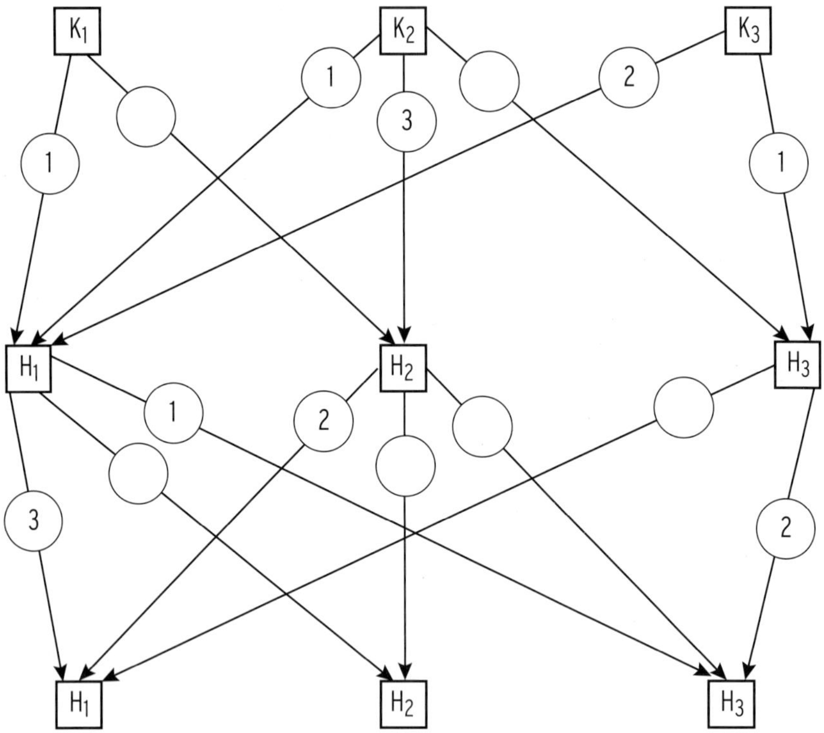

Anlage 2 zu Aufgabe 1.3.1

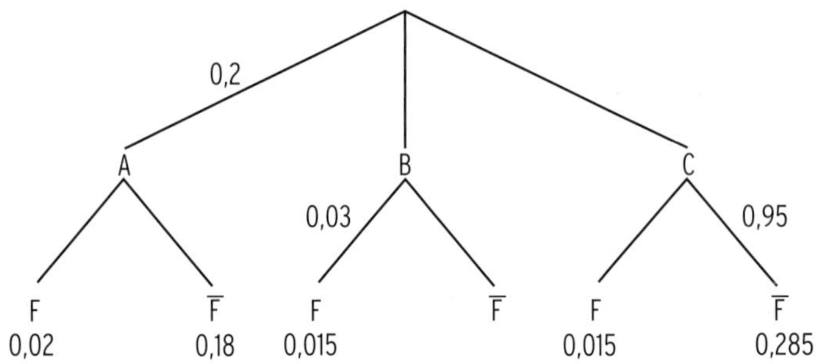

Zentrale Abiturprüfung 2021 Grundkursfach Mathematik

Aufgabenteil B: Hilfsmittel GTR/CAS

Aufgabenstellung Lösungen Seite 204 - 208

Die *Snowsporting GmbH* ist ein deutscher Hersteller von Wintersportartikeln und vertreibt diese weltweit. Neben verschiedenen Arten von Ski, Bindungen und Skistöcken werden zusätzlich Snowboards, Skischuhe, Skibekleidung und sonstige Accessoires mit dem Label Snowsporting als Handelsware verkauft.

In allen Aufgaben gilt: ME ≙ Mengeneinheiten und GE ≙ Geldeinheiten

Aufgabenstellung

Aufgabe 2 – Analysis (28 Punkte)

Das Top-Skimodell Wizzard soll erstmalig in der Saison 2021/22 auf den Markt kommen. Das Modell Swing hat sich bereits auf dem Markt etabliert.

2.1 Die *Snowsporting GmbH* geht davon aus, dass die Kostensituation für das Modell Wizzard durch eine ertragsgesetzliche Kostenfunktion 3. Grades entsprechend der Gleichung $K(x) = x^3 - 3 \cdot x^2 + 5{,}25 \cdot x + 12{,}5$ beschrieben werden kann. Hierbei gibt $x \geq 0$ die produzierte Menge in ME und $K(x)$ die Kosten in GE an. Die Kapazitätsgrenze wird bei 5 ME erreicht.

2.1.1 Berechnen Sie ...

(1) die Gesamtkosten sowie die Grenzkosten bei einer Produktion von 3 ME.

(2) die Produktionsmenge, bei der die Kostenfunktion von einem degressiven in einen progressiven Kostenanstieg wechselt.

(3) die variablen Stückkosten bei einer Produktion von 1,5 ME. (8 Punkte)

2.1.2 Zeigen Sie, dass der Graph der Kostenfunktion K streng monoton steigt. (3 Punkte)

2.1.3 Ermitteln Sie alle Produktionsmengen, bei denen die Grenzkosten 3 GE/ME betragen. (4 Punkte)

2.1.4 Berechnen Sie die Grenzkosten und beurteilen Sie deren ökonomische Bedeutung bei einer Produktionsmenge von 4 ME und einem konstanten Preis von 30 GE/ME. (4 Punkte)

2.2 Die *Snowsporting GmbH* verwendet für das erste Halbjahr des kommenden Geschäftsjahres zur Prognose der Absatzrate in ME/Monat ihres Modells Swing die Funktion a. Dabei gibt $0 \leq t \leq 6$ die Zeit in Monaten seit Beginn des Geschäftsjahres an: $a(t) = (3000 \cdot t^3 + 6000 \cdot t^2 + 3000 \cdot t) \cdot e^{-0{,}9 \cdot t}$

2.2.1 Ermitteln Sie die Wendestellen des Graphen von a und deuten Sie diese im Sachzusammenhang. (5 Punkte)

2.2.2 Für das Modell Swing hat die Geschäftsleitung folgende Zielvorgabe gesetzt: „Über einen Zeitraum von mindestens drei Monaten soll die Absatzrate über 5 000 ME/Monat liegen."

Überprüfen Sie, ob die Funktion a dieser Zielvorgabe entspricht. (4 Punkte)

Zentrale Abiturprüfung 2021

Aufgabenteil B: Hilfsmittel GTR/CAS

Aufgabe 3 – Lineare Algebra/Analytische Geometrie (28 Punkte)

Die hergestellten Skier enthalten vier Grundstoffe: Polyethylen (G_1), Polypropylen (G_2), Flüssigkristallpolymer (G_3) und Polyurethan (G_4). Aus diesen Grundstoffen werden zunächst die einzelnen Komponenten hergestellt. Dazu gehören der Druckgurt (K_1), der Skikern (K_2), der Zuggurt (K_3) und die Versteifung (K_4).

Die Komponenten werden dann zu den Modellen Normal (M_1), Short (M_2) und Extra Long (M_3) verarbeitet. Die Zusammensetzung der Produkte wird in den untenstehenden Tabellen veranschaulicht, wobei alle Werte in Mengeneinheiten (ME) angegeben sind. Für die Grundstoffe gilt: Eine Mengeneinheit wiegt 1 kg.

	K_1	K_2	K_3	K_4
G_1	12	10	8	14
G_2	11	15	14	11
G_3	9	5	10	13
G_4	10	10	12	12

Die folgende Tabelle gibt die Mengeneinheiten der Komponenten für das jeweilige Modell an.

	M_1	M_2	M_3
K_1	0,5	0,25	1,25
K_2	1,25	0,5	0,75
K_3	1,25	0,75	1,75
K_4	0,75	0	1,5

3.1 Der aktuelle Lagerbestand beträgt 8 100 ME von G_1, 8 800 ME von G_2, 6 600 ME von G_3 und 7 700 ME von G_4.
Auf Grund von Umbaumaßnahmen sollen die Grundstoffe vollständig zu Komponenten K_1 bis K_4 verarbeitet werden, so dass das Lager gänzlich geräumt wird.

3.1.1 Stellen Sie ein lineares Gleichungssystem zur Lösung des beschriebenen Problems auf und überprüfen Sie dieses auf seine Lösbarkeit. (6 Punkte)

3.1.2 Eine mögliche Darstellung des Produktionsvektors $\vec{v}$ zur vollständigen Räumung des Lagers lautet: $\vec{v} = \begin{pmatrix} 525 - 15 \cdot t \\ 50 + 6 \cdot t \\ 162{,}5 - 2{,}5 \cdot t \\ 10 \cdot t \end{pmatrix}$

Ermitteln Sie die maximale Menge, welche von K_4 produziert werden könnte.

(5 Punkte)

Zentrale Abiturprüfung 2021

Aufgabenteil B: Hilfsmittel GTR/CAS

Aufgabe 3 – Lineare Algebra/Analytische Geometrie (28 Punkte)

3.1.3 Die *Snowsporting GmbH* erhält einen Auftrag über 200 ME von K_2.
Von K_3 wird die doppelte Menge von K_2 bestellt. K_1 und K_4 werden nicht bestellt.
Prüfen Sie, ob der in 3.1 genannte Lagerbestand an Grundstoffen für diesen Auftrag ausreicht. (4 Punkte)

3.1.4 Eine Mitarbeiterin der *Snowsporting GmbH* behauptet zu dem in 3.1 genannten Lagerbestand: „Bei diesem Lagerbestand können von K_2 600 ME hergestellt werden, wenn von den anderen Komponenten nichts produziert wird."
Bewerten Sie diese Behauptung. (4 Punkte)

3.2 Um die Skier leichter zu machen, wurde die Zusammensetzung der Komponenten verändert und dabei der Grundstoff G_4 durch Carbon (G_4^{neu}) ersetzt. Die neue Zusammensetzung ergibt sich aus der folgenden Tabelle:
Eine Mengeneinheit (ME) der Grundstoffe entspricht jeweils 1 kg.

	K_1	K_2	K_3	K_4
G_1	12	10	8	14
G_2	11	15	14	11
G_3	9	5	10	13
G_4^{Neu}	0	2	4	6

3.2.1 Die neue Zusammensetzung wirkt sich besonders auf das Modell M_3 aus.
Zeigen Sie, dass eine Mengeneinheit des Modells M_3 193 kg wiegt. (4 Punkte)

3.2.2 Für die Carbon-Komponenten ergeben sich die folgenden Material- und Fertigungskosten. Die Kosten für die Grundstoffe und Fertigung der Komponenten betragen zusammen:

Komponenten	K_1	K_2	K_3	K_4
Kosten in GE/ME	7,20	7,79	10,82	12,46

Die Fertigungskosten der Modelle betragen:

Modell	M_1	M_2	M_3
Kosten in GE/ME	120	140	215

Bestimmen Sie die Höhe der anfallenden variablen Kosten je Mengeneinheit der Modelle. (5 Punkte)

Zentrale Abiturprüfung 2021

Aufgabenteil B: Hilfsmittel GTR/CAS

Aufgabe 4 – Stochastik (28 Punkte)

Die *Snowsporting GmbH* erhält in den letzten Monaten vermehrt Kundenbeschwerden wegen Qualitätsmängeln des Snowboards SnowPro.
Die Snowboards werden von der Snowsporting GmbH nicht selbst produziert, sondern über einen Lieferanten bezogen. Dieser garantiert, dass durchschnittlich 98 % seiner ausgelieferten Snowboards des Modells SnowPro fehlerfrei sind und somit den höchsten Qualitätsstandards genügen.

4.1 Die *Snowsporting GmbH* möchte sich nun selbst einen Überblick über die Qualität der Snowboards verschaffen und untersucht die letzte Lieferung von 450 Snowboards des Modells SnowPro.
Die *Snowsporting GmbH* geht davon aus, dass die Zufallsgröße X, welche die Anzahl der fehlerhaften Snowboards angibt, binomialverteilt ist.

4.1.1 Begründen Sie, dass die Zufallsgröße X als binomialverteilt angenommen werden kann.

(3 Punkte)

4.1.2 Für die Qualitätssicherung sind die folgenden drei Ereignisse und deren Wahrscheinlichkeiten von Bedeutung.

E_1: Die Lieferung enthält genau die zu erwartende Anzahl an fehlerhaften Snowboards.

E_2: Die Lieferung enthält mindestens 8, aber weniger als 16 fehlerhafte Snowboards.

E_3: Die Lieferung enthält mehr als 440 fehlerfreie Snowboards.

Berechnen Sie die Wahrscheinlichkeiten dieser Ereignisse.

(6 Punkte)

4.1.3 Wenn mindestens 4 % der Snowboards in der Lieferung fehlerhaft sind, reklamiert die *Snowsporting GmbH* die Lieferung des Modells SnowPro. Berechnen Sie die Wahrscheinlichkeit, mit der eine solche Reklamation bei der Lieferung eintritt.

(3 Punkte)

4.1.4 Die Liefermenge wird erhöht.
Bestimmen Sie, wie viele Snowboards mindestens geliefert werden müssen, damit mit einer Wahrscheinlichkeit von mehr als 99 % mindestens 450 fehlerfreie Snowboards in der Lieferung enthalten sind.

(4 Punkte)

Zentrale Abiturprüfung 2021

Aufgabenteil B: Hilfsmittel GTR/CAS

Aufgabe 4 – Stochastik (Fortsetzung)

4.2 Der Zulieferer der Snowboards hat auch von anderen Händlern eine Rückmeldung zur schlechten Qualität seiner Snowboards bekommen. Er führt daraufhin eine Kontrolle nach neuen Qualitätsstandards ein. Ein Kontrollautomat soll die Qualität der Snowboards testen und fehlerhafte aussortieren. Allerdings kann es vorkommen, dass dabei fehlerhafte Snowboards nicht aussortiert oder fehlerfreie Snowboards aussortiert werden. Stichproben ergaben, dass 90 % der Snowboards den neuen Qualitätsstandards entsprechen und somit fehlerfrei sind. Der Automat sortiert 11,3 % aller Snowboards aus. Aufgrund von Messfehlern kommt es in 1,8 % aller Fälle vor, dass ein Snowboard fehlerfrei ist und trotzdem aussortiert wird.

4.2.1 Stellen Sie den obigen Sachverhalt mit Hilfe eines Baumdiagramms mit allen Pfad- und Pfadendwahrscheinlichkeiten oder einer Vierfeldertafel dar.

(4 Punkte)

4.2.2 Überprüfen Sie, ob das Ereignis "Snowboard ist fehlerfrei" und das Ereignis "Snowboard wird vom Automaten aussortiert" stochastisch abhängig sind.

(4 Punkte)

4.2.3 Die Produktionsleiterin behauptet, dass fast 16 Prozent der vom Kontrollautomaten aussortierten Snowboards in Wirklichkeit fehlerfrei sind. Beurteilen Sie diese Aussage.

(4 Punkte)

Zentrale Abiturprüfung 2021 Lösungen

Aufgabenteil A: ohne Hilfsmittel (oHiMi) Lösungen

1.1 Analysis

$a(t) = 6 \cdot t \cdot e^{-\frac{1}{3} \cdot t} + 0{,}5 \quad \text{mit } t \geq 0$

1.1.1 Zeitpunkt, zu dem die Funktion a ihr Maximum erreicht

Ableitung mit Produkt- und Kettenregel:

$a'(t) = 6 \cdot e^{-\frac{1}{3} \cdot t} + 6 \cdot t \cdot (-\frac{1}{3})\, e^{-\frac{1}{3} \cdot t} = (6 - 2 \cdot t) \cdot e^{-\frac{1}{3} \cdot t}$

Notwendige Bedingung: $a'(t) = 0$ $\quad 6 - 2 \cdot t = 0$ für $t = 3$ $\quad (e^{-\frac{1}{3} \cdot t} > 0)$

$a''(t) = (-4 + \frac{2}{3} \cdot t) \cdot e^{-\frac{1}{3} \cdot t}$

Hinreichende Bedingung: $a'(t) = 0 \wedge a''(t) < 0$

$a''(3) = (-4 + \frac{2}{3} \cdot 3) \cdot e^{-\frac{1}{3} \cdot 3} = -2e^{-1} = -\frac{2}{e} < 0$

Genau drei Monate nach Produkteinführung wird der maximale Absatz pro Monat erreicht.

1.1.2 Langfristiger Absatz

Der erste Summand $(6 \cdot t \cdot e^{-\frac{1}{3} \cdot t})$ des Funktionsterms von a geht gegen 0.

(Da der Exponent der Exponentialfunktion gegen $-\infty$ strebt und das Grenzverhalten der Exponentialfunktion hier dominiert.)

Der zweite Summand ist konstant 0,5, also nähert sich der Funktionsgraph von a für größer werdende x-Werte dem y-Wert 0,5 an. Situationsbezogen würde dies bedeuten, dass langfristig 500 Paar Ski pro Monat verkauft würden. Die Aussage ist also falsch.

1.2 Lineare Algebra

1.2.1 $A_{KH} = \begin{pmatrix} 1 & 2 & 0 \\ \mathbf{1} & 3 & 1 \\ 2 & 0 & 1 \end{pmatrix}$

$B_{HS} = \begin{pmatrix} \mathbf{3} & \mathbf{2} & 1 \\ 2 & \mathbf{3} & 1 \\ 1 & \mathbf{0} & 2 \end{pmatrix}$

$C_{KS} = \begin{pmatrix} 7 & 8 & \mathbf{3} \\ 10 & 11 & 6 \\ 7 & 4 & 4 \end{pmatrix}$

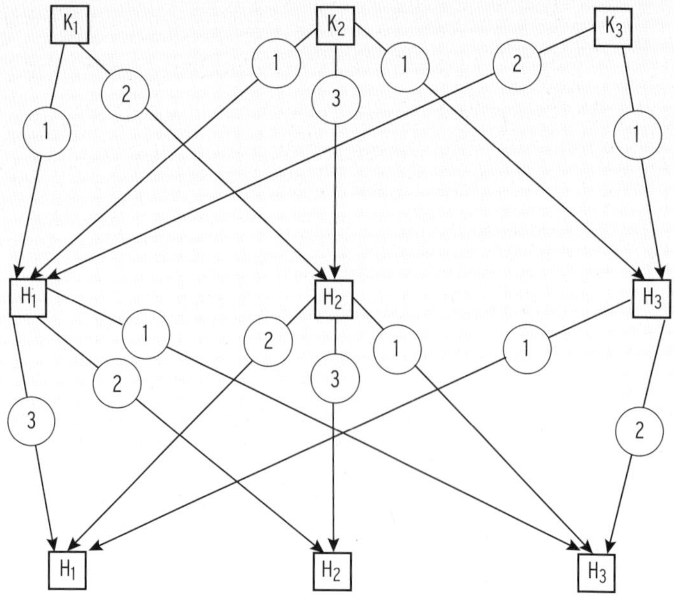

Zentrale Abiturprüfung 2021 Lösungen

Aufgabenteil A: ohne Hilfsmittel (oHiMi) Lösungen

1.3 Stochastik

1.3.1 Anlage 2

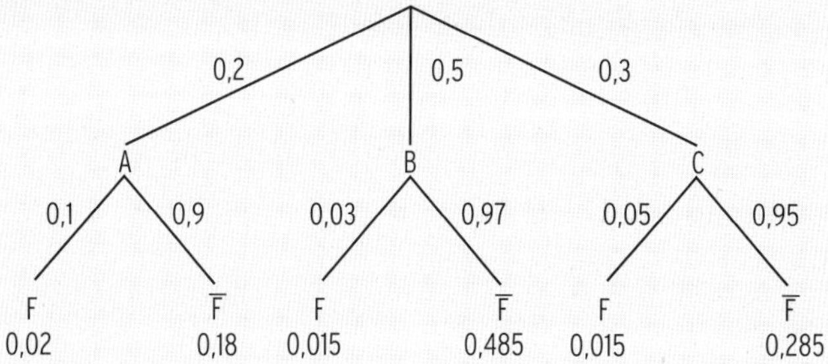

1.3.2 P(F) = 0,02 + 0,015 + 0,015 = 0,05 = 5 %

Zentrale Abiturprüfung 2021 Lösungen

Aufgabenteil B: Hilfsmittel GTR/CAS

Aufgabe 2 - Analysis

2.1 $K(x) = x^3 - 3 \cdot x^2 + 5{,}25 \cdot x + 12{,}5$; $x_{kap} = 5$ $(0 \leq x \leq 5)$

2.1.1 (1) Gesamtkosten $K(3) = 28{,}25$

Grenzkosten $K'(x) = 3 \cdot x^2 - 6x + 5{,}25$; $K'(3) = 14{,}25$

Bei einer Produktion von 3 ME betragen die Gesamtkosten 28,25 GE und die Grenzkosten 14,25 GE/ME

(2) Wechsel von degressivem in progressivem Kostenanstieg

Der Ansatz $K''(x) = 0$ liefert $6x - 6 = 0 \Leftrightarrow x = 1$.

Aufgrund der Ertragsgesetzlichkeit von K liegt ein Wechsel von einer Rechts- zu einer Linkskrümmung an der Stelle x = 1 vor.

(3) Variable Stückkosten

$k_v(x) = \frac{K_v(x)}{x} = x^2 - 3x + 5{,}25$; $k_v(1{,}5) = 3$

Die variablen Stückkosten betragen 3 GE/ME bei einer Produktionsmenge von 1,5 ME.

2.1.2 Graph von K ist streng monoton

$K'(x) = 0$ $3x^2 - 6x + 5{,}25 = 0$ keine Lösung wegen $D = 36 - 4 \cdot 3 \cdot 12{,}5 < 0$

$K'(1) = 2{,}25 > 0$

Die Gleichung $K'(x) = 0$ besitzt keine reelle Lösung.

Folglich ist $K'(x) > 0$ für alle $x \in D_{ök}$

Zentrale Abiturprüfung 2021 Lösungen

Aufgabenteil B: Hilfsmittel GTR/CAS

Aufgabe 2 - Analysis

2.1.3 Produktionsmengen mit Grenzkosten 3 GE/ME

Ansatz: $K'(x) = 3$ $\quad 3x^2 - 6x + 5{,}25 = 3 \Leftrightarrow 3x^2 - 6x + 2{,}25 = 0$

Lösungen: $\quad x = 0{,}5 \vee x = 1{,}5$

Die Grenzkosten betragen 3 GE/ME nur für 0,5 ME und 1,5 ME.

2.1.4 Grenzkosten bei 4 ME und einem konstanten Preis von 30 GE/ME

Berechnung der Grenzkosten: $K'(4) = 29{,}25$

Beurteilung der ökonomischen Bedeutung:

Durch Grenzkosten von 29,25 GE/ME und einen Preis von 30 GE/ME ergibt sich bei 4 ME ein positiver Grenzgewinn von 0,75 GE/ME. Deswegen würde eine Erhöhung der Produktionsmenge zu einem höheren Gewinn führen.

2.2 $a(t) = (3000 \cdot t^3 + 6000 \cdot t^2 + 3000 \cdot t) \cdot e^{-0{,}9 \cdot t}$

$a'(t) = (-2700 \cdot t^3 + 3600 \cdot t^2 + 9300 \cdot t + 3000) \cdot e^{-0{,}9 \cdot t}$ (nicht verlangt)

2.2.1 Wendestellen des Graphen von a und Deutung (Lösung mit GTR/CAS)

Der Graph der zweiten Ableitung a″ schneidet für $0 \leq t \leq 6$ die t-Achse mit Vorzeichenwechsel in $t \approx 0{,}78$ und $t \approx 4{,}64$.

Wendestellen: $t_{W_1} \approx 0{,}78$ und $t_{W_2} \approx 4{,}64$

Anhand des Graphen von a ist zu erkennen, dass die erste Wendestelle dem Zeitpunkt des größten Anstiegs entspricht und die zweite Wendestelle dem des größten Rückgangs der Absatzrate.

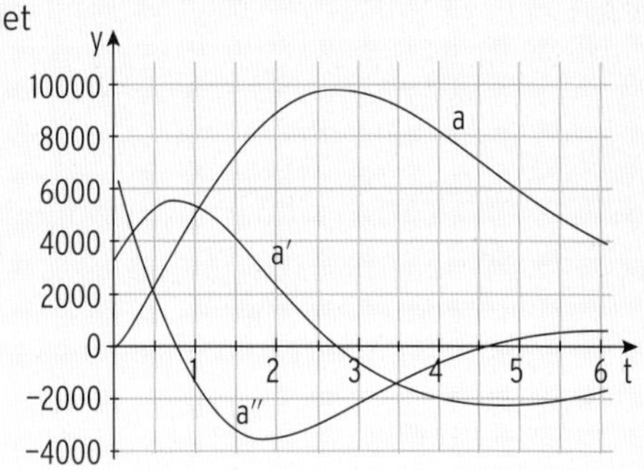

2.2.2 Zielvorgabe: Absatzrate über 5 000 ME/Monat für mindestens drei Monate

Graph der Differenzfunktion d mit $d(t) = a(t) - 5000$

Schnittstellen mit der t-Achse: $t \approx 1{,}02$ und $t \approx 5{,}47$

Der Graph verläuft dazwischen oberhalb der t-Achse.

Somit liegt die Absatzrate mehr als 4 Monate ($5{,}47 - 1{,}02 > 4$) oberhalb von 5 000 ME/Monat. Die Zielvorgabe ist erfüllt.

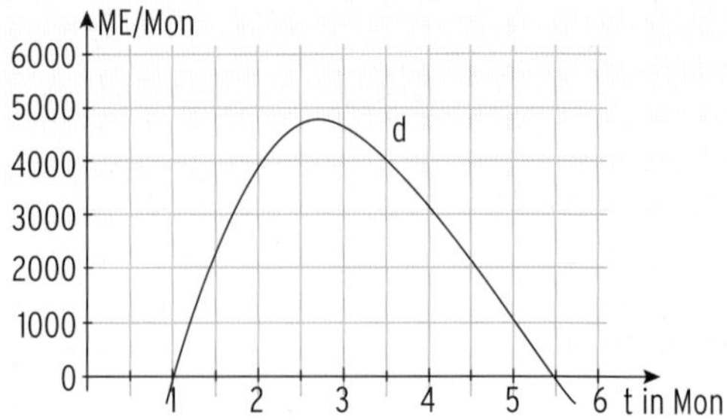

Zentrale Abiturprüfung 2021 Lösungen

Aufgabenteil B: Hilfsmittel GTR/CAS

Aufgabe 3 – Lineare Algebra (28 Punkte)

3.1.1 Aufstellen des LGS:

$x_1, \ldots, x_4$ ist die jeweilige Anzahl der Komponenten von K_1 bis K_4.

$$A_{GK} \cdot \vec{x} = \vec{b} \qquad \begin{pmatrix} 12 & 10 & 8 & 14 \\ 11 & 15 & 14 & 11 \\ 9 & 5 & 10 & 13 \\ 10 & 10 & 12 & 12 \end{pmatrix} \cdot \begin{pmatrix} x_1 \\ x_2 \\ x_3 \\ x_4 \end{pmatrix} = \begin{pmatrix} 8100 \\ 8800 \\ 6600 \\ 7700 \end{pmatrix}$$

Überprüfen auf Lösbarkeit:

Die reduzierte Diagonalform von $\left(\begin{array}{cccc|c} 12 & 10 & 8 & 14 & 8100 \\ 11 & 15 & 14 & 11 & 8800 \\ 9 & 5 & 10 & 13 & 6600 \\ 10 & 10 & 12 & 12 & 7700 \end{array}\right)$

ist $\left(\begin{array}{cccc|c} 1 & 0 & 0 & 1{,}5 & 525 \\ 0 & 1 & 0 & -0{,}6 & 50 \\ 0 & 0 & 1 & 0{,}25 & 162{,}5 \\ 0 & 0 & 0 & 0 & 0 \end{array}\right)$

Somit besitzt das Gleichungssystem unendlich viele Lösungen, da der Rang von A_{GK} mit dem Rang der erweiterten Matrix übereinstimmt und kleiner als 4 ist.

3.1.2 Maximale Menge von K_4

Ermittlung von t:

Da eine Produktionsmenge nicht negativ sein kann, folgt:

$525 - 15t \geq 0 \Leftrightarrow t \leq 35$

$50 + 6t \geq 0 \Leftrightarrow t \geq 8{,}33$

$162{,}5 - 2{,}5t \geq 0 \Leftrightarrow t \leq 65$

$10\,t \geq 0 \Leftrightarrow t \geq 0$

Alle Bedingungen sind erfüllt für $t \in [0; 35]$

Von Komponente K_4 könnten also maximal 350 ME (10 · 35) produziert werden.

3.1.3 Der Lagerbestand an Grundstoffen für diesen Auftrag reicht aus.

Benötigte Grundstoffe:

$$A_{GK} \cdot \begin{pmatrix} 0 \\ 200 \\ 400 \\ 0 \end{pmatrix} = \begin{pmatrix} 5200 \\ 8600 \\ 500 \\ 6800 \end{pmatrix}$$

Somit reichen die ursprünglichen Lagerbestände (vgl. 3.1) aus.

3.1.3 Bewertung: $\begin{pmatrix} 5200 \\ 8600 \\ 500 \\ 6800 \end{pmatrix} - A_{GK} \cdot \begin{pmatrix} 0 \\ 600 \\ 0 \\ 0 \end{pmatrix} = \begin{pmatrix} 2100 \\ -200 \\ 3600 \\ 1700 \end{pmatrix}$

Die Behauptung der Mitarbeiterin ist falsch, da vom Grundstoff G_2 zu wenig vorhanden ist.

Zentrale Abiturprüfung 2021 Lösungen

Aufgabenteil B: Hilfsmittel GTR/CAS

Aufgabe 3 – Lineare Algebra (28 Punkte)

3.2.1 Eine Mengeneinheit des Modells M_3 wiegt 193 kg .

Berechnung des Gewichtes nach neuer Zusammensetzung:

$$\begin{pmatrix} 12 & 10 & 8 & 14 \\ 11 & 15 & 14 & 11 \\ 9 & 5 & 10 & 13 \\ 0 & 2 & 4 & 6 \end{pmatrix} \cdot \begin{pmatrix} 1{,}25 \\ 0{,}75 \\ 1{,}75 \\ 1{,}5 \end{pmatrix} = \begin{pmatrix} 57{,}5 \\ 66 \\ 52 \\ 17{,}5 \end{pmatrix}$$

$57{,}5 + 66 + 52 + 17{,}5 = 193$

Das neue Gesamtgewicht einer ME des Modells M3 beträgt 193 kg.

3.2.2 Höhe der anfallenden variablen Kosten je Mengeneinheit

Materialkosten der Komponenten je Modell:

$$(7{,}2 \quad 7{,}79 \quad 10{,}82 \quad 12{,}46) \cdot \begin{pmatrix} 0{,}5 & 0{,}25 & 1{,}25 \\ 1{,}25 & 0{,}5 & 0{,}75 \\ 1{,}25 & 0{,}75 & 1{,}75 \\ 0{,}75 & 0 & 1{,}5 \end{pmatrix} = (36{,}21 \quad 13{,}81 \quad 52{,}47)$$

Fertigungskosten der Komponenten je Modell: $(120 \quad 140 \quad 215)$

Variable Kosten je Modell:

$(36{,}21 \quad 13{,}81 \quad 52{,}47) + (120 \quad 140 \quad 215) = (156{,}21 \quad 153{,}81 \quad 267{,}47)$

Die variablen Kosten betragen 156,21 GE/ME für M_1, 153,81 GE/ME für M_2 und 267,47 GE/ME für M_3.

Aufgabe 4 – Stochastik (28 Punkte)

4.1.1 Zufallsgröße X: Anzahl der fehlerhaften Snowboards

Auf jeder Stufe des Experiments werden nur zwei Ergebnisse betrachtet: Ein Snowboard ist entweder fehlerfrei oder nicht fehlerfrei. Die Wahrscheinlichkeit kann aufgrund der hohen Anzahl an produzierten Snowboards als Zufallsexperiment "Ziehen mit Zurücklegen" modelliert werden. Daher kann hier von einer Binomialverteilung ausgegangen werden.

X kann als binomialverteilt angenommen werden.

4.1.2 Wahrscheinlichkeiten

X ist B(450; 0,02)-verteilt

$P(E_1) = P(X = \mu) = P(X = 450 \cdot 0{,}02) = P(X = 9) \approx 0{,}1331$

$P(E_2) = P(8 \leq X < 16) = P(8 \leq X \leq 15) \approx 0{,}6576$

$P(E_3) = P(X < 10) = P(X \leq 9) \approx 0{,}5874$

4.1.3 Wahrscheinlichkeit, mit der eine solche Reklamation bei der Lieferung eintritt.

4 % von 450 Snowboards sind 18.

$P(X \geq 18) = 1 - P(X \leq 17) \approx 0{,}0049$

Die Wahrscheinlichkeit, dass 4 % oder mehr defekte Snowboards geliefert werden, beträgt etwa 0,49 %.

Zentrale Abiturprüfung 2021 Lösungen

Aufgabenteil B: Hilfsmittel GTR/CAS

Aufgabe 4 – Stochastik (28 Punkte)

4.1.4 Mindestlieferzahl für mindestens 450 fehlerfreie Snowboards

Y gebe die Anzahl fehlerfreier Snowboards unter n gelieferten an.

Y ist eine B(n; 0,98)-verteilte Zufallsgröße

Gesucht ist n für $P(Y \geq 450) \geq 0{,}99$ mit $p = 0{,}98$.

Experimentieren mit dem GTR/CAS liefert:

$n = 466$: $P(Y \geq 450) \approx 0{,}9859 < 0{,}99$

$n = 467$: $P(Y \geq 450) \approx 0{,}9930 > 0{,}99$

Bei einer Lieferung von mindestens 467 Snowboards ist mit mehr als 99 %iger Wahrscheinlichkeit davon auszugehen, dass mindestens 450 Snowboards fehlerfrei sind.

4.2.1 Baumdiagramm oder Vierfeldertafel

F: Ein Snowboard ist fehlerhaft.

A: Ein Snowboard wird vom Automaten aussortiert.

Vierfeldertafel:

	A	$\overline{A}$	
F	0,095	0,005	0,1
F	0,018	0,882	0,9
	0,113	0,887	1

Baumdiagramm:

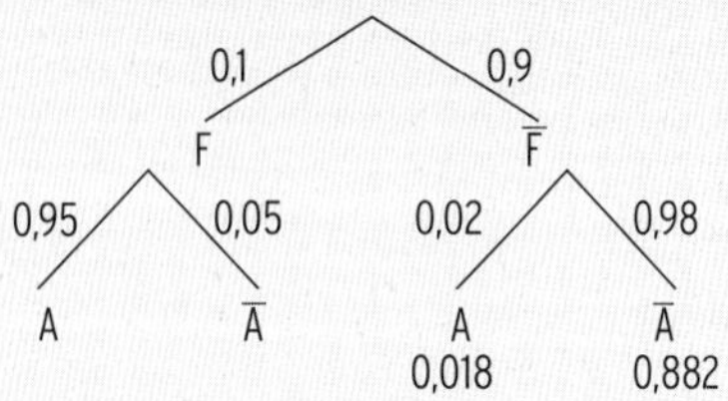

Nebenrechnung für das Baumdiagramm:

$P(A) = 0{,}113 = 0{,}1x + 0{,}018$ ergibt $x = 0{,}95$

$P(A \cap \overline{F}) = 0{,}018 \Rightarrow P_{\overline{F}}(A) = 0{,}02$ $\quad \left(P_{\overline{F}}(A) = \frac{P(A \cap \overline{F})}{P(\overline{F})} = \frac{0{,}018}{0{,}9} = 0{,}02 \right)$

4.2.2 A und $\overline{F}$ sind stochastisch abhängige Ereignisse

F: Ein Snowboard ist fehlerhaft.

A: Ein Snowboard wird vom Automaten aussortiert.

$P(A \cap \overline{F}) = 0{,}018 \neq 0{,}113 \cdot 0{,}9 = 0{,}1017 = P(A) \cdot P(\overline{F})$

Die Ereignisse sind stochastisch abhängig.

4.2.3 Beurteilung der Aussage $P_A(\overline{F}) = 16\,\%$ (bedingte Wahrscheinlichkeit)

$P_A(\overline{F}) = \frac{P(\overline{F} \cap A)}{P(A)} = \frac{0{,}018}{0{,}113} \approx 0{,}1593 \approx 16\,\%$

Die Aussage ist richtig.

Zentrale Abiturprüfung 2022

Grundkursfach Mathematik

Fachbereich Wirtschaft und Verwaltung

Aufgabenteil A: ohne Hilfsmittel **Lösungen Seite 235 - 240**

Aufgabenstellung

Das Unternehmen *VacciCorp GmbH* stellt Medikamente und Medizinprodukte her. Zum Produktportfolio gehören unter anderem Medikamente, Impfstoffe und medizinische Schnelltests.

Aufgabe 1 (21 Punkte)

1.1 Analysis

Die *VacciCorp GmbH* untersucht die Preisgestaltung eines Vitamin-Kombi-Präparats. Bezüglich dieses Produktes hat die VacciCorp GmbH zahlreiche Mitbewerber.

Die Gesamtkosten für die Produktion des Vitamin-Kombi-Präparats lassen sich durch folgende ertragsgesetzliche Kostenfunktion beschreiben:

$K(x) = 0{,}1x^3 - x^2 + 20x + 100$

Dabei gibt x die Produktionsmenge in Mengeneinheiten (ME) und K(x) die Gesamtkosten in Geldeinheiten (GE) an. Der Marktpreis für das Vitamin-Kombi-Präparat beträgt 37,5 GE/ME.

1.1.1 Berechnen Sie die Höhe der Grenzkosten bei einer Produktionsmenge von 2 ME. (2 Punkte)

1.1.2 Um den Absatz zu steigern, möchte die Geschäftsleitung den Verkaufspreis kurzfristig auf 17,5 GE/ME senken.
Bestätigen Sie, dass dieser Preis für das Unternehmen nur kurzfristig realisierbar ist und eine Produktionsmenge von 5 ME erfordert. (5 Punkte)

1.1.3 Begründen Sie, weshalb eine Veränderung der Fixkosten keinen Einfluss auf die gewinnmaximale Menge, wohl aber auf den maximalen Gewinn hat. (2 Punkte)

Zentrale Abiturprüfung 2022 Grundkursfach Mathematik
Aufgabenteil A: ohne Hilfsmittel

1.2 Lineare Algebra/Analytische Geometrie

Die *VacciCorp GmbH* stellt aus drei Vitamingemischen V1, V2 und V3 zwei unterschiedliche Vitamin-Präparate P1 und P2 her. Die Materialverflechtung ist der folgenden Tabelle zu entnehmen (alle Angaben in ME).

	P1	P2
V1	5	6
V2	2	0
V3	3	4

1.2.1 Berechnen Sie den Bedarf an den Vitamingemischen V1, V2 und V3, wenn 100 ME des Präparats P1 und 200 ME des Präparats P2 hergestellt werden sollen.

(2 Punkte)

1.2.2 Im Lager befinden sich noch 1 850 ME des Vitamingemischs V1 und 500 ME des Vitamingemischs V2. Diese Bestände sollen vollständig aufgebraucht werden.
Das Vitamingemisch V3 ist nicht vorrätig, kann aber in unbeschränkter Menge nachbestellt werden.
Berechnen Sie, wie viele Mengeneinheiten des Vitamingemischs V3 nachbestellt werden müssen, damit die vorhandenen Lagervorräte vollständig aufgebraucht werden können. (4 Punkte)

1.3 Stochastik

Die *VacciCorp GmbH* möchte einen neuen Grippe-Schnelltest auf den Markt bringen. Um die Zuverlässigkeit des Schnelltests zu prüfen, wurden 200 Testpersonen eingeladen. Vor Durchführung des Schnelltests wurden alle Testpersonen per Labordiagnostik auf Grippe-Viren untersucht. Dabei stellte sich heraus, dass 20 % der Testpersonen tatsächlich infiziert waren.
Von den Infizierten wurden 10 % von dem Schnelltest nicht erkannt.
48 Testpersonen wurden positiv getestet, obwohl sie nicht infiziert waren.

1.3.1 Die Vierfeldertafel in Anlage 1 zeigt die Ergebnisse des Zuverlässigkeitstests in absoluten Zahlen. Ergänzen Sie die Vierfeldertafel in **Anlage 1**. (3 Punkte)

1.3.2 Ermitteln Sie die Wahrscheinlichkeit, dass der Test ein falsches Ergebnis liefert.

(3 Punkte)

Zentrale Abiturprüfung 2022 Grundkursfach Mathematik

Aufgabenteil A: ohne Hilfsmittel

Anlage 1 zu Aufgabe 1.3.1

G: mit Grippe infiziert T: Schnelltest positiv

	G	$\overline{G}$	Σ
T		48	
$\overline{T}$			
Σ			200

Zentrale Abiturprüfung 2022 Grundkursfach Mathematik

Aufgabenteil B: Hilfsmittel GTR/CAS

Aufgabenstellung

Die *VacciCorp GmbH* stellt Medikamente und Medizinprodukte her. Zum Produktportfolio gehören unter anderem Impfstoffe und medizinische Schnelltests.

Aufgabe 2 – Analysis (28 Punkte)

Die *VacciCorp GmbH* untersucht die Preisgestaltung des Grippe-Impfstoffs GripVax und hat in dieser Produktsparte zahlreiche Mitbewerber.

2.1 Eine umfangreiche Marktstudie hat ergeben, dass sich das Angebot von Grippeimpfstoffen durch die Funktion p_A mit $p_A(x) = 20\,e^{0,01x}$ modellieren lässt.

Über die Nachfragefunktion p_N sind folgende Informationen bekannt:

- Die Funktionsgleichung besitzt die Form $p_N(x) = ax^2 + bx + c$ mit $a, b, c \in \mathbb{R}$.
- Der Höchstpreis liegt bei 100 GE/ME.
- Bei einem Preis von 91 GE/ME werden 30 ME des Grippe-Impfstoffs nachgefragt.
- Bei einem Preis von 70 GE/ME werden 60 ME des Grippe-Impfstoffs nachgefragt.

Dabei gibt x die Menge in Mengeneinheiten (ME) und $p_A(x)$ sowie $p_N(x)$ geben den Preis in Geldeinheiten/Mengeneinheit (GE/ME) an.

2.1.1 Leiten Sie die Funktionsgleichung der Nachfragefunktion p_N her.

(5 Punkte)

Gehen Sie im Folgenden von dieser Nachfragefunktion aus:

$$p_N(x) = -\frac{1}{150}x^2 - \frac{1}{10}x + 100$$

2.1.2 Bestimmen Sie die Konsumentenrente und erläutern Sie die Bedeutung im Sachzusammenhang. (5 Punkte)

2.1.3 In Abbildung 1 in Anlage 2 sind die Graphen von p_A und p_N dargestellt.
Ergänzen Sie die Grafik in Anlage 2, indem Sie die Graphen beschriften, die Achsen skalieren und beschriften sowie das Marktgleichgewicht markieren.

(5 Punkte)

2.1.4 In der Politik wird derzeit diskutiert, den Preis für Grippe-Impfungen auf 50 GE/ME festzulegen.
Vergleichen Sie die angebotene und die nachgefragte Menge, die sich durch diesen staatlichen Eingriff in die Preisbildung ergeben würden.

(5 Punkte)

Zentrale Abiturprüfung 2022

Aufgabenteil B: Hilfsmittel GTR/CAS

Aufgabe 2 – Analysis (28 Punkte)

2.2 Durch eine Umstellung des Produktionsverfahrens und günstigere Rohstoffpreise will die *VacciCorp GmbH* die Kosten senken.
Die Gesamtkosten lassen sich zukünftig durch die folgende ertragsgesetzliche Kostenfunktion modellieren:
$K_c(x) = x^3 - 6x^2 + cx + 100$ mit $c \in \mathbb{R}$.
Dabei gibt x die Menge in ME und $K_c(x)$ die Gesamtkosten in GE an.

2.2.1 Der Graph einer ertragsgesetzlichen Kostenfunktion ist streng monoton steigend und besitzt deshalb keine Extremstellen.
Als mögliche Extremstellen x_1 und x_2 der Funktion K_c ergeben sich:
$x_{1,2} = 2 \pm \sqrt{4 - \frac{c}{3}}$
Ermitteln Sie den Wertebereich für c, so dass die Funktion K_c keine Extremstellen besitzt. (4 Punkte)

2.2.2 Der Leiter der Controlling-Abteilung behauptet, dass die Kostenentwicklung unabhängig von c immer bei 2 ME von degressivem zu progressivem Wachstum übergeht. Beweisen oder widerlegen Sie diese Behauptung. (4 Punkte)

Anlage 1 zu Aufgabe 2.1.3

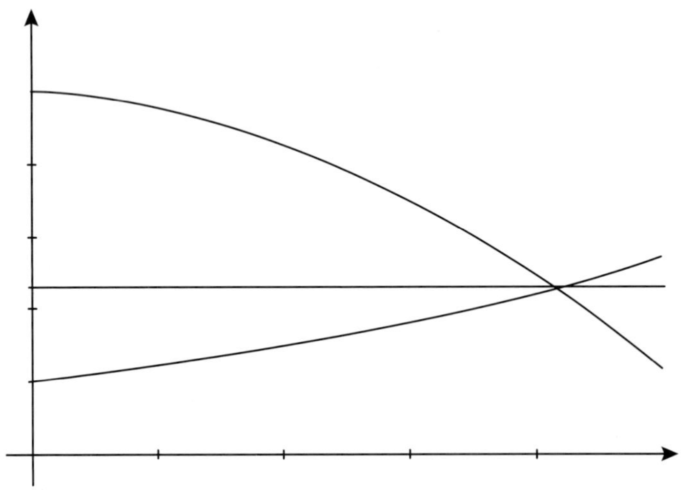

Zentrale Abiturprüfung 2022

Aufgabenteil B: Hilfsmittel GTR/CAS

Aufgabe 3 – Stochastik (28 Punkte)

Der Grippeimpfstoff GripVax wurde weiterentwickelt und verbessert. Er steht in zwei verschiedenen Impfstoffkombinationen zur Verfügung.

3.1 In der 3. Phase der klinischen Prüfung der Grippeimpfung werden die zwei verschiedenen Impfstoffkombinationen GripVax A und GripVax B getestet.
15 % der Probanden werden mit GripVax A geimpft. Der Rest erhält den Impfstoff GripVax B.
76,5 % aller Probanden wurden mit GripVax B geimpft und haben keine Nebenwirkungen.
Insgesamt zeigen 90,75 % aller Probanden keine Nebenwirkungen.
Es wird folgende Notation verwendet:
A: Der Patient wird mit Impfstoff GripVax A geimpft.
B: Der Patient wird mit Impfstoff GripVax B geimpft.
N: Es treten Nebenwirkungen auf.
$\overline{N}$: Es treten keine Nebenwirkungen auf.

3.1.1 Stellen Sie diesen Sachverhalt in einem vollständigen Baumdiagramm dar.

(4 Punkte)

3.1.2 Bestimmen Sie die Wahrscheinlichkeit dafür, dass ein zufällig ausgewählter Patient mit GripVax A geimpft wurde und keine Nebenwirkungen auftreten.

(2 Punkte)

3.1.3 Zeigen Sie, dass gilt: $P_N(B) \approx 0{,}9189$.

(2 Punkte)

3.2 Die *VacciCorp GmbH* führt regelmäßig Qualitätskontrollen bei der Herstellung der Grippeimpfstoffe durch. Erfahrungsgemäß sind 10 % aller produzierten Impfstoffflaschen fehlerhaft. Aus der laufenden Produktion wird eine Stichprobe von 300 Flaschen entnommen. Die Zufallsgröße X gibt die Anzahl der fehlerhaften Flaschen an.

3.2.1 Begründen Sie, warum davon ausgegangen werden kann, dass die Zufallsgröße X binomialverteilt ist.

(2 Punkte)

3.2.2 Berechnen Sie die Wahrscheinlichkeiten folgender Ereignisse:
E_1: Es werden genau 25 fehlerhafte Flaschen gefunden.
E_2: Es werden höchstens 20 fehlerhafte Flaschen gefunden.
E_3: Es werden mehr als 20, aber höchstens 40 fehlerhafte Flaschen gefunden.
E_4: Es werden mehr als 270 fehlerfreie Flaschen gefunden.

(6 Punkte)

Zentrale Abiturprüfung 2022

Aufgabenteil B: Hilfsmittel GTR/CAS

Aufgabe 3– Stochastik (Fortsetzung)

3.2.3 Bestimmen Sie die Wahrscheinlichkeit, mit der die Anzahl der fehlerhaften Flaschen um mehr als eine Standardabweichung vom Erwartungswert abweicht.

(4 Punkte)

3.3 Für den Einsatz in Arztpraxen werden die Flaschen in Kartons verpackt. Die Arztpraxen fordern, dass mit einer Wahrscheinlichkeit von mehr als 90 % alle Flaschen eines Kartons nicht fehlerhaft sind. Um dieser Forderung nachzukommen, möchte die *VacciCorp GmbH* den Anteil fehlerhafter Flaschen reduzieren.

3.3.1 Ermitteln Sie, wie gering die Wahrscheinlichkeit p für eine fehlerhafte Flasche maximal sein dürfte, damit die VacciCorp GmbH die Forderung der Arztpraxen einhalten kann, wenn die Flaschen in Kartons zu je 25 Stück verpackt werden.

(4 Punkte)

3.3.2 Die in 3.3.1 zu ermittelnde Wahrscheinlichkeit ist nicht realisierbar.
Die *VacciCorp GmbH* garantiert, dass mit einer Wahrscheinlichkeit von über 90 % in ihren Kartons höchstens 3 fehlerhafte Flaschen enthalten sind. Dazu wurde die Wahrscheinlichkeit, dass eine Flasche fehlerhaft ist, auf $p = 7{,}5\ \%$ gesenkt.
Bestimmen Sie, wie viele Flaschen ein Karton dann höchstens enthalten darf.

(4 Punkte)

Zentrale Abiturprüfung 2022

Aufgabenteil B: Hilfsmittel GTR/CAS

Aufgabe 4 – Lineare Algebra/Analytische Geometrie (28 Punkte)

Die *VacciCorp GmbH* produziert die Grippeimpfstoffe GripVax A und GripVax B sowie die Infusionslösung GoFastIn.

4.1 Die Grippeimpfstoffe GripVax A und GripVax B der VacciCorp GmbH werden in einem zweistufigen Produktionsprozess hergestellt.
Aus den Rohstoffen R1 bis R4 werden zunächst drei Zwischenprodukte Z1 bis Z3 gefertigt, welche dann zu den beiden Endprodukten E1 (GripVax A) und E2 (GripVax B) verarbeitet werden. Die zugehörigen Materialverflechtungen können den folgenden Matrizen entnommen werden (alle Angaben in ME):

$$A_{RZ} = \begin{pmatrix} 1 & 2 & a \\ b & 3 & 5 \\ 2 & 0 & 4 \\ 4 & 1 & 2 \end{pmatrix} \quad B_{ZE} = \begin{pmatrix} 5 & 6 \\ 2 & 4 \\ 6 & 1 \end{pmatrix} \quad C_{RE} = \begin{pmatrix} 21 & 16 \\ 56 & 41 \\ 34 & 16 \\ 34 & 30 \end{pmatrix}$$

Die Rohstoffkosten sowie die Fertigungskosten der Zwischen- und Endprodukte sind folgender Tabelle zu entnehmen:

	R1	R2	R3	R4	Z1	Z2	Z3	E1	E2
Kosten in Euro/ME	0,05	0,10	0,10	0,02	1,00	0,50	0,75	1,50	2,50

Der Grippe-Impfstoff GripVax A wird für 30,00 Euro/ME und GripVax B für 40,00 Euro/ME verkauft.

4.1.1 Berechnen Sie die Werte der Parameter a und b.

(2 Punkte)

4.1.2 Eine Apotheke ordert 100 ME von GripVax A und 150 ME von GripVax B. Die anteiligen Fixkosten für diesen Auftrag betragen 1 500,00 Euro. Berechnen Sie die Höhe des Gewinns für diesen Auftrag.

(8 Punkte)

4.1.3 Aufgrund einer Renovierung soll das Lager der *VacciCorp GmbH* vollständig durch die Produktion von E1 und E2 geräumt werden. Es befinden sich noch 1 500 ME von Z2 im Lager. Die Zwischenprodukte Z1 und Z3 können in beliebiger Menge beschafft werden.
Ermitteln Sie, wie viele Endprodukte daraus noch hergestellt werden können, wenn die Endprodukte E1 und E2 im Verhältnis 1 : 2 gefertigt werden.

(4 Punkte)

Zentrale Abiturprüfung 2022

Aufgabenteil B: Hilfsmittel GTR/CAS

Aufgabe 4 – Lineare Algebra/Analytische Geometrie Fortsetzung

4.2 Als besonderen Service für Apotheken bietet die *VacciCorp GmbH* die drei Pakete P1, P2 und P3 an, die aus den beiden Impfstoffen sowie der Infusionslösung bestehen. Die Zusammenstellung der Endprodukte E1 (GripVax A), E2 (GripVax B) und E3 (GoFastIn) in den Paketen (in Stück pro Paket) ist der folgenden Matrix zu entnehmen:

$$M_{EP} = \begin{pmatrix} 20 & 20 & 18 \\ 25 & 10 & 4 \\ 45 & 30 & 22 \end{pmatrix}$$

Der Betrieb hat noch 14 400 Stück von E1, 8 700 Stück von E2 und 23 100 Stück von E3 vorrätig.

Begründen oder widerlegen Sie die folgenden Aussagen:

4.2.1 A_1: Es werden immer Vorräte von Endprodukten übrigbleiben, unabhängig davon, wie viele Pakete zusammengestellt werden.

(2 Punkte)

4.2.2 A_2: Bei einer Zusammenstellung von 180 Stück von P1, 230 Stück von P2 und 320 Stück von P3 werden die Vorräte nicht vollständig aufgebraucht.

(3 Punkte)

4.2.3 A_3: Es gibt unendlich viele Kombinationen, die von P1, P2 und P3 zusammengestellt werden können.

(3 Punkte)

4.2.4 A_4: Mit den vorhandenen Vorräten können höchstens 800 Stück von P3 zusammengestellt werden.

(3 Punkte)

4.2.5 A_5: Wenn 200 Stück von P1, von P2 die 1,25-fache Menge von P1 und von P3 die 1,5-fache Menge von P1 zusammengestellt werden, verbleiben keine Vorräte an Endprodukten.

(3 Punkte)

Zentrale Abiturprüfung 2022 Lösungen

Aufgabenteil A: ohne Hilfsmittel (oHiMi) Lösungen

1.1 Analysis

Gesamtkosten: $K(x) = 0{,}1x^3 - x^2 + 20x + 100$

Marktpreis: 37,5 GE/ME.

1.1.1 Höhe der Grenzkosten in GE/ME

$K'(x) = 0{,}3x^2 - 2x + 20$; $K'(2) = 1{,}2 - 4 + 20 = 17{,}2$

Die Grenzkosten bei einer Produktionsmenge von 2 ME betragen 17,2 GE/ME.

1.1.2 Verkaufspreis: 17,5 GE/ME

$k_v(x) = 0{,}1x^2 - x + 20$; $k'_v(x) = 0{,}2x - 1$; $k''_v(x) = 0{,}2 > 0$

Hinreichende Bedingung für Minimalstelle: $k'_v(x) = 0 \wedge k''_v(x) > 0$

$0{,}2x - 1 = 0$ für $x = 5$; $k_v(5) = 17{,}5$

Das Betriebsminimum liegt bei 5 ME, der zugehörige Verkaufspreis von 17,5 GE/ME entspricht der kurzfristigen Preisuntergrenze, daher ist dieser Preis nur kurzfristig durchsetzbar.

1.1.3 $K(x) = K_v(x) + K_{fix}$; $G(x) = E(x) - K(x)$; $G'(x) = E'(x) - K'(x) = E'(x) - K'_v(x)$

Die Veränderung der Fixkosten hat keinen Einfluss auf die gewinnmaximale Menge, wohl aber auf den maximalen Gewinn.

Alternative:

Die Fixkosten sind eine von der Produktionsmenge x unabhängige Größe. Eine Veränderung der Fixkosten führt somit zwar zu einer vertikalen Verschiebung des Graphen der Gewinnfunktion, nicht aber zu einer horizontalen. Somit verändert sich zwar der maximale Gewinn, nicht jedoch die gewinnmaximale Ausbringungsmenge.

1.2 Lineare Algebra

1.2.1 $\begin{pmatrix} 5 & 6 \\ 2 & 0 \\ 3 & 4 \end{pmatrix} \cdot \begin{pmatrix} 100 \\ 200 \end{pmatrix} = \begin{pmatrix} 1700 \\ 200 \\ 1100 \end{pmatrix}$

Es werden 1 700 ME von V1, 200 ME von V2 und 1 100 ME von V3 benötigt.

1.2.2 $\begin{pmatrix} 5 & 6 \\ 2 & 0 \\ 3 & 4 \end{pmatrix} \cdot \begin{pmatrix} x_1 \\ x_2 \end{pmatrix} = \begin{pmatrix} 1850 \\ 500 \\ a \end{pmatrix}$ ergibt das LGS:

$5x_1 + 6x_2 = 1850 \wedge 2x_1 = 500 \wedge 3x_1 + 4x_2 = a$

$x_1 = 250$ eingesetzt ergibt $x_2 = 100$;

eingesetzt ergibt $a = 3 \cdot 250 + 4 \cdot 100 = 1150$

Es müssen 1 150 ME von V3 nachbestellt werden.

Zentrale Abiturprüfung 2022 Lösungen

Aufgabenteil A: ohne Hilfsmittel (oHiMi) Lösungen

1.3 Stochastik

1.3.1 Vierfeldertafel

	G	$\overline{G}$	Σ
T	36	**48**	84
$\overline{T}$	4	112	116
Σ	40	160	**200**

1.3.2 $P(G \cap \overline{T}) + P(\overline{G} \cap T) = P(G) \cdot P_G(\overline{T}) + \frac{48}{200} = 0{,}2 \cdot 0{,}1 + 0{,}24 = 0{,}26$

oder $P(G \cap \overline{T})$ und $P(\overline{G} \cap T)$ direkt aus der Vierfeldertafel ablesen.

Die Wahrscheinlichkeit für ein falsches Testergebnis beträgt 26 %.

Zentrale Abiturprüfung 2021 Lösungen

Aufgabenteil B: Hilfsmittel GTR/CAS

Aufgabe 2 - Analysis

2.1.1 Leiten Sie die Funktionsgleichung der Nachfragefunktion p_N her.

Ansatz: $p_N(x) = ax^2 + bx + c$

Betrachtet wird das folgende lineare Gleichungssystem:

$p_N(0) = c = 100$

$p_N(30) = 900a + 30b + c = 91$

$p_N(60) = 3600a + 60b + c = 70$

Dieses lineare Gleichungssystem hat die Lösung $a = -\frac{1}{150}$, $b = -\frac{1}{10}$ und $c = 100$.

Damit ergibt sich: $p_N(x) = -\frac{1}{150}x^2 - \frac{1}{10}x + 100$

2.1.2 Bestimmen Sie die Konsumentenrente und erläutern Sie die Bedeutung im Sachzusammenhang.

Marktgleichgewicht: $p_A(x) = p_N(x)$

$$x \approx 82{,}94 \quad (x \approx -126{,}71 \notin D_{ök})$$

Mit $p_N(82{,}94) \approx 45{,}84$ ergibt sich das Marktgleichgewicht zu MGG(82,94|45,84).

Konsumentenrente: $KR = \int_0^{x_G} p_N(x)\,dx - p_G \cdot x_G \approx \int_0^{82{,}94} p_N(x) - 45{,}84)dx \approx 2880{,}19$

Die Konsumentenrente hat eine Höhe von 2 880,19 GE und gibt den Betrag an, den die Konsumenten durch die Festlegung des Marktpreises sparen, da dieser unter dem Preis liegt, den sie zu zahlen bereit wären.

Zentrale Abiturprüfung 2022 Lösungen

Aufgabenteil B: Hilfsmittel GTR/CAS

Aufgabe 2 - Analysis

2.1.3 Ergänzen Sie die Grafik

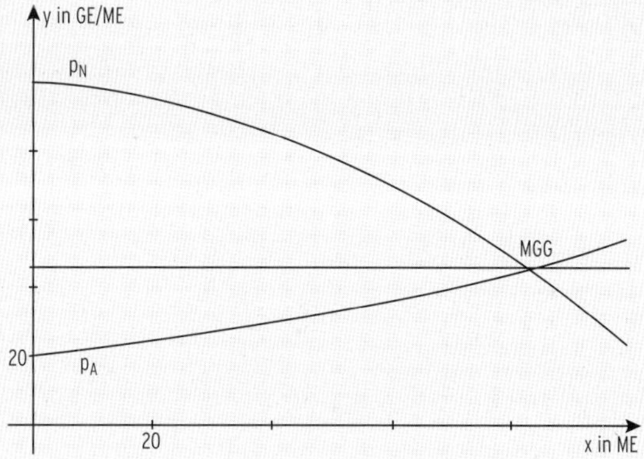

2.1.4 Vergleichen Sie die angebotene und die nachgefragte Menge, die sich durch diesen staatlichen Eingriff in die Preisbildung ergeben würden.

$p_N(x) = 50 \Rightarrow x_N \approx 79{,}43 \qquad (x \approx -94{,}43 \notin D_{ök})$

$p_A(x) = 50 \Rightarrow x_A \approx 91{,}63$

$x_A - x_N = 91{,}63 - 79{,}43 = 12{,}20$

Insgesamt ergibt sich durch den staatlichen Eingriff also ein Angebotsüberhang von ca. 12,2 ME.

2.2.1 Ermitteln Sie den Wertebereich für c, so dass die Funktion K_c keine Extremstellen besitzt.

$K_c(x) = x^3 - 6x^2 + cx + 100$; $K'_c(x) = 3x^2 - 12x + c$; $K''_c(x) = 6x - 12$

Mögliche Extremstellen: $x_{1,2} = 2 \pm \sqrt{4 - \frac{c}{3}}$

Da die Funktion K_c keine Extremstellen hat, darf sich für $K'_c(x) = 0$ höchstens eine Lösung ergeben. Dies ist der Fall, wenn die Diskriminante kleiner als oder gleich Null ist: $4 - \frac{c}{3} \leq 0 \Leftrightarrow c \geq 12$

Es muss gelten: $c \geq 12$, damit keine Extremstellen existieren.

2.2.2 Beweisen oder widerlegen Sie diese Behauptung.

Gesucht wird die Wendestelle der Funktion K_c.

Notw. Bed.: $K''_c(x) = 0 \qquad 6x - 12 = 0$

$x = 2$

Hinr. Bed.: $K''_c(x) = 0 \wedge K'''_c(x) \neq 0$

Wegen $K'''_c(2) = 6$ ist die hinreichende Bedingung erfüllt, außerdem liegt ein Wechsel von einer Rechts- zu einer Linkskrümmung vor, so dass die Behauptung richtig ist.

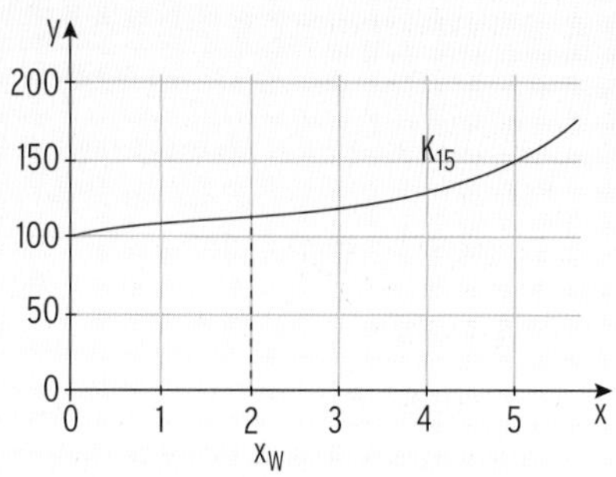

Zentrale Abiturprüfung 2022 Lösungen

Aufgabenteil B: Hilfsmittel GTR/CAS

Aufgabe 3 –Stochastik (28 Punkte)

3.1.1 Baumdiagramm

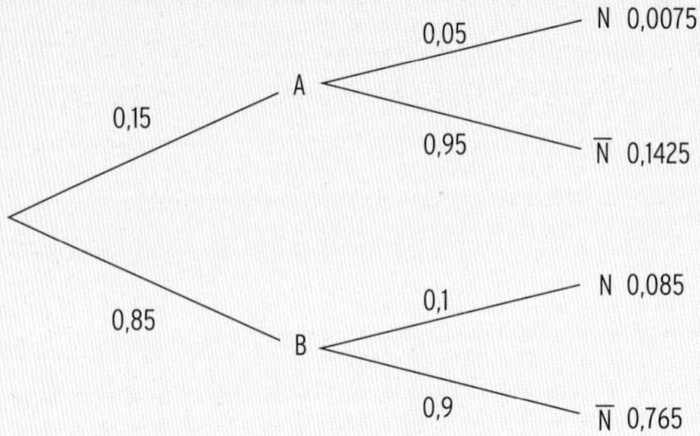

3.1.2 **Ein zufällig ausgewählter Patient wurde mit GripVax A geimpft und hat keine Nebenwirkungen:** $P(A \cap \overline{N}) = P(\overline{N}) - P(\overline{N} \cap B) = 0{,}9075 - 0{,}7650 = 0{,}1425$

Ergebnis lässt sich auch direkt aus dem Baumdiagramm ablesen.

3.1.3 **Zeigen Sie, dass gilt: $P_N(B) = 0{,}9189$.**

$$P_N(B) = \frac{P(B \cap N)}{P(N)} = \frac{0{,}085}{0{,}085 + 0{,}0075} = \frac{0{,}085}{0{,}0925} = 0{,}9189$$

3.2.1 **Die Zufallsgröße X ist binomialverteilt .**

Die Stichprobe wird der laufenden Produktion entnommen, so dass von einer annähernd gleichbleibenden Wahrscheinlichkeit für eine fehlerhafte Flasche ausgegangen werden kann. Außerdem kann eine der Produktion entnommene Flasche nur fehlerhaft oder nicht fehlerhaft sein, so dass es nur zwei Ergebnisse gibt.

3.2.2 **Berechnen Sie die Wahrscheinlichkeit folgender Ereignisse:**

X: Anzahl fehlerhafter Flaschen, **Y**: Anzahl fehlerfreier Flaschen

X ist B(300; 0,1)-verteilt, Y ist B(300; 0,9)-verteilt

$P(E_1) = P(X = 25) \approx 0{,}0510$

$P(E_2) = P(X \leq 20) \approx 0{,}0287$

$P(E_3) = P(20 < X \leq 40) \approx 0{,}9459$

$P(E_4) = P(Y > 270) \approx 0{,}4719$

3.2.3 **Bestimmen Sie die Wahrscheinlichkeit, mit der die Anzahl der fehlerhaften Flaschen um mehr als eine Standardabweichung vom Erwartungswert abweicht.**

$\mu = n \cdot p = 300 \cdot 0{,}1 = 30;\ \sigma = \sqrt{n \cdot p \cdot (1 - p)} = \sqrt{300 \cdot 0{,}1 \cdot 0{,}9} \approx 5{,}2$

Gesucht wird die Gegenwahrscheinlichkeit zum 1σ-Intervall um den Erwartungswert:

$1 - P(25 \leq X \leq 35) \approx 0{,}2893$

Mit einer Wahrscheinlichkeit von 28,93 % weicht die Anzahl der fehlerhaften Flaschen um mehr als eine Standardabweichung vom Erwartungswert ab.

Zentrale Abiturprüfung 2022 Lösungen

Aufgabenteil B: Hilfsmittel GTR/CAS

Aufgabe 3 –Stochastik (28 Punkte)

3.3.1 Ermitteln Sie, wie gering die Wahrscheinlichkeit p für eine fehlerhafte Flasche maximal sein dürfte, damit die VacciCorp GmbH die Forderung der Arztpraxen einhalten kann, wenn die Flaschen in Kartons zu je 25 Stück verpackt werden.

X: Anzahl fehlerhafter Flaschen in einem Karton; X is B(25, p)-verteilt.

Gesucht wird p, so dass gilt: $P(X = 0) = (1 - p)^{25} > 0{,}9$

$$\Leftrightarrow 1 - p > 0{,}9^{\frac{1}{25}} \Rightarrow p > 0{,}0042...$$

Damit dürfte die Wahrscheinlichkeit für eine fehlerhafte Flasche maximal 0,42 % betragen.

3.3.2 Bestimmen Sie, wie viele Flaschen ein Karton dann höchstens enthalten darf.

X: Anzahl fehlerhafter Flaschen in einem Karton; X ist B(n; 0,075)-verteilt.

Gesucht wird n, so dass gilt: $P(X \leq 3) > 0{,}9$

Für n = 23 ergibt sich: $P(X \leq 3) \approx 0{,}9108$

Für n = 24 ergibt sich: $P(X \leq 3) \approx 0{,}8990$

Damit darf ein Karton höchstens 23 Flaschen enthalten.

Zentrale Abiturprüfung 2022 Lösungen

Aufgabenteil B: Hilfsmittel GTR/CAS

Aufgabe 4 – Lineare Algebra (28 Punkte)

4.1.1 Berechnen Sie die Werte der Parameter a und b.

$$A_{RZ} = \begin{pmatrix} 1 & 2 & a \\ b & 3 & 5 \\ 2 & 0 & 4 \\ 4 & 1 & 2 \end{pmatrix} \qquad B_{ZE} = \begin{pmatrix} 5 & 6 \\ 2 & 4 \\ 6 & 1 \end{pmatrix} \qquad C_{RE} = \begin{pmatrix} 21 & 16 \\ 56 & 41 \\ 34 & 16 \\ 34 & 30 \end{pmatrix}$$

Aus $A_{RZ} \cdot B_{ZE} = C_{RE}$: $1 \cdot 5 + 2 \cdot 2 + a \cdot 6 = 21 \Rightarrow a = 2$

$b \cdot 5 + 3 \cdot 2 + 5 \cdot 6 = 56 \Rightarrow b = 4$

4.1.2 Berechnen Sie die Höhe des Gewinns für diesen Auftrag.

Berechnung der Rohstoffkosten: $(0{,}05 \quad 0{,}1 \quad 0{,}1 \quad 0{,}02) \cdot C_{RE} \cdot \begin{pmatrix} 100 \\ 150 \end{pmatrix} = (2138)$

Berechnung der Zwischenproduktkosten: $(1 \quad 0{,}5 \quad 0{,}75) \cdot B_{ZE} \cdot \begin{pmatrix} 100 \\ 150 \end{pmatrix} = (2362{,}5)$

Berechnung der Endproduktkosten: $(1{,}5 \quad 2{,}5) \cdot \begin{pmatrix} 100 \\ 150 \end{pmatrix} = (525)$

Zentrale Abiturprüfung 2022 Lösungen

Aufgabenteil B: Hilfsmittel GTR/CAS

Aufgabe 4 – Lineare Algebra Fortsetzung

4.1.2 Berechnung der Gesamtkosten: $2138 + 2362{,}5 + 525 + 1500 = 6525{,}5$

Berechnung des Erlöses $(30\ 40) \cdot \begin{pmatrix} 100 \\ 150 \end{pmatrix} = (9000)$

Berechnung des Gewinns: $9000 - 6525{,}5 = 2474{,}5$

Der Gewinn für diesen Auftrag liegt bei 2 474,50 Euro.

4.1.3 Ermitteln Sie, wie viele Endprodukte daraus noch hergestellt werden können, wenn die Endprodukte E1 und E2 im Verhältnis 1 : 2 gefertigt werden.

Die Vorgaben führen zu folgender Gleichung: $B_{ZE} \cdot \begin{pmatrix} x \\ 2x \end{pmatrix} = \begin{pmatrix} a \\ 1500 \\ b \end{pmatrix}$

Das Gleichungssystem: $17x = a \wedge 10x = 1500 \wedge 8x = b$

hat die Lösung $x = 150$, $a = 2550$ und $b = 1200$.

Es können 150 ME von E_1 und 300 ME von E_2 hergestellt werden.

4.2.1 Begründen oder widerlegen Sie die Aussage A_1.

Das lineare Gleichungssystem $M_{EP} \cdot \vec{x} = \begin{pmatrix} 14400 \\ 8700 \\ 23100 \end{pmatrix}$ hat die Lösung $\vec{x} = \begin{pmatrix} 100 \\ 620 \\ 0 \end{pmatrix} + t \begin{pmatrix} \frac{1}{3} \\ -\frac{37}{30} \\ 1 \end{pmatrix}$

Für t = 0 ergibt sich die Zusammenstellung 100 Pakete P1, 620 Pakete P2 und keine Pakete P3. Hierfür wird der Vorrat vollständig aufgebraucht.

Die Aussage ist damit falsch.

4.2.2 Begründen oder widerlegen Sie die Aussage A_2.

$M_{EP} \cdot \begin{pmatrix} 180 \\ 230 \\ 320 \end{pmatrix} = \begin{pmatrix} 13960 \\ 8080 \\ 22040 \end{pmatrix}$

Diese Aussage ist richtig, es bleiben sogar von allen Vorräten noch Reste übrig.

4.2.3 Begründen oder widerlegen Sie die Aussage A_3.

In Teilaufgabe 4.2.1 wurde die Lösung des Gleichungssystems angegeben. Für jeden Wert von t aus dem ökonomisch sinnvollen Definitionsbereich ergibt sich hierfür zwar eine Lösung, jedoch ist die Menge der Kombinationen endlich, weil hier nur ganzzahlige Lösungen betrachtet werden können.

4.2.4 Begründen oder widerlegen Sie die Aussage A_4.

$M_{EP} \cdot \begin{pmatrix} 0 \\ 0 \\ 800 \end{pmatrix} = \begin{pmatrix} 14400 \\ 3200 \\ 17600 \end{pmatrix}$

Die Aussage ist richtig: Für 800 Pakete P3 wird der gesamte Vorrat an E1 benötigt, so dass der Vorrat von E1 für 801 Pakete P3 nicht ausreicht.

4.2.5 Begründen oder widerlegen Sie die Aussage A_5.

$M_{EP} \cdot \begin{pmatrix} 200 \\ 250 \\ 300 \end{pmatrix} = \begin{pmatrix} 14400 \\ 8700 \\ 23100 \end{pmatrix}$

Die Aussage ist richtig, da sämtliche Vorräte aufgebraucht werden.